講談社文庫

QED
六歌仙の暗号

高田崇史

講談社

すなはち僧正遍昭は歌のさまは得たれどもまことすくなし。たとへば絵にかける女を見ていたづらに心を動かすがごとし。

在原業平はその心余りて言葉足らず。しぼめる花の色なくてにほひ残れるがごとし。

文屋康秀は言葉は巧みにてそのさま身におはず。いはば商人のよき衣着たらむがごとし。

宇治山の僧喜撰は言葉かすかにして始め終りたしかならず。いはば秋の月を見るに暁の雲にあへるがごとし。

小野小町は古の衣通姫の流なり。あはれなるやうにて強からず。いはばよき女のなやめる所あるに似たり。強からぬは女の歌なればなるべし。

大伴黒主はそのさまいやし。いはば薪負へる山人の花の陰に休めるがごとし。

このほかの人々その名聞こゆる、野辺に生ふる葛の這ひ広ごり林に繁き木の葉のごとくに多かれど歌とのみ思ひてそのさま知らぬなるべし。

「古今和歌集仮名序」紀貫之

目次

図版製作=堀越三昧洞

QED 六歌仙の暗号

《プロローグ》

七福神《しちふくじん》に関する論文は、一切禁止する——。

その通達は百も承知の上で、明邦《めいほう》大学文学部四年の斎藤貴子《さいとうたかこ》は「七福神」をテーマにした卒論の許可を得るために、民俗学研究室へと、ゆっくり階段を上り始めた。

七福神に触れてはならない——。

それは、当の貴子が一番感じている。

おそらく、他のどの学生よりも……。


三年前。

当時、文学部四年生だった、貴子の兄・斎藤健昇《けんしょう》は「七福神に関する、日本的風土からの考察」というテーマで、卒論を書き始めた。

健昇は、妹の貴子の目から見ても、物静かな男性で、暇を見つけては図書館で文献を繙《ひもと》いているという、今時には珍しい文学青年だった。

四年時には、民俗学研究室の木村継臣《きむらつぐおみ》助教授のゼミに入り、熱心に勉強をしていた。その真面目さが認められたのだろう、木村助教授からは、特別に可愛がられていた。しかし、それが他の学生から全《まった》く羨望《せんぼう》の的にもならず、嫉妬《しっと》の対象にもならなかったのは、木村助教授は余りに頑固すぎるという風評があり、学生の間では全くと言っていいほど人気がなかったからだ。

だから、そんな木村に可愛がられたところで、羨《うらや》ましがられるどころか、ただ単に、健昇は変わった男だという評判が立ったにすぎなかったのである。

貴子は踊り場で一旦《いったん》足を止め、窓の下に広がるキャンパスを眺《なが》める。

初夏の陽射《ひざ》しが柔らかく、銀杏《いちょう》並木に降り注いでいた。

もうすぐ四月も終わる。卒論のテーマが未《いま》だに決まっていない学生など、もう殆《ほとん》どいないだろう。まだ実際に取りかかってはいないにしても、みんな少なくともテーマは決まっているはずだ。

貴子は、一つ深呼吸すると、再び階段を上り始めた。あと二階分上って、五階のフロアを右に曲がれば、木村助教授の民俗学研究室の扉がある。

木村が、健昇にどれほど目をかけていてくれたかというと、他の学生たちと外で食事をする際にも、必ずと言っていいほど声がかかった、というのもその一つの表われだろう。木村は全く酒を飲まないし、健昇もどちらかといえば下戸《げこ》の口だ。だから酒の席ともなれば二人は、殆ど素面《しらふ》のままで、延々と民俗学談義に花を咲かせるのだった。

また、木村には六歳下の妹がいる。

綾乃《あやの》、という色白の美人だ。

しかし彼女は病気がちのため、未だに独身で、家族と共に京都の実家に住んでいる。

その綾乃は、月に一度は必ず木村を訪ねて東京に出てくる。そして、兄妹で食事をするのだが、その席にも健昇は、度々《たびたび》呼ばれていた。それればかりか、当時一年生だった貴子も何度か呼ばれ、四人で食事したこともあった。

健昇は綾乃のことを好きなのだ——と、貴子は妹の直感で思った。

それは、恋だったのかも知れないし、また違う種類の感情だったのかも知れない。しかし、兄が綾乃を気に入っていることだけは、貴子にも解った。綾乃も、健昇のことを、少なくとも嫌いではなかったようだ。そしてそれを、木村はむしろ喜んでいる節《ふし》も見受けられた。

しかしそんな日々も、健昇の事故死で終わった。

二年半前の冬。貴子が、大学生活初めてのクリスマスを迎えようとしていた頃、健昇は卒論の仕上げのため、「京都七福神巡り」に一人で出かけた。

京都では、レンタカーを借りての寺社巡りであったのだが、その途中、鞍馬《くらま》の山道から車ごと転落して、死亡してしまったのである。

貴子にとっても、家族にとっても、まさに信じられない出来事だった。つい何日か前に家を出発した兄が、いきなり物言わぬ遺体となって帰宅したのだ。

しかも——。

東京出発前に、健昇が残した言葉も、貴子を当惑させた。それは、

「七福神は、呪《のろ》われている」

というものであった。

それを確認しに行くのだ、と健昇は言った。

貴子は、まさか、と笑った。しかし、健昇は、

「嘘《うそ》じゃない。それが証拠に——」

と、真剣な眼差《まなざ》しで言う。

貴子にも、思い当ることは——なくはない。

そこで、半信半疑のまま頷《うなず》いたものだ。

健昇の死は事故である以上、それが彼の言い残した言葉と関係あるとは、とても思えない。第一、この現代に「七福神の呪い」などとは、時代錯誤だ。

確かに貴子も認めるように、七福神は呪われているのかも知れないが、それと健昇の事故死とは無縁なはずだ。

しかし、七福神に絡《から》んだ事件は、健昇の件だけにとどまらなかった――。

貴子は、最後のステップを踏む。

五階だ。

廊下を右に折れると、再び大きく深呼吸して、研究室のドアをノックした。

《一諾千金》

　今日一日分の処方箋《しょほうせん》をクリップで丁寧《ていねい》に綴《と》じて枚数確認を終えると、棚旗奈々《たなはたなな》は背中を伸ばして、

「ふう……」と嘆息をついた。

　昨年の猛暑の影響で、今年の春は花粉の飛散量が格段に多いようだ。そのために花粉症で悩む人々にとっては、眼も開けられぬ最悪の春となり、それにきちんと比例するように奈々たちは、仕事に忙殺されていた。特にここの薬局では、耳鼻科の院外処方箋も受け付けている関係から、三、四月の二ヵ月間は、まるで年末のデパート並みの慌《あわ》ただしさだった。しかし四月もようやく終わろうとしているこの頃では、花粉の飛散量も落ち着き始め、以前のように白衣の裾《すそ》を紋白蝶《もんしろちょう》のように翻《ひるがえ》して調剤室を走り回ることもなくなった。

　だが、流石《さすが》に疲れが体にずっしりと溜まっているのが自分でもわかる。ゴールデン・ウィ

ークが待ち遠しかった。奈々は、どこか近場の空《す》いている温泉にでも行って、のんびりと寝て過ごそうと一人で密《ひそ》かに決めていた。

「ふ、ふわっくしょん！」

投薬ビンの後片付けを始めた奈々の背中で店長の外嶋一郎《そとじまいちろう》が、自分の腰掛けているイスごと後ろに飛びそうなくしゃみをした。

外嶋は、イースター島のモアイ像のような顔をした四十過ぎの薬剤師である。奈々とは明邦大学の先輩後輩の間柄になる。ただし奈々が入学した年には、外嶋はもう既に卒業してしまっていたので、実際にキャンパスで顔を合わせたことはない。年齢は十五歳以上違うのだから。

卒業後、薬局勤務を希望していた奈々は、東京都内の目黒《めぐろ》区祐天寺《ゆうてんじ》で開局していた外嶋を知人のつてで知り、薬剤師免許取得と共にこの薬局に勤めたのである。

そして外嶋もまた、ここ二ヵ月をまさに「涙ぐましい」努力をして乗り切った、重症の花粉症患者の一人であった。

「外嶋さんはまだ治りそうもないですね」

と笑いながら振り返る奈々に外嶋は、

「ああ……奈々くんは幸せだ。僕のような酷《ひど》い花粉症に悩まされている人々にとって、一年の内の二ヵ月、つまり人生の六分の一は、常に閉ざされている。……ふわ……」

そう言って、もう一度くしゃみをするとティッシュを取り出し、勢いよく洟《はな》をかんだ。

「仕方ないですよ。アレルギーなんですから」

奈々は、メスシリンダーに残っている幼児用のシロップを丁寧に洗い落としながら、笑いかけた。

「しかし、奈々くん。こんなに毎日薬漬《づ》けじゃあ、かえって病気になってしまう」

「だって外嶋さん、減感作療法《げんかんさ》が面倒だとおっしゃるのなら、お薬を飲むしか他に治療法はないじゃないですか」

「そんなことはない」

「え？」

「きちんと治す方法ならばある」

「――聞いたことがありませんね……。どんな方法なんですか？」

「アレルギーというのは」外嶋は腰を下ろしたままイスをくるりと奈々に向けて、足を組んだ。「奈々くんも知っている通り、体内に入って来る異物を排除しようとする抗原抗体反応の一つの結果として、肥満細胞から放出されたヒスタミンやロイコトリエンなどが引き起こす症状のことだ。――勿論《もちろん》ここで言っているのは、先天性の病《やまい》を除いて、という話だが。だから普通の健康な人間であれば、大抵の異物は、ごく単純に排除することができるはずなんだよ」

「抗原抗体反応というのは、免疫機構の一部ですからね」

「その通り。つまり、ここでアレルギーを起こしている人間の体に関してだけ言えば、その免疫機構が正常に機能していない、というわけだ——。それでは、何故《なにゆえ》に免疫機構が正常に機能しなくなってしまっているのか？　その理由は簡単だ。それを司《つかさど》っている部分の働きが、非常に鈍くなってしまっているからだ。では、その部分とは一体どこか？　——それは正《まさ》しくここだ」

外嶋は無表情のまま、右手の人差し指を自分のこめかみに当てた。

「脳だ。しかも大脳の奥の奥。間脳、中脳、橋《きょう》……一般に脳幹と呼ばれている部分だ。そして脳幹は常に本能と密接な関係にある。本能が弱れば当然脳幹も弱る。だからこの理論によれば、僕は本能が弱っているということになる。実の所、一ヵ月も僕を悩ませていたものは、決してスギの花粉ではなかった。本当の原因は僕の脳だったんだ。敵は本能にあり、というやつだ」

外嶋は顔色一つ変えずに、下らぬ洒落《しゃれ》を言う。

奈々はいつもこうして、外嶋の怪しげな理論で煙に巻かれてしまう。しかし、よく考えると彼の論調は、証明の仕様《しよう》がないところを、あたかも既に常識であるかの如く滔々《とうとう》と語っているのである——。まあ、おそらく外嶋の頭の中では、きちんと筋が通っているのであろうけれど……。

奈々は苦笑いしながら、体温計の温度を下げる時のような仕草でメスシリンダーの水滴を払うと、籠《かご》の中に並べて仕舞った。そして尋《たず》ねる。

「では、外嶋さんの理論によれば、本能を鍛えることによって花粉症は完治する、というわけですね」

「その通り！　奈々くん、実にその通りなんだ。花粉症だけではない。本能を鍛えることによって、驚くほど沢山《たくさん》の病気が治癒《ちゆ》するはずだ」外嶋は奈々に向けて指を折る。「アトピー性皮膚炎、小児喘息《しょうにぜんそく》、高脂血症、神経性胃炎、胃酸過多、過敏性大腸炎、不眠症……」

外嶋の理論は、いつも途中から大きく飛躍する。

その見極めが大切なのだ、と奈々は学んだ。何故《なぜ》ならば、彼の理論は決して嘘とは言えないけれど、本当かどうかは誰にも解らないのだ。

しかし今、確実に解っていることが一つある。

ここの薬局では、パートのアシスタント二人は、六時になると小鳥のように自宅に帰ってしまうので、店の後片付けは奈々と外嶋の二人の役目になっている。だから外嶋の演説が終わらない限り、閉店業務は全《すべ》て奈々一人の仕事になる、ということだ。

その証拠に、さっきからイスに腰を下ろしたままの外嶋を中心にして、奈々は小惑星のごとくその周りを忙しく動き回っているではないか。

「問題は」外嶋は、ちんと洟をかんだ。「現代的な生活習慣が人間の本能をどんどん弱らせてゆく、という点だ」

「多分……そうでしょうね」奈々はレセプトコンピューターのデータをフロッピーに落とした。「自然治癒力も本能でしょうから」

「だから本能を鍛えなければ、駄目だ」

「え？　どうやって、ですか？」

「簡単だ。恐怖を味わえばいいんだ」

「恐怖……ですか？」

「そう。心の底から怖ろしいと思える体験をすればいいんだ。恐ければ恐いほど有効だ。

——先ほど僕の言った病が『現代病』と一括《ひとくく》りにされている理由も、そこにある。奈々くん、大昔を想像してごらん。僕らの祖先の周りには『自然』という大いなる恐怖が満ち満ちていた。ちょっと雨が降るだけで、川は氾濫《はんらん》して人があっさりと死ぬ。台風などが来ようものならば、家族が家ごと飛ばされた。そして山は崩れて大勢が生き埋めだ。しかも当然天気予報などありはしないから、その災害はいつ終わるか誰も解らない」

ついに外嶋は身振り手振りも加えて語り始めた。

「もしかしたなら、明日《あさって》も明後日《しあさって》も明々後日も続くかも知れないんだ……。そこに、雷《かみなり》が襲う。雷は神の怒りだ。寄らば大樹の陰と逃げ込んだ大木に引き寄せられるように雷は落ちて、一瞬で全員、黒焦げだ——」

奈々はそんな彼をよそに、バックアップを終了したコンピューターの電源を落とす。あとは分包機のスイッチを切れば、今日の仕事は無事終了だ。

一方《いっぽう》外嶋は、おかまいなしに話を続ける。

「――山に行けば獣《けもの》に襲われ、海に漕ぎだせば大波にさらわれる。そんな自然界の恐怖から自分の身を護《まも》るためにこそ、本能は働いていたんだ。しかし現代では、自然の脅威と向き合う機会など稀《まれ》にしかない。だから当然、本能も退化してしまった」

外嶋は、ほんのお付き合い程度に目の前の薬歴簿を両手でトントンと揃《そろ》えて、片付けを終える。

今日の閉店業務は、これで全て終了した。

ほっ、と一息ついて奈々は外嶋に尋ねる。

「では、その現代に生きている私たちが本能を鍛えるためには、どうしたらいいんですか？」

「バンジージャンプ」

「？」

「高い所から飛び降りることだ。橋の上から深い川に飛び込むというのもいいだろう。海に入って沖から海岸へ泳いで戻る時に、もう足が届くだろうと思って立とうとした瞬間に足の下には何もなくて、ごぼりと頭まで潜ってしまった、という小さな恐怖でもいいんだ。とにかく背筋がぞっとする瞬間を体験することだ」

「遊園地の絶叫マシンでは駄目ですか？」

笑って尋ねる奈々に、外嶋は真顔で言う。

「若者たちがそれを好むというのは、きっと彼らの潜在意識の内で、本能がそれを欲しているのだろう。バーチャル・リアリティもどきにね」

そこで外嶋は再びイスをぐるりと回して、奈々を正面から見た。

「しかし、何と言っても、本物の自然と接しながらの体験が一番だということに変わりはない——。本物の自然、と言えば——奈々くん」

「——何でしょう」

「京都に行って、本物の自然と接して来てくれないかな」

「え？」

「今月末の、薬草園研修旅行だ」

「！」

この薬局では、何年かに一度、製薬会社主催で行なわれる、京都・北白川《きたしらかわ》の薬草園見学の勉強会に、必ず誰かしら参加することになっていた。勉強会と言っても薬草園をぐるりと一周して来るだけなのだが、都会育ちの若い薬剤師には評判は悪くない。しかし休日を返上してわざわざ出掛けて行くのには、東京都内からでは少し遠い。去年までは、出無精の外嶋が仕方なく参加していたのだが、今年は奈々に行けと言う——。

しかし今年に限って、その日はゴールデン・ウィークの初日だった。

「実際に土から生えている生薬《しょうやく》を見るのは、とても良いことだ。人間、たまには土と親しまなくてはならないね。多少なりとも、本能に対して良い影響があるだろうし」

「——でも……」

「何か予定が？」

「いえ……まあ……無いことはないんですけれど」

「このゴールデン・ウィークを、近場の温泉にでも出かけて寝て過ごそうなんて思っているのならば、その代わりにちょっと旅行気分でどうかね？」

——見抜かれていた。

「行ってもらえれば当然出勤扱いになるし、勿論往復の旅費は主催の製薬会社持ちだ。研修会は一日足らずで終わるけれども、もしも泊まって来るのならば一泊分だがホテル代も出る。予定が入っていないのならば、この休暇をゆっくりと京都で過ごすというのも風流だ」

「ちょ、ちょっと待って下さい。本当に私が？　それじゃ外嶋さんは……？」

「僕？　僕はそういうわけで、この連休を利用して花粉症の治療に出掛ける」

「治療——ってどこへですか？」

「丹沢《たんざわ》だ」

「丹沢？ それってただの山歩きでしょう！」

「いいや、違う」外嶋は、眼鏡をくいっと上げた。「あの山には、眼も眩《くら》むような高さの吊《つ》り橋《ばし》があるんだ」

「吊り橋？」

そんな物が果たして実際にあるのかどうか、寡聞《かぶん》にして奈々は知らなかったが、外嶋は続ける。

「あの吊り橋は怖ろしい。まさに背筋がぞっとする……。その上、今の近畿地方では、オオバヤシャブシの花粉が飛散している。日本の樹木の中で最も花粉症を発生させやすい、カバノキ科の植木だ。しかもその花粉は、スギ花粉と重複感作《じゅうふくかんさ》してしまう。昨年度の疫学調査の結果、その比率は何と――」

「わかりました」

薬草園見学も兼ねて、ただで京都に旅行に行けると考えれば、まあ、それほど悪くはないか……。奈々は白衣を脱ぎながら、ニコッと笑って肩を竦《すく》めた。外嶋もその様子を見て、ほっと笑う。

「いやよかった、よかった。――そう言えば、今年はあの『萬治《まんじ》漢方』からも参加者がいるそうだ」

「え？」

——もしかして……！

「桑原《くわばら》が行くそうだよ」

外嶋は奈々の顔を見上げ、意味ありげにウインクをした。

奈々は、大きな瞳《ひとみ》をパチクリさせる。

桑原崇《たかし》。

奈々より一つ上の先輩で、『崇』の文字と『祟《たたる》』の文字が似ているということと、四年の時にオカルト同好会という怪しげなサークルの会長を務めていたせいで、あだ名を『タタル』——『くわばら・たたる』と呼ばれていた男のことだ。

崇は卒業後、すぐに京都にある老舗《しにせ》の漢方薬局に就職した。そこに一年勤めた後に東京に戻り、そして去年から、偶然奈々たちの薬局と同じ地区にある『萬治漢方』に勤め始めていた。同じ地区——と言っても、しかし普段は全くと言っていいほど連絡はなかった。

「実を言うと僕は今、平安時代の人々の食生活に、非常に興味を持っているんだよ。食料の保存方法もなく、疫病が町を席巻していた時代に、彼らは、一体《いったい》何を口にしていたのだろうか？」

「平安貴族たちが、ですか」

「そうだ。在原業平《ありわらのなりひら》や小野小町《おののこまち》たち、六歌仙《ろっかせん》の頃だな。そのレポートが欲しい」

「それならば、タタルさんから手紙でもメールでも送ってもらえば——」

「駄目《だめ》だ。いくら先輩の頼みごととはいえ、あいつは、自分の気が向かなければ僕のスリッパすら揃《そろ》えてくれやしない。電話ですら、その時の気分次第で出るか出ないか解らないのだから、手紙などもっての外《ほか》だ。その上、奴の部屋にはパソコンがない」

「——でも外嶋さん。タタルさんは、そんな平安時代のことも詳しいんですか？　あの人の得意分野は、オカルトだったんでは——」

「あいつがオカルトなど詳しいものか！　せいぜい知っていて占星術か錬金術、よくてヘルメスかカバラ程度のものだ」

「？」

「奈々くんは彼と親しかったらしいが、その割りには彼を知らないね」

「いえ、そんな——」奈々はあわてて、顔の前で両手をひらひらと振り、否定する。

外嶋は言う。

「あいつがオカルト同好会に入部していた理由はただ一つ。あの部室が暗くて静か——つまり昼寝に最適だったから、という理由だけだ。奴の得意分野は寺と神社だ。ただ、昼寝をしている間に、オカルト同好会の会長にさせられてしまったのだ」

確かにそう言われれば、崇はしょっちゅう講義をサボっては、ノートを片手に寺社巡《めぐ》りに出かけていたという噂《うわさ》を聞いたことがあるし、半年ほど前に起こった少し変わった事件の際には、和歌の知識を皆に披露していた……。

「だから、向こうに行って用事を済ませたら、奴に京都の街をゆっくりと案内してもらうといいよ。奴のことだから、一風変わった情報を沢山《たくさん》持っているはずだ。楽しい旅行になるだろう」

「でも……私はいいですけれど、タタルさんは迷惑なんじゃ――」

「ああ、大丈夫だ。昨夜、奴をやっとつかまえて、僕から電話でその旨《むね》を伝えておいた。レポートをまとめる件については、既に了承済みだ」

「え？」

「桑原は、早めに休みを取って、一足先に京都に行くと言っていた。京都に、親戚の家があるらしいからな――。まあ、あとの詳しいことは二人でよく相談して決めてくれ。では、よろしく」


奈々は、何か複雑な気分のまま薬局を出た。

この薬局から東横《とうよこ》線で二十分ほどの所に、奈々の住むマンションがある。

実家は鎌倉《かまくら》なのだけれど、奈々の通勤と――ほとんどこちらの理由が主なのだが――四歳下の妹の大学への便を考えて、二人で家を出て二LDKのマンションを借りて住んでいる。家賃は奈々と親とで折半だ。学生である妹の分は親が出すけれど、社会人である奈々の分は自分で払いなさい、ということなのだろう。

マンションのドアを開けると、猫の玉三郎が「ミャア」と鳴き、キッチンから妹の「お帰りなさーい」という声がした。今日は彼女が夕食の当番だ。

奈々は「ただいま」と言って自分の部屋に入り、そして鏡を眺《なが》めて嘆息をつく。

またしても、外嶋にうまく乗せられてしまった。

外嶋の口がうまいのか、それとも自分の性格が弱いのだろうか……。

いや、自分だって決して気弱なわけではないと思うが、どうも、そういった次元の問題ではないような気がする。外嶋にしても、崇にしても、いつも最後は奈々が振り回されてしまっている。相性なのか？　それとも、生まれた星のせいなのか……？

そんなことを考えながら妹と夕食をとり、お茶を飲みながら大学生活の話などを聞いてくつろいでいると、自分の部屋の電話が鳴った。急いで部屋に戻り、ドアを開けて受話器を取ると、それは大学の後輩の斎藤貴子からだった。

「ご無沙汰《ぶさた》しています」

貴子は言った。

奈々は薬学部卒業であるが、貴子はこの春に文学部の四年生になったはずだ。学部もサークルも違うけれど、二人はもう何年も親しく付き合っている。

奈々は小学校の時から他の地区の私立に通っていた。そのため、地元には幼い頃からの友人がいなかった。仲良く中学や高校に通っている女の子を見て、いつもうらやましく思ったものだ。だから、北鎌倉駅のホームから大学のキャンパスまでずっと一緒だった髪の長い物静かな女の子を見付けた時には、奈々からごく自然に、あなたも明邦大生なの？　と声をかけた。「はい。斎藤貴子と言います」と、その女学生は微笑《ほほえ》み返した。聞けば、その年、明邦大に入学したという。

「三歳年上の兄も、明邦大学文学部に通っています。でも兄は、いつも寝坊して——」

と笑ったので、奈々もつられて笑ってしまった。その上、お互いの家もすぐ近くだという。歩いてほんの十分位の所だ。ただ町内が違うので、親同士の交流もなかったらしい。

そんなことがきっかけで、二人は毎朝、色々な話をかわしながら大学までの小一時間を過ごすのが習慣になった。そして、それがほとんど奈々の卒業まで続いた。

しかし奈々が卒業してからは、お互いに時間に追われてここ一年以上、会う機会もなくなってしまっていた。特に、奈々が鎌倉の家を出て、横浜市桜木町《さくらぎちょう》のマンション住まいになってからは、全くと言っていいほど疎遠になってしまった。たまに何かの折りに噂を聞いて、貴子も元気でやっているんだなと思い、いずれ時間ができたならば電話でも入れるつもりではいた。

「卒論のテーマがやっと決まったんです」

貴子は言う。

「あら、それは良かったわ。でも今頃じゃ、少し遅くはない？」

奈々は首をかしげた。普通ならば、三月の初めには誰もが決め終わっているはずだ。中には一月中に決定して準備に入っている学生もいる。

「ええ。……色々と考えて——」

「ふうん。それで何を選んだの？　と、言っても私には文系の人たちのテーマは、聞いてもよくは解らないと思うけれど」

「…………」

「どうしたの？」

「実は……『七福神』なんです」

「——本当に？」

「はい……」

「ちょ、ちょっと待ってよ、貴子——。七福神？」

「はい。七福神です」

奈々はあわてて電話を抱え、ベッドの上に腰をかけ直した。

「七福神……って。だって貴子、あなた——」

「はい。わかってます。でも、どうしても……」

——他にテーマはなかったの？　と訊《き》こうとして奈々はその言葉を呑《の》み込んだ。

それで貴子の卒論の決断が、これほど遅れたわけも納得がいく。

それにしても、七福神、とは——。

あの一連の事件以来、文学部では『七福神』はタブーだったのではなかったか？

それに、七福神は呪われている、というのが亡くなった貴子の兄・健昇の最期の言葉だったと奈々に話したのは、当の貴子ではないか……。

もちろん奈々自身はそんな話は信じていない。

七福神など、あちらこちらの町や村に祀《まつ》られているし、恵比寿《えびす》・大黒《だいこく》にいたってはおめでたい神様の代表格だ。あれはただ単に健昇の勘違いだったのではないか、と内心未《いま》だにそう思っている。それに彼の言うように、七福神が呪われているとしたところで、それが彼ら三人の死に繋がっているとはとても思えない。

奈々はそう思う。

そうは思うのだが、実際に貴子が関わろうとしているのをこうして眼《ま》のあたりにしてしまうと——。

「心配だわ……」

「大丈夫ですよ」電話の向こうで明るく笑う声が聞こえた。

正直言って、実際少し前までは奈々も、貴子のことだから、いつかこんなことを言い出すのではないかと気にはかけていた。しかし、まさか卒論のテーマに選ぶとは……。

「貴子、あなた木村先生のゼミでしょう？」

「はい。兄と親しかった助教授ですので、私は最初から決めていました」

「木村先生の了解は得られたの？」

「ええ」

「先生は何と？」

「もちろん……いい顔はされませんでした。三つの事件が、本当に七福神に絡《から》んで起こったのかどうかは別問題としても、また何か事が起きると面倒だ、と。また、第一『七福神』というテーマ自体、余り目新しいものでもないし、民俗学的に見ても歴史的に考えても、奥深さを感じられないのではないか、と——」

「…………」

「それに先生も、兄が私に言った忠告を知っていらっしゃるらしくて——」

「七福神は呪われている——？」

「ええ。怪力乱神《かいりょくらんしん》を語らずというわけではないが、敢《あ》えて危うきに近寄らずともよいのではないか、と……。でも、兄がどういう理由で私に『七福神は呪われている』と言ったのか、その理由だけでも知りたいんです。確かに大黒天は悪魔だったとか、毘沙門天《びしゃもんてん》は鬼だとかいう話は有名です。でもそれ以上に何かもっと奥深いものがありそうで……。私個人としてもその謎に挑戦してみたいんです」

「貴子の気持ちはわかる——ような気もするけれど……。でも結局、木村先生の許可は下り

から」

「はい、やっとのことで。奈々さんも噂《うわさ》でご承知でしょうけれど、先生はあの通りの方ですから」

たのね、その様子じゃ」

学部が違うので、奈々は木村からは直接講義を受ける機会はなかったが、友人たちの間では、木村の評判は決して芳《かんば》しいものではなかった。

年齢は三十代の後半だが未だに独身のままで、特別に交際している女性もいないらしい。真夏でも真冬でも、そのヘアースタイルと同じように、きっちりとスリーピースを着こなして、キャンパスを歩いていた。そしてその講義はといえば、生真面目《きまじめ》一本槍で何一つ面白くもない、というのが大方の学生の評判だと聞いている。

木村は酒も煙草《たばこ》もたしなまないため、コンパや歓迎会でも、ただ黙って座っているだけらしい。冗談の一つでも口にすればいいのだけれど、それもほとんどないらしい。それではさすがに、学生は息が詰まる。

それに加えて、毎年木村の単位だけが足りないばかりに留年してしまう学生が必ず何人かいるものだから、それが悪評に拍車をかける原因の一つにもなっていた。木村は陰険で融通がきかない、というのである。しかし、これは殆《ほとん》ど逆恨みに近いのだろうが……。

当然、そのゼミの内容もとても厳しいと聞く。健昇の件がなければ、はたして貴子は木村のゼミを選んだであろうか？ 貴子ほどの優秀な学生であれば、他のゼミからも引く手あまただったはずだ。わざわざそんな陰気なゼミに入るまでもない――。ということは、つまり貴子がそれほどまでに健昇の事件に執着しているという証拠でもある。

「でも……うん、貴子ならば大丈夫ね、きっと。それに今さら私が止めても無駄でしょうから……」

「ありがとうございます。奈々さんならば、きっとそう言ってもらえると思っていました」

「でも、無理しちゃだめよ。何か変わったことがあったらすぐに止めるのよ。一人で走って行かないこと、これは約束よ」

「はい」

「私はその方面の知識が無いから、おそらく余り力にはなれないと思うけれど、できることがあればいつでも相談に乗ってあげるから」

「ありがとうございます。――それで……」

「なあに？」

「あの人の協力を仰げないでしょうか？」

「え？　誰？」

「桑原さんです」

「――タタルさん!?」

「はい」

「何を言っているの、貴子は――」

「いえ、勿論、タタルさんに時間があったならば、ということですけれど……」

「そういう意味じゃないの！　あの人は薬剤師よ。あなたと違って、文学部卒じゃないのよ！」

「私、噂で聞いているんです。その方面については、へたな民俗学教室の助手よりも詳しいって」

「そんな――」

「木村先生も桑原さんのことはご存じで――桑原さん、何度か先生の研究室を訪ねられたことがあったみたいで――何で彼が薬学部なんだ、と不思議がっていらしたほどですよ」

「でも、ちょっと待ってよ貴子。それならばあなたが直接頼めばいいじゃないの？　何で私に――」

「私は、桑原さんと一言も口をきいたこともないんです。それに奈々さんは、彼ととても親しいって」

「そ、そんなことないわよ！」

「そんなにむきにならないで下さい」貴子は電話の向こうでクスリと笑った。「でも、桑原さんのお話をよく聞かされましたよ、私は」

「そうかしら？」奈々はとぼける。「でも第一、そんなことを急に言われても、私だって、別にタタルさんに会うような予定も――」

――あるではないか！

「それで」貴子は言う。「私、実はこの連休を利用して、七福神巡りをしようと思っているんです。ですから、戻って来たらその後で、時間を作ってもらえると嬉《うれ》しいんですけれど」

「あら、そうなの。どこへ行くの？」

「はい。京都まで」

――京都！

「やはり京都は、七福神巡り発祥の地といわれていますし、それに兄の亡くなった場所でもあるから――」

「ちょ、ちょっと待ってね」

奈々は貴子の言葉を遮《さえぎ》り、受話器を耳から離して大きく深呼吸する。

そして、尋ねた。

「貴子。いつ行くの？」

「え？　別にまだ細かく決めては——」

そこで奈々は、さきほどの話——外嶋に頼まれて、連休の初日に京都まで行く話——を貴子に伝える。そして、その薬草園見学には、桑原もやって来ることになっている——云々《うんぬん》。

「私、行きます！」

受話器の向こうで貴子は叫んだ。

「何が何でも、奈々さんたちの都合に合わせます！　連休中のスケジュールは、全て白紙にします。それで、いつ、どこに行けばいいですか」

こんなに興奮している貴子も珍しい。

「わ、わかったわ」

勢いに気圧《けお》された形で、奈々は思わず承諾してしまった。

「本当ですか！　一緒に、お邪魔させてもらっていいんですね！」

貴子の声は弾《はず》んだ。そこで奈々はあわてて、

「でも、ちょっと待ってね、私一人で勝手に決められないでしょう、だからまた後で電話するから」と言った。

すると貴子は再び、ありがとうございます、と言う。おそらく受話器の向こうで、本当に頭を下げているに違いない。

貴子との電話を切ると、奈々は風呂に入る。

湯槽《ゆぶね》に唇まで浸《つ》かって、目を閉じた。

何だか今日は、変な日だ。

外嶋といい、貴子といい、奈々の「日常」が勝手に壊されていく。

——さて、どうしよう？

どちらの件を考えるでもなく、湯煙を鼻孔で感じていた。こうしていると、一日の疲れが浸透圧の壁を乗り越えて、体の中からお湯の中へ溶け出していくようだ。肩の力をすうっと抜くと、体全体がぷかりと浮かぶように感じる。羊水に包まれた胎児は、きっとこんな気分で長い時を過ごすのだろう……。

——タタルさん……か……。

奈々は崇《たかし》を——いつもボサボサで、どこかしらはねている髪を——思い出して湯槽の中で微笑んだ。

ただ、どうやら周りは、みんなで誤解をしているらしい。別に奈々は、崇とは個人的に深い付き合いをした覚えはないし、そんな考えを持ったことも——おそらく、ないと思う。

確かに、一風変わっていて人付き合いの殆どない崇と、キャンパス内や学食でよく話をしたのは事実だ。しかしそれだって、ごく普通の友達程度だ。ただ単に、奈々の同級生の中で——後輩も含めて——崇と口をきいた経験のある女の子が、おそらく奈々以外に誰もいなかったのだ。それだけのことだ。

それが、二人の関係を際立《きわだ》たせているだけなのだろう——と、奈々は思う。

今夜中に連絡をしてしまおう。

奈々は決断した。

一諾千金《いちだくせんきん》。善は急げ、だ。

風呂から上がり、鼻歌を歌いながら髪を乾かしてパジャマに着替えると、奈々は再び受話器を取る。

「ああ、外嶋さんから連絡は受けている」

受話器の向こうから、崇のぶっきらぼうな声が聞こえてきた。カラリと氷の音もする。グラスを片手に電話に出ているのだろう。

——桑原に京都を案内してもらうのはいいが、一緒に酒を飲み歩いては駄目だぞ。奈々くんの肝臓の寿命が縮まる——。

奈々は、外嶋の忠告を思い出した。

崇は、相変わらずカラカラと氷の音を立てながら、電話の向こうで誰に言うともなく言った。

「いつもあの人はこうだ。人の都合を考えるという発想が全くない。思い付きは決して悪くはないけれど、後のフォローができない」

「——そ、それで、そのことなんですけれども、私の他に、後輩をもう一人一緒に連れて行きたいんですけれど、いいですか？　それとも、お邪魔《じゃま》でしょうか？」

「お邪魔もなにも、ご自由に。京都は狭いようで案外広い」

「ありがとうございます。それで——」

　奈々は貴子の話を告げた。亡くなった斎藤健昇の妹で、現在文学部の四年生になった。今年の卒論に七福神を選んだので、タタルさんにアドバイスをお願いしたい——。

「七福神！」

「はい」

「七福神——か……」

「何か？」

　奈々が想像していたよりも、崇の反応が大きかったので、かえって面食らってしまった。

「私も最初は、反対したんですけれど——」

「まあ本人がどうしてもと言うのならば仕方ないだろうな……。それに斎藤くんは、君に相談するために電話をして来たわけではないだろう。決定した事実の報告をしただけだ。とすれば、俺たちがとやかく言っても仕方ない」

「でも……」

「何か？」

「七福神の呪《のろ》い、とかいう——笑わないで下さいね——私は心配なんです」

「笑いやしないよ。俺もそれは心配だ」

「え！　まさか、タタルさんも七福神の呪いを信じていると——」

「君らしくもない、交錯した質問だな——。いいか、『七福神』は現実に存在する。そして『呪い』も現実に存在する。それならば『七福神の呪い』が現実に存在する可能性は否定できない。ただそれだけのことだ」

「——呪いは現実に存在するんですか？」

「以前にも言った通り、もちろん存在する」

それは確かに聞いたことがあった。

しかし奈々は未だに半信半疑のままでいるのだ。

「冗談で言ったんでは——」

「俺は、オカルト同好会の会長だったんだよ」

「え？　でも外嶋さんの話では、タタルさんは部室に昼寝しに行っていただけだと——」

「あの人の言い回しはいつもそうだ。嘘ではないけれど、必ずしも真実ではない——。と言っても俺もオカルトにはたいして興味はなかったのも事実だがね、パラケルススを除いて。

彼の『悪魔を飼い慣らして、下僕として使役していた』という部分に少し引かれただけだ——。まあその話はどうでもいいけれど——今は『呪い』だな」

「ええ」

「奈々くんは、あの話を聞いたことがあるか？　俺たちの大学のそばにあった、小さな踏み切りにまつわる話だ」

「——いいえ」

「大学のすぐ近くに、私鉄の通っている踏み切りがあっただろう」

「ええ。明邦通りのはずれに」

「そうだ。通行人と自転車しか通れない、あの小さな踏み切りだ。あの踏み切りの脇に、小さな祠《ほこら》があったのを覚えているかな？」

「え、ええ……そう言われれば。でも、それが、何か——」

崇の言う通り、確かにあの狭い踏み切りのそばに古ぼけた祠が、ちょこんと建てられていたのを奈々は思い出した。

それはちょうど膝《ひざ》ほどまでの小さな物で、手入れが行き届いていない証拠に、石の表面は青く苔生《こけむ》していたような記憶がある。その扉はいつも閉ざされていたが、それでもたまに祠には饅頭《まんじゅう》や可愛らしい花が数本飾られていた。

「あの祠のいわれを聞いたことは？」

「いいえ――ありませんけれど……」

――そう言えばあの祠には、一体何が祀《まつ》られていたのだろう？　地蔵も、稲荷《いなり》の狐も立っていなかったような気がする。

「そうか……」崇の声が低くなる。「君は、あの踏み切りで人身事故があったという噂を聞いたことがあるだろう」

「はい。会社帰りのOLが、電車にはねられて亡くなったという……。でも、確かずいぶん昔のことですよね……」

「そうだ――。しかし、それはただの事故ではなかったんだ」

「え？」

「その亡くなった女性は、妻子ある男の愛人で、不倫関係のもつれから、恨みを抱いたまま電車に飛び込んだんだ」

「！　まさか……」

「だからその女性の魂《たましい》は成仏《じょうぶつ》できなくて、怨霊《おんりょう》となってあの踏み切りの辺りを未だに彷徨《さまよ》っている」

背中を、ぞくり、とさせた奈々には構うことなく崇は話を続ける。

「その証拠に、遮断機《しゃだんき》に飛び散った血痕《けっこん》は何度洗っても未だに落ちていないし、夜になると、何故か踏み切りの辺りが、ぼおーっと明るかったりする。近所の犬は、誰もいないのに急に怯《おび》えたように、踏み切りに向かって吠えたりもする……」

奈々は、初めて聞いた。

本当なのか？

「また、こんな話もある。通勤帰りの会社員が、真夜中あの踏み切りの前に立って、通り過ぎる最終電車をやりすごしていた。するといつのまにか隣に見知らぬ女性が現われて、やはり遮断機が上がるのを待っていた。やがて電車が通り過ぎ、二人は踏み切りを渡った。渡り終えた男性がそれとなく自分の横を見ると、そこには誰一人いなかった。女性は踏み切りの真ん中で忽然《こつぜん》と姿を消してしまっていたんだ」

「——！」

「だから地元の人たちは、夜は決してあの踏み切りには近付かない。それでなくとも、毎年必ず一人くらいはあの踏み切りで怪我《けが》をする……。そうそう、俺の友人の小松崎《こまつざき》も、あそこで転んで怪我をした。だから地元の人たちは、あの祠にその女性の怨霊を祀り、毎日お供物《くもつ》を捧げて供養しているのだ」

——そう言われれば……お婆さんたちが手を合わせて拝んでいる姿を、たまに目にした。

——でも……まさか……。

奈々は首筋に冷たいものを感じながら尋ねる。

「タタルさん！」

「…………」

受話器の向こうで、再びカラリと氷の音がした。

「酔《よ》って、からかっているんじゃ――」

「酔ってはいるが、からかってはいない」

「――じゃあ、本当なんですか……」

「…………」

「タタルさん！」

「――嘘だよ」

「え？」

「全部、嘘だ。たった今、考えた」

――！

この男は、一体何を考えているのだ？

しかも、こんな夜中に。

「やっぱり、からかっていたんですね！」

声を張り上げる奈々の耳に、相変わらず冷静な崇の声が入ってきた。

「いや、確かにこれは俺の作り話だが、決して君をからかっていたわけではない」

「どういうことですか！」

興奮醒《さ》めやらぬ奈々に、つまりこういうことだ——と崇は言う。

「これが『呪《しゅ》』だ。今までの俺の話を全てひっくるめて『呪』と言うんだ」

「…………」

「それが事実だろうが、全くの出鱈目《でたらめ》だろうが、関係ない。これで俺が奈々くんに種明《たねあ》かしをしなければ『呪』は成立する——。とにかく君の脳の中に、非日常の情報をインプットしさえすればいいというわけだ。それで、もう君は日常的無意識にあの踏み切りを渡れなくなる。常に潜在意識の下で『日常』と『非日常』との葛藤《かっとう》があるからだ。そして、ある日、踏み切りを渡ろうとした君の意識の上に『そう言えば、この踏み切りは呪われているんだった』という情報が浮かぶ。その時に、後から突風でも吹けば見事に完成だ」

「——嫌《いや》ですね、縁起《えんぎ》でもない」

「それが『怨霊伝説の縁起』というやつだ」崇は小さく笑う。「もともと『呪』というのは『言葉』のことなんだからね。言霊《ことだま》だ。自《みずか》らの怨念《おんねん》を、相手の脳にインプットする手段だ。言葉を媒介として、自分の怨念を憎い相手に送り込む」

——以前にも、一度聞いた。

「奈々くんにこんな話も釈迦《しゃか》に説法だが——人間の体の中には、外部から侵入して来る『非自己』から自分を護るための『自己』がある。免疫系だ。我々は常に外部からの敵である『非自己』と日々戦って生きている。他人の言葉は『非自己』だ。これは、解るね」

「………」奈々は、返事をしない。

しかし、崇は勝手に喋《しゃべ》る。

「それを『自己』が、同化するなり消化するなり有効利用するなりできれば、何の問題もない。しかし、相手の言葉が自分の許容範囲を越えていたり『自己』をうまく騙《だま》して増殖してしまったりすると、脳はあっさりとバーストするか、もしくは単純な一定方向にしか物事を考えられなくなってしまう。その、バーストさせたり縛《しば》り付けたりするような言葉を、わざと人に投げ掛けるというのが――」

崇は一息ついて、言う。

「『呪』だ」

「でも――」

ついに、奈々は問いかけてしまった。

「脳の理論系って、そんなに簡単に破綻《はたん》してしまうんですか?」

「君だって今、少し破綻しかけただろう」

受話器の向こうで、ウィスキーをグラスに注ぎ足す音が聞こえた。

奈々は、ぷうっ、とふくれた。

当然、ぞんざいな口調になる。

「じゃあ、タタルさんは、貴子の何が心配なんですか? 具体的に言って下さい!」

「君だって心配なんだろう。君の心配は何だ？」

「……何となく……ですけれど……」

胸騒ぎがするのだ。

「変な呪にかかっているんじゃないのか？　俺が心配している理由は単純だ。さっきも言った通り『七福神』があって『呪い』があれば『七福神の呪い』があってもいいだろう。一＋一＝二だ」

「その呪いって、一体《いったい》何ですか？」

「さてね。俺に解るはずもない」

「無責任ですっ！」

「おい。論理が飛躍しているぞ。外嶋さんでもあるまいし」

「とにかく、京都はよろしくお願いします！」

奈々は無理矢理に、話をまとめにかかった。

いくら深夜料金とはいえ、呪いだの怨霊だのと、延々と電話で話すような話題ではなかった。ただ用件だけを伝えれば、それでよかったのだ。

そしてその用件はと言えば、最初の一分で済んでいたではないか！

奈々は、一気に日時と待ち合わせ場所を確認して受話器を置いた。そしてベッドにもぐりこむと、頭から布団を被って眠りについてしまった。

《二仏中間》

夏の終わりは、感傷を呼ぶ。

長年見慣れたこのオンボロ校舎も、あと一年足らずで取り壊されてしまう。来年の今頃には、向い側に完成されつつある五階建ての新校舎に全ての研究室も移るのだ。そう思うと、隙間風《すきまかぜ》の入る窓や、ギシギシと鳴る木の床や、柱の古めかしい飾りも、全ていとおしく思えてくるのは不思議だ。

今日の研究を終えた薬理学研究室助手の星田秀夫《ほしだひでお》は、一階にある自分たちの研究室を出て、三階の佐木泰造《さきたいぞう》教授のプライベートの実験室までの階段を、ゆっくりと上って行った。いつもならば単純なはずの薬物動態の実験に、思ったよりも大幅に時間を取られてしまった。そのおかげで、もう辺《あた》りは薄暗く、校舎の中にまで夕闇が静かにその翼を広げていた。

星田はその静けさの中、大仰《おおぎょう》な手摺《てす》りの設《しつら》えられた階段を一段ずつ上る。

このつや光りする太い手摺り一つ取ってみても、確かにこの校舎は、時代遅れになってしまった。昭和初期に建てられたというからには、もう七十年近くを経ているわけだ。同じ敷地に建つ、文学部のモダンな校舎と比べるのもはばかられるほどだ。人間に限らず、時を経れば老兵は、やがて去るのが必定なのだろう……。

階段を上りきって、三階の廊下を左に折れる。

そして他の研究室を三部屋通り過ごした一番奥、廊下の左側に佐木の実験室はある。廊下の右側には大きな窓が一列に並び、今にも消え入りそうな夕陽を、弱々しく受けとめていた。

歩きながら窓越しに下を覗《のぞ》けば、一面に広がる薬草園が見える。今日はもう時間も遅いためか、いつも欠かさず手入れをしている植物部の学生の姿も見えない。

この校舎を取り壊した跡には記念館と、そして今よりも、もっと充実した薬草園が造られると話では聞いた。おそらく、この大学の名所の一つになるに違いない……。

そんなことを思いながら、やがて星田は、佐木教授の実験室に辿《たど》り着いた。

廊下はここで終わりだ。突き当たりは非常口になる。

いつも佐木は、その大きな体格から、学生たちに「布袋《ほてい》さん」と呼ばれている豊かな腹をゆさゆさと揺さぶって、

「薬品が爆発した時には、わしが一番先に逃げられるな」

などと、冗談を飛ばして笑っていた。

ドアの前に立った星田は、いつも通り軽くノックする。そして何気なくノブを回そうとしたが、珍しく鍵《かぎ》が掛かっていた。

〝おや？〟

星田は、いぶかしむ。

プライベートな実験室とはいえ、佐木が在室中に鍵を掛けることなど、今まで一度もなかったからだ。

〝先に帰られたのか？〟

星田はドアに取り付けられた、古めかしい小さなガラスの窓から部屋の中を覗き込んだ。

すると、

「あッ！」

正面に見える実験台の前の床に、白衣を着た大きな体軀《たいく》の初老の男が、こちら向きにぺたりと座り込んでいた。

背中を実験台にもたせかけたまま、頭をガクリと折り、口の端からは白い涎《よだれ》とも泡ともつかぬ物を垂らしている。その俯《うつむ》いた顔は――。

「佐木教授！」

星田はドアを思い切り叩き、ガチャガチャとノブを回す。

しかし扉は開かなかった。

「佐木先生！」

星田の声が届いたのだろうか、佐木の体が、ピクリと動いた。佐木は、ゆるゆると頭を上げると、焦点の合わぬ瞳で星田を見た。

佐木の右腕が、ゆっくりと持ち上がり、助けを求めるように、星田に向かって差し伸べられた。

「先生！」

星田は狂ったようにノブを回し、ドアを叩く。

しかし、ドアはびくともしない。

その時、宙に持ち上げられていた佐木の腕は、ついに力尽きたように、ぺしゃりと床の上に落ち、そしてその首も、ガクリ、と折れた。

星田の額《ひたい》を、冷たい汗が一筋流れた。

とりあえず守衛室へ！

とにかく、この部屋の鍵を開けなければ！

星田は、弾《はじ》かれたようにドアから離れた。

そして、永遠に続くのではないかと思われるほど長く感じる廊下を、足音を響かせながら走った。

階段を転がり落ちるように駆け下り——事実、一度転がり落ちた——息を弾《はず》ませて校舎を走り出た所で、後ろから、

「やあ、星田君。どうした、そんなにあわてて」

と、声をかけられた。

その声の主は、相変わらずスーツをきちんと着こなした、民俗学助教授の木村継臣だった。隣には、助手の中野もいて、ニコニコと星田に笑いかけた。

「木村先生！　実は——」

星田と木村は学部が全く違うのだが、郷里が同じ京都ということで、普段から親しい付き合いをしてもらっていたことを、この時ほど嬉《うれ》しく思った時はない。地獄で蜘蛛《くも》の糸を見つけた犍陀多《かんだた》のように木村の腕をいきなりしっかりとつかんだ。

星田の話を聞くと、木村もサッと顔色を変えて、

「中野君はすぐに守衛室に行って、守衛さんを呼んで来てくれ。僕は星田君と、このまま実験室に向かう」

と叫んだ。

中野が頷くのを確認する間もなく、星田は木村と共に実験室への階段を、二段飛ばしに駆け上った。

「一番奥の部屋だな」

三階まで辿り着くと、木村は額に汗を浮かべたまま、星田に尋ねる。

星田は息を切らしながら、そうです、と答えた。

二人は音を立てて、廊下をひた走る。

一足先に実験室のドアに取り付いた木村は、窓ガラス越しに中を覗《のぞ》き、

「おお……」

と声を上げた。

そしてノブを思い切りガチャガチャと回しながら星田を振り向く。

「駄目だ、開かない——。非常口からベランダには回れないのか？　見てくれ！」

木村が言うのは、実験室内右手奥の窓の外側にある、人が一人やっと立てるほどの小さなベランダのことだ。

確かにそれは非常階段と平行して設えてある。しかし窓の鍵は、内側から一年中掛けられたままのはずだった。真夏でも窓を開け放した記憶はない。突風が吹き込むと、実験台上の散剤が飛散してしまうからである。だがこの際だ。いざとなれば窓ガラスを割れば中に入ることができるだろう。

星田は急いで非常口の扉を開けた。

カツン、と音を立てて、階段の踊り場に出る。

左手を見れば、ベランダの手摺りはすぐ目の前だ。しかし、踊り場の手摺りとベランダの手摺りとの間には、二メートル程《ほど》の何もない空間が星田の行く手を阻んでいた。

飛び移ろうと思えば不可能ではないが……。

鉄柵をつかんで見下ろせば、遥《はる》か下では薬草が風にそよぎ、黒々とした地面も見える。

星田は助けを求めるように、木村を振り返った。

その瞬間、

ガターン！

と大きな音がして、木村の姿が部屋の中に転がり込むのが見えた。

旧棟で木のドアだったのが幸いしたのだろう。無理矢理に、ドアを蹴破《けやぶ》ったのだ。

それを見た星田もあわてて建物の中に駆け戻り、木村の後に続いて実験室に飛び込んだ。

「こいつは……」

木村は絶句し、星田は目を見張った。

部屋に入って右側と左側、そして正面とに三台の実験台がコの字形に設置されている。そのうち、正面に置かれた実験台の前の床に、佐木は普段の白衣姿のままで、ぺたりと座り込んでいた。

佐木が背にした実験台の棚には、大小の薬瓶が乱雑に並べられ、台の上には上皿天秤《うわざらてんびん》や、乳鉢《にゅうばち》や、乳棒が置かれていた。乳鉢の中には薄茶色の粉末が入っている。今まで何かの薬品を調合していたのだろう。台の上にはその粉末が薄くこぼれ、所々に散らばっていた。

そして佐木に目を移せば——。

その瞳は先程と同じようにしっかりと閉じられ、苦悶の跡を眉間《みけん》の深い皺《しわ》に刻み付けていた。白衣の右手は自らの胸を掻きむしるように硬直し、左手は木の床の上に、まるで無造作に捨てられた棒切れのように投げ出されていた。

木村はよろよろと佐木に近寄り、その上にかがみこんだ。

「死んで——いる？」

その言葉に星田の胸は、どくりと波打つ。

急激に自分の体温が下がったような気がした。

冷汗が腋《わき》を濡らした。

星田は、そろそろと佐木に近付く。

一歩踏み出した時、ぎしり、と床が鳴った。

——あっ！

まさかとは思うが、その音で佐木の体が微かに動いたような気がした。

星田はよろめく。そして、思わず実験台に右手をついてしまった。

古ぼけた台がきしんだ。

そして、
ゴロロロ……ゴトン！

その音に、星田はびくりと背骨を立てた。

木村も後ろに飛びのき、辺りを見回す。

「――驚かすなよ」引きつった笑いを星田に向けて言う。「乳棒が台から転がり落ちた」

見れば、長さ十五センチ程の白い瀬戸の乳棒が、
ごろり、ごろり……、
と床の上で振り子のように左右に揺れていた。台に手をついた拍子に転がり落ちたのだろう。

星田は、ふう、と冷汗を拭《ぬぐ》って顔を上げる。

その時、
佐木の体は、びくん、びくん、と大きく痙攣《けいれん》し、そして――動かなくなった。

「救急車を！」

振り返って、木村は叫ぶ。

星田が大きく頷き、部屋から走り出そうとした時、ばたばたと廊下に足音が聞こえた。

中野がようやく守衛を連れて来たのだ。

そうこうしているうちに、連絡を受けた学長も汗を拭き拭き、あわてて飛んで来た。それを追うように、他の研究室の教授や、助教授連中も押しかけて来た。

その上、旧棟の前には、まだ学内に残っていたクラブ帰りの学生たちが集まって来たので、普段は余り人影のない、この古びた校舎の周囲も騒然となった。

救急車に乗せられた佐木には星田が付き添った。

無線で病院と連絡を取りながら、救急車は、けたたましいサイレン音を撒き散らして、夕暮れの街を疾走する。

星田は、窮屈な車内で佐木を見守る——。

完全に意識消失に陥っている佐木は、舌根沈下《ぜっこんちんか》を防ぐために下顎挙上《かがくきょじょう》された上、酸素マスクを着用させられて、大きな体を横たえていた。

そしてその布袋腹に覆《おお》い被さるようにして、救急隊員が、必死に心臓マッサージを試みる。

そのたびに佐木の大きな体は、ぶるんぶるんと震える。しかし佐木は固く目を閉じたまま、何の反応も示そうとはしなかった。

祈るような気持ち——というのは、こういうことだったのか。

一体何が起こったのか見当のつきようもなかったが、星田は、ただひたすら救急隊員の処置を、じっと見つめていた。

やがて大学病院の救急外来に到着すると、待ち構えていた看護婦が、佐木の体に心電図の電極やら、血圧のモニターやらを装着した。続いて静脈確保の後、乳酸リンゲル液が注入され……。

佐木が看護婦に囲まれて姿を消すと、星田は急に軽い眩暈《めまい》を覚えて、処置室前の固いビニール張りのソファに、崩れ落ちるように腰を下ろした。

どれほど時間が経《た》ったのだろう。やがて、処置室の扉が開き、滅菌手袋を外しながら、担当医が姿を現わした。

弾かれたように立ち上がる星田に向かって彼は、

「手を尽くしましたが……残念です……」

と、静かに言った。

ガクガクと膝を笑わせる星田に、その担当医は淡々と言う――。

「患者は、処置室内で一瞬間、意識を取り戻しました。しかし、その後すぐにまた容体が急変したので、気管内挿入を行ないましたが、間に合いませんでした。当初我々は、心筋梗塞《しんきんこうそく》か蜘蛛《くも》膜下出血《まくかしゅっけつ》、あるいはそれに関連する疾病《しっぺい》と見て対処しましたが、どうやら違う原因だったようです」

「………」

無言のままじっと話を聞く星田に、医者は声を低くして言った。

「ただ……」

「ただ？」

「はい。念のため、司法解剖に回す必要がありそうです」

「司法解剖……。と、いうことは――」

「ただの心不全ではないようですので」

「で、では、一体……！」

「今のところは、何とも……」

しかし、ただの心臓発作ではないとしたら……、
何が原因なのだ⁉

茫然《ぼうぜん》とその顔を見つめる星田に、担当医は尚《なお》も不可解な言葉を投げかける。

「ああ……あと、患者が亡くなる直前に、ですが」

「？」

「一言、言い残されました」

「そ、それは？」

勢い込む星田に、彼は静かに言う。

「気のどくに」

「え？」

「気のどくに――です」

余りに場違いな言葉に、星田は首を捻った。

この場合、気のどくなのは――佐木――自分自身ではないのか？

「どういう……意味でしょう？」

「さあ……私には……」

担当医はあっさり言うと、警察にはこちらから連絡を入れておきますので、よろしく、と軽く頭を下げる。

星田は半ば茫然自失のまま、お辞儀《じぎ》を返した。

＊

翌朝――。

私服の刑事が、数名の鑑識と共に大学にやって来た。

そして星田の許《もと》を訪れ、佐木の実験室を調べさせてくれ、と言う。星田は、どぎまぎしながら皆を部屋に案内する。

「あのぉ……」

恐る恐る尋ねる星田に、刑事はニコリともせずに「何か？」と言った。

「教授の死因なんですが――」

「ああ、それはまだはっきりとはしませんが、どうやら毒を飲んだらしいですな」

――毒を！

「一体、何の！」

それをこれから調べるんでしょう、と刑事は小馬鹿にしたように、鼻で笑った。

星田たちが三階の実験室に到着すると、いきなり、しかめ面の刑事は事情聴取に移り、その後ろでは、青い制服の鑑識たちが、室内の写真を何枚も撮《と》った。そして星田は、指紋を採取された。

第一発見者である星田はもちろん、木村と中野も呼び出されて事情聴取を受けた。

木村は、言う。

「自分の車の中に置き忘れていた書類を取りに駐車場まで行きました。その帰り道で、偶然助手の中野と出会い、二人で自分の研究室に戻ろうとしたその時に、旧棟から血相を変えて走りだして来た星田君の姿を見かけて、声をかけたのです――」

これは中野の証言とも一致した。

事情聴取は、午前中一杯続けられた――。

全てが終わり、夜遅く自分のマンションに辿り着くと、星田はぐったりとソファに腰を下ろす。

昼も夜も、まだ食事を摂《と》っていない。

しかし、食欲など湧き起ころうはずもなく、顔を両手の中に埋めたままで身動き一つせずに、ただ思いだけを巡らせた。

一日経った今も、未だに現実の事件とはとても思えない……。

今のところ警視庁の見解では、佐木の死因は、一人で行なっていた実験中に、何らかの毒物を誤って吸い込んでしまったものであろうというものだった。

しかし、いくら旧式の実験室であるとはいえ、有害なガスを吸い取るための、クリーンベンチも備え付けられているのだから、危ない薬品を取り扱う際には、それを使用しないはずはないではないか。

　それに、仮にも佐木は、ベテランの教授だ。

　吸引が死を引き起こすような薬品を、ぞんざいに扱うことなど、間違ってもありはしない。

　星田には、素直に警察の説を受け入れることは到底できなかった。

　では何か他の可能性はあるかと訊かれれば——、
　何もないのも事実だった。

　唯一考えられるとすれば「自殺」だろうが、そんなことをするような動機も素振りも、そして今のところあの実験室からは、遺書の一通も見つかってはいない。

〝とにかく当初、実験室には鍵が掛かっていたわけだ。そうでしょう。それはあなたと木村先生の二人とも確認している〟

　刑事は言った。

〝その鍵を持っていたのは教授と守衛だけで、あなたもお持ちでないとおっしゃる〟

〝はい。教授があの実験室に鍵を掛けることなど、滅多になかったもので……。だから急いで守衛室に走ろうとしたのです〟

〝教授の鍵は、彼の白衣のポケットにありました。つまり他に鍵は、守衛室に一つあるだけ

〝はあ……〟

やはり事故か——。

〝そして実験台の上からは数人の指紋が検出されてはいますが、その上に載っていた、天秤皿、薬匙《やくさじ》、分銅、乳鉢、そして床に落ちていた——先程の話だと、あなたが間接的に落とした——乳棒。これらの備品からは佐木教授の指紋しか、今のところ発見されていないのです。しかも拭《ぬぐ》い去ったような痕もなかった……。あと、勿論、乳鉢の中に残されていた粉末は一体何なのかは、これから分析します。毒物なのかどうなのか？——おそらくは、そうでしょうが——もしそれが毒物であれば、それが教授を死に至らしめた直接の原因につながるのかどうか、をね〟

佐木教授の身に、何が起こったのか？

朝、それぞれの研究室に別れてからほんの七、八時間の間に……。

別れた時も、別に何の不自然な態度も見られなかった。今日は午後から実験室に籠《こも》りきりだからな、よろしく、と教授は笑いながら言った。

——そう言えば……。

教授は一体、何の実験をしていたのだろう？

確かに最近、佐木は、あのプライベートな部屋に、たった一人で籠りきりになる時間が多かった。そして普段の佐木であれば、その実験内容を自分たちにも教えてくれるはずであった。学生の言う通りの布袋《ほてい》腹を揺さぶって、今度はこいつに挑戦してみようではないかなどと、人懐《ひとなつ》っこく笑うのが常だった。

しかし今回に限っては、星田たちに一言の話もなかったのが不思議だ……。

佐木は、専門の薬理学以外にもその知識を広げ、分析学、生化学、微生物学、合成学、そして生薬《しょうやく》学に至るまで造詣《ぞうけい》が深かった。現在のように細かく枝分かれしている学問を常に批判していて、常に総合的な知識をもって全てに当たらねばならないという信念を持っていたのだ。

断片的な観察は、全体像を見失う愚を犯す――。

その大柄な風貌《ふうぼう》共々、まさに一昔前の教授というタイプだった。

だから星田たち助手の立場からすれば、非常に頼りがいのある教授であった反面、他の分野の教授陣からは、多少煙たがられていたのも頷ける。

時には――もちろん無断ではないにしろ――他の研究室に入り込んでは、長時間に亘《わた》って機器を操作したり、自ら分析を行なったりもした。しかも専門の助教授よりも手際《てぎわ》良く。

そんなことまでして、なおかつ薬学部からスポイルされなかったのは、やはり人徳と言うべきか。

もしくはその——まさに布袋のような——風貌のためなのだろうか。

布袋……。

人懐こい笑顔が、星田の脳裏に浮かぶ。

——布袋、と言えば、教授の趣味の一つに『七福神巡り』があったな。

星田は、ふっと微笑む。

佐木は暇を見付けては、世田谷《せたがや》区の、港区の、浅草の、どこそこのと七福神を巡って歩いていたものだった。そして今年は次の冬休みに、なんと京都まで出かけて、古都七福神をまわるのだと楽しそうに笑いながら話していたのを思い出した……。

それだけではない。

佐木は七福神人形の蒐集《しゅうしゅう》もしており、以前自宅で夕食をご馳走になった時に、自慢げに星田にいくつも見せてくれたものだ。それぞれの土地の、七福神を祀《まつ》ってある神社で手に入れたのだと言っていた。

それは、まるで豆粒のようなものが七体、薄い板の上に並んでいる物から、佐木の胸のあたりまでありそうな布袋像まで、大小さまざまな人形が百体以上も自宅の居間に飾ってあった。

初めてその蒐集物を目にした時は、さすがに、ぎょっとしたものだ。不気味すぎる。

その星田の顔を見て、佐木はまた腹を揺すって大声で笑った。

〝星田君は、七福神が恐いのか〟

恐くはないが――。

〝こんなに数で圧倒されてしまうと――〟

星田は苦笑いで答えた。

そしてその時に気付いたのだけれども――。

七福神自体が不気味ではないのか。

言葉ではうまく言い表わせないけれど、彼らのニコニコと笑う顔に――いや、笑っていれば笑っているほどに――不穏な感触を受けてしまうのは、星田一人の偏見なのだろうか。

しかし佐木は、そんな星田の胸中に全く関わりなく、七福神――中でも布袋が一番のお気に入りらしかった。実際に、学生たちから「布袋さん」と呼ばれる声に嫌な顔一つ見せずに、むしろ嬉々として答えていたし、事実あの実験室の棚にも、大小さまざまな布袋像が飾ってあった。

そんな思い出が一つ一つ浮かび、星田の胸は切なさとやりきれなさで満たされた。

だからそれらの思いを全て放擲《ほうてき》して、ベッドに潜り込む。

思考は、千々《ちぢ》に乱れる。

明日になれば、この事件もまた、違う展開を見せるかも知れない。それが、良い方向にか、悪い方向にかは解らないにしても。

そして、星田が拒んでも、警察は再び自分の許を訪れて、何某《なにがし》かの証言を取るのだろう。

しかしもう、これ以上説明することもなかった。

——だが、この先、
大学は、どのような対応をするのだろう?

学生には、何と説明するのだろう?

本当に、事故だったのか?

佐木教授のゼミは?

…………

＊

事件から三週間ほどがたった。

薬理学研究室に後任の教授が招聘《しょうへい》されるという話も進み、騒然としていた研究室にもほんの少しではあるが、落ち着いた日々が戻って来た。

とは言え、星田は相変わらず雑務に追われて、一日四時間弱の睡眠で仕事をこなさねばならなかった。あきらかなオーヴァーワークではあるが、この際である。仕方なく文句も言わず、ただひたすら黙々と自分の役割を果たしていた。

そんなある日。

星田は一人、佐木教授の亡くなったあの実験室に足を運んだ。

別にこれという目的があったわけではない。今日になって突然薬品会社から、「申し訳ありませんが御注文の試薬が一日遅れます」という連絡が入ったのである。午後は半日その実験に費やそうと予定していたので、スケジュールに急に、ポッカリと穴が空いてしまったのだ。

そこで星田は、ふと思い立って、あの日のように旧棟の階段をゆっくりと上ったのである。

実験室は事件以降、殆ど閉鎖された状態になっている。

木村が壊したドアも、形だけ取り付けられていた。星田が覗いたドアの窓には、今は厚い木の板でしっかりと封がされていた。そんなことをしなくとも、やがてこの部屋は全て取り壊されてしまうのだろうに……。

星田は、静かにドアを開ける。

埃《ほこり》っぽい匂いがした。

蛍光灯のスイッチを入れると、実験台が妙に白々しく輝いた。

薬品棚には、壊れるのをただ待っているだけの薬壜《くすりびん》が数本、寒々しく載っているだけである。本棚に目をやれば、虫が喰っているような古ぼけた書物が、何冊か置き去りにされたままだった。

星田は何気なく、そのうちの一冊を手に取って、パラパラとページをめくった。

大概の重要な書籍類は、すでに大学と佐木家によって処分されてしまっているので、今残っているのは、星田ですら余り興味を引かれないような題名の本ばかりである。

〝教授はこんな本を読んでいたのか……〟

パラパラとページを捲《めく》っていたその時、一枚のメモが、はらりと床に落ちた。

星田はしゃがんで、何気なくそれを拾い上げる。

そこには、こう書かれてあった。

六歌仙巡りについて……

——六歌仙巡り……？

教授の趣味は『七福神巡り』ではなかったのか？　佐木は七福神の他に、六歌仙にも興味を示していたのか？

しかし七福神ならばともかく、六歌仙に至っては星田は殆ど何も知らない。

確か——平安時代の傑出した歌人たち六人のことだったか……。

そうだ、小野小町《おののこまち》や、在原業平《ありわらのなりひら》——あとは名前も分からないけれど——それらの人々のことだ。

だが『六歌仙巡り』などという言葉は、今まで一度も聞いたことがない。そんな言葉があるのかすらも解らない。

佐木は、どこからこんな言葉を仕入れたのか。

あれほど、日々実験に明け暮れていたのに。

　——実に変わった教授だった……。

　メモを手にして、星田は泣きそうな顔で微笑む。

　そして再び、強い懐旧の念に襲われた。

　結局その日、星田は真っ直ぐ自分の家に帰る気分になれずに、急な失礼を承知で木村助教授のマンションを訪ねてしまった。応対に出た木村は、「ちょうどよかった」と快《こころよ》く星田を迎えてくれた。

「綾乃《あやの》も今こちらに来ている。京菜《きょうな》を持って来てくれたから三人で鍋でもつっこう」

と言って、恐縮する星田を食卓に着かせた。

　綾乃、というのは木村の実家——京都に住んでいる六歳下の実妹である。星田もこのマンションで何度か顔を合わせたことがある。年に数回、東京まで新幹線に乗って遊びに来ているらしい。

「兄妹二人で顔を突き合わせて食べるよりも、君がいてくれた方が楽しい」

と、普段人嫌いで通っている木村からは想像ができないほど、今日は愛想《あいそ》が良かった。

「今晩は」

　綾乃は星田を見て、にっこりと微笑んだ。

　理知的な美人である。

歳は、綾乃の方が星田よりも二つか三つ上のはずだが、一見まだ二十代のような面影がある。ショートカットの髪は黒々と艶《つや》やかで、肌も新雪のように美しい。木村から聞かされていなければ、とても生れつき病を背負っているとは思えない。その病のため、綾乃も未だに独身で、普段は母と老祖母の三人で、日がな一日実家にいるという。

そのまま受ける印象からすれば、もしも会社組織に属していたなら、綾乃はきっとやり手のキャリアになっていたに違いない、と星田は自分勝手に想像して、他人事《ひとごと》ながら惜しいことだ——と思う。

星田は、綾乃の病名を教えてもらってはいなかったが、何やら現代医学では完治し難い病だということであった。

そういえば、佐木が木村から相談を受けたという話は、チラリと聞いた。何か、良い治療法でも見つかったのだろうか？ 少しは綾乃の体も良くなったのだろうか……？

木村はウーロン茶を、星田は綾乃が用意してくれたビールを飲み、鍋をつつきながら三人で、しばらく郷里の京都の話などを交わした。

「京都もどんどん変わってしまって、それは酷《ひど》いものです」綾乃は星田に言う。「何でも近代化すればいい、というものではないでしょうにね。金銭価値と置き換えられないものが、この世にはあるはずです。いつからか、そんな既知のことさえも解らなくなった人間が増えました」

その言葉に星田は相槌《あいづち》を打ったが、一方木村は反論する。

「そうは言うが綾乃。それが時代の趨勢《すうせい》というものだ。お前の言うようなことは、何百年も前の人々も口にしていたんだ。そして現在、我々が住んでいるような世の中になった。確かに大切なものを沢山失ってはいるだろうが、我々はそれと引き替えに現在の暮らしを手に入れたのも事実だ」

「兄さんは、それが歴史だと言うのでしょう」

「そうだ。多少の犠牲はいつもつきまとう——。例えばここに、美しい泉を隠した森があったとしよう。その泉からは、一筋、清涼な川が流れ出ている——。もしも、我々が本当にその森を守りたいと思ったならば、川を汚してしまうからという理由で、川下で遊んでいる子供たちに川遊びを禁じては駄目なのだ。そんなことをすれば、彼らは我々の目を盗んで必ず上流へ向かう。そしていつしか、緑深い山奥に隠された美しい泉を見付けて、今度はその泉を彼らの泥足で汚してしまうだろう……。だから、美しい森や泉を護ろうとするならば、子供は川下で適当に遊ばせておくのが一番なんだ」

「でも余りに許し難い遊びもありますわ」綾乃は引き下がらない。「それに、美しい泉は、美しい森があってこその話です。それすらも解らぬような子供たちは、そもそも森に近付くことは許されないのです」

——何の話だ？

「私たちは、結局は全員が同じ、一つの『家』の中に住んでいるのです。となれば、当然そこには暗黙のうちにもルールがあるはずです——。でもそれだって、守りたくなければ守らなくてもいい。但《ただ》しそれならば、その人間はアウトローとして、独りで生きて行くべきなのです。しかし、そういう人間に限って自分の分をわきまえずに、他人の領域に首を突っ込んでくる。私は、そういう定見のなさが嫌なのです」

——そう、なのか……？

星田は、心の中で問いかける。

そんな思惑を遮って、木村は笑った。

「綾乃は完璧主義者すぎる。なあ、星田君」

はあ、と星田は曖昧《あいまい》に相槌を打つ。

しかし、考えてみれば、確かに綾乃の言う通りかも知れない……。

鍋もあらかた片付き、あちらの部屋に行こう、と言う木村の言葉に従って、星田は応接間のソファに腰を落ち着けた。

木村は熱いお茶を飲み、星田は綾乃用に一本だけ置いてあるウィスキーで、薄い水割りを作ってもらった。お膳の上の食器を手早く片付けた綾乃は、「私も少しいただきます」と言いながら自分で水割りを持って来た。

しかし佐木先生の件では君も大変だったな、と言う木村に、

「いえ、先生こそ」と星田は答えた。「あの時は、先生がいて下さって本当に助かりました――」

星田は本心から言う。

あんなに気が動転したのは、生まれて初めてでした、という星田に木村は、私もだ、と言って苦笑いをした。

「それはそうでしょう」と綾乃も言う。「あんな事故が度々起こったのでは、大学の管理体制そのものが疑われますからね。そう滅多《めった》にあることではないでしょう――」

「そう言えば……」木村は、ふと思い出したように星田に問いかけた。「君に尋ねようと思って、すっかり失念していたんだが」

「はい?」

「佐木先生は亡くなる直前に、何か言い残したらしいね。君に聞いた、と助手の中野が言っていた」

「ええ」

忘れようもない。

「気のどくに――と」

「気のどくに？」

「はい。――しかし一体誰が気のどくなのかは、さっぱり見当もつきません……。一応刑事さんには伝えておいたんですが、何だそれは？　と――。木村先生は何か心当たりがありますか？」

問いかけられて、木村も首を捻《ひね》る。

「――どういう意味だ……？」

振り返る木村に、少し間をおいて、綾乃は笑顔を投げかけた。

「さあ――？　あれほど立派な教授でも、亡くなる寸前に錯乱されてしまったのでしょう。人間は誰しも弱いものですね」

「あと……教授で思い出したんですが――」

そう言って星田は、今日あの実験室に行き、そして一枚のメモを見付けた話をした。そこに書かれていたのは――。

「六歌仙巡り？」

「はい、そうなんです」

眉根を深く寄せる木村に、星田は尋ねかける。

「先生、六歌仙というのはどういうものなのでしょうか？　僕は専門外なもので……」

「どういうもの、とは？」

「ですから――」

うまく言えない。

「何と言うか――」

そんな星田を見て、綾乃は花のように微笑んだ。

「佐木先生も色々なご趣味をお持ちでしたのね。七福神巡りの次は、六歌仙巡りなんて」

「六歌仙については」綾乃の言葉を遮って、木村は星田に言う。「僕も専門というわけではないが――ただ、彼らは民間伝承上の人物たちにすぎない、という論が一番一般的なものだな」

「架空の人物たちなんですか？」

「在原業平や小野小町、僧正《そうじょう》遍昭《へんじょう》らは、おそらく実在していただろう。だが、文屋康秀《ふんやのやすひで》は実在していたといわれているものの、現在残っている歌が本当に彼の作かどうかは怪しいまだ」

「それに――」

綾乃が後を接《つ》いだ。

「喜撰法師《きせんほうし》や大伴黒主《おおとものくろぬし》に至っては、その存在自体すら疑問視されています……。まあ、多分に物語的な要素が強いですね」

星田は首を振ると、コートの衿《えり》を立てた。

――大差は、ないか……。

るが、実際のところ佐木は、医者に向かって言ったのだ。

しかし、先ほどの木村の言い方では、まるで佐木が星田に向かって言ったように受け取れ
――気のどくに……か。

帰り道に、ふと思う。

木村のマンションを辞した。

その後、話題は再び明邦大学や、京都の環境問題などに戻り、やがて星田はお礼を述べて
か私には見当もつかないな……。佐木先生は何を考えていらっしゃったのか――」

「だから『六歌仙巡り』などと言っても、七福神巡りと違って、一体どこをまわればよいの
そんな星田の胸中を知ってか知らずか、木村は薄笑いを浮かべながら言う。

しかし、木村はともかくとして、何故、綾乃までがそんなことに詳しいのだ?

――そうなのか……。

＊

数日後、星田は久しぶりに東横線・中目黒《なかめぐろ》にある佐木教授宅を訪ねた。存命中、月に一度は必ずこの家で夕食を付き合わされたものだ。

星田にとっては、それもまた楽しみの一つではあった。奥さんも交えての夕食で、話は薬理学から始まるのだが、いつも佐木の話題は大きく脱線した。政治や経済、果ては航空力学からビッグ・バン理論まで……。

そんな時の佐木は何か新しい発見をした学生のように、目をキラキラと輝かせて、滔々《とうとう》と自分の理論を語るのが常だった。事実、佐木はいつも未踏の分野に挑戦を試みていた。

だから星田は、余計に先日の疑問が頭を離れない。

——最後に教授が行なっていたのは、一体何の実験だったのだろう——？

今さら「何だったのだろう？」もないものだが、あの時、実験室の乳鉢に残っていたのは、ごく普通に見られる生薬であったとの科警研の分析結果が、既に出ている。一般に——それこそ大学の薬草園にでも——見られるような、特別に珍しい物でもなかったという。

また一方、奇妙なことには、佐木を死に至らしめた毒物は、未だに分析結果が出ていないのである。

その毒物はシアン化物のような無機塩の類でも、また農薬のような有機リン酸系の薬物でもなく、かといって、マリントキシンのような魚介類毒でもなかった。おそらくは、菌類や生薬の混合物であろうという見解であった。いわゆるドクツルタケや、烏頭《うず》のような植物から抽出《ちゅうしゅつ》されるような毒物の類であろうという話だった。

もちろん、佐木の家を訪ねても、その毒物の解明につながるとは思えない。しかし、星田は、佐木の最後の実験と死亡原因の間に何か――目に見えない何かがあるのではないかと、ふと思ったのである。

佐木の家に通された星田は、いつものように応接間のソファに腰を下ろした。

現在この家には佐木未亡人――未だ亡くならざる人とは嫌な言葉だ――が、一人で住んでいる。その他には、週に二日だけ、夫人の手伝いに、姪《めい》が一人通ってくるだけであった。そのためか、以前佐木が生きていた頃よりも、ずっと家の中が広く感じられる。

佐木には息子が一人いるのだが、現在は佐木の実家のある和歌山の高校で教鞭《きょうべん》を取っている。

「教師や教授など、ろくな職業じゃないから止めろと反対したんだがな」

といつも佐木は苦笑いをしていたのを思い出す。しかし実際は教授職に誇りを持っていたのは明らかであったし、何かと郷里の息子にも援助を送っていたという。前の言葉も、佐木らしい照れ隠しだったのだろう……。

　やがて姿を現わした夫人を見た時、星田の胸は痛んだ。ほんのわずかの間に、酷《ひど》く老《ふ》け込んでしまったように見える。

　夫人は星田の姿を認めると、顔を大きくほころばせた。

　星田も自分の近況などを報告する。ひとしきり、あわただしかったこの一月《ひとつき》ほどの話をして佐木の思い出などを語り合った後、星田は何気なく、

「奥様にはお変わりなくて――」と口にした。

　すると夫人は、サッと顔色を変えて言う。

「そう言えば星田さん。つい最近、この家に泥棒が入ったんですのよ」

「え！」星田には初耳だった。

「自慢できる話でもありませんから、余り他人には言わずにおりましたのですが……。実は、二階にある、亡くなった主人の書斎の窓が破られまして。ええ、もう大変でした。でも幸い私たちは、その日買い物に出かけて、この家を留守にしておりましたもので、私も姪も何の危害も受けずにすみましたの。警察に届けましたら、最近はここらへんも空き巣が多いのですってねぇ」

「それで、何か盗まれたんですか！」

「おそらく……何も」

「何も？」

「泥棒もあわてていたのでしょう——。いえ、もちろん私は、主人の書斎にあります物、全てを知っているわけではございませんから、もしかしたならば、何かなくなっている物があるかも知れませんけれどね……。それに、幸い金庫の場所は解らなかったらしくて、無事でしたからよかったものの、本当に、物騒ですわ」

「金庫……」

「ええ。主人が買い求めてきた、小さいものですけれど。主人も私も、大事な物は全部その中に入れておりますの……。金庫は、私たちの寝室に置いてありますもので、おかげで泥棒の目からは逃れたようで——。ああ……そう言われれば、その中に何やらノートが——」

「ノート？」

「ええ。主人が仕舞っておりました」

「そのノートを」星田は、胸騒ぎを抑えて尋ねる。「見せては頂けませんか」

「ええ、いいですよ——。少しお待ちになって」

夫人は、寝室に向かった。

しばらくして夫人は、厚い大学ノートを二冊抱えて戻って来た。

「これですの。主人が亡くなってから、一度目を通してはみたのですけれど、私には何が書かれているのかさっぱりと――。わざわざ金庫に入れておくほどに、重要なものとは思えないんですけれど」

夫人から、ノートを受け取る。

はやる胸の鼓動を抑えながら、ページをパラパラと捲った星田の顔は、みるみるうちに紅潮した。

〝これは！〟

そのノートには、佐木独特の乱数表のような文字と化学式が、びっしりと書き込まれていた。

ピリジン……ジエチルジチオカルバミン酸……。

希硫酸……硝酸マグネシウム……。

次々に目に飛び込んで来る薬品の名前を、星田は必死に追う。

〝砒素《ひそ》試験法じゃないか！〟

それは文字通り、化合物中に混在する砒素の限度試験法であり、その限度は三酸化砒素の量として表わされる試験法のことである。

しかし、そのノートの内容はそれだけにとどまらずに、ガスクロマトグラフィー、塩化物試験法、エンドトキシン試験法、蛍光光度法、重金属試験法など、一見何の脈絡《みゃくらく》もなく、ありとあらゆる一般試験法の結果が記載されていた。そして、その中でも一番多くページを割

いていたのは、

〝エキス含有の定量だ〟

生薬試験法である。

杏仁《きょうにん》……附子《ぶし》……ジギタリス……麻黄《まおう》……。

次々と生薬の名前が、ノート上に現われる。

これらの生薬に、何か共通点があるのだろうか？　専門からは少し外れるので、星田はピンと来ない。

「教授は一体何を調べていらっしゃったんでしょうか？——薬理学とは、ややかけ離れているようにも感じますが」

星田は尋ねたが、夫人はただ微笑んで首を横に振るばかりであった。そこで、

「厚かましいんですが——」

星田がこのノートを数日間借りる申し出をすると、夫人は、

「ええ、よろしいですよ、もしも大学でお役に立つようでしたら、どうぞお持ちください。そのほうが、佐木も喜びますでしょう……」

快く承諾してくれた。

分厚いノートを抱えて自分のマンションに戻るや否や、星田は夕食をとるのも忘れて、一

心にページを捲った。煙草とコーヒーを傍らに置き、夢中で化学式と文字を追う。

数時間後——。

星田は身を起こし、そしてついに、確信した。

これは——教授が分析していたものは、

——毒物だ。

何らかの毒物を定量していたのだ。

しかも新種の！

いや、正確には新種ではないだろう。何種類かの生薬や菌類から抽出された毒物を、混合した物に違いない。しかし混合することによって、また新たな毒としての効果が現われる場合もある。

特に有名なのは、何年か前に実際に起こった保険金殺人事件で、河豚《ふぐ》毒（テトロドトキシン）と、烏頭《うず》（トリカブト）を同時に服用させたため、その作用機序が互いに拮抗《きっこう》し合って、効果の発現が非常に遅くなった——つまり被害者の死亡時刻が、単独での服用よりも大幅に遅れた——というものだ。犯人はその時間を利用して悠々と、アリバイをこしらえていた……。

その上、この佐木の分析していた毒物は、

〝何ということだ……〟

「殊《こと》に吸着剤と反応すると、その毒性を急激に増す——」とある。

通常、中毒症状を起こして病院に担ぎこまれた場合には応急処置として、胃洗浄、そして吸着剤と塩類下剤の投与が行なわれる。毒物とキレートを作らせて無毒化し、そこで下剤をかけて体外に排出させるというものだ。

もちろん輸液《ゆえき》も行なわれるが、しかし当初の段階において、その肝心の吸着剤と反応して毒性を増すとなると、応急処置の時点で患者は死に至る——。実に、手におえない毒物である。

〝しかし、どうして教授は……？〟

星田は、トントンと頭を叩いた。

疲労が溜まっているのだろう。偏頭痛がする。

〝続きは明日、大学で読むとするか〟

そう思って、ノートをバサリと閉じた時、
ドアのチャイムが鳴った。

＊

警視庁捜査一課・岩築竹松《がんちくたけまつ》警部が現場のマンションに到着した時には、入り口付近に早くも野次馬の列ができていた。昼前だというのに、暇な人間は随分《ずいぶん》といるものだ。

その人垣を掻《か》き分けて、ずいずいと奥に入る。

被害者の部屋は、一階の一〇五号室。エントランスを入って右手奥だ。

いくつか部屋を通り過ぎると、現場の部屋の前には、堂本素直《どうもとすなお》巡査部長が、岩築の到着を今や遅しと待ち構えていた。

警部、どうもっス、という堂本の声に岩築は胡麻塩頭《ごましおあたま》を撫《な》でながら言う。

「しかしいつ来ても、国道二四六号の渋滞はひでえもんだな。大体あの道路工事は、いつ終わるんだ？　俺のガキの頃から続いてるんじゃねえのか？」

堂本は、そおっすねぇ、と苦笑いをしながら、岩築を被害者の部屋に案内する。

部屋の中では、青い制服の鑑識たちが、忙しく立ち働いていた。大勢の男たちが動き回っているせいで、二DKの部屋にしては酷く狭い感じがした。

犯行現場は、奥の書斎であった。寝室と隣り合わせの部屋である。

ドアを開けて中に入ると、フローリングの六畳間の奥、窓際に大きな机が置かれて、その上に被害者が突っ伏していた。背中、ちょうど心臓のあたりにペーパーナイフが突き刺さっている。

犯人と争ったような跡は、何も見られない。おそらく読書中、あるいは何かの調べ物の最中に、背後からいきなり刺されたと見て間違いはないだろう。

机の上にも、広げられた本の上にも、口から噴《ふ》き出した鮮血が、べっとりと付着していた。

——死後、十時間程度かな……。

岩築は直感する。

とすると殺されたのは昨夜、真夜中頃だろうか。

「被害者の身元は？」

尋ねる岩築に、堂本は手帳を開いて答える。

「星田《ほしだ》秀夫《ひでお》。二十九歳。明邦大学薬理学研究室の助手です」

岩築は、ぐるりを見回す。

部屋の両側に置かれた背の高い本棚には、薬学系の分厚い書籍が、びっしりと並べられていた。

「一人暮らしか？」

「はい。そのようです」

「そうか。明邦大学の助手か……」

——！

待てよ。

明邦大学だと？

「チッ！」

岩築は思わず舌打ちする。

——明邦大学って言やあ……。

甥《おい》の、小松崎良平《こまつざきりょうへい》の母校だ。

——またあの下っぱジャーナリストの野郎が必ずや首を突っ込んで来るに違いない。

今回は特に、母校の助手が殺されている。

今は、文京区で起こった会社社長殺害事件に何やら関わっているはずだが、遅かれ早かれ、必ずや出張って来るだろう。

——面倒臭え。

岩築は胡麻塩頭をボリボリと掻く。

「警部？　……何か——」

「い、いや、いいんだ」

こっちの話である。今はまだ関係ない。

「犯行動機は、物取りか？」

「室内を物色した跡は今のところ見当りませんが、のちほど詳しく調べます」

「そうだな……。それで、被害者の死亡推定時刻はどうなってる？」

「昨夜午後九時過ぎに、被害者の帰宅を管理人が確認しています。その後、おそらく被害者は、この部屋で読書をしていたものと考えられます」

堂本は、手帳に書かれた蟻《あり》のような文字を、指でチェックしながら答える。

「これは、このマンションの住人の証言からも明らかで、最近この部屋は、毎晩一時二時まで明かりがついていたということです。一月ほど前に、やはり被害者の研究室の教授が亡くなり、それ以降、被害者は実に多忙だった様子で」

「同じ研究室の教授が？」

「ええ」

——引っかかる。

「そのため被害者は、かなり雑務に追われていたのではないかと……。そして昨晩も、いつも通り読書なり勉強なりをしていたとすれば、襲われたのは九時から二時頃までの間だと考えられます。もちろん詳細は、司法解剖の結果待ちですが」

——やはり、その時間帯だろうな。

岩築は一人頷く。

「第一発見者は？」

「被害者と同じ研究室の助手で、山本恵美子《やまもとえみこ》という女性です」

「ここにいるのか？」

「はい。あちらの部屋に」

堂本はキッチンを指差した。

岩築が振り返ると、狭いキッチンの隅に置かれた小さなテーブルの前に、女性が一人、身を固くして、鑑識たちの動きをじっと見つめていた。

「よし」

岩築は堂本に顎《あご》で合図をして、そちらに向かう。

そしてそれと同時に、検死官が星田の遺体を運び出す準備に取りかかった。

「山本恵美子です」

眼鏡をかけたその女性は、言った。

歳は二十五、六か。瞳《ひとみ》のくりっと丸い、可愛らしい女性である。ただ、今はその両方の眼は、泣き腫《は》らして真っ赤になっていた。時折り、眼鏡のフレームを、すっと上げる細い指も小さく震えている。

被害者とはどういう関係ですかな、という岩槳の問いに山本は、

「同じ薬理学研究室の助手——同僚です」

と、俯《うつむ》きながら答えた。

「すみませんが、発見当時の状況を教えて頂きたい」

という岩槳の質問に、山本はまるで十六、七の少女のような、か細い声で答える。

「……今日は午前中から実習があるというのに、星田さんは……大学にみえなかったんです。はい……。あの人が遅刻して来るというのは、本当に珍しいことでした。ただ……佐木教授の件もありましたので、最近は本当にお疲れの様子でしたけど——」

「佐木教授の件——というのは、一月ほど前に亡くなったという……」

「はい」

岩槳は、ふむふむと優しく頷く。そして山本に先を促す。

「……それで私は、大学から星田さんの部屋——この部屋に電話を入れました。でも、何回鳴らしても誰も出ません。今日の予定は知っているはずだし、寝坊しているにしては余りにもおかしいと思い、先生方や他の助手さんと相談した結果、私が様子を見に来ることになりました……。実習は十時からでしたので、始まるまで、まだ間がありましたし、大学からこのマンションまで、自転車で十五分くらいですから……。コンパの帰りなどに、皆でよく遊びに来ていましたので、場所はしっかり覚えていました。それで私は——」

山本は、嗚咽《おえつ》をもらした。

岩槊は、ゆっくりで結構ですからね、お水でも持って来させましょうかな？と尋ねた。

しかし彼女は、大丈夫です、と答えて、一つ大きく深呼吸して続ける。

「……とにかく、自転車で駆けつけました。そして、星田さんの部屋のチャイムを鳴らして──」

「何時頃ですか？」

「え、ええ……おそらく、九時半頃だったでしょうか……。でも何度鳴らしても返事がありません。そこでノブを回してみると……開いたんです」

「鍵は掛かっていなかった？」

「はい。何の抵抗もなく開いたんです。おや、と思いました。星田さんにしては、不用心なことだと……。でも、とにかく私は中に入って、星田さん、と何度も呼びました。それでも応答がなかったので、何か胸騒ぎがして……勝手に部屋に上がってみると……あんな……酷い……」

こらえきれなくなったのだろう、山本の瞳から、ポロポロと涙がこぼれ落ちた。小さな両肩も波を打つように震えている。

無理もない。

いきなり、同僚のあんな姿を発見したのだ。

岩築は堂本に連絡先を控えさせて、彼女を解放した。山本は、フラフラと足元も覚束《おぼつか》なく立ち上がり、報《しら》せを受けて駆け付けて来た助手仲間に、抱えられるようにしてマンションを出て行った。

「警部。それで、ですが――」

忙しく鑑識が動き回る中、堂本は言う。

「何だ？」

「警部もお気付きだったと思いますが、被害者の突っ伏していた、あの机の上の――」

「知ってる」

岩築は短く答えると、堂本を従えて再び書斎に入った。

そして星田の倒れていた机に近付く。

既に遺体は片付けられ、机の上には開かれたままの薬物の本と、大学ノートが一冊残されているだけだった。そして、それらにもどっぷりと赤黒い血の染みが付着していた。そして

そのノートから少し右上に離れた場所――。

ちょうど、星田の右手が投げ出されていたあたりには、

「ヤ」

という血文字が残されていた。

おそらくは星田が書き残したのだろう。先ほど、星田の体を後ろから覗き込んだ時に、その文字が右手の人差し指の先にあったことを、岩築は既に確認している。

「こいつだろう」

「はい」

「この七の右上の点は何だ？」

「その場所に、被害者の右手の人差し指が置かれていました。その血痕です」

「そうか……。しかし、七──ってのは何のことだ？」

呟く岩築に、堂本はただ首を捻《ひね》る。

「さあ……」

「まさか犯人は七人いる、なんて意味じゃねえだろうからな……。とにかく、被害者の身辺を洗ってみてくれ。何か『七』に関連したモノが見つかるかもしれねえ」

「はっ」

この事件が、もしも単なる押し込み強盗ではないとすると、当然星田の書き残したこの文字が後々重要になって来るかも知れない。

「徹底的に洗うんだ」

そう言って岩築は、ふと目を上げる。

――そう言えば……。

この机は窓際に置かれ、その窓のカーテンは半分閉じられていた。

「このカーテンに触ったか?」

という岩築の質問に、いいえ、誰も、と堂本は首を振る。

と、すると……夜中にカーテンを半分だけ開けて勉強していた、というのもおかしい。すると、犯人が開けた可能性が高い。

ということは――。

岩築は、ガラッと窓を開ける。

ぷん、と金木犀《きんもくせい》の良い香りがした。

そして、人が十分に出入りできる空間ができた。

首を突き出して外を覗けば、窓の外に半分枯れた芝生が見える。

そこは道まで、幅二メートルほどの小さな長方形の庭になっており、それらがマンションの周囲をぐるりと囲んでいた。

おそらくこれは、一階の住人のためのベランダ代わりの庭、ということなのだろう。

庭と裏通りとの境には、椿《つばき》や金木犀の植え込みが並び、それが道行く人の視線から、この部屋を遮る造りになっている。余り手入れが行き届いていないためか、道との境界は、雑草が伸び放題になっていた。

　そしてその雑草に混じって風に揺れているのはアザミの花だろう——。

　ずいぶんと大きなアザミだ。何という種類なのかは解らないが、それが植え込みの手前、マンション側にずらりと綺麗《きれい》に一列に並んでいる。

「おい、堂本」岩築は首を引っ込めて振り返る。

「はっ」

「この庭の向こうは裏通りだな」

　岩築が親指で指し示す方向を眺めて、堂本は自信たっぷりに答える。

「はっ。一方通行の狭い道です」

「街灯は？」

「ごらんのように、あることはあるんですが、確か、余りに薄暗い、と近所の住人の評判はよくなかった場所です……。マンションの表は国道二四六号ですが、こうして一本奥に入ってしまえば、夜は余り人通りもないですから」

「道の向こう側は、でかいオフィスビルだな。ってことは——」岩築は、ビルを見上げて言う。「お前の言う、死亡推定時刻の間に、あのビルの中にゃあ、誰か人はいなかったんかな」

「おそらくは……。警部が目撃者のことを言っておられるんでしたならば、一応これからあのビルにも訊きにまわろうかと——」

「そういう意味じゃねえよ……」岩築はボリボリと胡麻塩頭を掻いた。「鑑識は、当然この庭も調べたんだろうな」

「もちろんですが……」

堂本は岩築の言いたいことが理解できない。

「その結果、怪しい足跡一つ残っていなかったそうです……。つまり犯人は入り口のドアから入って来て、再びそのドアから出て行った。山本さんが訪ねて来た時に、ドアの鍵は掛かっていなかったというのですから」

――納得いかかねえ。

岩築は腕を組む。

「警部……何か？」

「なあ、考えてもみろ」

岩築は右手の親指を立てて、自分の肩越しに窓を指す。

「犯人は、なぜこの窓から逃げなかった？」

「え？」

「この窓を開けて、植え込みをポンと飛び越えりゃあ、薄暗い裏道だ。向かいのビルにも、おそらく人はいねえだろうに」

「――動転していたんじゃないすか？」

「しかしだぞ、いくら動転していたにしても——いや尚更《なおさら》——やべえ、と思えば、すぐに暗がりに紛れ込む方を選ぶんじゃねえか？」

「…………」

「この部屋から直接、夜の闇の中に逃げられるってのに、何でまたわざわざもう一度玄関を出て、いつ人が顔を出すかもわからないドアの前をいくつも通り過ぎた上、明かりの煌々《こうこう》と灯《とも》るエントランスを抜けて——しかも管理人室の前を通り過ぎて——正面玄関から出たんだ？」

「そう——言われれば……」

「それを考えりゃあ、この窓から外に飛び出た方が、何倍も安全じゃねえか。部屋の電気は消えてたんだろうが」

　堂本は、はい、と頷く。

「それならば、尚更だ。これがもっと上の階ならば解るけどな、この部屋は見ての通り一階だ……。お前はどう思う？」

「やはり……気が動転していたのでは……いや、でも確かに、この机を乗り越えれば——」

「俺は」岩築は堂本の言葉を遮って、言う。「犯人も、そうしようと考えたんだと思うぜ」

「は？」

「その証拠に、カーテンが半分開いていたじゃねえか……。つまり奴《やっこ》さんは、窓から逃げようとして、そして——諦めたんだ」

「諦めた……」

「本当のところは今はまだ解らねえが、まあ、いくつか理由は考えられるだろうな」

岩築は腕を組む。

「……例えば、逃げようとしたその時に、あの道を通行人が歩いていたとか、オフィスビルの電気がついていて、そこに人影が見えたとか——」

「なるほど……。ということは、もしかしたならば、目撃者がいる可能性も——」

「あるだろうってこった」

堂本はペンを取り出して、メモ帳に書き付けながら岩築を見た。

「警部。犯人は庭に足跡を残したくなかった、ということも考えられませんか?」

岩築は再び窓の下を覗く。

枯れかかっているとはいえ、芝生は庭をほぼ一面に覆っている。おそらく足跡はつかないと思うだろうが、その可能性も否定できない。

「そうだな……その線も一応追ってみるとするか」

その言葉に、堂本は大きく頷いた。

＊

一ヵ月後——。

冷たい北風が街を吹き抜ける頃、捜査は完全に暗礁に乗り上げた。

星田の死因は、背後から心臓をペーパーナイフで一突き。その後、犯人は凶器を抜かずに逃走した。もちろんその凶器から、一切指紋は検出されなかった。そして検死の結果から、星田は殆ど即死であっただろう、ということだった。

では、即死ならばあの指先の文字は？

自力で書き残せたか？

「それくらいならば、書き残す余力はあったかも知れません」

と、検死官は言った。

犯人が捜査を混乱させるために、星田の死後に自ら書き残したという可能性はどうだろうか？

岩築は、その考えをすぐに否定した。

星田は、口から大量の血を吐いている。

そこにわざわざ近付いて、自分の衣服にも血痕が付着する危険性も顧《かえり》みずに、そこまでして残したいメッセージとは、とても思えなかったからである。

第一、未だ警視庁ではその意味を計りかねているではないか。そんな解りづらいメッセージを残して、何のメリットがあるというのだ……？

——メッセージと言えば……。

岩築は乱雑な事務机の前で、軋《きし》む古イスに大きく寄り掛かりながら調書に再び目を通す。

岩築の命令で、堂本は星田の身辺の「七」から連想される人物名、団体名を——おそらく全て——調べあげた。

しかしその結果浮かび上がって来たものは、明邦大学が世田谷区下馬《しもうま》七丁目七番地にある、という程度であった。七のつく人物も、店も、団体も、該当しそうなものは、ついに何一つ発見できなかった。

ただ、明邦通りに「ラッキー・セブン」というゲームセンターがあったが、これは、

「そりゃあ関係ねえな。もしもそいつを示すんだったら『七』じゃなくて『7』と書くだろうがよ」

という岩築の意見で、一蹴された。

大学の名簿に目を通してみても、星田に関連しそうな学部には、発見者で同僚の山本恵美子を始めとして、中沢哲也、水野由美、原野伸恵、渡辺哲郎、など、「七」のつく人間どころか、それを連想させる人物も見当らなかった……。

一方、有力な目撃者も全く現われない。

解剖所見から、星田の死亡時刻は、午前零時から午前一時の間と断定された。

確かに現場は青山通りに近いとはいえ、道を一本奥に入った所にある。以前に堂本が言ったように、午前一時頃ではさすがに人通りも途絶えていただろう。

ただ一人、その時刻にマンションの入り口から走りだして来た黒い人影を見た、という証言が得られて、一時捜査本部は色めき立った。

しかし話をよく聞いてみれば、その目撃者である帰宅途中の会社員は、当日ほぼ泥酔状態にあったらしく、その人物が男性だったのか女性だったのか、果てはどちらの方角に走り去ったのかすら定かではないという、はなはだ心許《こころもと》ない状況であった。

向かいのオフィスビルも、守衛の話によれば当日は残業は一件もなく、その時間帯は電気も全て消えていたはずだという話だった。

とすれば、先日の岩築の疑問が再び湧き起こってくる。

——何故、犯人は部屋の窓から直接、暗闇に逃げ込まなかったのか？

オフィスビルにも人影はなく——おそらくは通行人もいなかったとすれば——庭から裏道に逃げた方が数倍安全だ。誰でも、そう考えるだろう。

——その証拠に……。

現に酔っ払いとはいえ——もしもその人影が犯人とするならば——マンションを飛び出す

姿を目撃されているではないか。その時、会社員が素面《しらふ》であれば、ひょっとしたら顔を見られたかも知れないのに、である。

犯人は何故、そんな危険を冒《おか》したのか？

堂本は「机を乗り越えれば——」と言ったが、それも正確ではない。机の脇をすり抜ければ、わざわざ乗り越えるまでもなく、窓に辿り着ける。

何故そうしなかった？

何故もう一度エントランスに向かったのか？

そうしなくてはならない、理由が何かあったのか？

——穿《うが》ちすぎか……。

岩築は頭を掻く。

やはり犯人は、ただ単に動転していたにすぎないのだろう。

また、金品が盗まれた形跡が全くないことから、見知らぬ第三者の物取りという線は消えていた。とすれば星田は自らドアの鍵を開けて、犯人を部屋に導き入れたということになる。しかも真夜中に。

そして、なおかつその相手というのは、自分の無防備な背中を見せて、読書なり調べ物なりができるくらいに、親しい人物だったのだ。

ただ、そこのところは、まだ彼の部屋から手掛かりとおぼしき遺留品が見つかっていない以上、何の決め手もないままである。

と、いうことは……。

またしばらくは、地道な目撃者探しの日々が続くのだろう。

岩築は嘆息をつく。

それにしても、たった一つ残された手掛かりが、血文字の『七』とは……。

——こういうのは、気にくわねえ。

岩築は再びボリボリと頭を掻き、苦虫を嚙《か》みつぶしたような顔のまま、机の上のハイライトに手を伸ばした。

*

捜査が行き詰まれば、当然マスコミが騒ぐ。

それに一層火をつけたのが、一通の匿名《とくめい》の投書であった。

「明邦大学・七福神の呪い――」

と、その文章は始まっていた。

「世田谷区下馬七丁目七番地にある明邦大学には、『七福神』の忌まわしい呪いが、かかっている。

何年か前に、Sという男子学生が、卒論に『七福神』を選択し、その資料集めに出かけた京都七福神巡りの途中で事故に遭って、死亡した。明邦大学には、そのSの怨念が取り憑《つ》いてしまったのである。

その証拠に先月、寺社詣《まい》り、特に七福神巡りを趣味としており、学生たちから『布袋さん』と呼ばれていた薬学部教授のSが事故死した。

それに続いて彼の研究室の助手Hも、自分のマンションで何者かに襲われて絶命した。

しかも、Hが死の間際《まぎわ》に書き残した文字こそ『七』――『七福神』の『七』であった。

薬学部教授とその助手Hは、Sの怨念＝七福神の呪いによって命を落としたのである。

もしも、これからも明邦大学で『七福神』に触れようとする者があるならば、その人間は必ず、またもや命を落とすことになるであろう……」

ちょうど世間を騒がせる大きな事件もない時期だったため、この投書に、あるワイドショー番組が飛び付いた。「不気味な『七』の符合」やら「大学を襲う七福神の呪い」やら「男子学生の怨念が七福神に取り憑いた」等の興味本位のタイトルで特集を組んだのである。

当然、大学には取材陣が押し寄せる。

その中でも特に取材の対象とされてしまったのは木村継臣助教授である。殺された星田とともに佐木泰造教授の最期にも立ち会ってしまっている。

しかも、よく考えてみれば、卒論の資料集めの最中に事故死した斎藤健昇も木村のゼミである。

となれば、テレビ局が、直接に木村のインタビューを取りたがるのも、無理はない。

その上、木村は民俗学が専門である。当然、七福神についても詳しいであろうから、取材する方にとっては一石三鳥だ。

木村は「そんな低俗な取材に応じるつもりは全くない！」と厳しく拒んでいたが、執拗《しつよう》なテレビ局のインタビュー攻勢には、打つ手がない様子であった。

一方、大学側は、その投書の主探しに血眼《ちまなこ》になった。

「冗談ですむ話とすまされない話がある。そしてこれは完全に後者だ。人間が三人も死んでいるのだ。それを、おもしろ可笑《おか》しく騒ぎ立てる馬鹿者がいるか！」

と学長は警視庁に訴えた。それはもっともな訴えであったので、警視庁も全力を挙げて投書の主の捜索を開始したが、ごく普通にプリントアウトされたその投書からは、殆ど何の成果も上げられず仕舞いだった。

木村は木村で、

「こんな状態が長く続いては、学業に支障をきたす。大学側も、しっかりとした対応をして頂きたい」

と訴えた。そこで緊急会議が開かれ、その場で学長は、

「こんな馬鹿騒ぎはどうせ一過性のものであるから、その間マスコミの取材には一切応じない。そして学生にも極力、箝口令《かんこうれい》を敷くこと」という決定を下した。

そして暫《しば》らくの間は、たとえ偶然の事故や単なる病気であっても、それが七福神に少しでも関連していたならば、マスコミが喜んで飛び付いて来るだろう。だから、それを未然に防ぐという理由で、木村から学生に向けて、厳しい通達がなされた。

「七福神に関する論文は、一切禁止する」

貴子が危い決心をした、その半年前のことである——。

《三界諸天》

京都の空は、朝からどんよりと重い雲が垂れこめていた。

まだ昼を少し過ぎたばかりなのに、まるで夕立ち前の空模様である。

それにも拘《かかわ》らずゴールデン・ウィークということで、ここ清水坂《きよみずざか》は若いカップルから熟年の団体まで、大勢の人出で賑《にぎ》わっていた。

この点景だけを切り取って眺めれば、今いるこの場所は古都・京都ではなくて、奈々《なな》の薬局のある東京の祐天寺《ゆうてんじ》と勘違いしてしまいそうだ。違うのは時々耳にする、はんなりとした京都弁だけである。

――雨は大丈夫かしら？

奈々は二年坂《にねんざか》上の茶店の中から、小さな窓ガラス越しに雲の早い空を不安げに見上げて、呟いた。

隣では、胡麻と小豆のおはぎに貴子《たかこ》が静かに箸《はし》を入れている。この飾り気もない田舎風の店は外の喧騒から全く隔絶されており、奈々たちの他には老夫婦が一組、淡然とお茶を啜《すす》っているだけだった。雑踏をやっとの思いでくぐり抜けて来た二人には、その姿を眺めるだけでも心がなごむ。

奈々は、壁に掛かった年代物の古時計に目を移す。

十二時四十分。

そろそろ崇《たかし》が姿を見せる頃だ。

結局、崇は薬草園見学会には姿を現わさず、主催の製薬会社の係員に、「急用のため、見学会は欠席します」という味もそっけもない、奈々への伝言を託して、あっさりと欠席してしまった。気紛《きまぐ》れな行動は、相変わらず大学時代と全く変わっていない。

そして一夜明けた今日、改めてここ二年坂の茶店で待ち合わせている。

——今日は本当に大丈夫だろうか？

不安を隠せないでいる奈々の目の前で、

「奈々さん、召し上がらないんですか？」

貴子がキョトンとして言う。

「あ——そうね」

奈々はお茶をもう一口啜り、箸を取った。

渋い煎茶《せんちゃ》が、体の疲れを癒《いや》してくれるような気がする。昨日は、とてもハードなスケジュールだったのだから……。

東京駅七時三分発のひかりに乗って、京都駅に到着するなりそのままホテルに直行し、会議室で一日の予定と研修会のガイダンスを昼まで受けた。参加人数は三十名ほどで、誰もが皆、黙々とノートを取っていた。

そして、軽いランチのあと、その日泊まる人はチェックインすることになった。

奈々はもちろんチェックインして、一度部屋に上がった。あとから来る貴子のために、ツインを取ってある。そしてその場で貴子に電話を入れて部屋の番号を伝え、翌日の到着時刻を確認した。

マイクロバスでホテルを発《た》つと、その中でガイドの男性が、薬草園の説明や、色々な草の薬効やら、実際にそれらが使用されている医薬品――もちろん、殆《ほとん》どが主催の製薬会社の製品だ――の解説を延々と喋ったが、それをうわの空で聞きながら、奈々は頰《ほお》づえをついたまま、窓の外を流れて行く京都の街並をじっと眺めていた。到着後、たっぷり二時間はかけて薬草園の中を歩き、最後に全員にお土産《みやげ》として可愛らしいカミツレの花が配られた。

その後、ホテルに戻って今日の感想を順番に述べさせられた。

奈々は「黄柏《おうばく》が、刻みと実物では味も香りもずいぶん違うのに驚かされました」とか「茯《ぶく》苓《りょう》を初めて自分の手で割って感動しました」などと言って、その場を取り繕《つくろ》った。

そして閉会の挨拶《あいさつ》と立食パーティー。コンパニオンも何人かやって来て、何一つ面白くもない立食会が終わると、ほとんどの人は帰路についた。

奈々は、急いで部屋に戻るとシャワーを浴びて髪を乾かし、崇がいるという、ここ京都の親戚の家に明日の確認の電話を入れた。まさか約束は忘れていないだろうが、どうもあの男との約束は今一つ安心できない。

電話には崇の叔母らしき人が出た。「今、崇は出掛けていますが、戻ったらお伝えしておきます」という言葉に奈々は、翌日の待ち合わせ場所と時間の確認を、と伝言を頼んで受話器を置いた。

貴子は翌朝、約束通りの時間の新幹線でやって来た。

水色の薄手のワンピースの上に、細かいレース編みのボレロをはおっている。肩には、いかにも春らしく、真白なトート・バッグを下げていた。

「奈々さん！」

貴子は改札口で奈々の姿を認めると手を振り、背中まで届く長い髪を風になびかせながら走り寄って来た。奈々も、小走りに駆け寄る。二人がこうして会うのは本当に久しぶりだった。

だから、崇との待ち合わせまで何時間かあったのをいいことに、部屋に荷物を置くなり、つもる話も尽きないまま、さっそく二人で待ち合わせ場所近くの清水寺を見物に出かけることにした。

茶わん坂をのんびりと上がり、店先の扇子《せんす》やら清水焼きやら綺麗な人形やらを眺めながら仁王門《におうもん》をくぐり、清水の舞台に上がった。そして奥ノ院、音羽《おとわ》の滝まで見物して、帰りは産寧坂《さんねいざか》で少し早めの昼食をとった。それからぶらぶらと、この崇の指定してきた茶店まで歩いて来たのである。


カラン、と入り口の鈴が鳴った。

そして背の高い男性が、ぬーっと入って来る。

崇だった。

「やあ」

すぐに奈々たちの姿を見つけて手を挙げた崇を見れば、相変わらず髪はボサボサだった。

「タタルさん！　昨日はどうしたんですか！」

奈々は思わず叫んでいた。

「いや、悪かったな……。ちょっと調べたい事があったもんで、早めに休みを取って、三日前から岡山まで出掛けていたんだけれど、ついつい帰るのを忘れてしまっていた。気がついたら昨日になっていて、あわてて連絡を入れたんだ」

「萬治漢方さんへは、何と報告するんですか！」

「ああ、それは平気だ。最初から、京都へは行きますが、必ずしも見学会に参加できるかどうかは解りません、と言っておいたから」

——まあ！

「とにかく……お久しぶりです」

奈々はまだ呆《あき》れたまま、改めて挨拶する。

「ああ。六ヵ月半ぶりだな」

そう言って崇は二人の前に腰を下ろすと、欠伸《あくび》をしながらコーヒーを注文した。

奈々は貴子を紹介する。崇は、どうも、とぶっきらぼうに言ってポケットから煙草を取り出した。

「また二日酔いですか？」

尋ねる奈々に、崇は真顔で答える。

「いや、三日酔いだ。昨夜はさすがに少し飲みすぎた……。ところでどうだった、薬草園見学は？」

そこで奈々は昨日の見学会のあらましを伝える。崇は、ふんふん、と話を聞いていたが、

「しかし、土産にカミツレの花をもらっても、飾る場所がなくては仕方ないな」そう言って煙草に火をつける。「奈々くんはどうした？　食べたのか？」

「食べるわけないじゃありませんか！　ホテルの部屋に置いてありますっ」

「そうか。まあカミツレはキク科だから、そのまま食べて食べられないことはない。ああ、そうだ。今晩風呂にでも浮かべて入浴したらいいんじゃないか。気分も落ち着くし、血行も良くなる」

勝手なことを言う。

花束は、ホテルのテーブルの上に、山盛りになったまま置いてある。

奈々の分と崇の分と、そしてマイクロバスでたまたま隣に座った、やはり新幹線で群馬県からやって来たという中年の女性の分だ。これを持って新幹線に乗るのも恥ずかしいから、あなたに差し上げるわ、と笑いながら言って花束をそっと奈々に手渡したのである。奈々は断るに断りきれずにそのまま頂いて来てしまった……。

崇は尋ねる。

「外嶋さんと二人での薬局の仕事はどうだ。大変だろうな。目に見えるようだ」

「そ、そんなことはないです」

奈々は、あわてて視線をそらす。

崇と、まともに目を合わせてしまい、奈々はドキリとした。

本人は全く意識していないようだけれど、そのボサボサの髪さえ梳《と》かせば、長い睫《まつげ》に縁取られた瞳《ひとみ》といい、引き締まった口元といい、きっとハンサムな男性に変身するに違いない。

「で、斎藤くん、京都はどうだい。二人でどこか見物に行って来たのか？」崇は、運ばれてきたコーヒーを一口飲んで尋ねた。

「まだ清水寺だけです。ここから近かったんで、タタルさんがみえるまでの間に、奈々さんと二人で見物に行って来ました」

「ほお……。面白かった？」

「別に――お寺ですから、面白いとか面白くないとかいうことはなかったですけれど……」

「清水の舞台に上がったのか？」

崇は欠伸をしながら煙をふかした。欠伸か煙草かどちらか一つにしてもらいたいものだ。

「はい。でも今日はこんな天気なんで、遠くまで景色は見られなかったんですけれど」貴子は答える。「でも、修学旅行の時には、山々の緑が素晴らしかったのを覚えています」

「京都にやって来て、いきなり清水の舞台とはね。君もなかなか、いい度胸をしているな」

「？」

「君たちは、清水の舞台は本来どう利用されていたのか知っているか？」

「展望台じゃないんですか？」

尋ねる奈々を、崇はじろりと睨《にら》む。

「何で寺に展望台が必要なんだ？　それは全くもって現代的な発想だね。昔は、あの舞台には重要な役割があった」

「どういうことですか？」

「昔——平安時代には、庶民のための墓はなかった。だから死人が出ると、その親しい人は死体を担いで清水の舞台に上って、あそこからポンと投げ捨てていたんだ」

「まさか！」奈々は苦笑いした。「嘘でしょう」

「嘘なものか。その証拠には、清水の舞台の下にある坂をずっと下って行った所は、鳥辺野《とりべの》という京の葬送の地だ。そこには遠く平安時代から、何千という数の死体が埋められているんだ——。あの舞台から投げ捨てられることによって、死者の魂は浄土《じょうど》に旅立つんだ。そして今日、君たちはその歴史的な現場にいきなり足を運んだ、というわけだ」

「………………」

「清水寺と同じ造りの寺は、奈良と鎌倉にもある。本来の目的や利用方法も、一緒だろう」

「——どこですか？」

「長谷寺《はせでら》」崇は煙草の煙を、ふう、と吐く。「奈良の長谷寺と、鎌倉の長谷寺——。清水寺を含めたこの三つの寺には、共通している点が沢山ある。阿弥陀《あみだ》堂や十一面観音《かんのん》や大黒天《だいこくてん》やらね。でも何と言っても最大の共通点は『高台に造られた舞台＝死体捨て場』だ。まあ、鎌倉時代にはその本来の目的が薄れていたとしても、だ——。それに、もともと『はせ（初瀬）』という言葉には『死者の霊が宿る所』という意味があるからね」

あっけにとられたままの二人を眺めながら、崇はゆっくりとコーヒーを一口飲み、煙草をくゆらせた。

「ああ、そうそう。そんな話はともかくとして、今のうちに言っておこうかな——。実は今夜、俺は悪友の小松崎《こまつざき》という男と会わなくてはならないんだけれど——」

——小松崎さん……！

「斎藤くんもおそらく知ってるかも知れないな、奴も文学部だったから……。俺と同期で、空手部の主将をやっていた、熊みたいな男」

「あ、はい。社会学科の小松崎さんですね」

「そう。小松崎良平——通称『熊つ崎』だ。奴は今、下っぱジャーナリストなんだ。それでどういう風の吹き回しか、俺たちの大学で起こった事件を追ってる」

「明邦大学の——ですか？」

「ああ、そうだ」

「何の——」

「決まってるだろう。去年の秋に起こった、薬理の佐木《さき》泰造《たいぞう》教授の件だ」

「——！」

「それで俺に、何だかんだとうるさく質問する。俺は、あの教授とは余り口をきいたことがなかったんだが、奈々くんは少しはあるだろう？」

「え、ええ。もちろん、少しは……」

「よかった。今夜時間が空いたら、少し付き合ってくれないか――」

「――え？」

「タタルさん」貴子が崇を見つめて尋ねる。「佐木教授の件――って、それって……」

「ああ」崇は貴子を正面から見つめ返す。

「もちろんそれに関連して、君の兄貴の件もね」

「――！」

「ちょうど斎藤くんも来てくれていて、よかった。あの一連の事件は、確かに不可解だ。小松崎はどういう根拠があるのかは知らないけれど、斎藤健昇《けんしょう》くんの事故死も――」崇は、チラリと貴子を見る。「佐木教授事故死や星田《ほしだ》秀夫《ひでお》さん殺害事件と関連しているのではないかと踏んでいるらしい――。まあ、あいつのことだから、多分本質は外しているだろうけどね。ちょっと話を聞くことにした――。迷惑だったかな？」

「ちょっと、タタルさん！」奈々は抗議する。「目的が違いますよ！　それに、貴子だって、ようやく落ち着いたばかりだというのに――」

「七福神に関しては、余り気乗りがしないのは事実なんだけれど」崇はそんな奈々を無視して言う。「いくらマスコミに囃《はや》し立てられたからと言って、卒論も禁止するというのは、いささかヒステリックすぎる反応じゃないかな――。そして、もしも本当に一連の事件に七福神が絡んでいるのならば、個人的にその真相も知りたい気もする。そしてその真相解明こそが、彼らへの供養になるんじゃないか。変なセンチメンタリズムは、却《かえ》って失礼だと思うけれどもね」

「でも——」

奈々が言いかけた時、貴子が奈々を見てきっぱりと言った。

「奈々さん。私も、タタルさんのおっしゃる通りだと思います」

「え——」

「私が卒論に『七福神』を選んだのだって、こうして京都に来ているのだって——奈々さんもタタルさんも、よくご存じでしょう——兄の遺志を継ぎたい、というのが目的の一つでもあるんですから」

それは奈々も、最初から十分承知だ。

十分承知しているからこそ——。

「よし、じゃあ佐木教授の事件は、今夜、小松崎と会ってからにしよう」崇は煙草を灰皿に押しつけた。「今はまず『七福神』をやっつけてしまうか」

ようやく本題に入った。

崇はコーヒーを一口飲み、そして、奈々に向かって問いかける。

「一応、名前くらいは覚えてきたか?」

「はい」

奈々は大きく頷く。

先日の電話の最後に、崇に言われたのだ。

――そうするからには、君も七福神について、ある程度の知識を入れておいてもらわなければ困る。せめて全員の顔と名前くらいはね。例えば俺が、「寿老人《じゅろうじん》」と言った時に、ああ、あの頭の長い人ですね、などというトンチンカンな答えをされたのでは、そこで会話が止まってしまうから……。

それは、まあ実際その通りなので、京都までの新幹線の中で、七福神の本を読んで来た。先入観がついてしまったためだろうか、改めて七人の姿を眺めてみると、確かにそれぞれ、何か異様な雰囲気を持ってはいた。単ににこやかで、いつも幸せを運んでくれるだけの神のようには思えなくもなって来ている。

しかし、だからと言って奈々は、七福神たちに特別に怪しいと思われる点があるか、と問われれば――何も答えようがなかった。木村継臣助教授の言う通り「目新しいものでもない」ような気がしている。

「それで――」貴子が恐る恐る口を開いた。「実は――兄の残したメモをここに持って来ているんですけれど……」

「ほう……」

「いえ……深い意味は全くなくて……何かの参考にでもなれば——と」

崇と奈々の見つめる中、貴子は自分のバッグから薄いレポート用紙を取り出した。

崇はひったくるようにしてそれを受け取る。そしてパラパラと目を通していたが、やがて明らかに落胆の色を顔に浮かべて奈々に手渡した。

「参考にはなるが、それ以上にはならない」

「そう——ですか」

貴子は、申し訳なさそうに俯く。

奈々は、そんなこともないでしょう、と言ってページをめくった。

そこにはこう書かれてあった。

『——大黒天《だいこくてん》は、不吉だ。

大きな黒い神、というのは一体どういう意味だ？

底知れない暗黒の闇のことなのか？

全てを飲み込む闇のことなのか？

肩にかけた大きな袋には、一体、何が入っているのだろうか？

人間が一人、すっぽりと這入《はい》れそうだ……。

そして、いつも彼に寄り添っている鼠《ねずみ》。
何故、あんな下等な齧歯《げっし》類を従えているのだろう？

——弁財天《べんざいてん》は、不可解だ。
何故老人たちの中に女神が一人だけいるのだ？
不気味な老人たちの中に、女性一人。
普通ならば琵琶《びわ》など抱いて澄ましてはいられないだろう。
琵琶——というのも何か不吉だ。
それは盲目の法師の持ち物ではなかったか？
時に一人、楽《がく》を奏《かな》でるのだろうか？
どんな音色を響かせるのだろう。
それはきっと、淋しく悲しい音色に違いない。

——毘沙門天《びしゃもんてん》は、不穏だ。
どうして一人だけ武装しているのだろう。
しかも、武器を携えて、にこやかに笑っている。
他の神は狩衣《かりぎぬ》などを纏《まと》い、寛《くつろ》いでいる。

にもかかわらず、彼は一人武装している。
彼にとっては、武装している姿こそが、最も寛げるというのか。
何故だ？
それほどまでに戦いを欲しているのか。

——福禄寿《ふくろくじゅ》は、見るからに不気味だ。
あの、ぬめりとした長い額《ひたい》は何だ？
その中には一体何が詰まっているのだろう。
脳髄の代わりに得体の知れぬ何かが、みっしりと詰まっているに違いない。
彼はすでに、数千年もの時を生きてきたという。
器物でさえ、百年を越えれば化して人を誑《たぶら》かす。
とすれば、彼の体を形作っている物は一体何だ？

——寿老人《じゅろうじん》は、薄気味が悪い。
中国の学者然とした顔で冷たく立っている。
彼の手にした巻き物には、人の寿命が書かれているという。
何故そんな物を持っているのだ？

それではまるで閻魔《えんま》ではないか。
時折り、その巻き物を開いては、一人ほくそ笑むのだろうか。
血の滴《したた》り落ちる心臓を目の前にして、
不気味に笑うヴァンパイヤのように。

――恵比寿《えびす》の笑顔は、作り笑いだ。
決して本心から笑ってはいない。
風折烏帽子《かざおりえぼし》に釣り竿を抱えて。
彼は常に魚を喰らうのか。
神はいつの世も生贄《いけにえ》を必要とするとはいえ、
余りに生臭《なまぐさ》すぎはしないか。
彼の過去を考えてみても、我々は純粋に微笑むことはできない。

――布袋《ほてい》には、いたたまれぬ嫌悪感がある。
半裸で太鼓腹を抱えてにやついている。
何故、禅僧があれほどまでに肥満しているのだ？
片手には軍配やら陣扇《じんせん》やらを握り締めている。

この神も、戦いを欲するのか。

そもそも軍配とは、自ら血を見ることなく、人に血を流させる凶器ではないか。

何故、そんなものを持っている？

そして何故、にこやかに笑っている？』


奈々はレポートを閉じて、貴子に返した。

確かに、少し偏見に満ちているような気もする。

それに、卒論というには少し感情的すぎる。

それも、七福神に対する健昇の思い入れの激しさゆえのことなのか……。


「七福神として一般的なものは、今も健昇君の資料にあったように、大黒天、弁財天、毘沙門天、恵比寿、福禄寿、寿老人、布袋、だ」

崇は脚を組んで話し始めた。

「福禄寿と寿老人の代わりに、吉祥天《きちじょうてん》や猩々《しょうじょう》や鍾馗《しょうき》や稲荷明神《いなりみょうじん》や猿田彦《さるたひこ》や天穂日《あめのほひ》やらが入っていた時期もあったけれど、現在のところはその七人で落ち着いている。室町時代に原型ができたといわれ、江戸時代に天海《てんかい》僧正が家康の相談役に起用された時、行政の方策の一環として、七福神信仰や七福神詣でが取り入れられた。爾来《じらい》、民間に広く流布した」

「現在でも、宝船に七福神が乗っている絵を枕の下に入れて寝ると、良い初夢が見られるって言われていますよね——。迷信でしょうけれど」

「迷信?」

崇の鋭い視線が、奈々を刺す。

奈々は、思わず畏《かしこ》まった。

「め、迷信じゃないんですか?」

「迷信か迷信ではないかという判断の基準は、常に相対的なものだ。我々から見て不合理と思えても、その当時の人々にとっては、非常に道理にかなっていたかも知れない。宝船の件を、ただの迷信とか言って片付けるのは安直すぎる」

「——それでは、どういう意味があると言うんですか?」

「宝船というのは『貘《ばく》の符《ふ》である』と折口信夫《おりくちしのぶ》などは言っている」

「ばくのふ?」

「ああ。悪夢を食べるのが貘、つまり宝船の絵は、悪夢や凶夢を祓《はら》うためのお札《ふだ》だという。これは、いわば夢違《ゆめたが》えの呪符《じゅふ》のことだ。宝船とこれら貘の符とは違うものだとする考え方もあったが、折口氏は『元を洗へば畢竟《ひっきょう》』同一のものだと看破している。『有形無形、数々の畏《おそ》るべき物・忌むべき物・穢《けがら》はしい物』を宝船に乗せて、この世の外に流し去るというわけだ。これは、自らの穢《けが》れを擦《こす》り付けて、水に流す『形代《かたしろ》』の一種と考えてもいいんじゃないかと俺は思っている——。あと、枕の下に敷く宝船には、回文《かいぶん》が書かれているのは知っているだろう」

「はい」貴子が答える。「長き夜の　遠の眠りの皆目覚め　波乗り舟の　音の良きかな——なかきよの　とをのねふりのみなめさめ　なみのりふねの　をとのよきかな——」

「上から読んでも下から読んでも、同じになる文のことですね」奈々も頷いた。「『クスリのリスク』みたいな……」

「そうだ。これについても折口氏は、一種の呪文《じゅもん》であると言っている」

「呪文？」

「人間の妄執を眠りに例えたものだとか、山野や海辺での熟睡を戒《いまし》めた歌である、とも言われているんだ。睡魔を払うといった意味でね——。そしてこの呪文の書かれた宝船を、元日の夜の枕の下に入れる。そして、次の二日に見た夢を初夢というのが本来の姿とされているんだが、では何故、元日に見た夢が初夢と呼ばれないんだろうか」

「——そう言われれば……」

「それは、宝船が仕事をするのを待ったためなんだ」

——仕事をするのを……待つ？

「宝船が、悪夢——つまり穢れを運び去るのを、一晩待つからだ。実に論理的だろう——。

しかし時を経て、この習慣についての解釈が、段々と短絡《たんらく》してしまった」

崇はコーヒーを一口飲んで続けた。

「本来は、元日に宝船が自分の触穢《しょくえ》や悪夢を運び去ってくれるからこそ、二日の夜には良い夢を見ることができる、という理論だった。それがいつしか、宝船が良い夢を我々に運んで来る、という形に変わってしまった。『宝船→穢れを乗せる→流し去る→良い初夢』という図式が、時代を経るに従って短絡して、『宝船→良い初夢』という簡単な図式に変わっていった——。このように、穢れを棄てるためにある、というのが宝船の本来の意味ならば、さて、その船に乗っている七人は只者《ただもの》じゃない、という気がして来るのが常識というものだろう——。さて、七福神に戻って、

『大黒天』『弁財天』『毘沙門天』はインドの神。

『福禄寿』『寿老人』『布袋』は中国の神。

『恵比寿』だけが日本の神と出身はバラバラなんだが、全員に共通している点が一つある」

「もちろん、福の神というのでしょう」

「全く逆だ」

崇は二人を見る。

「七福神は、全員が鬼や怨霊なんだ」

七福神は全員が、鬼や、

――怨霊《おんりょう》！

奈々は耳を疑う。

「だってタタルさん。福神――福の神じゃないんですか？」

「私は」貴子も言う。「大黒天が悪魔で、毘沙門天が鬼で、という話ならば――」

「確かに七福神は丁寧にお祀《まつ》りしてあるから、正確に言えば『怨霊』ではなくて『御霊《ごりょう》』だけれどもね」

崇は貴子を見て笑う。

「しかし、元々は『怨霊』や『鬼』だ。七福神の発祥は室町時代といわれているけれど、大黒天とか弁財天といった個々の神々の信仰の歴史は、ずっと古い。仏教伝来と共に我が国に渡って来た神や、恵比寿のように、天地開闢《かいびゃく》の頃から日本にいた神もある。そして、それらの神が七福神としての原型を取り始めたのは、平安時代頃だといわれている……。何しろ平安時代というのは、日本史上、最も怨霊が跳梁跋扈《ちょうりょうばっこ》していた時代だからな」

「でも――」奈々はお茶を取り上げた手を止めて尋ねる。「平安時代というと、私のイメージでは、貴族たちの時代で、ゆったりとした時間の流れの中で、人々が優雅に歌でも詠《よ》みながらのんびりと暮らしていたという感じしかないんですけれど――」

ゆったりとした時間か、と崇は笑った。

「それは、うわべだけだ。実際は、血で血を洗う抗争が繰り広げられていたんだ――。大体、歌からその時代の世相を考証するというのは、非常に難しいよ。平和な時代だから楽しい歌が多く詠まれるとは限らない」

「現実は辛《つら》いから、せめて歌の中だけでも楽しくしよう……とかですか?」

「違う。もっと切実だ。言霊《ことだま》信仰だ。口に出した、つまり一度言葉にしてしまったならば、それは現実に起こってしまうだろうという思想だ。『呪《しゅ》』だ。言葉という呪だ。だから当時の人々は、余程《よほど》のことがない限り、悲惨な歌など詠むことはなかった」

「…………」

それに第一、と崇は言う。

「優雅な生活どころか――以前にも話した通りに――この平安京自体、桓武《かんむ》天皇が早良《さわら》親王の怨霊を怖れて遷都したといわれているしね。早良親王は無実の罪で長岡京《ながおかきょう》の乙訓寺《おとくにでら》に幽閉されたんだが、冤罪《えんざい》を訴え続けて最後は断食までした。そして――餓死してしまった。だから平安京は『風水《ふうすい》』の考え方に基づいて、御所を怨霊からしっかりと護《まも》る形を取っている。鬼門《きもん》を比叡山《ひえいざん》で塞ぎ、羅城門《らじょうもん》を建ててその両脇を東寺《とうじ》・西寺《さいじ》で固めてね……。さてと」

崇は時計を見上げた。

「その、魔界都市京都におわします七福神に、そろそろ御挨拶に出掛けるとするか――。斎藤くんは、どこか特に見ておきたいという場所は？」

「一応、何ヵ所かチェックはして来たんですけれど……やはり、タタルさんに全てお任せします」

「それは賢明だな」

崇は真顔で頷いた。

茶店の会計を済ませると、三人は二年坂下に無理矢理に停めてあった、崇の車に乗り込んだ。

崇は、東京から遠路はるばる、愛車でやって来たらしい。そのために、車のボンネットもタイヤも土埃《つちぼこり》で白く汚れていた。しかしそんなことは一向に気にならないのか、崇はサッサと乗り込む。

後部座席の半分は、本とノートで埋まっていたので奈々は助手席に座り、後部座席には貴子が一人で座った。奈々が貴子を振り返ると、乱雑に積まれた大量の本を片手で支えている。きっと車が走っている間中、そうしていなければならないだろう。

しかも同時に、自分のバッグからメモ帳とペンを取り出して、すでに準備完了である。しかし——大変な旅だ。

見上げれば、空は相変わらず暗い。夕方から雨になるという天気予報は、どうやら今回は見事に的中しそうだった……。

やがて、車は静かに走りだす。

「どうせまわるのならば、やはり日本で一番古いといわれているコースが良いだろう」

崇は前を見つめたままで言う。

「そんなに何通りもあるんですか？」

「ああ、この京都だけでも五つや六つくらいはあるな。斎藤くん、後ろの席の京都地図を取ってくれ……。そうそう、上から五、六冊めにある……。奈々くん、ちょっと開いてみてくれないか」

奈々は貴子から受け取った地図を開く。

覗き込むと、赤い丸が数ヵ所ついていた。

「その印が、日本最古といわれている七福神巡りのコースだ。
大黒天は『妙円寺《みょうえんじ》』――松《まつ》ヶ崎《さき》大黒天だ。
弁財天は『三千院弁天堂《さんぜんいんべんてんどう》』又は『六波羅蜜寺《ろくはらみつじ》』。
毘沙門天は『東寺』もしくは『毘沙門堂《びしゃもんどう》』。
恵比寿は『ゑびす神社』――東山《ひがしやま》区にある。
福禄寿は『護浄院《ごじょういん》』もしくは『赤山禅院《せきざんぜんいん》』。
寿老人は『行願寺《ぎょうがんじ》』――中京区の『革堂《こうどう》』だ。

布袋は『長楽寺《ちょうらくじ》』又は宇治の『黄檗山万福寺《おうばくさんまんぷくじ》』。

——しかし、今からじゃとても今日中に全部、というわけにはいかないだろうから、とにかくまわれる所だけでも行ってみよう。あとは明日、ということになるけれど、それでいいかな？」

奈々と貴子は当初からその予定で、京都にやって来ている。まさか一日で全部まわれるとは思っていない。二泊三日の予定で——時間が余れば余ったで——好きな寺社をまわればいいと思っている。高台寺《こうだいじ》とか泉涌寺《せんにゅうじ》とか……。

頷く二人を確認すると、崇は言った。

「まずは大黒天の『妙円寺』からだ」

三人を乗せた車は、軽い渋滞の東大路《ひがしおおじ》通りを、真直ぐ北へ向かった。昨日薬草園見学で、奈々が通った道だ。同じ道でも、昨日と今日とでは、こんなにも気分が違うものか。奈々は——密かに——自分の心の単純さに呆《あき》れた。

「では、まず確認の意味で聞いてくれ。『怨霊』についてだ」

崇は前を向いたまま、話し始める。

「その頃の日本では、尋常ならざる死に方をした人々——つまり病死や刑死、特に無実の罪で死刑になった人々——は、必ず怨霊となって祟《たた》りをもたらすと考えられていた。飢饉《ききん》やら災害やら天変地異やらをね。そしてそんな怖ろしい怨霊たちを鎮《しず》めるための最善の方法は、ただ一つ——手厚く祀ることだと考えられていた。つまり、神にしてしまうということだ。その上それらの神々を、自分たちの守護神にしてしまう」

「ずいぶんと都合がいいですね」

笑う奈々に、崇はニコリともせずに答える。

「確かにね——。一番有名なところでは菅原道真《すがわらのみちざね》がいる。以前奈々くんには説明したが、道真は平安時代の前期に宇多《うだ》天皇に仕えて、とても信任を受けた。その結果、次の醍醐《だいご》天皇の時代には右大臣の位にまで昇りつめた。しかし、これに危機感を抱いた藤原時平《ふじわらのときひら》の策略によって、大宰府《だざいふ》に流されてしまった。そして延喜《えんぎ》三年（九〇三）二月に、無念を呑んだまま死去し、日本の大怨霊の一人となった。天神《てんじん》は、まさに神鳴《かみな》り——神の怒りだ」

「……でもタタルさん。それがどうして七福神とつながるんですか？」

「日本の神は、大きく分けると三通りに分類されるんだ。一つめは山や海や森のように、人々を取り巻く大自然だ。二つめは祖霊、つまり先祖の霊。そして三つめが、今言ったような『怨霊』だ」

「大自然や先祖は解りますけれど……」

——どうも『怨霊』にはなじめない。

崇は、奈々をチラリと横目で見て言う。

「偉かったとか立派だったとかいう事実は、神になる必要条件だけれど、決して十分条件ではない。悲惨な最期を迎えたかどうか、ということが重要なんだ。そしてそれが、必須《ひっす》条件でもある。その最期が悲惨であればあるほど、その恨みが深ければ深いほど、より一層位の高い神に祀り上げられるんだ——。実際に道真の場合は、死後に正一位、左大臣から太政《だじょう》大臣の位まで追贈されているよな、斎藤くん」

「はい。確かに」貴子は後ろで頷く。

しかし奈々はまだ納得がいかない。

「でも、タタルさん。それは余りにも都合がよすぎる考え方なんじゃないですか？」

——自分たちが殺しておいて、そしてその人を神として祀って——。

しかも、自分たちを護ってもらう……？

「しかしね」崇は言う。「昔はありとあらゆる魑魅《ちみ》魍魎《もうりょう》が日常的に跋扈していたんだ。だから、ここはひとつ力のある大親分と親しくなっておいた方が得策には違いないと考えたんだな。例えれば、ドラキュラや狼男と仲良くなって、夜に自分の家を護ってもらおうというわけだ。そうすれば夜道にも恐いものなしになれるだろう——。確かにキリスト教などでは、考えられない思想ではあるけれどね……。斎藤くん、後ろに積んである、青い背表紙の本を取ってくれないか」

崇はバックミラー越しに貴子を覗き込んだ。

いきなり言われて、え？　と貴子はあわてる。

ちょ、ちょっと待って下さい。そうだ、その『漢方概論』の上にある——などという会話が交わされたあと、崇は本を受け取ると、のろのろ運転なのをいいことに、ハンドルの上に載せて——奈々の心配を意に介す様子もなく——ページを捲った。

「確か……ここらに……これだ。梅原猛さんも書いている。『私はここにキリスト教の原理と全く違った思想体系を見るのである。キリスト教は一つの神のみが正しいという思想である。それ故、そこでは他の神はすべてほろぼし尽くすべきものである。バイブルに展開されるエホバの神は他の神を強烈に忌う。——しかし仏教は違う。日本においてそれはむしろ神道と共存する。——このような密教的な世界観は、むしろ日本文化の根底に存在する世界観にも見える。平和的手段により、いつのまにか敵を味方の陣営に引き込む』……」

崇は本を貴子に返した。貴子はそれを丁寧に山の一番上に載せる。

「ただ、一つ付け加えれば、ここで梅原猛さんの言っている『仏教』というのは、あくまでも『日本での仏教』という意味だ。確かにこの思想は、善し悪しはともかくとして、日本仏教の特色の一つと言えるだろうな」

「そうなんですか……」

奈々は頷く。

怖ろしい鬼や怨霊を守護神としていた、などと聞かされれば、何か怪しい宗教団体のようなイメージを抱くけれど——。

「昔は誰でもがそう考えていたんですね」

「そう。『福神』としてね」

「じゃあ、いよいよ『七福神』ですね」

「しかし、その前にもう一つだけ」

「何ですか？」

「七福神は、どうして七人だと思う？」


「え？」

「だって『七福神』じゃないですか！」

貴子もメモを片手に、後ろから身を乗り出す。奈々は、

——そんなことは、今まで一度も疑問に感じたことすらなかった。

「だから」崇は苛々《いらいら》した口調で言う。「俺が尋ねているのは、なんで『七』福神なのか、だ」

「おめでたい神様を並べたら、たまたま七人になったんでしょう」

「逆だね——。七人並べるために、色々な神を選んだんだ。神様の出入りがあった、というのが立派な証拠だろう。その際に、福禄寿や寿老人の代わりとして、吉祥天や猩々やらが入ったりしたけれど、決して『六福神』や『八福神』にはならなかった」

——そう言われれば……。

「喜田貞吉さんは『七福神の成立』の中で、これは『竹林《ちくりん》の七賢人から来ている』としているし、また仏教の教典の中の『七難即滅《しちなんそくめつ》、七福即生《しちふくそくしょう》』から取ったともいわれている――。しかし俺は、また違う意見を持っている。何故ならば『七』という数字には、もっと凄《すご》い意味があるからだ」

「凄い――意味？『七』に、ですか？」

「そうだ。日本の始まりは、知っての通りに神代七代《かみよななよ》だ。寺に行けば、七堂伽藍《しちどうがらん》に七重《しちじゅう》の塔に七面大菩薩《しちめんだいぼさつ》。身近なところで、初七日《しょなのか》というのもある」

崇は、ハンドルを切りながら、滔々《とうとう》と話す。

「七×七の四十九日は、閻魔《えんま》大王に自らの生前の行ないを裁かれる日のことだ。そして、無病を祈願する七つのお祝い。また、中国から伝来した乞巧奠《きっこうでん》は牽牛《けんぎゅう》・織女《しょくじょ》の七夕《たなばた》のことだ。冷泉《れいぜい》家では七月七日の乞巧奠を行なう際に、秋の七草の軸を掛けるのがしきたりになっている。七草と言えば、正月七日には邪気払いと称して七草粥《ななくさがゆ》を口にする。そして昔は、庚申《こうしん》の日に七色菓子を供えて神様の機嫌を取っていたし、また宮崎興二さんによれば、『日本全国の神社の中心にあることを主張して鎌倉時代に建立された、京都・吉田神社の屋根のちょうど真ん中には、正七角形の露盤《ろばん》が置かれている。言うなれば日本の中心に七がある』――ちなみに露盤というのは宝珠《ほうじゅ》の下に置かれた台のことだ」

確かに、まるで「七」のオンパレードだ。

何故、こんなに「七」だらけなのだ？

「俺たちの先祖はこうして実に沢山のものに『七』という呪《しゅ》をかけてきた——。さて、では どうして『七』という数字が選ばれたのか？　その重要性については、侃々諤々《かんかんがくがく》の論争があるところだろうが、俺個人としては、火坂雅志さんの説が正鵠《せいこく》を射ていると考えている。いいかい」

崇は前を向いたままで、暗唱した。

「『七がつく言葉はいずれも良いことに使われる、いわば「聖数」である。そのためであろう、「七」は怨霊を封じる呪術にも用いられるようになった。たとえば、日本各地の伝説にある「七つ墓」とか「七人塚」がそれである。そこに埋められているのはいずれも惨死・刑死・客死・自害など尋常ならざる死に方をした者たちである。その怨霊の跳梁を防ぐため七つの墓を築き、聖なる数字「七」によってこれを鎮めたのである』……」

「尋常ではない死に方！」

「その他にも『蝦夷喧辞弁《えぞけんじべん》』には、松前藩《まつまえ》におけるニシン漁場には『七つの忌み言葉』があると書かれているし、『皇太神宮儀式帳』には内七言・外七言という忌み言葉もある——。だからもっと言えば、和歌の『五七五七七』も、最初は怨霊を封じる意味を持っていたのかも知れない。『七』と同様に『五』にしても『地水火風空』『木火土金水』を表わしていて、平安時代の陰陽師《おんみようじ》・安倍晴明《あべのせいめい》の桔梗印《ききょういん》に見るまでもなく、怨霊封じの数だ。それがいつのまにか——人間物理学的にも心地よい響きとなって——定着したのかも知れないな」

——怨霊封じ……。

奈々は、ふと去年の事件を回想し、そして思う。

日本人は、それほどまでに怨霊を怖れなければならないのか？

裏を返せば、日本の歴史というのはそれほどにも後ろ暗い事件の積み重ねなのか……。

そんな奈々の思惑を遮るように、貴子が尋ねた。

「それでは、福神の数は『七』ではなくて、『五』でもよかったということですか？　それとも、何か『七』にこだわった理由でも……」

「さあ……それは、今のところは解らない。もしかしたならば、『七』にしなくてはならない必然性があったのかも知れないけれどもね——。それよりも俺は、七福神の『七』には、もう一つ意味があると考えている」

「もう一つの意味ですか？」

貴子は、必死にメモを取りながら尋ねる。

その姿はまるで、大学で講義を受けている学生のようだ。

「『七』と言えばすぐに思いつくのは、北斗七星。北斗七星と言えば当然——」

「妙見《みようけん》信仰！」

貴子は叫んだ。

――みょうけんしんこう……？

首を捻《ひね》る奈々の隣で、崇は言う。

「そうだ。北斗七星には、貪狼《とんろう》星から始まって、巨門《こもん》星・禄存《ろくぞん》星・文曲《もんごく》星・廉貞《れんじょう》星・武曲《むごく》星、そして最後の破軍《はぐん》星までの七星があるとされている。この北斗七星は天の神であり、その時代の必要に応じてこれらの七つの星が七人の仏や仙人に化身する、という信仰だ。我々は皆、これらの星々に一生を支配されているという……。そして北斗七星が回るその中心に存在するのは、言うまでもない、北極星だ。この北極星というのは取りも直さず、天皇のことだから、北斗七星の神々は天皇をお護りしているということだ」

「つまり――七福神は、天皇をお護りしているというんですか？」

貴子は顔を上げて、崇を覗き込む。崇はそんな姿をチラリと横目で見て、言った。

「――多分な。いや、きっとそう繋《つな》がるに違いない。理論的に行くとね……。最終的な結論はこの旅行で出せるだろうと、実は俺も内心期待している部分もある」

三人を乗せた車は、高野《たかの》川の上流、松ヶ崎に近付いている。叡山《えいざん》本線、修学院《しゅうがくいん》駅の近くである。

市街の最北までやって来ても交通量が一向に減少しないのは、修学院から紫野《むらさきの》までを、北山通りが一直線に横断しているからである。東京の原宿にあるようなお洒落なブティックが建ち並び、若者たちが大勢集っていた。

奈々がそれを何となく複雑な気分で眺めていると、崇が再び口を開いた。

「大黒天は先刻承知だね」

「はい、大黒様ですね。頭巾《ずきん》を被って大きな袋を肩に担ぎ、打出の小槌を握って米俵の上に乗っかっている——」

「そうだ……。斎藤くんは鎌倉・江ノ島《えのしま》七福神を見て来たと言っていたね。あそこの大黒天は確か——長谷寺だな」

「そうです」

「死体を投げ捨てるお寺ね」

わざと言って、振り返る奈々に貴子は、

「止めて下さいよ、奈々さん」笑いながら二の腕を擦《さす》り、そして崇に尋ねる。「あの話、本当なんですか？」

「本当だ。それよりどうだった、大黒天は？」

「はい……。お寺の総門をくぐって少し行った左手に大黒堂があり、そこに弘法《こうぼう》大師ゆかりの大黒天が祀られていました」

「右手の方は？」

「え、ええ……。広い庭園があり——そこに、弁天堂がありました。そしてその後ろに弁天窟が──」

「なるほどね……。大黒堂は、もちろんお参りしただろうね」

「はい。長谷寺の大黒天像は、神奈川県内で最古の物だそうです。今は宝物殿に安置されていますけれど。その大黒天は奈々さんの言う通りに、大きな袋を肩にかけて、米俵の上に乗っていて──」

「いや、その像はいい。それよりお堂の奥は？」

「え？」

「覗《のぞ》かなかったのか？」

「はい──」

「本尊があったはずだ。おそらくは封印されて」

「何でですか？」貴子に代わって奈々が尋ねる。「どうして大黒天が封印されなければならないんですか？」

「単純な理由だ。外へ出て暴れ出さないようにだ」

「暴れる？」

「そうだ。──ああ、ちょっと待ってくれ。ようやく着いた。ここだ」

いつのまにか車は、あたり一面を緑に囲まれた山裾にいた。

崇はスピードを落として駐車場に入る。駐車場と言っても、車七、八台分のスペースしかない小さな空き地だ。こんな天気のせいであろう、今日は酷く閑散としていて、他の車の姿は一台も見当らなかった。

そこから右手には少し急な、左手には緩《ゆる》やかな坂道が、それぞれ山に向かって続いていた。

その山の中腹に、緑に囲まれて妙円寺はある。

「ここが妙円寺、別名『松ヶ崎大黒天』だ。京都五山の送り火の際に『法』の文字が灯される松ヶ崎山の麓《ふもと》だ。この寺に安置されている大黒天像は、伝教大師《でんぎょうだいし》作・立正大師開眼《かいげん》といわれていて、六十日に一回、甲子祭《きのえねまつり》が催されて、地元の人々が大勢参集して来る。『子《ね》』はもちろん『鼠《ねずみ》』のことであり、大国様《だいこく》のお使いとして知られているのと、この寺が京都の北——つまり『子』の方角に位置するという二重の意味を以て、ありがたく開催されるんだ……。さてその大黒天だが——」

エンジンを止めると崇は運転席から体をよじり、後ろの座席に手を伸ばして一冊のノートを引っ張り出した。そして、それに挿《はさ》んであった一枚の写真を二人に渡した。

奈々と貴子は、その写真を覗き込む。

「これが大黒天の本当の姿だ。現在のような優しい顔になったのは、江戸時代からだ」

「なんですか、これ！」

奈々は顔をしかめる。

写真の中の大黒天の像は、それを見る人間に対して、あからさまに敵意を示していた。目は——よく見かける優しそうな波形の目尻はどこにもない。それどころか、ぎろりと奈々を睨みつけている。

——どこかで見たような目つき……。

すぐに思い出した。

風神《ふうじん》・雷神《らいじん》だ。それとも——。

不動明王《ふどうみょうおう》だ！

しかも、もっと怖ろしいことに、その大黒天は牙《きば》を生やしていた。口の両端から太く長い牙が二本、冷ややかな氷柱《つらら》のように覗いている。

左手にはこれも大きな剣を携えていて、近寄る者あらば容赦なく切り捨てるぞと言わんばかりだ。

——それよりも……これは……首飾り。

「髑髏《どくろ》の首飾りだよ」

奈々の視線を追っていた崇が、言った。

「何で大黒様が、こんな不気味な首飾りをしているんですか！」

「死神だからだ」

「死神――」

「そうだ……。まあ、日本ではこの程度ですんでいるけれども、本家本元のインドではもっと怖ろしい顔つきをしている……。そう言えば、長谷寺の大黒天像にそんな物もあっただろう」

「はい」貴子は――奈々と違って――落ち着いて答える。「閻魔大王のような顔つきの物も」

――閻魔大王？

そして、

――死神！

「大黒天の元々の名前は、サンスクリット語でマハーカーラ、『摩訶迦羅』と漢訳している。『大きな黒』、つまり冥界《めいかい》の王、という意味だ。本来の姿は、真黒または真青な体に三つの頭と六本の手を持ち、その手で人間の頭と山羊《やぎ》の角をつかみ上げて、髑髏の首飾りを身につけている」

「それじゃまるで、悪魔じゃないですか！」

「悪魔じゃない。格も違う。欲界《よっかい》の第六天の、シヴァ神の化身とも言われているんだから」

「よっかい？……だいろくてん？」

「ああ、そうだ。じゃあ車を降りる前に、奈々くんのためにそれも説明しておこうか――。仏教上で、この宇宙には全部で六つの世界があるとされている。一番下から、『地獄』『餓鬼』『畜生』『修羅』『人間』『天』だ。これがいわゆる六道《ろくどう》で、解脱《げだつ》できなかった人間は永遠にこの六道を輪廻《りんね》する、というわけだ。

　そして最上部の『天』が、また三つに分かれる。『欲界』『色界《しきかい》』『無色界《むしきかい》』とね。この『天』の一番下に存在する『欲界』――まだ色欲・食欲の強い者が棲《す》む世界も、またここで六つに分かれている。下から順番に行くと――

第一天・四天王天《してんのうてん》には、毘沙門天《びしゃもんてん》たちが棲む。

第二天・忉利天《とうりてん》には、帝釈天《たいしゃくてん》が棲んでいる。

第三天・夜摩天《やまてん》は、五欲の楽を授ける所だ。

第四天・兜率天《とそつてん》には、弥勒菩薩《みろくぼさつ》が閉じこめられてる。

第五天・化楽天《けらくてん》は、別名を楽変化天《らくへんげてん》とも言う。

そして、第六天は、他化自在天《たけじざいてん》。ここは魔王・シヴァの住みかだと言われている――。織田《おだ》信長《のぶなが》を知っているだろう?」

「ええ」

「彼は自らを『第六天魔王』と名乗っていた。この魔王のことだ……。さて、話は戻るが――密教では、先ほどの大黒のあの恐ろしい姿は、荼吉尼《だきに》という悪魔を懲らしめるために、大日如来が憤怒《ふんぬ》の形相をとって現われたものとされている」

「あら。大黒天というのは、大国主《おおくにぬし》のことではないんですか?」

「一般的には『大黒』と『大国』の発音が同じという理由で習合されているわけだけれど、でも俺はそれにはもっと別の意味も含まれていると思う……。だがその前に、とりあえず車を降りて、大黒天にご挨拶するとしようか」

崇を先頭に、三人はドアを開けて外に出た。


風が冷たい。

空は暗いけれど、緑の中で大きく伸びをすれば、市街地とは比べるまでもなく澄んだ空気が、奈々の肺を一杯に充《み》たした。

本堂までの道は、両脇を緑に包まれた緩《ゆる》い坂道を登って行く。

今にも雨が落ちて来そうな暗い空を、奈々は心配そうに見上げた。風も、たっぷりと湿気を含んでいる。

しかし崇は、そんなことは全く気にならないのか、すたすたと二人の前を歩いて行く。

「大国主の話は全部知っているかな？」崇はいきなり振り向く。

「はい。概要ならば」

貴子は答えたが、問題は奈々だ。

「ええと……私は――」

奈々は首を捻《ひね》る。はるか昔に聞いたことがあったような気もするけれど――他の神話とごっちゃになって、区別が付かなくなってしまっている。

「——因幡《いなば》の白兎《しろうさぎ》を助けてあげた、というくらいしか——」

「心許なさそうだから、これを読んであげよう」

そう言うと崇は、車から持ち出していた厚いノートを開いた。そして歩きながら読み上げる。

「『大国主尊《おおくにぬしのみこと》——。八十神《やそがみ》たちの末弟で、兄たちの迫害を受けて二度殺される。その後に、御祖神《みおやのかみ》の助けによって素戔嗚尊《すさのおのみこと》の棲む黄泉《よみ》の国に逃亡した。そこで、尊の娘である須勢理姫《すせりひめ》を掠奪し、葦原中国《あしはらのなかつくに》へと戻り、八十神を追放して出雲《いずも》国を平定した。するとそこに、天上の高天原《たかまがはら》から天照大神《あまてらすおおみかみ》の命令を受けた、建御雷《たけみかづち》神と布都主《ふつぬし》神が出雲に赴き、そこで国譲りが行なわれた』と」

「……何ですかそれ？　全く理解不能です」

　奈々はますます首を捻る。

「ちゃんと通訳して下さい。さっぱり解りません」

「つまりね」崇は苦笑いして、奈々の隣に寄る。そして一言一言ゆっくりと口を開いた。

「大国主は自分の兄たちによって二度も殺されて、黄泉の国——つまりあの世へ行った。そしてそこで冥界の王である素戔嗚尊を凌《しの》ぎ、現世に復活して出雲の国を治める王となることができた……。ところが、そこへ急に天照大神が現われて、いきなり『お前の国をよこせ』

と命令を下した。その結果、建御雷と布都主が派遣されて『国譲り』が行なわれた、ということだ――」

「しかし、この国譲りも悲惨だった」

――因幡の白兎は、出てこないのか……。

奈々の思惑を無視するように、崇は続ける。

「この時に大国主の息子の事代主《ことしろぬし》は、天照大神を呪って海に身を投げ、もう一人の息子の建《たけ》御名方《みなかた》は、戦いの末に腕をもぎ取られて諏訪《すわ》まで逃げ、一生その地を出ないと約束させられた。そして結局、大国主は殺されたか、あるいは自害させられた、といわれている。その大国主の御霊《ごりょう》を祀ってあるのが、あの出雲大社だ」

「殺されたんですか？　だって、天照大神の言う通りに国を譲ったんでしょう」

「この時代だからといって、国を譲ります、はいありがとうで済むわけはない。大国主はその名の通りに地方の大豪族だ。中央政府にしてみれば、いつ何時反乱を起こすかわからない。『長《とこしえ》に』隠れてもらわなければ、枕を高くして眠ることもできないだろう……。その結果として大国主は、あの世から人の縁を司る神になったんだ――。そんな悲惨な運命を背負って冥界の王になった大国主だから、第六天魔王の大黒天と結び付けられたんだろう、と俺は思うね」

崇は、ポンとノートを閉じた。

長い坂道が終わると、目の前に景色が開けた。

鬱蒼《うっそう》とした木々の茂る松ヶ崎山を背にして、妙円寺の本堂はひっそりと建っていた。

奈々が想像していたほどに大きな寺ではない。

お堂の正面、向拝《こうはい》に立つと、細い注連縄《しめなわ》の向こうに「松ヶ崎　開運大黒天」という古ぼけた大きな額が掛かっていた。本堂横には、祟の言う通り甲子祭《きのえねまつり》を報《しら》せる告知板が立て掛けられている。

この寺は、元々は比叡《ひえい》山三千坊の一つに数えられて、「歓喜寺《かんぎじ》」という天台宗の寺であったらしいのだが、その後日蓮宗に改宗したのだと、祟が説明した。そのためだろう、本堂左手に造られた二階建の大きな講堂の前に立っているのは、日蓮の銅像なのか、近寄って見れば、凛々《りり》しく京の方角を睨んでいる。

三人はお参りを済ませると、赤い灯籠が点在する狭い境内を歩く。

祟は、木のベンチに腰を下ろしてポケットから煙草を取り出して火をつけた。

その隣に、奈々と貴子も並んで座った。

「この世の中で、寺社巡りと墓参りほど我々に清々《すがすが》しい気分をもたらしてくれるものは、他にないね」

祟は言う。

「――さて大黒天に戻って、彼が冥界の王だという証拠が、御霊を祀ってある寺や神社の入り口には必ずと言っていいほど大黒天が祀られているということにある。中の御霊が逃げ出したりしないように見張っているんだ。下御霊《しもごりょう》神社しかり、長谷寺しかり、延暦寺《えんりゃくじ》しかり、神田明神《かんだみょうじん》しかり——そう言えば奈々くんたちの家の方——神奈川県だと、横浜市の総持寺《そうじじ》にもいるね」

「え？　鶴見《つるみ》の、ですか」

「ああ」

「確かに大黒天は——いますけれど、あのお寺に御霊がいるという話は……。貴子は？」

「いいえ」貴子は首を振る。「聞いたことはありません。有名人のお墓ならばありますけれど——総持寺は曹洞宗《そうとうしゅう》の大本山ですよ」

「何で曹洞宗大本山に御霊がいちゃいけないんだ？　臨済宗天龍寺派《りんざいしゅうてんりゅうじ》大本山の天龍寺だって、南北朝時代に大きな恨みを残して亡くなった後醍醐天皇の霊を慰めるために、夢窓疎石《むそうそせき》が足利尊氏《あしかがたかうじ》を説得して開創したんだ。総持寺だって、同じ禅宗じゃないか」

「それはそうですけれど……でも——」

「じゃあ、斎藤くん、あの寺を思い出してごらん。変わっている所が、幾つかあるだろう」

「変わっている所、ですか？」

「まず、こうして参道が、いきなり大きく右に折れ曲がっている」

崇は、自分のそばに落ちていた棒切れを拾うと、細かい砂利の上に、総持寺の見取り図を書き始めた。

——よくもまあ、覚えているものだ。

奈々は密かに感心——いや、呆れた。

「そして三門をくぐるわけだけれど、すぐ右手に大黒天のいる『香積台《こうしゃくだい》』という大きなお堂が独立して建立《こんりゅう》されている。それからまた門をくぐって、やっと仏殿に辿り着ける。そのまま斜め右の道を進めば、本堂に突き当たる——。これは完全に、中にいる御霊が参道を通って一直線に外へ抜け出すのを防ごうという形だ。出雲大社の造りと同様の考え方だ。昔は、怨霊は一直線にしか進むことができないという『迷信』があったからな……。そして仏殿を参拝するわけだけれど、驚いたことにこの正面がしっかりと閉じられている——。斎藤くんはどうやって参拝した？」

「え？　別に……普通でしたけれど——」

「それは本堂の方だろう。今言ってるのは、仏殿の方だ。ちょっと変わっていただろう」

「——あっ！」

貴子は、口に手を当てて奈々を見る。

奈々も同時に思い出した。

焼香台の前に立って抹香《まっこう》を一つかみ取り自分の額にかざしてから、香炉に置かれた香炭の上に、はらはらと落とす。それはまるで——、仏式の葬儀の仕草と全く同じであった。

「変だろう。以前に俺も不思議に思って、ちょっと尋ねてみたんだけれど、此処《ここ》では昔からそういう決まりなもので、としか答えてもらえなかった——。しかしその理由は、一つだ。総持寺の主に、目覚めてもらいたくはないからだ。延々とお焼香しているんだ。貴方はもう既に亡くなったんです、おとなしくお眠り下さい、とね——。そしてその仏殿の後ろに、総持寺の主がまします『御霊殿』がある」

——御霊殿！

「わりと小さいから、気付きにくいけれどね」

「なぜタタルさんが——？」

「調べたからさ。あってもいいと思って。しかしその周囲は、しっかりと塀に囲まれていて、中はなかなか覗けない」

「でも、覗いたんでしょう？」

「勿論」

「——それで、そこには誰の御霊がいらっしゃるんですか？」

「後醍醐天皇」

「——！」

「さっきも出てきたけれど、後醍醐天皇は、荼吉尼天法《だきにてんぽう》という呪術を修し、真言立川流《しんごんたちかわりゅう》の奥義も極めたとされている。しかも大きな恨みを呑んで、志半ばで亡くなっている、実に恐ろしい天皇だ。総持寺の三門のそばに稲荷を祀ってあるのも、偶然じゃないだろう。『荼吉尼』というのは『稲荷』のことでもあるからね……。まあ、話が少しそれたけれど、そんな恐ろしい天皇の霊を抑えるために選ばれるほどに、大黒天の力は強力だということだ。それに、そうでなければ、最澄《さいちょう》が比叡山、全山の守護神として自ら像を刻み、祀ったりなどするものか」

崇は、ポンと棒切れを投げ捨てる。

「それに、抑える、と言えばこんな例もある。江戸時代に刊行された『画図《がず》百器徒然袋《ひゃっきつれづれぶくろ》』という書物があるんだけれど、この中には魑魅《ちみ》悪鬼《あっき》の相と化した古い器物——付喪神《つくもがみ》たちが紹介されている……。では君たちは、この本の巻頭と巻末には、一体何の絵が飾られていると思う？」

「さあ……」

奈々と貴子は、お互いに目を合わせた。

「大黒天？」奈々が答える。

「近い」

「——きっと」貴子は言う。「その妖怪たちの中でも、一番強いものなんじゃないですか？彼らを抑えるためにも——」

「ますます近くなった」崇は、楽しそうに言う。「実は、そこに描かれているのは——『宝船』なんだよ」

「宝船！」

「つまり、七福神の画だ。巻頭と巻末にね——。何故、彼らがそんな場所にいるのかと言えば、もう理由は解るだろう」崇は、笑う。「斎藤くんの言う通りに、本の中の妖怪を見張っているとしか考えられない。文車妖妃《ふぐるまようひ》や骨傘《ほねからかさ》や瓢箪小僧《ひょうたんこぞう》や五徳猫《ごとくねこ》が、本から飛び出して悪さを働かないように、大黒天たちの力で抑えているというわけだ——。さてと、次に行こう」

崇は煙草を吸い殻入れに投げ込むと、ズボンをパン、と払って立ち上がった。

奈々たちもそれを合図に立ち上がり、三人は来た道を駐車場へとゆっくり下り始める。

雨こそ落ちて来ていないが、相変わらずの暗い空模様である。

《四方四仏》

「次は福禄寿《ふくろくじゅ》のいる『赤山禅院《せきさんぜんいん》』だ」

崇はアクセルを踏み込み、相変わらず危っかしいハンドルさばきで車をぐるりと回した。

「あの……ちょっと、タタルさん――」

車が来た道を再び下り始めた時、奈々は意を決したように言った。

「何？」

「一応は、新幹線の中で本を見ては来たんですけれど――。いきなり『福禄寿』と言われても、それほど詳しくないんで――」

「で？」

「ある程度よく知っている『恵比寿《えびす》』とか『毘沙門天《びしゃもんてん》』とか『弁財天《べんざいてん》』とか、から――」

「だから最初から、最低限調べて来いと言っただろう。まわる順番があるんだ。赤山禅院はここからすぐなんだ」

実際、崇の言う通り赤山禅院は、修学院離宮《しゅがくいんりきゅう》の少し北、地図で言えば妙円寺から東へ直線距離で二キロ弱の場所に位置している。

「タタルさん」

後ろの席で今にも崩れ落ちそうな本の山を支えながら、貴子が言う。

「ん？」

「あの……今日中に三千院《さんぜんいん》や、毘沙門堂《びしゃもんどう》まで回れますか？」

「――ちょっと無理かな」

首を傾げる崇に、貴子はニコッと笑って言う。

「そうしたら、修学院の辺りで一旦《いったん》お茶でも飲みましょうよ」

「――？」

「私もメモを整理したいし、喫茶店で、今日中にまわれない弁財天や毘沙門天について説明して下さい。その後で、赤山禅院に行くというのは駄目ですか？」

「な――」

「そ、そうよね、貴子」呆れ顔の崇に向かって、ここぞとばかり奈々もたたみかける。「そうなのよ。ちょうど私も喉《のど》が渇いていたの」

「赤山禅院は、もう目と鼻の先だというのに、君たちは少し甘えて――」

「あ、あそこに素敵な喫茶店が見えます！」

貴子は叫んだ。

結局崇は、修学院離宮道沿いにある喫茶店の前に車を停めることになった。

ここから山に向かって行けば赤山禅院、音羽川に沿って東に進めば、後水尾《ごみずのお》上皇山荘跡である修学院離宮がすぐである。

こぢんまりした、お洒落なその店に入り、それぞれ席につくと、奈々と貴子はアイスミルクティーを、崇は——二人の激しい反対を押し切って——ジントニックを注文した。

「昼間から酔っ払って運転するつもりですか！」

奈々は怒ったけれど、崇は笑って言う。

「俺は普通の人よりも、アルコールデヒドロゲナーゼと、アルデヒドデカルボキシラーゼの量が多いんだ。いや、これは本当」

「何ですか、それ？」

キョトンとする貴子に向かって奈々は、しかめ面で、

「お酒に酔いにくいし、その上、酔ってもすぐに醒めるってことよ」と説明した。

「本当ですか？」

「本当もなにも、先月の血液検査の結果だ。——さてと、じゃあ奈々くんのリクエストに答

えて『弁財天』だな」飲み物が運ばれて来ると、崇は言った。「そして次に『毘沙門天』。この二つは今説明だけしておいて、実際に対面するのは明日にしよう。それでいいね」

二人が頷くと、それを見て崇は説明を始めた。

「弁財天は——奈々くんも、よく知っている通りに、七福神で唯一の女神だ」

「でも、この神様も怖ろしいんですか?」

「ああ」

「また地獄の王——?」

「いや、違う。今度は蛇だ」

「へび!」

「蛇で、そして龍でもある——。きみは、弁財天の祀られている場所をいくつか知っているか?」

「江ノ島にあります。あとは、東京、上野の不忍池《しのばずのいけ》ですよね、確か——」

「琵琶《びわ》湖の竹生島《ちくぶしま》もそうです」

貴子が付け加え、崇は頷く。

「そうだ。あと有名な所では、広島の宮島《みやじま》、奈良の天《てん》ノ川《かわ》や、ここ京都にも沢山ある。そして、七福神信仰が広まって、日本各地に七福神巡りと称して沢山の社《やしろ》が建てられたから、最近造られた小さな所は除くとして、弁財天を祀るに当たって必ず共通していなければならない点が一つある」

「水の近く——ですか？」

「そう。海や川や池の近くだ。水辺にお堂が建てられ、そこに弁財天は祀られるということだ。それが山の中でも、必ず湧き水のそばにお堂はある」

「三千院も山の中にありますね」

貴子が言い、崇は頷いた。

「ああ、小野山《おのやま》の山麓だ。そこを呂川《りよがわ》・律川《りつがわ》という二本の川が流れていて、弁財天像はこの呂川のほとり、紫陽花苑《あじさいえん》の東南の一角に祀られている……。弁財天は本名をサンスクリット語で『サラスバティー』と言って、意味は『水多き地』。つまり河川のことだ。川と言っても、日本で普通に見られるような小さな川じゃない。インドの蕩々《とうとう》たる大河のことだ。それが神格化された神、つまり水神が弁財天の元々の姿なんだ。そして年を経るにつれて白蛇である『宇賀耶神《うがや》』と習合されて、現在の姿になっていったんだ」

崇は、煙草に火をつけた。

奈々たちは、運ばれてきたアイスミルクティーを一口飲みながら、崇の話に耳を傾ける。

「弁財天の像は、本来は八臂《ぴ》——手が八本あり、なおかつそれぞれの手に八種類の武器を持った恐ろしい女神だった。それが、長い年月を経るうちに密教の影響を色濃く受けて、最終的に、二本の腕で琵琶《びわ》を抱えた美しい女神になったんだ。たまに吉祥天と混同されたりしているけれど、この二人は全く別の神だ」

「インドの河――ですか」

奈々も今度は納得できる。河川がたびたび氾濫《はんらん》して、その都度《つど》、大勢の犠牲者を出す、という話を聞いたことがある。周囲に住んでいる人々にとっては、確かに恐ろしい存在に違いないだろう。

「それで、恐い神様になったんですね」

「しかしその反面、穀物や果実を実らせ、財をもたらしてもくれる。エジプト王国とナイル河との関係のようにね。インド最古の聖典『リグ・ヴェーダ』には、サラスバティーは富と共にある、と書かれているくらいだから、大昔からこの神は、富と恐怖の両面を持ち合わせていたんだろう。まさに、日本における『白蛇』のイメージと同じだ」

そう言って、ふうっ、と煙草の煙を吐き出す崇に奈々は尋ねる。

「あと、弁財天には男女の二人組でお参りしてはいけない、とよくいわれますけれど、そんなに嫉妬《しっと》深い神様なんですか?」

「そうだな。弁財天は、織姫・彦星のように、過去に互いの仲を引き裂かれたという経験を持っていて、とても深い恨みを未だに抱いている、とも言われているからね。でも、それに関しての詳しい話は、また今度にしよう」

崇は、ジントニックを一口飲んで答えた。

「タタルさん、私も一つ質問が」貴子は、律儀に手を挙げて尋ねる。「弁財天は言葉や音楽や芸能の神様でもある、と聞きましたけれど、これについては——」

「言葉や文字に関しては『最勝《さいしょう》王経《おうきょう》大弁財天女品《だいべんざいてんにょぼん》』の中に、経文を読む者に対して弁財天が『言説の弁を助け、字句を教えよう』と言ったと書かれているから納得はできる」

「芸能は？」尋ねる奈々に、崇は首を捻った。

「——さあ？」

「あら、タタルさんにでも解らないことがあるんですか？」

「解らない、んじゃない。まだ知らないだけだ。情報さえ入ればすぐに謎は解ける——」崇は、憮然とする。「あと、河で思い出したけれど——七福神は何故、宝船、つまり船に乗っているんだと思う？」

「え？」

「ですから、穢《けが》れを流し去るためでしょう？　その見張りとして——」

「だから、船とは何だ？　という意味で尋ねているんだよ」

「そういえば……タタルさん」貴子は言う。「私の調べた説では、七福神は元々中国の『八《はっ》仙《せん》』と呼ばれる八人の仙人たちをモデルにしていて、彼らが海を渡る図から——」

「ああ、『八仙渡海図』だな。確かに、それを真似たんじゃないかという意見もある。しかしそれについては、先ほども言ったように、俺は折口信夫の説が正しいと思う。形は借りていたにしても、本質は違うんじゃないかな。昔からそれが日本人の特色だしね――。そこで『船』だ」

「船？」

「船というのは昔の人々にとって、一体どういうものだったろうか……。弁財天ではないけれど、アンビバレントな、相反する感情を以《もつ》て考えられていたんじゃないかな。一つは、外国から自分たちの知らない新しい知識や珍しい食物や美しい金品を、運んで来てくれる――まさに宝船だ。しかしその一方で、それらを運ぶために、人は沢山の命を落としている。現代ですら海難事故はあとを絶たないんだから、昔は推《お》して知るべしだ。皆、命懸けで乗り込んだんだ。少しでも海が荒れれば、すぐにあの世行きだ。だから、時化《しけ》に出会った時に海の神に捧げるための人身御供《ひとみごくう》も乗せて出航したほどだった。言葉通り、板子《いたご》一枚下は地獄だからね……。そのため、ここ、京都の船山《ふなやま》の船形の送り火や、熊野《くまの》で行なわれていた『補陀落《ふだらく》渡海《とかい》』のように『船』というのは、死者の霊を黄泉《よみ》の国に送る儀式にも使われていた。精《しよう》霊流《りようなが》しと同じ発想だ」

「ふだらくとかい？」

「そうだ。熊野の那智山《なちさん》の入り口にある西国三十三所の第一番所の青岸渡寺《せいがんとじ》の下に、那智川が流れているんだけれど、それをずっと下った海の彼方に補陀落山があるとされていた

——。西方極楽浄土は奈々くんも知っているだろう？」

「はい。阿弥陀仏《あみだぶつ》如来《にょらい》ですね」

「そう。阿弥陀如来がいらっしゃる、妙《たえ》なる場所だ。昔も今も数多くの人々が、この極楽浄土に生まれ変わりたいと願っている……。そして東には薬師《やくし》如来の瑠璃《るり》浄土があり、同じように南には、観音菩薩《かんのんぼさつ》のいらっしゃる補陀落山がある、という思想だ。そこに船——いや、この場合は小さな『舟』だな——に乗り込んで皆で行こうじゃないか、という考えが『補陀落渡海』だ。そして実際に行なわれた」

「まあ！」

——無謀すぎる。

「確かに無謀だ」崇はまるで、奈々の心を読んだかのように言った。「しかし平安末期から江戸中期までの間に、二十回もの渡海が行なわれたと記録にある。これは一種の『水葬』でもあり、且《か》つ『集団入水』でもあったわけだ」

——集団……入水！

「有名なところでは、平 維盛《たいらのこれもり》が一ノ谷の合戦に敗れた後、従臣三人を引き連れて渡海を行なったという記録も残っている。また、即身仏ではないけれど、自分の舟に板をしっかりと釘で打ち付け、まるで棺桶のように拵《こしら》えて船出をした僧もいたという……。つまり彼らは、海の彼方にあるあの世と、我々の住んでいるこの世とは『舟』によって繋がると考えていたとも言える」

「…………」

奈々は嘆息する。

——舟によって繋がる、と言われても……。

例えばその僧は、身動きのできないほどに狭く暗い舟の中で、一体何を思っていたのだろうか？　きっと舟が大きく揺らぐ度に、一心に観音経を唱えていたに違いない。

そして岸に残った人々は、その舟をどんな気持ちで見送ったのだろうか——？

まさか、補陀落山に本当に辿り着けると誰もが信じていたわけではあるまい。

それならば彼らは、その船出に一体何を託していたのだろう？

どんな希望を見たのだろう？

いや、希望がないからこそ、それを選択したのか——。

奈々には理解できない。

それとも、それが信仰というものなのだろうか？

「そして七福神も、あの世とこの世を『船』に乗って行き来しているというわけだ」崇は続けて言う。「第一彼らが本当に神——仏だとしたならば、船などいらないはずだ……。君たちは『かぐや姫』を知っているだろう。かぐや姫は最後に『船』に乗ったか？」

「あ！」貴子は叫ぶ。「光輝く『雲』に乗って、月の国へ――」

「そうだろう。阿弥陀如来を見ても解るように、この世に姿を現わす時には、その手に来迎《らいごう》印《いん》を結び、燦然《さんぜん》と輝く『雲』に乗って降臨する」

――確かにそうだ。

如来が描かれたどんな図を見ても、「船に乗っている」姿など見たこともない。

奈々は納得した。

なるほど――。

と、その時奈々の頭に、一つの疑問が浮かんだ。

「――あの、タタルさん、一つ質問が――」

「？」

「何故、七福神に女の神様は、一人なんですか？」

「え？」

今度は崇が目を剝《む》いた。

「だから――何故、男が六人で、女の神様は弁財天だけなんですか？」

「な、何でと訊かれても……さっきの八仙も、女の仙人は何仙姑《かせんこ》一人だし……元来、仏教は男尊女卑だったから――」

「でも、元々日本は、女神の国だったんでしょう？」

「う！　——確かに七福神思想が鎌倉時代以降とすると、その頃には仏教も大乗《だいじょう》に移行していたわけだから……おかしいな——」崇は腕を組んで唸る。

「そうですね」貴子も大きく頷く。「七人の神がいて、そのうち女神が一人だけなんて、余りに釣り合いがとれませんね——。奈々さんに言われるまで、私も今まで疑問に思ったこともありませんでしたけれど……」

「——まさか、奈々くんに宿題を出されるとは思わなかったな」

崇はポケットから手帳を取り出して、ぶつぶつ言いながら書き付けた。

奈々はその姿を見て、クスリと笑う。

——少し楽しい。

「タタルさん。次の毘沙門天に行って下さい」

崇は、眉根を寄せたまま、ジントニックをぐい、と飲む。

本当に酔っていないようだ。顔色も、全く変わっていない。やはり、特異体質なのだろうか……。

「よし、これが『毘沙門天《びしゃもんてん》』だ。別名、多聞天《たもんてん》とも言う」

崇は二人に、一枚の写真を見せた。

そこには鎧《よろい》を身に纏《まと》い、足元に羅刹《らせつ》と夜叉《やしゃ》を踏み付けて、鬼のような顔でぎろりとこちらを睨んでいる神——本当に神なのだろうか?——の姿が写っていた。

毘沙門天が纏っているのは、いつの時代のどこの国の鎧なのかは奈々には分からなかったけれど、位が高い者が身に纏う物のような気がする。

そしてその神は、右手には戟《ほこ》を、左手には小さな塔を捧《ささ》げ持っていた。

「毘沙門天は、サンスクリット語では『ベイシュラマナ』と言って、意味は『教えをよく聞く』となり『多聞』、また音を拾うと、ビシラモンナ——ビシャモン=『毘沙門』となる。別名を『倶毘羅《クベーラ》』と言い、見ての通り戦いの神だ。前に出てきた四天王天に棲んでいて、東に持国天《じこくてん》、西に広目天《こうもくてん》、南に増長天《ぞうじようてん》、そして北に多聞天、つまり毘沙門天がおり、世界を護っている……。四天王と言えば、摂津《せつつ》の四天王寺《してんのうじ》を知っているかな?」

奈々は首を横に振る。

「大阪にある——。昔、物部《もののべ》氏と蘇我《そが》氏との政治抗争の際に、当時十五歳の厩戸皇子《うまやどのみこ》——聖徳太子が戦勝祈願のために白膠木《ぬるで》を刻んで、小さな四天王の像を拵えて髪の中に入れて戦った。その結果、聖徳太子側の蘇我氏が勝利したので、誓願通りに太子が建立したという寺だ。それほど古い時代から四天王は信仰されていた……。話が少しそれるが、ここで興味深いのは、この四天王寺を建てた場所は何と、戦いに敗れた物部氏の邸跡だということだ。とても意味深だろう……。あと京都で有名な所では、教王護国寺《きょうおうごこくじ》——東寺《とうじ》や、鞍馬寺《くらまでら》かな」

「鞍馬寺——」

「そうだ。この京都最北に位置する鞍馬寺には、国宝の毘沙門天《びしゃもんてん》像がある。橡《とち》の木の一木彫像なんだが、この毘沙門天は、右手に戟をしっかりと握り締め、左手は額にかざして、遥か京の都を睨んでいる。まさに、北方守護神の面目躍如と言ったところだな」

「戦いと言えば」奈々は言う。「上杉謙信の旗印の『毘』も毘沙門天の毘ですよね」

「そうだ。武勇にあやかろうとしたんだ。あと、楠木正成《くすのきまさしげ》もそうだ。母親が、信貴山《しぎさん》の毘沙門天に願をかけて正成を生み、幼名を『多聞丸』と名付けた」

「鬼、どころか立派な神様じゃないですか」

「その上、美しい女神の吉祥天《きちじょうてん》が、毘沙門天の妃だともいわれている」

「それなら益々《ますます》、素晴らしい神様ですよ」

「しかし吉祥天の母親は、あの鬼子母神《きしぼじん》だ。他人の子供を殺しては喰っていた、恐ろしい鬼だ」

「でも、直接は関係ないでしょう——」

「まあね……。それよりも、インドの『マハーバーラタ』という書物によると、こんな話がある」

崇は、カラリと氷の音を立てて、ついにグラスを空けてしまった。

「毘沙門天は元々、宇宙の創造主の孫で、全世界の富と不死の命を与えられて大きな宮殿に住み、空飛ぶ乗り物ブシュカを使って自由に大空を駆け巡っていた。彼の周りには、屈強の魔神軍団の兵士たちが控えて彼を常に護り、名実ともに毘沙門天は全世界の王だった……。ところが一つ困ったことに、彼には嫉妬深い弟のラーヴァナがいた。そしてついにある日、毘沙門天はその弟の策略に乗ってしまい、宮殿を追い出されてしまう。彼は、なおも追撃して来る弟の魔手を逃れて、ヒマラヤまで逃げた。しかし、幸いそこが宝の山だったので、九死に一生を得た、という——。決して幸せな人生とは言えない。たまたま運がよかっただけだ。大国主のように死なないで済んでね……」

「でも——本当は、ヒマラヤで殺されていたりして。それで、神様になったんじゃないですか？」

「確かに……その可能性もあるかも知れないな——。しかし、その点については、本当に解らない」

「弟に宮殿を追い出されたんですか……」貴子はメモを取りながら呟いた。「それで鬼になったのかも知れませんね」

「そうだな」

——毘沙門天は戦いの神で、鬼で、北方守護神。

そして四天王の一人で……。

再び、奈々は閃《ひらめ》いた。

「あの、タタルさん」奈々は身を乗り出す。「一つ質問していいですか?」

「ああ」

「何で、四天王の内からこの毘沙門天だけが、単独で祀られるようになったんですか?」

「え?」

「だから……四人一組で四天王ですよね。なんで、その中から毘沙門天だけが選ばれたんですか? 逆に言えば、何故他の三人は選ばれなかったんですか? 何か理由が?」

「——!?」

「そういえば、そうですすよ!」貴子は手にしたボールペンを振りながら、崇に尋ねた。「タタルさん。私たちには最初から、七福神には毘沙門天、という固定観念がありましたけれど、そう言われれば——何か理由でもあるんでしょうか?」

「それは……まあ……例えば、インドではシヴァ神の信仰をより一層高めようとした信者たちが、さっきの『マハーバーラタ』の中に、シヴァのライバルのブラフマン——梵天《ぼんてん》王は堕落した生活を送っていると書いてみたり、またシヴァ神は他の神々よりも優れているという物語を創作したりもした」

崇は、首を捻りながら答える。

「しかし、それはただ単に、シヴァを祀る人々にとって都合がいい、というだけの理由だった――。もちろんブラフマンを祀る人々も、同様なことをした。その結果、どちらかの理論が生き残ったとしても、それはどちらかが正しかったから、という理由じゃない。ただ単に、どちらの政治力が強かったか、というだけの理由だ……。だから、日本で多聞天だけが四天王から抜け出ているのも、もしかしたら大昔の人々の、そういった単純な争いの結果なのかも知れないけれど――」

「……………」

――納得できない。

その気持ちが顔に出たのだろう。

崇は、奈々を盗み見るようにして続けた。

「あと、中国では玄宗《げんそう》皇帝が、サラセンの大軍に襲われた時に、毘沙門天が出現して敵を追い払った、という故事もある」

――タタルさんにしては、説得力に欠ける。

奈々は、まだ納得がいかない。

「メモしておこう」

そんな奈々の気持ちを察したかのように、崇は再びペンを取って手帳に書き付けた。

奈々が覗くと、そこにはこう書かれてあった。

・七福神と、妙見信仰との関連について。
・何故、七福神に女神は一人だけなのか？
・何故、毘沙門天だけが単独で選ばれたのか？

「さてと」崇は手帳を閉じて、柱時計を見上げた。「弁財天と毘沙門天はこれくらいにして、そろそろ出かけよう。『赤山禅院』だ」


三人の車は、緑の山を目指して進んだ。

細くくねった山道を登った所に、赤山禅院はある。

車の窓を下ろせば、とても初夏とは思えないほどの冷たい風が、奈々の頰をかすめた。

「ここからすぐだ」崇は言う。「駐車場はないけれど、今日は人出も多くなさそうだし、適当に停められるだろう」

「福禄寿《ふくろくじゅ》は――」奈々は記憶を反芻《はんすう》して、確認しながら言った。「おでこの長い方の神様ですね」

「ああ、そうだ。よく寿老人《じゅろうじん》と間違える――。しかし、本来はどちらでもいいんだ。『福禄寿』と『寿老人』は同体とされているからね。この二人は最初に言った通りに、七という数字に合わせるために無理矢理入れたんだろう」

——無理矢理？

七にするために？

「そこまで七にこだわったということですか？」

尋ねる奈々に、崇は少し言いよどむ。

今回は、どうも崇に分がない。

「多分……ね。理論としては弱い気がするけれど、現実問題として、この二人を同時に七福神に入れた理由は、未だに謎のままだ。どんな資料を調べても、ね。だからこそ、ここらへんは出入りが多くて、先ほどの吉祥天とか猩々とか稲荷明神らが、仲間入りしていた時期があったんだ」

奈々は——納得できない。

納得できないけれど、では何故と問われると——。

答えが無かった。

しかし——。昔の人々が神をぞんざいに扱うとは思えない。

崇の口調も、それを匂わせていた。

では、何故——？

半分途方にくれて、奈々がふと外を眺めれば、辺りはいつのまにか緑一色になっていた。

赤山禅院は、この深い緑のもっと奥にあるらしい。

「――こんなおめでたい名前の人たちも御霊《ごりょう》の仲間に入るんですか?」

尋ねる奈々に、崇はゆっくりとハンドルを切りながら答えた。

「ああ。この二人は実に怖ろしい――。まず『寿老人』だが、これは老子が天に昇って仙人になった姿で、南極老人星を表わしている。それを人格化したのが『福禄寿』だ。彼らを祀っている神社は非常に少ないし、事実単独で祀っているわけではないけれど、とても面白い神社が鎌倉七福神の中にある――。斎藤くんは行っているはずだね」

「はい。行きまし――」貴子の言葉が途中で途切れた。

「どうしたの、貴子?」

不審に思って奈々が振り向くと、貴子は車の後ろで体を左右に揺られながら、片手を口に当てたまま、呆然と両目を大きく開いていた。

その様子をバックミラーから眺めていた崇が、口を開く。

「斎藤くんは、最初から七福神は怨霊だという証拠を握っていたんだ。そうだろう?」

「――はい」

「どういうことですか?」

「奈々くん、斎藤くんの行ったという神社は、長谷寺のすぐそばにある古刹《こさつ》なんだ」

「長谷寺の？　──何という神社ですか？」

「御霊《ごりょう》神社」

「御霊──神社！」

「そのものズバリの名前だ。『御霊神社』は鎌倉市坂ノ下にある古刹で、『吾妻鏡《あずまかがみ》』にも『午剋、御霊社鳴動し、頗《すこぶ》る地震の如し、此事先々怪をなす由』とあるほどに、度々怪異を起したことでも有名な神社だ。関東平氏五家の祖霊を祀る神社が時代を経るにつれて、武勇の誉れ高かった領主・鎌倉権五郎景政《かまくらごんごろうかげまさ》を祀る神社へと変遷したといわれているけれど、これは諸説あって定かではない」

──御霊神社……とは、
そのままではないか。

「現在では、景政がこの神社の祭神となっていて『ごろう』と『ごりょう』を結びつけた、という定説になっているけれど、これは後の世の人が考え出したもので、元来は、あくまでも純粋に『御霊』を祀っていたんだ──。何故ならば、この神社では例祭日に『面掛け行列』といって十名の人々が十種類の面をつけて、妊婦の姿をした『おかめ』を中心にして行進するという有名な行事がとり行なわれる。これは豊作を祈るとともに、神意を慰めるものだといわれているんだが、何と言ってもこの年一回の重要なお祭りの日が、九月十八日なんだからね」

「九月十八日が何か――？」

「奈々くん、九月の二十日頃と、三月の二十日頃といえば何の日だ？」

「え……？　秋分の日と……春分の日、ですか？」

「近い」

「――お彼岸《ひがん》です！」貴子が叫ぶ。

「お彼岸？　それが――？」

「梅原猛さんの説を引くまでもなく、お彼岸というのはとりも直さず、怨霊たちの命日なんだよ」

「――！」

「だから、わざわざそんな日を選んで催される行事が、怨霊慰撫《いぶ》、乃至《ないし》は御霊鎮魂以外の目的で行なわれるわけはないだろう。つまり彼ら『寿老人と福禄寿』は『御霊』だという立派な証拠だね……。さあ、着いた」

三人の車は、赤山禅院入り口に設けられた小さな空き地に停まった。ここも今日は三人の他に人影もない。しんとして、たっぷりと湿気を含んだ風が渡るばかりである。

「ちなみに、十個のお面というのは、『爺《じい》』『鬼』『異形《いぎょう》』『鼻長《はななが》』『烏天狗《からすてんぐ》』『翁《おきな》』――これが寿老人だ。『火吹男』『福禄』――これが福禄寿。その他に『阿亀《おかめ》』『女』、そして番外として『猿田彦《さるたひこ》』がいる。斎藤くんも見ただろう、あの怖ろしいお面を」

「はい――。確かに、あの薄暗い蔵の中のケースに並んでじっとこちらを見ている十一枚のお面を目にした時は、さすがに背筋がぞっとしました……。その時点で七福神は――少なくとも福禄寿と寿老人は、鬼だと気づいてもよかったんですね――」

「そうだな。まあ、ここにいる者たちは間違いなく、全員が怨霊だろうな。いずれ詳しく調べてみるのも面白いかも知れない――。しかし、今日のところは七福神だ」

崇に続いて、奈々と貴子も車を下りる。

そして本堂へと続く石段に足をかけた。

石段の上、大きな石灯籠の前には、菊の紋の入った提灯――灯明に黒々と「赤山大明神」と書かれていた。それを眺めながら奈々たちは、拝殿へと向かって進む。拝殿右の柱には「皇城表鬼門」と墨書された古い木の板が掲げられていた。

「この寺は御所から見て、北東――表鬼門《おもてきもん》にあたるからな」崇は言う。「ちなみにこの拝殿の屋根で御幣《ごへい》と金鈴《きんれい》を捧げている神猿は、御所の築地《ついじ》東北隅に祀られている猿の像と向き合っている。神猿は赤山明神に仕える従者でもあり、また『災難がサル』という掛詞《かけことば》にもなっている、というわけだ」

三人は拝殿を過ぎ、まるで山道のように細くくねった参道を本堂へと向かった。

福禄寿殿は、その本堂の東側に建てられている。

福禄寿殿前には、長さ三センチほどの可愛らしい木彫りの福禄寿の人形が無数に並べられ、奉納されていた。崇はそれらに向き合うように立ち、二人に言った。

「これが『福禄寿』、またの名を『泰山府君《たいざんふくん》』だ」

「たいざんふくん?」

「中国の泰山の神だ。道教では、人の命を司《つかさど》る神とされている……。中国では、漢《かん》の時代から聖なる山として五岳《ごがく》が崇敬されていた。その中でも、最も神聖とされていたのがこの、東岳《とうがく》・泰山の神――泰山府君だ」

崇は、小さな福禄寿を一つ手に取り、そして、それを眺めながら言う。

「泰山府君は、またの名を東岳大帝《とうがくたいてい》ともいわれている。五岳信仰の中枢だ。泰山は、かつて死者の集まる霊峰とされていた。そして同時に、人間の賞罰や生死を司る神として畏怖され続けている……。何しろ、この神の怒りに触れればすぐに命を亡くしてしまう。その上、地獄に落とされて、そこで裁きを受けることになるんだけれど、その判決はこの泰山府君が下すんだから、そのまま八大地獄へ一直線というわけだ。今で言えば、検察官と裁判官とを兼任している刑務所長のようなものだ。しかもこの神の前では、どんな言い訳も効かない。その『泰山府君』=『福禄寿・寿老人』というわけだから、もうこうなると鬼どころの話じゃないな」

「お能にもありましたよね。確か……散りそうな桜の命を延ばす話が――」

貴子はチョコンと首を傾げて尋ね、崇は頷きながら答えた。

「そう、あれも泰山府君だ。全ての生命を司るというわけだな——。それに関して、平安時代を代表する陰陽師・安倍晴明の呪術に『泰山府君の術』というのがある。これは、死に臨んだ者の代わりに自分の命を差し出す者があれば、その二人の命を差し替えることができる、という怖ろしい術だ。天社土御門《てんしゃつちみかど》神道によればこの泰山府君法というのは、宗源壇《そうげんだん》、灑《さい》水《すい》壇、太極《たいきょく》壇、興国《こうこく》壇の四種の社壇を設けて天地陰陽五行の行事を執り行い、祈禱し、祭文を奏上し、秘符、霊章、鎮札などを操作する、ということになっている……。そして実際に晴明は、この術を使って三井寺《みいでら》の僧・智興《ちこう》の命と、その弟子の僧・証空《しょうくう》の命を差し替えたといわれている」

——命を……差し替える……？

眉根を寄せて見つめる奈々に、崇は続ける。

「但しこの時は特別な計らいで、二人共に命を救われたということになってはいるけれどもね……。このように全ての物の命を司る泰山府君の術というのは、元々は朝廷の秘術だった。わが国では、桓武天皇が最初に修祀《しゅうし》したといわれている」

「か、桓武天皇が？」

「そうだ。『続日本紀《しょくにほんぎ》』には『冬至の日、郊野《かたの》にて郊祀《こうし》を修した』と書かれている」

「そんな怖ろしい術をですか？」

「ああ。でも不思議でも何でもない。桓武天皇が即位した時には朝廷の中、彼の周りは敵だらけだったし、陸奥《みちのく》では阿弖流為《アテルイ》たちとの戦いが続いていた。だから彼は泰山府君に頼ったんだ。後の世に、後醍醐天皇が荼吉尼《だきに》に頼ったのと同じようにね——。しかし考えてみれば、こちらの後醍醐天皇の方が凄いぞ。願いを叶えてもらうその見返りとして、死後に自分の魂を、荼吉尼にくれてやるというんだからね」

「そうですね——」貴子は頷いた。「それに、最澄《さいちょう》の天台《てんだい》密教や空海《くうかい》の真言《しんごん》密教が世に流布したのも、桓武天皇の庇護《ひご》のおかげだったんですからね」

「そうだ。密教は元々、怨霊調伏《ちょうぶく》のために桓武天皇が、わざわざ唐《とう》から日本へ運ばせたんだ。奈良仏教では自分の力にならないと考えたんだな……。そしてここ赤山禅院では、その泰山府君が赤山明神として祀られている。赤山明神も元々は、死者の霊を祀る神だからね。大黒天と殆ど等しいと言える」

「——何だか、今まで少し変わっていて面白いと思っていた福禄寿の顔も、そんな話を聞かされると酷く不気味ですね」

奈々がお堂の中を覗けば、経文を結んだ杖を手にしたひょろりとおでこの長い白髪の福禄寿が、静かに微笑んでいた。

お参りを済ませた帰り道、三人はついに崩れ始めた天気の下、足元を気にしながら急ぎ足で車に戻った。まだ間があるはずなのに、空はもう夕暮れのように暗い雲に覆われている。

「もともとは、寿老人の南極老人星——竜骨座《りゅうこつざ》の α 星 Canopus ——というのは吉瑞《きちずい》でもあったんだけれど、またその一方ではいつしか、凶兆ともなっていた」

崇は運転席に腰を下ろし、軽くワイパーを動かしながら言う。

「またの名を寿星《じゆせい》とも言うんだが、これが人の命を司るとされていて、そこから泰山府君に結びついていったんだろうな……。昔からこの星が見えると、兵乱や飢饉、そして疫病が起きるとされていた。それほど人々に忌み嫌われていた、怖ろしい星だったんだ。だから当時の人々はこの星が見えると、祭りを延期したり、家の中に閉じこもって祈りを捧げたりしていたという」

車はやがて、来た道を静かに下り始めた。

霧雨が、深い緑を今にも包み込もうとしている。

「七福神思想の根本に戻れば、当時の人々は、そういう凶々《まがまが》しい前兆や怖ろしい神々をお祀りすることによって彼らを善い神に変え、自分の守護神としてきた。いわゆる怨霊調伏だ」

「怨霊調伏――」

「笑ってはいけないよ、奈々くん。我々には、彼らを笑う資格はない」

「――？」

ゆっくりとハンドルを切る崇に奈々は、小首を傾げた。崇はそれをちらりと横目で眺めて言う。

「――瀉血《しやけつ》を知っているだろう。体の中の悪い血液を出してしまえば病気が治る、と中世のヨーロッパで流行した」

「え、ええ。——でもそれが？」

「モーツァルトが死期を早めたのは、この瀉血のしすぎのせいだとも言われているし、その時のイメージの赤い血と青い静脈と白い包帯が、今の理髪店のマークにそのまま残ったとも言われるほどに大流行した……。奈々くんはこの事実をどう思う？」

「どう思う、と言われても——。確かに瀉血は、ある意味では正しい部分もあるし、現在の医療でも応用されて、実際に行なわれている場合もありますけれど……。ヨーロッパのは、少し行きすぎだったでしょうね」

微笑む奈々に、崇は真面目な顔で言う。

「そう思うか？　しかし問題は、今言ったことと同じことを当時の状況のヨーロッパで、君が口にすることができたかどうかだ。何故ならば当時は、瀉血という考えを否定しようにも、その理論も、それに代わる技術もなかったんだからね。知らない、どころじゃない。『知らない』ということすら、知らなかったんだ」

——知らないことを、知らない……。

「いま考えてみれば、とても馬鹿げたことのように思えるものでも、当時の人々にとっては、それが最先端の医学だった。だから人々は、それにすがった。いや、すがらざるを得なかったんだ……。平安時代には、疫病は怨霊の祟《たた》りによって起こると考えられていたんだから、それはつまり、怨霊を排除するか抑えることができるかさえすれば、病は癒《い》えるという考え方だ。『瀉血』と全く同じメンタリティじゃないか」

「…………」

「いや、それどころか今の俺たちが、風邪をひいたら風邪薬を飲む、と考えるのと同じ思考回路だ。ここで一体何が違うのかと言えば、俺たちには科学の裏付けがあると『思っている』ということだけだ。しかしそれを言うならば、昔の彼らにとっても瀉血や怨霊調伏は『最先端の科学』だったんだからね……。奈々くんの薬局でも、色々な薬を扱っているだろうけど、しかしあと何年かしたならば『何であの時代の人々はあんな薬を飲んでいたんだろう。あれじゃ病気が治るどころか死んでしまう。知らないというのは恐ろしいね』なんて苦笑いされるかも知れないぞ」

崇は、半分自嘲するように言った。

——確かにそうだ。

奈々は、返す言葉もなかった。

実際に——。

何年か前、最新の特効薬といわれて日本中の患者が飲んでいた薬が、実は何の薬効もなかった事実が判明して、いつのまにか製造中止になった——という話があった。

また今度は逆に、生薬のエキス剤を作る時に、今まで不要と思われ廃棄されていた部分に、本当の薬効が含まれていたことが何年もたってから判明して、製薬会社が大慌てした——などという笑えない話もあった。また、制癌剤《せいがん》の副作用で、患者の体の他の部分に新たな癌ができてしまった、などという話は日常茶飯事だ……。

——私たちは、私たち自身の体についてすら、まだ解らないことが無数にあるのだ。

「そういえば昔の人たちは、不老長寿の薬だと言って、実際に水銀を飲んでいましたね」

貴子が、メモを取る手を休めて言った。

「ああ、そうだ、恐ろしいことにね。日本でも中国でもヨーロッパでもだ。中国の皇帝たちは、そのために何人もが水銀中毒で死んでいる。日本では、空海や藤原道長。そして、かのナポレオンも水銀で死んだのではないか、という新説もエール大学から発表されているほどだ……。まさに、それと同じ感覚で、当時の平安貴族——いや庶民にとっても——怨霊調伏は渡来の最新の医学であり、且つ最高の科学でもあった。だから、俺たちがそれを否定するのは勝手だし、それが取りも直さず『進歩』ということなんだけれど、笑う資格は誰にもないんだ。何故ならば、今現在俺たちを取り巻く環境が、平安時代と同じような胡乱《うろん》なものである可能性は、いつだって否定できないんだからね……。さてと、次は『寿老人』のいる革堂《こうどう》に寄って、それから『恵比寿《えびす》』のゑびす神社だ」

車は東大路《ひがしおおじ》通りをひたすら南下した。

熊野《くまの》神社前を右折して、丸太町《まるたまち》橋を渡って行けば中京区寺町通り。

革堂はもう目の前である。

地理的には京都御所の南東の角に近いため、車の通りも人通りも非常に多い。

その通り沿いにあるのが、革堂行願寺《こうどうぎょうがんじ》である。

崇は、大きな青銅の灯籠脇に車を停めた。

そしてエンジンを切りながら、二人を振り返る。

「この寺の本尊は、行円《ぎょうえん》上人が自ら刻んだといわれる十一面千手観音だ。西国三十三所観音霊場の十九番目にあたる。だから寿老人は、本堂とは別に建てられた『寿老神堂』に祀られている……。さて、行こうか」

三人は揃って車から下りる。

悪天候にも拘らず流石《さすが》に人出が多いが、その殆どは、観音霊場巡りの人々のようだった。

タクシーを借り切ってまわっているらしいお年寄りの団体が数組いて、運転手が付ききりで、身振り手振りを交えながら声高《こわだか》に蘊蓄《うんちく》を披露していた。

そんな喧騒をよそに、三人は、本堂左手にひっそりと建てられている寿老神堂を、静かにお参りした。

正面は格子でしっかりと閉じられており、お堂の中はその隙間から微かに覗くことができる程度の明かりしか灯ってはいなかった。

お参りを済ませると、再び車に乗り込む。

なかなかハードなスケジュールだ。

しかし崇は、段々と朝より元気になってきているように奈々には見えた。世の中には変わった人間もいるものだ——。

「さあ、次は恵比寿の『ゑびす神社』だ。清水寺の方へ向かわなくてはならないから、少し道が混む。京阪四条《けいはんしじょう》の少し先だ」

「恵比寿様も、本当に恐い神様なんですか？」助手席で揺られながら、奈々は尋ねる。「確かに、見た目からは、少し不気味な印象は受けますけれども……」

「『恵比寿』は七福神の中で、唯一日本の神だ。商売、労働、航海、漁業の神でもある」

「——海の神様でもあるんですか」

「そう。その理由はあとで言うけれど、まず『恵比寿』という字だ」

「それが？」

「恵比寿、と書くと何かおめでたい感じを受けるけれども、こう書くと、がらりと雰囲気が変わる」

崇は前を見たままで、ドアのポケットからノートを取り出した。色々な所に資料が積んである。この車は動く図書館なのか——。

そしてその開いたページにはこう書かれていた。

『蛭子』

「ひるこ……？」

「そうだ。水蛭《ひる》の子。これは古事記から来ている。伊弉諾尊《いざなきのみこと》と伊弉冉尊《いざなみのみこと》が天の御柱《みはしら》の周りを廻って互いに出会った所で、伊弉冉尊が『ああ、良い男だ』と言い、その後で伊弉諾尊が『ああ、良い女だ』と言った。するとその時、天の神は、女が先に声をかけるのはよくないと言った。果たして生まれた子は、ヒルコだった」

崇は一息入れて続ける。

「『然れどもくみどに興《おこ》して子、水蛭子《ひるこ》を生みき。この子は葦舟《あしぶね》に入れて流し去《う》てき』――。このヒルコというのは日本書紀には『蛭児』と書いて、蛭のような子、つまり足の立たない子とされている。生まれて三年過ぎても立てない子供ともいわれているけれどもね」

「――ちょっと待って下さい……」

奈々は、ふと引っかかる。

「あの……タタルさん。今、葦舟でどうしたって」

「ああ」

「流した――って？」

「そうだ」

「伊弉諾尊が？　自分の子供を！」

「そんな大声を出されても困るな、俺がやったわけじゃないんだから。古事記にそう記述されているんだ。これは日本神話の常識だよ、なあ斎藤くん」

「え、ええ――」

　貴子は三度頷く。

　そんな二人を交互に見て、奈々は尋ねる。

「本当なの？」

「本当もなにも――。だからさっき説明した、恵比寿が航海や漁業の神だというのもここからきているんだ。蛭子は海、もしくは海に近い川に流されたんだろう。まあ、川はいずれ多かれ少なかれ海に通じて行くけれどもね。

　また、恵比寿は、大国主と神屋盾比売命《かむやたてひめのみこと》との間に生まれた子だとも言われている。前に出た国譲りの際に、逆手を打って海に身を投げた事代主《ことしろぬし》のことだ。そこから溺死者をさして『エビス様』と呼ぶ慣習もできた。実際に壱岐《いき》、五島《ごとう》、徳島地方では、海で水死者を見つけることを『オエビスサンを拾う』と言い、こちらでは吉兆として喜ぶ習慣も残っている。あとこれらに絡《から》んで、一寸法師も恵比寿だとする説もある」

「一寸法師、ってあの一寸法師？」

「ああ。高天原《たかまがはら》の神皇産霊尊《かみむすひのみこと》の子に少彦名命《すくなひこなのみこと》という神がいた。この神は体がとても小さく、いつも父神の掌の上で遊んでいたが、ある日誤ってその指の間から中国《なかつくに》に落ちて、川に流されて行ってしまった。これが一寸法師の原型となった、とね……。まあいずれにしろ、川に流されるというのが、恵比寿の変わらない本質だ」

「…………」

「また恵比寿と言えば、兵庫の西宮《にしのみや》神社が有名だけれど、ここの伝説では、流されたヒルコが『天磐樟船《あまのいわくすぶね》』に乗って、西宮の浦に漂着したとなっている」

「やはり――」貴子が言う。「船、ですね」

「そう、船だ。勿論この場合は、ヒルコが海神として戻られた、という象徴としての意味もあるんだろうけれどね。いわゆるマレビト神だ。それが戎《えびす》にも通じて行く。異郷とか田舎とか外国《とつくに》とかね――。しかし柳田国男《やなぎたくにお》さんも指摘している通りに、恵比寿というのは、やはり忌みの総称と考えられるだろうな」

「何か……怨霊というと、ただ怖ろしいイメージばかりでしたけれど、実際は随分と違うんですね」奈々は、嘆息した。「皆それぞれに悲しい運命を背負っている――」

「少し違うけれど、『福助』は水頭症の子供だったという説もあるし、仙台の福の神『仙台《せんだい》四郎《しろう》』だって重度の言語障害者だった――。俺は決して障害を持つ人々全員を、無条件で善とする思想の持ち主じゃないけれど、きっと彼らはそれ故に、俺たちにはないような純粋さを持っていたに違いないとも思う。そして昔は、心が純粋で無垢《むく》であればあるだけ、生きながらにして神に近いと考えられたんだろう」

「私……」奈々は、ポツリと言った。「学校薬剤師もやっていて、受け持ちは養護学校なんです。去年の秋の文化祭に招待されて、子供たちの絵や手芸や陶芸を、見せてもらったんです。確かに大部分はとても稚《いとけな》い物だったけれど、中には思わずハッとさせられるような素晴らしい作品がありました。何でこんなに純粋に物を見られるのかしら、と考えさせられるほどに」

「——そういう例は、日本のゴッホと呼ばれた、放浪画家の山下清《やましたきよし》をあげるまでもなく、往々にしてよくある話だ。だから周囲の人々にしてみれば、彼らが差別を受けたり、いわれのない迫害を受けたりしていれば、良い意味での同情や愛情を寄せるのも当然だろう……。それに恵比寿に戻って言えば、何と言っても『流し去てき』だ」

「……それじゃ、怨霊になるなと言う方が無理ですね——。だから昔の人々は一心にお祈りをしたんですね」

「そういう人々の悲しみを知るよしもなく、普通に生きていると思っている俺たちの方が、怨霊たちよりも遥かに怪しい生き物なのかも知れないな」

崇は、前を見つめたままで呟《つぶや》いた。

鴨川《かもがわ》を右手に、建仁寺《けんにんじ》を左手に見ながら車は大和大路《やまとおおじ》をひたすら南に下って行く。

旅館、うどん屋、菓子屋などが軒《のき》を並べる商店街が続くその中程に、ゑびす神社の鳥居が見えた。

額束《がくづか》に恵比寿の顔が飾られている、非常に特徴のある大きな石の鳥居である。

崇はゆるゆると近付き、その前に車を停める。

「停められてよかった。もしも駐車できなかったなら、建仁寺の駐車場に入れなくちゃならないところだった」

「まあ、図々しい」

「いや、いいんだ。このゑびす神社は、栄西《えいさい》禅師が建仁寺創建の際に、その鎮守社として建立したんだからね。知らぬ仲ではない——。さてと、お参りするかな」

奈々たちを尻目に、崇は鳥居をくぐる。

それほど大きくはないこの境内には、それでも何人かの参拝客がいた。きっと地元の人々であろう。一般の観光客は、すぐ近くの建仁寺などに行ってしまうのに違いない。

「ここの祭神は八重事代主命《やえことしろぬしのみこと》、先程の大国主の三男の神だ——。ああ、あそこに菅原道真の像が祀られている。そして——」

崇は本殿前に並ぶ末社の一つに近付く。

そこには「岩本社」と書かれていた。

「ここには在原業平像が祀られている——。その意味はもう解るだろう」

「二人とも流された――からですか？」

奈々は、その像を眺めながら答えた。

「その通り」

「でも……道真はわかりますけれど、業平も流されたんですか？」

「いわゆる『東下り《あずまくだ》』という事件がそれだ。権力争いに敗れた業平は藤原基経《ふじわらのもとつね》によって京の都を追い出されたんだ……。まあ、それについては今は余り《あま》関係がないから、いずれ折りをみてゆっくりと話してあげよう」


お参りを済ませた頃には、もうすっかり日が暮れていた。人家の明かりもポツリポツリと灯り、そこはかとない風情をかもし出している。

冷たい小雨が糸々《しし》と降り続く中、傘も持たない三人は小走りに車へ戻った。

「今日はここまでだな」

崇はエンジンをかける。

「また明日、時間をみて三千院や毘沙門堂、そして余裕があれば、万福寺《まんぷくじ》にも行ってみようか――。さて、君たちは、どこのホテルに泊まってるんだ？」

奈々が名前を告げると、崇は、

「それならここからすぐじゃないか、送って行こう」

と言って、ハンドルを回した。

小雨に煙る夕暮れの京都も、また素敵だ——。

奈々は、旅先でのこの時間が一番好きだ。

昼間の喧騒がすっかり影をひそめ、街がホッと一息ついて、素顔をチラリと覗かせるこの瞬間——。

崇に言わせればきっと、逢魔刻《おうまがどき》だとか何だとか言い出すのだろうが、この濃紫色の時間が、何とも言えない。

奈々は、しばし感傷に浸って外の景色を眺める。

——あら？　そう言えば——。

「タタルさん」

「ん？」

「最後の『布袋《ほてい》』様は？」

「あ、ああ——。ちょっと話が長くなる……。それより、もうこの七条大橋を渡れば、君たちのホテルだ。ロビーで少し話そう」

ホテルのロビーは空いていた。

崇は車を駐車場に入れて、やがて奈々たちの待っているソファにやって来た。そしてドサリと腰を下ろす。

「今夜、小松崎と会うのは、このホテルのバーでいいかな？」

崇はいきなり尋ねた。

「え？　え、ええ……」

奈々は、その話をすっかり忘れていた。

貴子は、ええ構いませんけれど、と頷く。

「ホテルのバーというのは、意外とバーテンの入れ代わりが激しい。だから同じバーでも行った日によって、当たり外れが出ることが往々にしてある。しかし今ここのバーには、腕の良いバーテンが入っているんだ。この間も来たんだけれど、彼はカクテルの作り方を心得ている。何と言っても、シェーカーを振る音が耳障りじゃない。当然、レモンピールも上品に使う。ぜひ君たちも、一度飲んで帰るといいよ」

——何の話をしているんだろう？

「それはわかりました——。それでタタルさん、布袋の——」

「ああ——」

崇は右手をぼさぼさの髪に突っ込んで引っ掻く。

そして、苦虫を嚙《か》みつぶしたような顔で言った。

「――それで……実は、布袋が怨霊だという証拠が未だに見つからない――」

「え！」

二人は同時に叫ぶ。

「で、でも、七福神は全員が怨霊と鬼だって――」

「だから、俺はそう信じて――いや、確信している――。大体、七人のうち六人までが怨霊で、あとの一人だけが普通の神だなんてことは理屈に合わないからね。そうでなければ、必ずそれなりの理論が通じているはずだ。しかし――それも、ない」

――まあ！

「だから俺は最初から、七福神は気乗りがしないと奈々くんにも言っただろう……。謎が謎として解明されないまま時を経てしまい、いつしか謎があることすら忘れられて、それが常識として認識されてしまっている。だから七福神に関わる者は、まずその謎を見つけ出して掘り起こし、尚且《なおか》つ解き明かさなくてはならないという二重の手間を強いられるんだ――。言い訳だがね」

崇は自嘲し、煙草に火をつける。

そして口を開いた。

「『布袋』というのは、中国の唐の時代に実際に存在していた『契此《かいし》』という禅僧が、そのモデルだ。号を『長汀子《ちょうていし》』と言って、四明山《しめいざん》に住んでいた。居住を定めず、常に袋を担って人に物請いして歩き、貰った物は全てその袋に貯えて、他の人々に分け与えたと言われている——。そしていつしかその僧は『弥勒《みろく》』の生まれ変わりだ、という伝説ができた」

「弥勒？」

「そう。弥勒はさっきも出た兜率天《とそつてん》にいて、釈迦《しゃか》が入滅してから後にこの世に下降し、未だ救われずにいる人々に竜華三会《りゅうげさんね》の法を説く、いわゆる、未来仏だ。ここから我々の生きているこの世界——つまり無仏の世界を、釈迦と弥勒の間の世界という意味で『二仏中間《にぶっちゅうげん》』とも言う。どんな悪事が起こるのか予測のつかない、俗に言う末法の世のことだ。

　契此はただの大愚だから、怨霊となる可能性があるとすれば、この弥勒だ。弥勒はその昔、まだ菩薩であった釈迦と共に、兜率天で底沙《ていさ》という仏の下で修行を積んでいた。本来は、弥勒が先に仏《ほとけ》と成って地上に生まれるはずだったんだけれど、釈迦が弥勒を凌駕《りょうが》してしまったために、一足先にゴータマ・シッダルタとして降誕した。それを知って、弥勒は大いに荒れた。その結果として、仏たちによって兜率天に閉じこめられ、再び修行を積まされることになったという。梵天《ぼんてん》・帝釈天《たいしゃくてん》に見張られながら、五十六億七千万年封じられた」

「五十六億……気の遠くなる年月ですね……」

「しかも、兜率天という鬼たちの棲《す》み家《か》に五十六億七千万年だ——。何故、そんな長い年月を強いられねばならないのだろう？　それは、弥勒の恨みがそれほどに深いのか、それとも周りの仏たちや地上の人々がそれだけ弥勒を怖れていた、という証拠に違いない」

——弥勒を？　怖れる？

奈々には、初めて聞く話だ。

弥勒菩薩と言えば、写真でしか見たことがない。

しかも、教科書に載っていた物だ。

それは、広隆寺《こうりゅうじ》の半跏《はんか》像である。

右の足を上に組んで座に腰をかけ、ややうつむきかげんのその木像は、右手の親指と薬指で輪を作り、人差し指と中指を柔らかく右の頬に当てていた。

いかにも心優しそうな印象を受けたものだ。

——その弥勒を、

——怖れる……。

「そして弥勒降誕の時がやって来ても、果たしてその時、実際に我々の住む地上はどうなっていることやら誰にも解りはしない——。その上、それまでに、弥勒が悟りを啓いていればいいけれど、そうでなければ、大魔王として降誕してしまうだろう」

「では、やはり弥勒も魔王と言えるんじゃないでしょうか？」貴子が尋ねる。

「いや、この理論だけでは決定的な証拠とはならないだろう」崇は唇を噛む。「確かに、江戸時代の川柳では何か言っているけれど……あくまで川柳だから、参考資料以上の何物にもならないし、今までの理論も殆ど憶測の域を出ない。まあ、大きくは的を外していないと思ってはいるけどね——」

崇は、手帳を取り出して書き付けた。

奈々がそれを覗き込むと、そこにはこう書かれていた。

・七福神と、妙見信仰との関連について。
・何故、七福神に女神は一人だけなのか？
・何故、毘沙門天だけが単独で選ばれたのか？
・何故、福禄寿と寿老人が共に入っているのか？
・布袋は怨霊か？　何故、選ばれているのか？

「君たちのおかげで、とても有意義なゴールデン・ウィークを過ごせそうだ」

崇は自嘲しているのか、本心から楽しんでいるのか、小さく微笑んだ。

「斎藤くんには悪いな、余り参考にならなくて」

「い、いいえ！」貴子はあわてて首を横に振る。「とても参考になりました――。それに私も布袋は怨霊だと思います。今までの状況を鑑《かんが》みれば、きっとまだ何か見落としているか、未だ知られていない事実があるかの、どちらかだと思います。きっとそうですよ、タタルさん」

「………」崇は無言のまま手帳に目を落とす。

「で、でもこうして聞いていると」奈々は急いで場を取り繕う。「神様って、随分と血なまぐさいんですね。知りませんでした」

「――ああ、そうだよ」崇は頷いた。「神というのは昔から常に血を欲していた。『示（しめすへん）』は知っているだろう。神・社・祀・祝・祓・禊、等の文字がみんなそうだ――。見ての通り『示』の使われている文字はすべて神に関係しているけれど、じゃあ『示』は象形文字でどんな状況を表わしているか君は知っているか？」

「さあ……？」

「これはね、台の上に生贄《いけにえ》を載せて、その生贄の血が台の両側からしたたり落ちている様子を表わしたものなんだ。絵に描けばこういう感じかな」

崇は、手帳の空白に走り描きした。

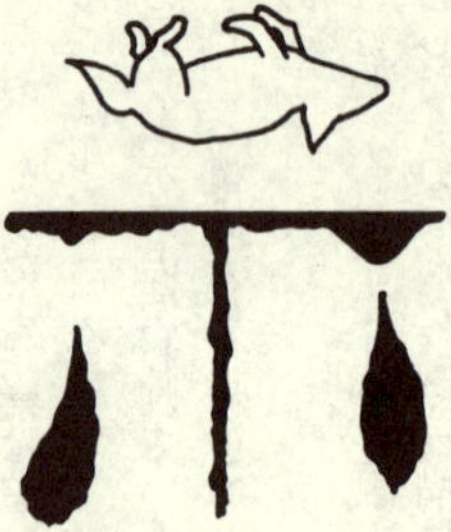

「まあ！　怖い」

「そう、怖いんだ。だから、きちんと祀らなくてはならない。それができないならば、最初から全く近付かないことだね」

「触《さわ》らぬ神に祟りなし、ということですね」

「その通り。祀るのならばきちんと祀る。そうでないならば、決して何もしてはならない。中途半端が一番いけない——。特に密教の本質は、ギヴ・アンド・テイクだからね」

「ギヴ・アンド・テイク？」

「そうだ。何かを頂く代わりに、必ず何かを差し上げる。こちらの願いを叶えてもらう、その代償としての生贄をね。だが、これは何も密教だけに限ったことではない。神道だって同じだ。香取神社の『大饗祭《たいきょうさい》』では、雌雄の鴨の活き作りが捧げられるし、諏訪大社の『御頭祭《おんとうさい》』では、江戸時代などは七十五頭もの鹿の生首が捧げられていた。奈良の倭文《しずり》神社では、それこそ毎年子供を一人、生贄として大蛇に捧げていたという。現在でこそ子供の代わりに、餅と芋とを神饌《しんせん》として供えるようになっているけれどもね。しかし、その神饌の名こそ『ヒトミゴク』だ」

「…………」

「さっきの茶吉尼天の修法などは、その最たるものだな。自分の望みと魂とを引き替えにするのだから――さて、と」崇は立ち上がった。「ではまた後で――。そうだな、ここのロビーに九時にしよう。小松崎にも連絡を入れておく。彼は性格的にも体質的にも、少々常軌を逸したところがある男だから、失礼なことを口にする可能性もしばしばあるけれど、根本的には悪い男じゃないから許してやってくれ――。では、のちほど」

そう言うと崇は、来た時と同じように二人に軽く手を挙げて、さっさと駐車場に向かって行った。

《五里霧中》

ホテル最上階のバーは、奈々たちの予想に反して空《す》いていた。

一歩中に足を踏み入れると、そこは適度に落とされた照明と静かに流れるジャズが、ゆったりと落ち着いた空間を形作っている。

「三人様でございますか」と尋ねるタキシード姿のボーイに、

「いや、あとからもう一人来ます」崇は答える。

小松崎は少し遅れるということなので、三人で先に飲んでいることになった。ホテルに到着し次第、直接このバーにやって来る約束になっている。

三人は中に入った。

右手を見れば、長いマホガニーのカウンターがあり、その背後は天井までガラス張りになっていた。ガラスの向こうには、小雨に煙《けむ》る京都の夜景が一面に広がっている。一望すれば、はるか地上では寺社の暗い杜《もり》の合間に、無数の明りが、まるで海に身を投げ出した月光のように煌《きら》めいていた。

そして窓ガラスの手前、カウンターの奥には、ウィスキーやブランデーのボトルが、幾何学的ともいえるほどに、整然と並べられている。

奈々は、その美しさに思わずため息をもらした。

左手奥のボックス席に案内され、三人は腰を下ろしたが、例によって崇は、恨めしそうにカウンターを振り返る。ボックス席は嫌なのだ。

奈々はそれを知っているけれど、初めて一緒に飲む貴子が尋ねた。

「どうしたんですか、タタルさん？」

「い、いや、何でもない……」

崇の代わりに、奈々は笑いながら貴子に説明する。

「タタルさんは、カウンターじゃなくちゃ、嫌なんですって」

「何故？」

「カクテルが、ぬるくなるから」

「え？」

笑いだした貴子に、崇は真面目な顔で説明する。

「基本的に、冷たいカクテルは冷たいうちに飲まなくてはいけない――。とは言っても、四人でカウンター席は無理があるな……」

そこまで言った時、ボーイが注文を取りに来た。

崇はギムレットを、奈々と貴子はスロージン・フィズを注文した。そしてカクテルが運ばれて来ると三人は、さっそく乾杯する。

透き通ったローズ・レッドの液体が満たされたグラスを持ち上げると、こくのある香りが奈々の鼻をくすぐった。

一口、飲む。

スロージンの甘酸《あまず》っぱい味が口の中で弾け、胃が熱くなり、頭の奥がじんと痺《しび》れる。するとたったそれだけのことで、一日分の疲れが両肩から、するりと抜け落ちて行くような気がするから不思議なものだ。

「今日は本当にありがとうございました」貴子は二人に、ペコリと頭を下げる。「明日も、よろしくお願いします」

「ああ、もちろん」

崇は一口めでグラスを半分ほど空けると、煙草を取り出して、ゆっくりと火をつけた。

「俺自身、納得がいかない点がこんなに幾つも出てきた以上、後には引けなくなってしまったからね——。しかし、こう考えてみると、七福神というやつは思っていたよりも遥かに奥が深そうだ」

「布袋のことですか？」

「それも含めて、だ。まだ俺たちの想像もつかない謎が、隠されているような気がする」

「良い卒論のテーマでしょう？」

悪戯《いたずら》っぽく笑いかける貴子に、崇は無愛想なままで答える。

「確かに――。このまま『呪い』が出て来なければね」


崇は三口でグラスを空けてしまい、再びギムレットを注文した。

ジャズが、とてもスローに流れている。

京都の夜景にもジャズがこんなに合うことを、奈々は今まで思いもしなかった。誰の何という曲なのかは知らなかったけれど、アコースティック・ギターの音色《ねいろ》が、バーの空気を柔らかく震わせている。

見渡せば、カウンターにカップルが二組と、沢山用意されたボックス席にも奈々たちを含めて三、四組の客しかいない。誰もが静かにカクテルを飲み、優しく語り合っている。

そして目の前のテーブルでは、灰皿に置かれた崇の煙草の先から、青く細い煙が静かにスポットライトの中を昇って行く。

前頭葉に支配されていた時間から解放されて、頭の奥が痺れるようで、それも心地好い。

この場所では、時間が特別にゆったりと流れているに違いない。静かに重く、たゆたうように……。
　奈々はもう一口カクテルを飲み、
　崇は煙草の煙をふう、と吐き、
　貴子は夜景をじっと眺めている。

　その時、

「よおーっ！　いやあ、遅くなっちまった。悪い、悪い」

　例によって、全ての雰囲気を壊しながら小松崎が登場した。

「おう、奈々ちゃん。いやー、貴子ちゃんも来てるのか。随分《ずいぶん》と久しぶりだなあ。学生の時以来だ。みんな元気でやっていたか？　俺は元気です。ええと……タタルの隣でいいのか、そうか、座るぞ」

　大学時代に空手部の主将を務めたという確かな証《あかし》が、まだ彼のその体格に残っていた。身長百八十五センチ、体重九十キロという堂々たる体軀《たいく》――。まさに『熊つ崎』というあだ名に恥じない。

「よう、タタルは相変わらずその、ぼさぼさの頭はどうにかならんのか。こんないい雰囲気が台無しだぞ。いや、それにしても、貴子ちゃんは相変わらず美人だなあ。少し見ないうちに、ずいぶん大人になったもんだ。奈々ちゃんもそんなに綺麗な顔して、なんでこんな男と付き合ってるんだ？　そろそろ考え直した方がいいぞ。いや、しかし二人が来てくれて、よかったよ、本当に。タタルと二人きりというのも、実はぞっとしなかったんだ」

「熊つ崎、お前また太ったな」崇が言う。「空手部どころか柔道部だ」

「止めてくれ。あんな汗臭い格闘技は苦手だぞ——。ああ、すいません。ビールを下さい。できればヱビスがいいな。他の奴は味がしなくて駄目だ」

呆気にとられたままの奈々たちを尻目に、小松崎はさっさと注文をすませた。そして、ジョッキが運ばれて来ると、

「遥か京都の地で、こういう邂逅《かいこう》も素晴らしいもんだ。え、そうだろう、タタル？　おうおう、そう言えば、この間、飲み屋でヱビスビールを頼んだんだが、ついに幸運のヱビスを引き当てたぞ」

「何ですか、幸運のヱビス、って？」

「知らないのか、奈々ちゃん。普通のヱビスの瓶《びん》のラベルには、赤い鯛《たい》の絵が一つしか描かれてない。恵比寿が左手に持ってるやつだ。しかし、幸運のヱビスビールの瓶のラベルには、鯛が二匹描かれているんだ！　恵比寿の背負った魚籠《びく》に赤い鯛が入っていて、尾ヒレが覗いている。今回の俺は運も味方してるぞ、諸君。それでは、お互いの、実りある京都旅行を祈って、乾杯！」

と、勝手に音頭を取り、奈々たちは改めてグラスをあげた。

「いや、しかし貴子ちゃんも大胆だねえ」

大振りのグラスになみなみと注がれたビールを一息に半分ほど飲み干すと、小松崎は言った。

「何故ですか？」

「だって、民俗学研究室では七福神に触れると祟《たた》りがある、って噂があるんだろう。有名だぜ」

「あら、小松崎さん」貴子は笑う。「時代の最先端を行こうというジャーナリストが『七福神の呪い』なんて信じてるんですか？」

「馬鹿言え。俺は信じちゃいねえよ」

「だったらいいじゃないですか」

「俺は、事実を言ってるんだよ」

「事実——じゃないだろう」崇が口を挟む。「ただの『噂』だ」

「しかし佐木《さき》教授も星田《ほしだ》も、七福神に関連して死んだっていうじゃねえかよ。なあ、貴子ちゃん」

笑いながら俯いて首を傾げる貴子に代わって、奈々が尋ねる。

「どう関連したと言うんですか？」

「それを調べるのが、ジャーナリストだ」

「じゃあ——今現在の、小松崎さんの意見はどうなんですか？」

「そうだな……例えば——」

「大黒天が化けて出た、なんてのは駄目だぞ」

茶化す崇に、小松崎は、ふん、と笑う。

「そりゃあ、タタル。お前の分野だろうが。俺はそんなことは言わねえよ——。例えば、七福神には隠された暗号があって、それは場所を示していて、その暗号を解いて行くと金塊の山にぶち当たるとか……。あとは、全員の名前がアナグラムになっていて、それを巧く並べ換えると、イエスだとかマリアだとかクルスなんてなって、隠れキリシタンが関与してくる、とかな——。勝手に笑ってろ。お前たちが、例を挙げろ、と言うから言ってるだけじゃねえかよ……。おお、そうだ。七福神てのはもしかしたら、古代に日本にいたと言われてるユダヤ人と関係してるのかも知れねえな。うん、これは我ながら、いい目のつけどころだ」

お腹を抱えて笑う奈々たちを尻目に、小松崎はビールをぐいと空けて、お代わりと軽いつまみを注文した。そして、

「熊つ崎、お前は凄い。才能だ。よくもまあ考え出したもんだ」

と苦笑いする崇に向かって、その大きな身を乗り出し、

「タタル、そう言うけどな、可能性はあるぜ」

などと言う。

「七福神にはそういう隠された秘密があるもんで、その発覚を怖れたどこかの結社が、七福神に近付く者、全てを殺害して行く——」

「それはロバート・ラドラムの読みすぎだ。いや、お前だったら、モーリス・ルブランの『カリオストロ伯爵夫人』あたりかな」

「しかし、ありえない話じゃないぜ——。とにかくそういった可能性もあるんじゃねえか、と俺は言いたいわけだ……。だからその意味も含めて、今日はタタルに相談するつもりでいたんだが、偶然、貴子ちゃんもこっちに来てる、っていうじゃねえか。貴子ちゃんは健昇《けんしょう》の妹で、バリバリの明邦大生だ。しかも、木村の研究室に入ってる……。奈々ちゃんは奈々ちゃんで、佐木を詳しく知ってるだろう。こいつは、俺のために、天が授けてくれた絶好の機会だと思ったな。うん。そんなもんで、今夜ここで、奈々ちゃんや、貴子ちゃんたちの話も聞きたいんだ。もちろん俺の持っている情報も全部教える。これがきっかけになって、何か新しい展開があるかも知れないしな」

私たちの知っている話でよければ、と奈々と貴子は笑って頷く。

それを確認して小松崎は、そうか、それはよかった、とビールをぐいと飲む。

その隣で崇が、ふと思いついたように言った。

「その前に、貴子くんに一つ訊きたいんだが」

「何でしょうか?」

「健昇くんが、卒論に『七福神』を選んだ動機を知りたい」

「おい、タタル。そんなものはどうだって――」

口を挟んだ小松崎を無視して、

「もしも、貴子くんに心当たりがあれば、でいいんだけれど……。というのも、七福神は、確かに奥深いものではあるだろう。しかし、俺も木村先生の言う通りに、わざわざ今さら卒論の俎上《そじょう》に載せるほどのものではないような気もするんだ――。ただし、今のところはだが、ね。だから健昇くんがあえて七福神を選んだ、その何らかの理由を君が知っていれば、ここで教えてくれないか」

正面から見つめる崇に貴子は「はい……」と小さく頷き、そして、ややためらいがちに口を開いた。

「以前、奈々さんにもお話ししたんですけれど、実は私が卒論に七福神を選択したのは――もちろん兄のせいでもあるんですが――もう一つ、他に理由があるんです。そして、おそらくそれは兄と同じ理由ではないか、と――」聞き耳を立てる三人を見回して、貴子は少し、はにかみながら言う。「私の家には、古くから七福神についての言い伝えがあって――」

「ほう、それは？」

「それは……七福神は手厚く祀らねば、我々に災厄をもたらす――と」

――昼間、『神』について崇が言っていたことと同じだ。

「ですから毎年二月二十日には、蔵に仕舞われている七福神の掛け軸を、床の間に運んで飾ります。そして家族全員がその前に集まって、沢山のお供えを捧げる——という風習があるんです」

「それには、どんな意味が？」

尋ねる崇に、貴子は首を横に振る。

「わかりません。ですから私は——おそらくは、兄も——調べてみようと思って……」

「その七福神の軸は、年に一回だけ飾る？」

「はい」

「正月ではなく、二月二十日に？」

「ええ。二月の二十日に——」

不可解そうな視線を投げかける崇に、貴子は大きく頷いた。

崇は、首を捻る。

「何故その日にそんな行事を行なうか、その理由は知らないんだね」

「……さあ——ずっと古くからそう決まっているらしくて……」

「…………」

「こだわることぁねえよ、タタル」小松崎は笑う。「貴子ちゃんちのような古い家には、色々と変わったしきたりが残ってるもんだ。その元々の理由なんてのが、もうすっかり忘れられちまってる手合いのな。だが、それを意味もなく守っていく。それが『家』ってもんだ。『形』こそが『伝統』だよ」

「二月二十日……か」

眉根を寄せる崇に、小松崎は笑う。

「違う。俺の誕生日じゃねえか？」

「タタルの誕生日は三月二十五日だ」

「そうだったな。確か、菅原道真の命日だって言ってやがったっけ」

「それはどうでもいいけれど――」

何かが、崇の琴線に触れたらしい。いきなり質問が飛ぶ。

「斎藤家の家紋は何だい？」

「え？……確か……上がり藤に桔梗《ききょう》――だったと思いますけれど」

「ほう。では、斎藤家は立派な藤原氏の血統だ」

一人、納得する崇を、貴子は覗き込む。

「そう――なんですか？」

「ああ。藤を家紋にする家は、全国的な分布を見れば、何といっても日本一多いだろうし、戦国・江戸時代には怪しい家系図も出回っているから、その信憑性《しんぴょう》はかなり薄れる。とは言っても『藤原』『藤村』『藤川』のように頭に藤の文字がつく家よりも、むしろ『伊藤』『近藤』『武藤』というように、後に藤の文字がつく家の方が藤原氏により近い、というのは常識だ。今の『伊藤』『近藤』『武藤』それに『佐藤』などは藤原秀郷《ひでさと》の流れだ。秀郷は、ムカデ退治で有名な、俵藤太《たわらとうた》のことだな。そして――貴子くんの家の『斎藤』、そしてまた『加藤』などは藤原利仁《としひと》の流れだと言われている……。藤の紋は『上がり藤』『那須藤』『遠山藤』など無数に存在するけれど、貴子くんの家の『上がり藤に桔梗』はその中でも有名なものの一つだからね」

「――でもタタルさん」奈々は尋ねる。「その藤原氏と七福神と、どこかで関係があるんですか？」

「さあ……少なくとも今のところ、俺は聞いたことがないな――。貴子くん、きみは？」

「――いえ、そんな話は私も聞いたことがありません。ですから、私も――」

そうか――と崇は腕組みをして唸った。

「おい、おい。そんなことよりも、今はうちの大学の事件だ」小松崎が呆れ顔で口を挟んだ。「何でタタルは、毎回毎回、そうやって脱線したがるのかねえ……。そっちの件に関しては後から、タタル先生の気のすむまで調べてくれ。今は、こっちの方が重要だぜ。なあ、貴子ちゃん」

ぐっ、と迫られて貴子は思わず、え、ええ、と頷いた。そこで、得たりとばかりに小松崎は続ける。

「じゃあ、まず俺が、佐木と星田の事件についての概要を話すから、みんなで聞いててくれ――。最初に、佐木の事件だ。これは奈々ちゃんが卒業して、半年後の秋のことだな。もうすぐ取り壊されることになってる旧校舎三階の、プライベートな実験室で、佐木が倒れた。死因は、何らかの毒物を飲んだためとされてるけれど、そいつは今もって特定されていねえんだ――。第一発見者は、助手の星田だ。実験室に佐木を訪ねたら、珍しく鍵が掛かっていたという。そこでドアの窓から中を覗いたら、佐木が床の上に尻餅をついて倒れてた。星田が言うには、その時、佐木は助けを求めるように、手を差し伸べてきたらしい」

「手を……」

「ああ。星田に向けてな。そこであわてた星田が、守衛室に助けを求めに校舎を走り出たところで、木村助教授に出会った。そこで二人で実験室にとって返して、ドアを壊して中に入った」小松崎は、ビールを一口飲んで続ける。「その時は、佐木もまだ少し息があった。しかし、救急車で病院に運ばれた後、そこで死亡しちまった。そして、状況から推察するに、これは間違いなく事故だろうという結論が出された――」

「小松崎さんは、そうではないと言うんですか？」

尋ねる奈々に、小松崎は腕を組んで言う。

「いや――それでな、俺は先月、母校へ行ってきたんだ」

「何をしにですか？」

「何をしに、って言い方はねえだろう」小松崎は思い切り睨む。「もちろん取材だ。関係者の話を聞きにだよ」

「関係者、というと木村先生ですか？」

「おう、そうだ」

「事件についての箝口令《かんこうれい》は、敷かれていなかったんですか？」

そこが、俺の腕だよ、と小松崎は胸を張る。

「それに——まあ、俺も実のところ木村の話からは、新しい展開があるとは思っちゃいなかった。ところが、だ」

「ところが？」

「まず俺は、木村の研究室を訪ねた。そして、入学以来初めて口をきいて来たんだが、奴の言ってることは、一々もっともだった。駐車場の自分の車の中に置き忘れた書類を取りに行った帰り道で、助手の中野と偶然会った。そのまま二人で、一号館の前を歩いていたら、その中から星田が血相を変えて飛び出して来た。話を聞いてみれば、三階の実験室で佐木が倒れているという——。しかも、実験室のドアには鍵が掛かっていて開けられないから、急いで守衛室——校門のそばにある、あの部屋だ——に守衛を呼びに行こうとしているところだという。そこで木村は、その役目を中野に任せて、星田と二人で実験室に走った。もしかしたら、鍵が掛かっていたというのはあわてた星田の勘違いで、ドアは開くんじゃねえかと思ったそうだ」

「自分で確認しようとした――」

「ああ、そうだ。木村が自分でな。そこで、二人で三階まで階段を駆け上って、実験室に着いた」

「廊下左手の、一番奥の部屋だな」

「そうだ。そして着くなり、木村はドアを開けようとしたが、やはり、しっかりと鍵が掛かっていた。ドアに設えられた窓から中を覗くと、佐木が正面の実験台の前の床の上に、台に寄り掛かるようにして倒れていた」

「こちら向きにか？」

「体は、な。顔は俯いていたそうだ。そこで星田に、窓の外側のベランダから中に入れないかと尋ねた。星田は廊下の端の非常口に出て、その踊り場からベランダに飛び移ろうとしたんだが――」

「あそこのベランダと踊り場とは、二メートルほど距離がある」

「――そうなんだ、タタル。お前、よく知ってるじゃねえか、余り大学に来てなかったくせに――。やはり飛び移るのは無理なようだった。そこで木村は、ドアを思い切り何度も蹴飛ばして、やっとのことで壊して中に入った。そこで、瀕死の佐木を発見した」

奈々の脳裏に、あの『布袋さん』の優しい笑顔が蘇る。二年次にたった一年間、薬理を教わっただけだったが、その人柄の良さが印象的だった。

「佐木教授の死因は、毒物によるものだったんだな」崇は尋ねる。

「そうだ」

「そしてそれは、未だに特定されていない」

「ああ」

「あの実験室に、誰か教授以外の人物が入った形跡はなかったのか」

「なかったとよ」

「その時も、部屋には教授一人だったのか?」

「そうだろう。他に誰かいりゃあ、あの狭い実験室だ、すぐに気づく」

「…………」

「それで、星田と木村は佐木に駆け寄った。しかしもう既に佐木は、虫の息だった」

「だが、死んではいなかった」

その時は、まだな、と小松崎は頷く。

奈々は、何か不思議な話でも聞くようにして二人の会話に耳を傾けていた。小松崎はともかくとして、崇の冷静な態度を見ていると、まるで全て小説の中の出来事のようだ。実際に、母校の教授の死の場面を語り合っているとは思えない。

「そしてここから先は、星田の同僚の、山本って助手から聞いてきたんだが。ああ、そうだ、俺たちと同い年くらいの女の助手だ。そいつに星田は、色々と喋っていたらしい」

　奈々の思惑を遮って、小松崎は話を続ける。

「佐木は、病院に運び込まれてすぐに息を引き取ったんだが、死ぬ寸前に、一旦意識を取り戻したんだそうだ。そして、一言だけ残して、死んだ」

「誰に向かって？」

「勿論――その時、佐木の隣にゃあ、医者しかいねえよ」

「――それで、何と言ったんだ」

「い、い、い、気のどくに」

「――？」

　首を傾げる奈々と貴子を見て小松崎は、もう一度ゆっくりと繰り返した。

「気のどくに、だ」

「――何が、ですか？」

　尋ねる奈々に、小松崎は肩を竦《すく》めて煙草に火をつけた。そして醒《さ》めた目つきで言う。

「さあな……。だがこれは、余り深く考える必要はねえと思う。まあ一応、俺はタタル先生に報告しただけだ。警視庁でも、重要視はしてねえみてえだしな。人間、死ぬ間際に錯乱しちまう、ってのはよくあることだ」

「岩築《がんちく》警部も、そう言ってるのか？」崇は尋ねる。

奈々も岩築警部には、半年ほど前の事件の時に、一度だけ会ったことがある。見るからに、いかにも叩き上げの警部、というイメージだった。名前の通りに、日焼けした岩のような顔をした、テレビドラマに出てくる頑固な刑事そのままの風貌である。そして、岩築は小松崎の叔父にあたる。だから小松崎は、いつも彼から色々な情報を一方的に、無理矢理に、得ているという。

「ああ、そう言っていた」小松崎は、ふうっ、と煙を天井に吹き上げる。そして崇を、じろりと見た。「今回は、タタルの得意な、おちゃらけ推理小説じゃあねえぞ。何しろ、事故だ」

「当然、部屋中の指紋を調べたんだろうな」

「勿論だ。鑑識が入ってるんだからな」

その結果は？　と尋ねる崇に向かって、全くしつこい奴だ、と言いながら、小松崎は手帳を開いた。

「実験台の上に載っていた、自動天秤皿、そのスイッチ、薬匙、天秤、分銅、乳鉢、乳棒、等々……佐木の指紋しか出なかったと記録にある。ああ、実験台からは、星田の指紋がいくつか出たがな」

「星田さんのものならば、残っていて当然でしょうね」

首肯する奈々に、小松崎は言う。

「まあな。助手だからな——。それに、当日も、木村と一緒に実験室に走り込んだ時、あわてて実験台に手をついちまった、と言うからな」

「ほう……」

「ああ。その時の反動で、台の上に載せてあった乳棒が転がり落ちて、木村を驚かせたらしい。余程、泡を食ってたんだろうな。だから、星田の指紋くらいあの部屋のどこにでもあるだろう。怪しい点はねえな。こいつは事故だ。これで決まりだろう」

「確かに決まりだな」崇は笑う。「そいつは少し奇妙だ」


――！


「ど、どういうことだ？」

小松崎は、持ち上げたジョッキを宙に浮かせたままで、崇に尋ねる。

崇は、ギムレットをぐいと空けて答えた。

「何が？」

「だから、タタル、お前は何を言ってるんだ？」

「おそらく佐木教授は、全く一人で実験室にいたわけではないだろう、と言っている。とすると、単なる事故ではないという可能性も出てきたな」

「どういう意味だ！」

「熊つ崎――。お前もそう思ってるんだろう？　だから木村先生を訪ねたんだろうが」

「い、いや、俺の場合は最初からそういうつもりで母校に行ったわけじゃねえんだが、木村と話していたら――」

「？――ああ、そうか、熊つ崎の特異体質か」

「そうなんだ」

「期間限定の、例の症状だな」

ああ、と頷く小松崎を見て、奈々は尋ねる。

「何ですか？　その、特異体質というのは？」

首を傾げる二人に、崇は説明した。

「熊つ崎には、昔から特異な反応癖がある。それは、酷い嘘を面と向かって聞かされると、くしゃみが止まらなくなるというものなんだ」

「――？」

「こいつはこれを『純粋な心の持ち主だけに起こる、嘘アレルギー』と呼んでいるが、果たして医学的に根拠のあるものかどうかは、全く定かじゃない。しかし、嘘を発見するための機器であるポリグラフが現実に存在する以上、同じような機能を備えた鋭敏な感覚器を持つ人間がいても、おかしくはないだろうと思う」

――嘘アレルギー!?

「この症状は」崇は、続ける。「嘘をついた人間の呼気中に放出される、体内で血中濃度の高くなったアドレナリンや、精神的ストレスによる声の微妙なトーンの変調や、自律神経の失調等による表情の不自然な歪みに対する、熊つ崎のアレルギーなんだろうな」

心が純粋なのだ、と言う小松崎を無視して、崇は二人に説明する。

「ただしこのアレルギーは、一年中彼を襲うわけじゃない。春先、つまりスギ花粉の頃だけなんだ。おそらく、熊つ崎の体内でスギ花粉等のアレルギーを誘発する物質によって惹起《じゃっき》されるものなんだろう。普段よりも感覚が鋭敏に研ぎ澄まされて、重複感作してしまうんだろうな——。その証明は、生物学的な検査を待つしかないとしても、とにかくアレルギー反応が、自分にとって好ましくない物質が体内に侵入して来た時に起こる反応であるとするならば、非常に考えられる」

半信半疑の顔でじっと聞いている奈々と貴子に向かって、崇は真顔で続ける。

「実際に見られる現象としても、聞きたくない話を無理矢理聞かされた人間が激しい耳鳴りを起こしたり、見たくない場面を敢えて見させられた人間が強い眩暈《めまい》を感じたり、思い出したくない事柄を強引に思い出させられた人間が突如として幻覚に襲われたなどという症例があるからな。生体防御反応だ」

俄《にわか》には信じられないにしても——崇の説明のとおりならば、一応、理屈は通っている。確かに、それも人間にとっての一種の防御反応なのだろう。

だから小松崎に限って言えば、嘘に対して過剰に反応してしまう体質を生れつき持っているという、ただ単純な抗原抗体反応の一現象にすぎないのかも知れない。

それはいいけれど、

――しかし、そのアレルギーが出たとすると……。

「ということは」奈々は二人に尋ねる。「木村先生は小松崎さんに嘘をついた、ということになるんですか?」

「多分な」崇は言う。

「何故?」

「さてね――」

「とにかく」小松崎が崇の後を受けた。「俺に嘘をついた、ってことだけは、確かだ。余りにくしゃみが酷いんで、俺は花粉症だということにしておいたほどだ。あいつは佐木の件で、何かを隠してやがる」

――木村先生が……。

何故――?

「そこで俺は、ぜひ貴子ちゃんの意見を聞きたいと思ったんだよ。そして、健昇もひょっとしたら、なにか鍵を握っていたんじゃねえか、とな……。しかしタタル、さっきのお前の意見はどういうことだ？」

「——何の」

「何の、じゃねえよ。あの時、部屋に誰かいたんじゃねえかって話だよ。お前の言うとおり、佐木の死が事故じゃないかも知れねえとなると、こいつは殺人事件ってことになるかも知れねえ……。ってことは、単純に考えれば、その時に部屋にいた奴が一番怪しいってことじゃあねえか」

「——ああ」

崇は片手でボーイを呼び、ギムレットとビールを注文した。ピッチがあがってきた。おう、段々いいペースになってきた、などと小松崎は嬉《うれ》しそうに笑う。

——この二人はどういう神経、いやどういう代謝機構の肝臓を持っているのだろう？

呆れる奈々を尻目に、崇は言う。

「少なくとも、教授が実験室にずっと一人でいたとすると、おかしな点がある。だから、それはありえない」

「どういう点だ？」

「ああ。それは、乳棒が実験台から転がり落ちたということだ」

「乳棒が？　そいつは星田が、台に手をついちまったからだろうが。台が揺れて——」

「いや、違う。熊つ崎は知らないかもしれないが、奈々くんは知っているはずだ。乳棒は、大雑把に言えば円錐形で、頂点の一番尖った部分が、丸く削げ取られている形になっている」

「そんなことくらいは、知ってる」

「だから、俺たちがその円錐形の乳棒を台の上に載せる時には、わざわざ手に持つ部分を向こう側——台の奥に向けて、円周の大きい方が決まって手元にくるようにして、置く」

「？」

「円錐形だから、乳棒は必ず左右に揺れる。小さい径——つまり頭の方——を中心にして、時計の振り子のように。だから、握っていた頂点の方を、台の奥に向けて置くんだ。そうすれば、いくら大きく揺れても、乳棒は台から転がり落ちることはないからな。素人は、しばしば使い終わってそのまま、つまり太い方を向こう側にして台に載せてしまい、乳棒が転がり落ちてしまう、という失敗をする」

「じゃあお前は、あの乳棒は、誰か素人が台の上に載せた——と」

「当然だ。仮りにも教授たる者が、そんなぞんざいな置き方をするものか」

そういわれれば、そうだ。

奈々は無言で頷いた。それは、乳鉢を使って調剤をする時に誰でもが習う基本だ。乳棒が床に落ちて傷つかないようにするための……。

「しかし——しかしよ、タタル。佐木の意識が朦朧《もうろう》としていた、とすれば——」

「佐木教授はプロだ。無意識のうちにでも、いや、無意識だからこそ、そうしただろうな……。それと、あともう一つ」

「何だ？」

「指紋だ」

「指紋？　殆ど佐木のものしかなかったらしいぞ。なにしろ、あの部屋は、佐木のプライベートな実験室だったんだからな」

「それが、おかしい」

「何故だ？」

「一ヵ所だけ、指紋があるはずのない場所にあったからだ」

「それは、どこだ！」

あ？　と小松崎は声を上げる。

「これも、奈々くんには常識だろうが」崇は奈々を見て言う。「分銅だ」

「分銅？」

「天秤で使用する、重りだ」

「そんなことは知ってる。それがどうした？」

「あれに素手でふれるような人間は、少なくとも薬学部にはいない。脂《あぶら》が付着して、錆《さ》びて、いつかは重量が変わってしまうからな。そのために、分銅を摘《つま》む専用のピンセットまで用意されている……。以上の二点をもって考察するに、誰かがわざわざ佐木教授に乳棒や乳鉢や——丁寧なことに分銅まで握らせて——実験台の上に飾った、というわけだ。それは何故か？　答えは決まっている。佐木教授が一人で実験をしていた最中の事故に見せかけたかったからだ。ということは、裏を返せば——あれは単なる事故ではなかった、ということになる」

「だがな、タタル……。そうすると、さっきから言ってるように——袋小路だぜ。まさか忘れちゃいねえだろうが、あの時実験室のドアには鍵が掛かっていたんだぞ」小松崎は崇を睨んだ。「それに誰かいたとしても——入るのはともかくとして——どうやって外に出たと言うんだよ。そいつは合鍵を持ってたとでも言うのか？」

「いや」

「何かの薬を固めて、合鍵を作った？」

「熊つ崎らしい突飛な発想は結構だが、残念ながらそれは無理だ。そんな強度を持つ薬物など、あの実験室にはなかっただろうな」

「薬匙を溶かすとか？」

「馬鹿言うな。おそらく、犯人にはそんな時間などなかったはずだ」

「じゃあ、どういうことだ？」小松崎は、崇を横目で睨みながら、唸る。「犯人がいたとすれば、そいつはドアをすり抜けたってのか。まるで、空気のように、か？」

「——その件については、もう少し事実関係がはっきりとしてからにしよう。それにこれは、大の大人が悩むほどの問題ではないようだ」

「やけに勿体《もったい》ぶるな」

崇を睨む小松崎に向かって、奈々は尋ねる。

「その誰かが出て行ってから、佐木教授が自分で鍵を掛けたということはないんですか?」

「いや、それはねえだろう」小松崎は首を振った。「奈々ちゃんが言いてえのは、例えば誰かが佐木に毒を飲ませる、そしてその犯人が出て行った後で佐木が部屋に鍵を掛けた。しばらくして毒が効いてきて——ということだろうが、しかし、佐木はあの実験室には滅多に鍵は掛けない、と星田が言っていた。まあ、その犯人を追い出したかったという意味で、というならば可能性はあるだろうがな」

「ええ」奈々は頷く。「犯人に毒を飲まされた教授が、無理矢理犯人を実験室から追い出して鍵を掛けた」

「何のために?」

二人の会話に、崇が冷ややかに割り込む。

「え?」

「何故、自分が毒を飲まされたと解っている教授が、実験室に閉じこもらなければならないんだ? むしろ逆だろう」

「室内に置いてあった、解毒剤でも飲もうとしたんではないですか?」

助け船を出す貴子を横目で見て、崇は言う。

「しかし教授は、実験台に背を向けて倒れていた。それに、もしも何かを探そうとした痕跡があれば、とっくに警察が調べているはずだ」

その通りだ、と小松崎は、じれったそうに言う。

「だから最初から言ってるだろうが。事故だ、ってよ。第一、鍵も何かの拍子に掛かっちまうような、現代的なやつじゃねえんだ。昔からある、把手《とって》についてる大きなつまみをバチンと倒すやつだしな」

「でも、そうすると――」奈々は尋ねる。「滅多に鍵を掛けない教授が、あえて鍵を掛けたという理由が――」

「穿《うが》ちすぎだ」崇は言う。「もっと単純なことだ。犯人が教授に毒を飲ませて、実験室を出て行った。ただ、それだけのことだ」

「だから――!」

と言いかけて、小松崎は自分の頭をボリボリと掻いた。

その様子を横目で眺めながら、奈々は思う。

確かに今までの崇の理論は、間違ってはいないだろう。しかし、それを認めてしまうと、その先は袋小路だ。

その日だけ、たまたま佐木教授は実験台の上に乳棒を逆に載せてしまった、そしてまた、何かの拍子に分銅を素手でつかんでしまった——。これでは駄目なのか？

そう尋ねようとして崇を見れば、この無愛想な男は、窓越しに夜景を見ながら煙草をふかしていた。

「まあ、いい。そいつは一時棚上げにしておこう」

小松崎は諦め顔で、セロリのスティックをカリッと齧《かじ》り、ビールをぐいと空けた。

「次は、星田の事件だ。こいつは完全に、殺人事件だった。岩築の叔父貴が担当したもんで、俺は詳しく聞いてきた」

——また、岩築さんに迷惑をかけたのだろう。

苦笑する奈々の前で、

「その上で、木村と、星田の同僚の山本と、二人の証言も交えて俺がまとめておいた」

小松崎は上着の内ポケットから、やけに分厚いシステム手帳を取り出して、パラパラとめくった。

そしてボーイを呼ぶと、またしてもビールを注文する。奈々ちゃんたちは？　と尋ねる小松崎に二人が迷っていると崇が、

「レオナルドを二つ」と注文した。「苺《いちご》とシャンパンのカクテルだ。旬《しゅん》の苺をきちんと搾《しぼ》って作ってくれる。実に美味《うま》い」

と説明した。

奈々たちは頷いてそれに従う。

「タタルさんは、カクテルも詳しいんですか？　名前とか色々と……」

不思議そうに尋ねる貴子に、崇は言う。

「単なる反復学習の成果だ。覚えるつもりはなくとも、勝手に脳に入っているだけだ。さて、小松崎、次は？」

「お、おう」急に話題を振られて、小松崎は手帳を読み出した。「佐木が亡くなってから、約一ヵ月後、去年の十月の中旬頃だ。星田が、夜、自分のマンションで何者かに刺殺された。書斎の机で読書中のところを、背後からペーパーナイフで心臓を一突きだ。物取りの形跡は何もなかった上に、部屋の中には争った跡も見当らなかったというから、おそらくは顔見知りの犯行に間違いはないだろう。しかも、深夜、自分の部屋にまで入れている。こいつは、よほど親しい人間だ」

「マンションのドア以外に、その部屋に忍び込めるような場所はなかったのか？」

崇の問いに、小松崎は首を横に振る。

「無理だな。書斎の窓の鍵は開いていたが、その窓は、といえば星田が倒れていた机の真ん前だ。そんな所から忍び込んで、星田が落ち着いて本を読んでいるわけもねえだろう……。その他の部屋の窓は、全部内側からしっかりと鍵が掛かっていた」

「…………」

「そしてもちろん入り口のドアには、山本たちの証言によれば、星田はいつも必ず鍵を掛けていた、っていうしな……」小松崎は手帳をじっと眺めながら、大きく嘆息をついた。「そんなわけで、星田の周りの人間が怪しいんじゃねえかと、岩築の叔父貴たちが捜査を始めたんだが——未だに容疑者が全く浮かび上がってこねえらしいんだ」

ビールとカクテルが運ばれて来た。

小松崎は軽く乾杯し、ぐいっと一口飲んだ。それを横目に、崇は尋ねる。

「お前に嘘をついた、木村先生はどうなんだ？」

——木村先生！

あっさりと言ってのける崇の顔を、奈々と貴子は目を大きく開いて覗き込む。

しかし崇は、平然と小松崎を促す。

「どうなんだ？」

「アリバイがあった。その日、木村は目黒にある友人の助教授宅を訪ねていた。話が弾んで、帰宅したのは午前一時を回っていたそうだ……。まあ、時間的に全く不可能というわけじゃねえだろうが、少し苦しいな。第一、木村には星田を殺害するような動機が、今のところ見当らない——。まあ、俺に向かって、嘘はついていたが、な」

「助手連中はどうだ?」

尋ねる崇に、小松崎は苦い顔で答える。

「今のところ、殺人まで犯しそうな動機のある奴は見つかっていない。第一発見者の山本も、恋人とまでは言えねえみてえだが、星田とは仲が良かった。噂によれば、山本には特定のボーイフレンドはいなくて、色々な男たちとよく飲み歩いてたらしい。あんな子供みてえな女がもてたってんだから、薬学部の連中は何を考えてやがるんだか——。だから、星田もその取り巻きのうちの一人だったんだろう。特に星田は、いわゆる『いい人』だったらしいからな」小松崎は、皮肉っぽく笑った。「その他、助手仲間も同じだ。星田の評判は悪くねえようだな。まあ、もちろん色々な角度から、今、叔父貴たちが当たってはいるけれどな」

「思いもよらない動機もある」

「その通りだ。そいつは叔父貴たちに頑張ってもらうしかねえな……」小松崎は腕を組んで、うんうんと一人で頷いた。そして、言う。「ただ、アリバイ、って点になると全員があやふやだ。しかも、殺害時刻は午前零時過ぎだ。みんなで飲みにでも行ってねえ限り、なかなかアリバイ証明はできねえよ。俺のような仕事に就いてる人間は別だが、大抵の奴らは家でテレビでも見てるか、もう寝ちまってるか、ってところだろうからな」

奈々も、首肯《しゅこう》する。

確かに小松崎の言う通りだ。

例えば、一昨日の午前零時頃、あなたはどこで何をしていましたか？　と尋ねられれば奈々は、家で寝ていました——としか答えようがない。

「アリバイがしっかりしてる方が、かえって怪しいというもんだ」

そう言ってセロリを齧る小松崎に、崇は憮然とした表情を見せる。

「俺ならば、すぐに答えられる。バーで飲んでいた」

「お前が特殊だよ」小松崎は、チッチッ、と舌を鳴らした。「そんなことよりも、タタル。ここからがお前の出番だ」

「？」

「ダイイング・メッセージだ」

——！

奈々も聞いたことがある。

一時期、明邦大生の間で噂になっていた。

卒業した奈々の耳にも入ってきたほど、大学では大騒ぎになっていた。

「完全にこと切れる前に、星田は自分の口から吐いた血で、一文字残していた」

それは、明邦大学が七福神に呪われているという証拠の一つとして、例の匿名の投書が取り上げていた文字——。

「七、だ。タタルも聞いたことがあるだろうが」

小松崎はジョッキの水滴で濡らした人差し指で、テーブルの上に大きく書く。

「漢数字の『七』だ。七福神の『七』だよ。正確に言えば『ヤ』だがな」

「ヤ？」

「ああ。星田は『七』と書き終えたところで、こと切れたんだろう。文字の右上に人差し指が置かれていた。その指先についた血の跡が、点を打ったように見えただけのことだろうがな。だから、星田の書き残したかった文字は『七』だ」

「七……か」

「そうだ。『七』だ——。殺された人間の最期に書き残した文字だ。以前にタタルも言ってたように、パズルじゃねえんだから、単純に直接犯人を指し示そうとしたに違いねえと思うんだ。名前とか、特徴とか、それがもしも複数の人間だったならばグループ名とかをな」

「…………」

「そう考えて、岩築の叔父貴たちは、星田に関わっている奴らを徹底的に調べた。しかし彼の周りにゃ『七』なんて文字のつく人間も、グループも、もちろん怪しい七人組強盗団も見つからなかった——。お？　もしかしたら、犯人は奈々ちゃんか？」

「冗談は止めて下さい！」

「——というわけなんだよ、タタル。こいつは一体、どういう意味だ？　百歩譲って、これがあの匿名の投書の言う通りに『七福神』を指し示しているとしてもいい。しかし、その七福神が星田の死と、どう関係してくるってんだよ、なあ」

　小松崎は、両手を頭の後ろに組んで、大きく天を——この場合はシックな天井を——仰ぎ見た。

「ちなみに岩築の叔父貴たちが調べたのは……。職員名簿や学生名簿の七番目の人物、大学の七号館の七号室、星田の実験室の七番目の——」

「そいつは全て無意味だ。それならば、星田さんは『七』ではなくて『7』と書き残しただろう」崇はあっさりと言う。「この『七』は数字や順番じゃないな、おそらく」

「じゃあ、一体何だ？」

「さてね……。『七』に関連するもので、今すぐに思いつく事柄は十二種類ほどあるけれど、即断は止めておこう」崇は煙草に火をつけて一服した。そしてギムレットを一口飲んで続ける。「あと、熊つ崎。さっきお前は『書斎の窓の鍵は開いていた』と言っていたな。あれは、どういう意味なんだ？」

「あ？　そのまんまの意味だ。星田が殺されていた部屋の窓の鍵だけが、開いてたんだ。几《き》帳面《ちょうめん》だったという星田のことだ。そこだけ、しかも目の前だけ掛け忘れたってこともねえだろうから、星田、もしくは犯人が開けたんだろう。だが星田が真夜中に、わざわざ鍵を開けたとは考えにくい。しかも、鍵だけ、だ」小松崎は、煙草に火をつける。「どう考えても、物騒だぜ――。とすれば、あの鍵を開けたのは、おそらく犯人だろう。そこから逃げようとしたんだろうな」

「しかし、窓からは逃げなかった」

「そうみてえだ」

「何故？」

「知らねえよ」

小松崎は苦い顔で、ビールをぐい、と飲んだ。

「犯人にも色々と都合があったんだろうよ――。いや、実はな、その点でも岩築の叔父貴は頭を悩ませたみてえだがな」小松崎は、三人を見て言う。「その問題の窓は、星田が倒れていた机の正面にあって、もちろん人が楽に出入りできる大きさを持っていた。窓の外は、幅二メートルほどのベランダ代わりの芝生の庭――庭、とも言えねえな、植え込みになってる。だから、タタルに言われるまでもなく岩築の叔父貴も、そこから逃げた方が犯人にとって安全だったんじゃねえか、と思ったんだとよ。わざわざもう一度、マンションのエントランスを通る必要もねえからな」

「塀や柵のような物は、なかったんだな」

「おお。確かに、通りから部屋の中を直接覗《のぞ》けないように、背の高い植え込みはあったが、無理にすり抜けようと思えば、決して不可能じゃない。金木犀《きんもくせい》や椿、そしてアザミも植えられてたってから、少しばっかり体に傷はつくだろうが、そんな程度だ。だから、犯人がそうしなかった理由として、その時誰かが前の道を通りかかったんじゃねえか、と考えた叔父貴たちは、その目撃者探しに奔走した」小松崎は再び嘆息をついた。「しかし——未だに誰も現われないってわけだ」

「…………」

今度は、崇が煙草をくわえたまま、天井を見上げた。

「まあ、しかし」小松崎は、そんな崇を見て言う。「そんなに気にするほどの問題じゃねえよ。人を殺しちまったんだ、誰だって動転するさ。犯人も、おそらく泡を食っちまったんだろうよ……。そういうわけで、こっちの事件は行き詰まっちまってる。しかも、タタルに言わせりゃ、佐木の事件も殺人だ、となる——。しかし、それが本当だとすれば、こりゃあ本当に、何かの呪いかも知れねえな。俺も七福神巡りでもして、お祓《はら》いをしてもらうか」

小松崎はビールを、ぐいと飲むと、ナッツをボリボリと頬張った。

「おう、そうそう。巡る、と言やあ、タタル」

「何だ」

「六歌仙巡り、って知ってるか？」

「六歌仙巡り？　……いいや、聞いたことはない」

首を横に振る崇に小松崎は、そうか、と言いながら説明する。

「星田が佐木の実験室で、そう書かれたメモを発見した、と山本たちに言っていたそうなんだ……。まあ、こいつは事件には直接関係ねえと思うがな。ちょっと思い出したもんで、ただお前に訊いてみただけだ——。そう深く悩まねえでくれ」

しかし崇は、ふっと黙った。

そして眉根を寄せながら小松崎に尋ねる。

「熊つ崎は、そのメモの重要性をどの程度と考えている？」

「俺か？　まあ——それほど重要視はしていねえな。たった今、ふと思いついただけだよ——。おいおい、止めてくれよ、七福神で手いっぱいのところに六歌仙まで出てこられちゃ、お手上げだ。六十七の十三人で、それこそキリスト——最後の晩餐《ばんさん》になっちまう」

「…………」

崇は相変わらず煙草をふかしたまま、どこか遠くの一点をじっと見つめている。

会話が途切れた。その時、

「あの……」

それまで、やけに静かだった貴子が、おずおずと口を開いた。どうも先ほどから、態度がいつもの貴子らしくない。それが奈々には、少し気になっていたのだけれど……。

「タタルさんも、小松崎さんも……本当に、木村先生が、これらの事件に関係していると思われているんですか？」

「あ？　そりゃあ、解らねえが、とにかく俺に嘘をついたのは、事実だ。それは保証する」

自信たっぷりに言う小松崎を、貴子は顔を伏せたまま上目遣いに見上げた。

「そう……ですか……」

「そいつが、どうしたってんだ？」

「い、いえ……」

「何だよ。気になるじゃねえか。きちんと話してみろよ」

「は、はい……実は——。私が卒論に七福神を選ぶに際して、木村先生にも色々と助言して頂いて。それで、京都に行くという話をお伝えしたら、もしも時間があれば連絡してくれ、僕も連休は京都の家に帰っているから、都合がついたならば顔でも見せたらどうか——とおっしゃって頂いたんです」

「へえ。あいつにしちゃあ、俺の聞いた噂より、また随分待遇がいいじゃねえか」

「はい。……それで私も嬉しくなって、つい、タタルさんや奈々さんともお会いする予定でいることも話してしまいました。一緒に、七福神巡りをしていただく……と。私、少し余計なことを喋りすぎましたか？　そう思って、何か……」

奈々は、合点がいった。それをさっきから気にしていたのだ。

いかにも、貴子らしい。

木村助教授が小松崎に嘘をついたとしても、佐木教授や星田助手の事件に直接関係があるかどうかは解らない……。

──しかし……。

それに第一、本当に「嘘をついた」のかさえも、はっきりしているわけではない。そのあたりの話は所詮《しょせん》、小松崎が一人で言い張っているだけだ。

全く気にすることはないわ、と言いかけた奈々を遮るように、崇が唐突に口を開いた。

「木村先生の実家は、京都のどこだ？」

「貴船《きぶね》、と聞いています。貴船神社を過ぎて、さらに山道を登って行った所だと」

「実家には誰が住んでるんだ？」

と尋ねる小松崎に、貴子は答える。

「今は──先生のお祖母さん、お母様、そして妹の綾乃さんの三人と聞いています。お父様はもう既に他界されている、とおっしゃっていましたから」

綾乃さんというのは、よく東京の木村先生の所に遊びに来ていた妹さんのことです、と貴子は言う。

「私も何度かお会いしたことがありますが、とても上品で物静かな方です」

奈々も以前に、大学に木村を訪ねて来ていた綾乃を見かけたことがある。

奈々が三年生の時だった。

その時たまたま奈々と一緒にいた貴子が、そっと耳打ちして教えてくれたのだ。あの人が、木村先生の妹さんの、綾乃さんですよ――と。

奈々は、二人で楽しそうにキャンパスを歩いているその姿に、目を奪われた。

それは確か――。

暑い夏の日だった。

太陽の照りつけるキャンパス。

日傘の下に覗いた、抜けるように白く美しい綾乃の顔を思い出す。時折、兄を見上げるその仕草も、まるで一幅の絵のようだった。

その時は、あの気難しい顔で通している木村も、さすがに頬を緩めていたと、後々、学生たちの間で噂になったものだ。


「貴船神社――か」

首を捻る崇に、小松崎は言う。

「それが、どうかしたか?」

「いや……」

そう言って黙りこむ崇に、今度は奈々が尋ねる。

「タタルさん。その貴船神社というのは、どこにあるんですか？」

「ああ、京都市街のずっと北、鞍馬山《くらまやま》の近くだ」

——鞍馬山。

どこかで、聞いた。

いつ、聞いたのか……。

——そうだ！

鞍馬、と言えば、二年半前に貴子の兄の健昇が、車ごと谷底に転落して死亡した……。

偶然、と言えば偶然——。


「貴船は、貴布禰、または木船とも書く」

奈々の心中を知ってか知らずか、崇は紙ナプキンを広げて、その上に文字を書きながら、淡々と語り始めた。

「また別説によると『貴船』の地名は、賀茂建角身命《かもたけつぬみのみこと》の娘、玉依姫《たまよりひめ》が『黄船』に乗って淀川《よどがわ》から賀茂川《かもがわ》に入り、そしてこの地に社祠《しゃし》を建てたことに始まる、とも言われている」

また始まっちまったよ、という小松崎のぼやきを無視して、崇は言《あが》う。

「このように所説は多いけれど、その頃からこの神社は龍神とみて崇められて来た。何故ならば、貴船の祭神は高龗神《たかおかみのかみ》、または闇龗神《くらおかみのかみ》とも罔象女命《みずはのめのみこと》ともいわれているからだ。このどちらにしたところで『雷の神』だからね」

「いかずちの神？」

首を傾ける奈々に向かって、崇は言う。

「そうだ、水神だ。『靇』という字は、また『於加美』とも書かれて、龍を意味する古語なんだ。実際に『豊後国風土記《ぶんごのくにふどき》』にも、龍蛇神が『オカミ』として語られている……。昔、都が奈良に定められていた時代には、吉野に鎮座する『丹生《にう》川上《かわかみ》神社』が、雨請いの神として崇められていたが、平安京に都が移ってからは、この貴船神社が祈雨《きう》・止雨《しう》の霊験あらたかな、雨師《うし》神として崇敬されるようになった。京都に降る初冬の雨は別名、北山時雨《きたやましぐれ》と呼ばれ、全てこの貴船から発生するとされている——。実に立派な龍神を祀る神社だな」

「おい、タタル」小松崎は、呆れ顔で崇を睨んだ。「お前は、それと木村と、一体何の関係があるって言うんだ？」

「さあ……」

「さあ、だと！」小松崎は叫んだ。「じゃあ、お前は何のために今、この貴重な時間を費やして、べらべらと喋ってたんだ？」

「これくらいは、常識として知っておいて損はないだろう」

「常識だとぉ!?」

大げさに両手を上げて、小松崎はソファにドカリと倒れこんだ。

「ふん……面白い」

一人で憤《いきどお》る小松崎を無視して崇は微笑み、そして突然言った。

「貴子くん」

「はい」

「俺もぜひ、木村先生を訪ねたい」

――！

「明日、うまく時間を見つけて、みんなで先生を訪ねるというのはどうだろうか」

唖然《あぜん》とする三人を無視するように、崇は勝手に予定を決める。

「できれば、午前中がいいだろう。昼前くらいは、どうだろう」

「え、ええ……そうですね。先生に電話でお尋ねしてみましょうか？」

と言って、貴子はあわてて腕時計を見る。

しかし、時刻はすでに十一時近かった。

こんな遅く、しかも突然の電話など失礼すぎる。

相手が気難しい木村でなくとも、怒られるに決まっているだろう。

「もう遅いですよ、明日にしたら――」

と言う奈々に向かって小松崎は、

「大丈夫、大丈夫。こんな時間に寝てるのは、子供とカラスくらいなものだ」と主張した。

しかしその意見は、奈々と貴子によって、はっきりと却下された。すると、今度は、

「せめて木村の家の場所くらい、はっきりと解らねえのか？　俺は明日もこっちの支社で仕事が入ってるんだ。朝からずっとお前たちと一緒ってわけにはいかねえんだよ」と、言う。

「何だ熊つ崎、お前も一緒に行くのか」

尋ねる崇に小松崎は、当たり前だろうが！　と叫んだ。

「インタビューのプロがいなくちゃ、お前たちだけじゃ全く話にならねえだろう！」

それを聞いて、貴子は笑った。そして、

「確か……部屋に置いてある荷物の中に、木村先生に渡された地図があります。少しここで待っていてもらえれば、今、行って取ってきますけれど」

と、提案した。

「おう、そうか！」と小松崎は膝を打った。「ここで待ってるから、ひとっ走り行ってきてくれ」

奈々は、いいわよ明日で、と押し止めたけれど小松崎の、いや、一応教えておいてくれ、という言葉に貴子は、苦笑いして腰を浮かせた。

それを見て奈々は、赤い顔の小松崎を叱る。

「小松崎さん。どうせ酔っ払って、きっと忘れてしまうんでしょう！　明日でいいじゃないですか」

するとu小松崎は腕時計を眺めながら、

「もうすぐ明日だ」などと我《わ》が儘《まま》を言う。

奈々は嘆息をつきながら、

「明日にしましょうよ」

と言って、同意を求めるべく、崇を見ると——この男は、一人、夜景を眺めながら煙草をくゆらせていた。

本当に貴子、明日でいいんだから、どうせ酔っ払って何も覚えていないんだから、と言う奈々を見て、

「ええ、でも……」と貴子は立ち上がった。

タタルさん！　という奈々の呼びかけに崇は、

「え？」

と顔を向けた。その顔つきからすると、今までの三人のやりとりは、何一つ耳に入っていなかったらしい……。

呆れ返る奈々に、貴子は微笑んで、

「すぐに戻りますよ」

と言い残して席を立った。

＊

「しかし、タタル。明日、木村を訪ねて、一体何の話をするつもりだ？」

小松崎は、運ばれてきたグラスの氷をカラカラと回しながら尋ねた。

さあな——と崇は答えて、煙草に火をつける。

貴子が席を立ってから、さて、本格的に飲むか、ということで小松崎はバーボンのロックをダブルで注文し、崇はギブソンをシェイクしてもらい、奈々はアレクサンダーズ・シスター——これも崇が勝手に注文した——を飲んでいる。

どうやら宴《うたげ》はこれからというわけだ……。

「さあな、ってことはねえだろう。みんなでゾロゾロとカルガモよろしく訪ねて行くんだ。それなりの理由ってもんが必要だぜ。お元気ですか、だけじゃすまねえだろう」

「そう、だな……」

崇は、パールオニオンが刺さったままのカクテルピンを弄びながら言った。

「しかし、木村先生がこの件に関わりがあるのは確実なんだが——その根っこのところが、どうも見えてこない……」

「動機が、ですか？」

尋ねる奈々に、崇は首を横に振った。

「動機もそうだけれど、今回はもっと根深い何かが隠されているような気がする」

「しかし、解らねえよな」小松崎は言う。「あんなくそ真面目な木村が、これらの事件に、どこでどう関わってやがるんだ。人間てのは謎だな。まあ、確かにうちの大学の学生からは、癌《がん》のように嫌われてはいたがな」

「そんなこともないでしょう！」

驚いて顔を上げる奈々を、小松崎はゆっくりと見返して言う。

「いや、奈々ちゃん。今、思い返せば確かに木村は木村なりに、一本筋は通っていた。その信念は認められる。しかし学生のうちは、そんなことには気づかねえよ。ただの頑固で融通のきかねえ、嫌な助教授だ。あいつ一人のおかげで、わが空手部でも何人も留年してるからな。恨まれてるのも、確かだ」

「でも、癌なんて言い方はないでしょう」

「しょうがねえよ、学生誰もがそう思ってる……。まあ、正月の蜜柑《みかん》箱の中の腐った一個とは違って、癌だからな。他の人間に伝染しないのが唯一の取り柄だな」

——そんな。

「いや、熊つ崎」崇が、その言葉尻をとらえた。「伝染する癌もある」

「なんだと？　あるわけねえだろうが」小松崎は笑って、バーボンを一口飲んだ。「それとも、そいつは何かの例えか？」

「いや違う。奈々くんには常識だろうが、これは例えでも何でもなく、そのままの意味だ」

嘘をつけ、と吐き出すように言う小松崎に、崇は説明を始めた。

「まあ、こんなことを三十年前、いや十五年前にでも口にしていたならば、皆の笑い物になっていただろうがな……。最近になって、ヘリコバクター・ピロリ——ピロリ菌という、胃の中に住みついている桿菌《かんきん》が、胃癌を引き起こす原因の一つだと発表されたんだ。この菌は、日本人の約五割、五千万〜六千万人の胃中に認められるという説もある。ちなみに、ヘリコは螺旋《らせん》、バクターは細菌、ピロリというのは、この菌が多く棲みついている幽門部を意味している」

「おい、胃の中にそんな菌が棲めるのか？　確か胃酸は、やけに強い酸だと聞いたぞ」

「だから、発見当初はとても驚かれた。胃酸のpH《ペーハー》は、一から二だ。とても普通の細菌は棲めたものではない。しかし、ピロリ菌は自ら持っているウレアーゼという酵素を用いて、自分の周りを中性に変えてしまうんだ」

——確かにそれはその通りだ。ピロリ菌は、そのウレアーゼで、尿素をアンモニアと炭酸ガスに変えてしまう……。

でも、一体、何の話をしているのだ？

「この菌と癌との関係は、今の時点では百パーセント証明されているわけじゃない。しかし、少なくとも胃潰瘍《いかいよう》や胃炎への関与は認められている。現在では、胃酸分泌《ぶんぴ》抑制剤と抗生物質の投与で、かなりの確率で駆除できるようになってはいるけれど、胃癌のリスクファクターとしては、確実だ。そして、この菌は経口感染するといわれている。つまり、このピロリ菌を媒介として、胃癌が伝染して行くという状況が起こるわけだ」

「胃酸分泌抑制剤って言うと、あの『外科殺し』と言われてる、H_2ブロッカーか?」

「いや、違う。それよりもう一世代新しいものだ」

「へえ、そうなのか。時代も変わったねぇ」

「時代が変わったわけじゃない。昔から、ピロリ菌によって引き起こされた胃癌もあっただろう。ただ我々が、ピロリ菌を知らなかっただけだ。ピロリ菌という名前がなかっただけだ。いつも言っているように——名前のない病気は、存在しないのと一緒なんだ」

そういうもんかねえ、と小松崎は呟《つぶや》いた。

「だが、そんな治療法が大正時代に発見されてりゃあ、夏目漱石は四十九歳の若さで死ななくてもすんだかも知れねえな。死因は胃潰瘍だったっていうからな……」

ぶつぶつと呟く小松崎を見て、奈々はクスリと笑いながら崇に尋ねる。

「でもそう言えば、タタルさん。癌細胞というのは不思議ですよね」

「何故?」

「だって、彼らは増殖すればするほど、自らの命を縮めていくわけじゃないですか。延々と分裂し続けて、やがて母体——人間——を死に追いやってしまうわけですよね。そうすれば、当然自分も死んでしまう——」

「つまり奈々くんの言いたいのは」崇は、ギブソンを一口飲んで言う。「癌細胞が途中で分裂——増殖を止めて、適度なところで人間と折り合いをつけることができさえすれば、自分たちも人間の寿命と同じだけ生きていられるのに、ということだな」

「はい」

「それを言ったなら、奈々くん。人間だって同様だ」

「え？」

「人間と地球の関係と同じじゃないか。人間も今、全く無計画に増えて、地球の命を危うくさせているだろう。いみじくもニーチェの言うとおり『人間は地球の癌』なんだろう。そんな人間の中にできる生物細胞なんだから、考えの程度は同じだ」

——詭弁《きべん》だ。

「おい、タタル。そりゃあ屁理屈ってもんだ」

煙草をくわえたまま横目で言う小松崎に、いや、違う、と崇は答える。

奈々は、そんな二人を見て言った。

「癌が増殖して、母体である人間を死に追いやる。人間が増殖して、母体である地球を死に追いやる——。となると、もしかして、惑星が増殖して、母体である宇宙を死に追いやる、という事もあるかもしれませんね」

「奈々ちゃん、惑星って増殖するのか？」

赤い顔で問いかける小松崎に、

「え？　ええ。解らないですけれどね。宇宙は広いんですから、自己増殖する惑星だって、どこかに存在するかもしれませんよ……。嫌だ。ただの思い付きです。そんなに追及しないで下さい」

奈々は笑って答えた。

すると、窓の夜景を眺めながら崇が言った。

「憎悪は自己増殖するけれどね――」

――憎悪は、自己増殖する……。

「それよりも、貴子くんはどうした？　まだ戻って来ないのか？」

崇の言葉に、奈々も顔を上げて周りを見回す。

バーのどこにも貴子の姿はなく、席は空いたままである。

「おおかた眠っちまってるんじゃねえか」小松崎は無責任に言う。「もう少し待って、それでも来なかったら部屋に電話を入れればいいだろう。疲れが出てるんだよ」

「そう……でしょうか？」

「ああ、そうだよ。今日は二人とも、タタルに散々引っぱり回されたんだろう。京都七福神巡りで」

「………」

「おい、熊つ崎」崇は、ふと思いついたように小松崎を見た。「巡る——と言えば、さっきお前の話に出た六歌仙巡り、だけど——」

「それが？」

小松崎は胡瓜《きゅうり》のスティックを齧《かじ》りながら、崇を見た。崇は、うん、と続ける。

「何か、引っかかる——。それが果たして今回の事件と関わりがあるのかどうかは、定かではないにしても……」

「ちょっと待てよ、タタル。六歌仙と七福神が、どこでどう関係してるってんだ？　しかも『六歌仙巡り』なんてのは、佐木のいたずら書きのメモにあった言葉だ。考えすぎだよ」

「——だが、言われてみれば、確かに共通点がないこともないとは思う——」

「おいおい、やっぱり六歌仙も仲間入りか？　まいったねえ」

「佐木教授や星田さんの調べていたもの全てを把握しておかないと、事件の全貌は見えてこない気がする……。熊つ崎は、六歌仙に関して多少なりとも知識があるだろうが——奈々くんは？」

「私は、ほんの少ししか……」

「じゃあ、簡単に説明しよう」

奈々に向き直る崇に、小松崎はあからさまに嫌《いや》な顔を投げつける。

「おい、タタル。本当に関係あるのか？」

「あるのか無いのかを、今から検証する——。では、奈々くん、いいか」

「はい」

奈々は、思わずゴクリと息を呑んで背筋を正した。

「まず『六歌仙』という呼び名は、平安時代、醍醐《だいご》天皇の勅で編纂された『古今《こきん》和歌集』の中の仮名序《かなじょ》に名前を挙げられた歌人が六人いた、ということからきている。この和歌集は、紀貫之《きのつらゆき》、紀友則《きのとものり》、凡河内躬恒《おおしこうちのみつね》、壬生忠岑《みぶのただみね》らによって編纂されたものだが、巻末の真名序《まなじょ》を紀《きの》淑望《よしもち》が、巻頭の仮名序を紀貫之が書いた。その仮名序の中に『近き世にその名聞えたる人』として、在原業平《ありわらのなりひら》、小野小町《おののこまち》、僧正遍昭《そうじょうへんじょう》、文屋康秀《ふんやのやすひで》、大伴黒主《おおとものくろぬし》、喜撰法師《きせんほうし》の六人の名前が挙げられている。貫之は古今集の中では『六歌仙』という名では呼ばなかったが、後世この六人を指してそう呼ぶようになったんだ。ただ、この六人がこの時代において特に傑出した歌人たちだったか、といわれると数々の疑問が湧き起こってくる……。例えば、藤原公任《ふじわらのきんとう》の『三十六人撰』では、康秀、黒主、喜撰を除外しているし、藤原定家《ふじわらのていか》も『近代秀歌』の人選から、同様にこの三人を外している」

「そういえば……文屋康秀、大伴黒主、喜撰法師に関しては、これといって秀作が見当らない、と聞いたことがあります」

「近ごろは、奈々くんも和歌に造詣《ぞうけい》が深くなってきたようだな」崇は微笑んだ。「確かにきみの言う通り、古今集に収載された歌の数も、業平三十首、小町十八首、遍昭十七首に比べて、康秀五首、黒主四首、喜撰法師に至ってはたったの一首だ。だからこの六人が何故わざわざ仮名序の中に選ばれたのかという理由は、選者の貫之たちに尋ねてみなければ解らない、というのが通説になっている」

奈々は頷き——小松崎は欠伸《あくび》をした。

それを無視して、崇は続ける。

「この『六人』を選んだという理由としては、中国の六経《りくけい》、六芸《りくげい》、六官《りくかん》などに倣《なら》ったものだろうと、ある本には書かれているし、和歌の六義《りくぎ》から来ているという説もある」

「今度は『六』の数合わせですか？」

「その通りだ」崇は奈々を正面から見つめた。「実にその通りなんだよ、奈々くん」

「——？」

「ここでは『六』という数字にこそ意味がある。紀貫之といえば、日本で初めての仮名の日記の小説『土佐日記』を著《あらわ》した男だ。しかも書き出しが、あの有名な『男もすなる日記といふものを、女もしてみむとてするなり……』つまり女を装って書いた——。それに杉本苑子さんの説によれば『竹取物語』の作者も実は貫之で、その中で痛烈な藤原氏批判を繰り広げているという――。それほどに一筋縄ではいかない貫之が『六人』選んだ。その時、彼の頭の中には『六』という数字が当初からあったと見て間違いはないだろう」

たまたまじゃねえのか、と呟く小松崎に崇は、きっぱりと、違う、と答えた。

そうかぁ、と小松崎は、欠伸を噛《か》み殺す。

崇は、言う。

「それは、ありえない。彼は、そんな中途半端な仕事はしない。あとで説明するが、彼の仕事――古今集は微に入り細を穿《うが》ち、手が行き届いている。まさに職人芸だ。その上、当時は何と言っても、一言一文字に魂が宿っていると思われていた『言霊《ことだま》』の時代だ。いい加減な仕事はできない」

「――では、タタルさんは『六』という数字自体にも意味がある、と言うんですね。七福神の時と同じように？」

「そうだ。『七福神』が五でも、六でも、八でも、九でもいけなかったように、ここでは『六歌仙』でなくてはならなかったんだ」

「何故……？」

「陰陽道で『六』は陰の数だ。『六』とはそのまま『霊《ろく》』のことだ。そして、『六道《ろくどう》』と言えば『髑髏《どくろ》』の音の転。また、『六字《ろくじ》になる』とは『南無阿弥陀仏』――つまり死ぬことだ。

こんな不吉な数字を冠せられた六歌仙は――」

崇は大きく息を吸い込んだ。

「全員が怨霊なんだ」

六歌仙、全員が、

――怨霊！

「おい、タタル！　俺はそんな話は聞いたことがねえぞ！」小松崎は叫ぶ。

「それがうちの大学の限界だ」

「お前、学部も違うくせによくもそんな――」

「それは全く関係ない。俺は今、六歌仙に関する事実を述べているだけだ。そしてその事実は熊つ崎も気づいているはずだけれど、ただ断定するのを怖れているだけだ。かえって変な知識が邪魔をして、な。だからこういう話は、俺たちのような外部の人間の方が、真実を直視できる」

「――まいったな」小松崎は両手を挙げた。「七福神で六歌仙で怨霊かよ！　わかったよ、タタル先生――。しかしそこから先は、また今度にしよう――。それより、貴子ちゃんはまだか？」

現金なものである。

「私やっぱり、貴子の様子を見てきます」

腰を浮かせた奈々に、小松崎は言う。

「だが、奈々ちゃん。部屋の鍵はどうする？　貴子ちゃんが持ってるんだろう。それに、途中ですれ違っちまっても困るだろうが」

「でも……とりあえず——」

「では、こうしよう」

崇が提案した。

崇と小松崎は、もう暫《しば》らくここで飲んでいる。奈々は様子を見に行き、貴子が部屋にいて中に入ることができれば、そこからこのバーに電話を入れ、そして今夜は解散する。明日の詳しい予定は、その時に決めてもいいし、それができなければ明日の朝に、崇が奈々たちの部屋に電話を入れる。

小松崎は、京都駅近くのビジネスホテルに部屋を取っているので、明日、崇がそのホテルか、もしくは彼の携帯電話に直接連絡を入れればいい。

もしも貴子が、奈々とすれ違いにここに戻って来た場合は、当然奈々は部屋に入れないわけだから、再びこのバーに戻る。貴子にはここで待っていてもらって、奈々が到着した時点で簡単に明日の打ち合せを行い、解散する……。

「おお。電話、といえば」小松崎も、ハッと腰を浮かせた。「やべえ。俺も社に電話を入れるのを忘れてた。ちょっくら入れて来る」

二人は、一人煙草をくゆらせている崇を残して、とりあえずバーを出た。

小松崎も奈々と一緒にエレベーターホールまで来ると、胸ポケットから携帯を取り出した。そして、

「ありゃ？ いけねえ、電源を切ったまんまだったな。課長に怒られちまうかな」

などと言いながらボタンを操作して、支社に電話を入れた。奈々はそれを横目に、笑いながらエレベーターのボタンを押す。

エレベーターを待つ間、何気なく左手を見ると、エレベーターホールの突き当たりも、天井まで嵌《は》め殺しのガラス窓になっており、バーから眺めるのとはまた違う京都の夜景が一面に広がっていた。

外は相変わらず、霧雨に煙っていた。

闇の中に、家々の明りが無数の蛍火《ほたるび》のように霞《かす》んでいる。その小さな明り一つ一つに人々の営みがあり、夢や希望や、そして――諍《いさか》いがあるのだ。

崇の悪影響か、少しナーバスになってしまっている……。

奈々はそんな気持ちを振り切るように、エレベーターホールに目を移す。

そんな奈々の後ろで、

「なんですかぁ！」と叫ぶ小松崎の声がした。

驚いて振り返る奈々に小松崎は、すっかり酔いの醒めた顔で片手を挙げて、

「奈々ちゃん。ちょ、ちょっと待ってくれ」と言う。

奈々は、はい——と答えて、到着したばかりのエレベーターを、一台やり過ごす。

一方、小松崎は、うん、はい、はい……などと、電話を片手に頷きながら、珍しく真剣な顔で話している。

——どうしたのかしら？

奈々は、湧き上がる不安な気持ちを抑えながら、その話が終わるのを待った。

やがて小松崎は、

「また電話を入れます。はい、今度も、こちらから必ず——」と言って、電話を切った。

そして、首を大きく左右に振りながら、こいつはまいったぜ、と嘆息をついた。

「どうしたんですか、小松崎さん？」

がっくりと肩を落とした小松崎に、奈々は首を傾《かし》げて尋ねる。そんな奈々を、小松崎は正面から見据えて言った。

「木村が——」

「え？」

「木村が、死んだ」

＊

奈々は、エレベーターを転がるように飛び出すと、薄紫色の絨毯《じゅうたん》が敷き詰められた長い廊下を、小走りに駆ける。

——一体、何で!?

奈々の重心が、ぐらりと揺らぐ。

それは、絨毯に足をとられているせいなのか、カクテルのせいなのか、それとも時折り襲う軽い眩暈《めまい》のせいなのか。

走る奈々の頭の中で、先ほどの小松崎の話がぐるぐると渦を巻く。

木村が、死んだ。——その意味を一瞬飲み込めなかった奈々は、きっとポカンとしていたに違いない。その呆然としていた顔に小松崎は話しかけた。

「自殺だそうだ」

悲痛な顔を見せる小松崎に、奈々はようやくのことで、いつのことですか？　と尋ねた。

「昨日の晩のことらしい。うちの支社にその連絡が入ったのは、今日になってからだ。あいにくと俺は朝から外に出ちまってて、それ以降一回も社に連絡を入れなかった。しかも、俺としたことが、携帯の電源を切ったままだった。それで、こんな大切な情報が遅れちまったんだ。すまん」

先生は、どこで亡くなったんですか？　という奈々の問いに小松崎は、

「ここ——京都の実家だそうだ。実家の自分の寝室で、何か薬のようなものを飲んだらしい。詳しいことは、まだ解っていねえがな」

薬を！

「俺はタタルに報せる。とにかく奈々ちゃんは、貴子ちゃんを呼んで来てくれ。じゃあ！」

そう言って、バーに駆け込む小松崎を見送った奈々は、小刻みに震える膝頭を抑えて、エレベーターに乗り込んだ。

そして、自分たちの部屋の階で飛び降りて——今、こうして廊下を走っている。

真夜中近いホテルは、その足音も物音も全て吸い込んで、しんと鎮まり返っていた。

廊下の両側には延々と同じ型のドアが連なり、そのドアの向こう側には、やはり同型の密閉された空間が、蜂の巣のように並んでいるのだろう。

上の階も、下の階も。まるで立体迷路のように——。

奈々は、よろめきながら部屋に辿り着く。

ドアのノブを握ると、やはり鍵が掛かっていた。

呼び鈴を鳴らしたが、何の応答もない。

奈々は、軽くノックをしようとした。

しかし、その手は空振りした。

——え？

ガチャリ！

ドアが勢いよく内側に開かれたのだ。

同時に、中から飛び出してきた黒い塊《かたまり》が奈々に、ドシンとぶつかった。

声を上げる間もなく、奈々は大きく後ろに弾《はじ》き飛ばされて廊下の上に尻餅《しりもち》をつき、尾骨《びこつ》をしたたかに打った。

黒い影は、廊下に躍り出る。

それを見た奈々が両手で自分の体を起こそうとした瞬間、その影は絨毯の上に投げ出された奈々の足に躓《つまず》いた。

ドサッ！

と黒い人影が奈々の上に覆《おお》い被さり、二人の体が一瞬もつれる。

奈々がその人影を突き飛ばすのが先だったか、それとも人影が奈々を跳ね飛ばしたのか、

今度は奈々の体は、向側の壁まで転がった。

人影は、あわてて立ち上がる。

——何がどうなったの！　一体、何が！

奈々は廊下に俯《うつぶ》せに倒れたまま、顔を上げた。

しかしそれより早く、人影は風のように走り去って行った。

ハッ、と思って部屋を見れば、ドアがゆっくりと閉じようとしていた。閉じてしまえば、オートロックされてしまう。

——いけない。

奈々はあわてて立ち上がる。

——痛ッ！

右の足首を挫《くじ》いたらしい。

奈々は痛みをこらえて、ドアに手を伸ばす。

危ういところで閉まりかけたドアを押さえた。

そして、やっとの思いでドアを押し開けて、足を引きずりながら中に入る。

すると——。

「貴子！」

奈々は叫んだ。

部屋の奥、ツインベッドの足元の床に、貴子が仰向けに倒れていた。

奈々はあわてて、真っ青——いや、雪のように真っ白な顔の貴子に近寄る。

「貴子——!」

奈々は不吉な予感に息を飲む。

そして貴子の両肩を抱き上げようとして、手を止めた。もしも頭部を殴打されていれば、この状況から頭を揺らすことが致命傷になりかねないと、咄嗟《とつさ》に判断したのだ。

貴子の顔を覗きこむ。

微かだが、息は確実にあった。

奈々は貴子の体を床に寝かせたままで、左腕の脈を取った。弱々しいけれど、拍動が感じられた。とりあえずは胸を撫で下ろす。最悪の事態ではないようだ。しかし、かなりの頻《ひん》脈《みやく》で、しかも浮いている。近くで見れば、その額には小さな汗の粒が無数に浮かび、口の端には泡沫状の喀痰《かくたん》らしきものが見える。

奈々は急いでベッドの上の毛布をはぎ取り、貴子の体を覆った。とりあえず、これで体温は確保できる。

そして電話に向かって、にじり寄った。

しかし受話器を取ったものの、指が震えて上手くボタンを押すことができない。

交感神経が興奮しすぎている。

——落ち着いて!

ツーッ、ツーッ、という無機質な音を聞きながら、奈々は自分に言い聞かせる。

まず、ホテルの医者に。そして、バーにいる二人に連絡を！

やっとプッシュボタンを押せたものの、フロントへのコールがやけに長い。

――早く！

受話器を持つ手も、まるで怯《おび》えた小鳥の翼のように、小刻みな震えが止まらない。

冷汗が奈々の額を光らせて、その冷たい雫《しずく》が頬を一筋、伝わり落ちた。

奈々の頭の中は、目まぐるしく回る。

一体何が起きたのだ？

何で貴子が襲われたのだ？

何故？　何故！

――あの、黒い人影は何者だったのだろう？

いや、黒い人影、ではない。

背丈が殆ど奈々と同じくらいの人間が、黒いタートルネックをすっぽりと着て、黒いスラックスを穿《は》いていた。

廊下の天井から落ちるスポットライトで、奈々はしっかりと見た。

奈々を突き飛ばした両手は、ゴツゴツとした赤い岩のようだった。

そして、ぜいぜいと肩で息をしながら走り去る時に、チラリとこちらを向いた顔面は――

不気味なほどに赤黒かった。

　　　　＊

奈々の連絡を受けた医師の応急処置の後、貴子は、すぐに夜間救急病院に運ばれることになった。正面からまともに、首を絞められたらしい。

その犯人は、奈々の押した呼び鈴の音に、あわてて逃げ出したものとみられた。と、いうことは、もしも奈々が、もう少し遅れて部屋に戻っていたならば——。

奈々は、ぞっとした。

——考えたくもない……。

意識は依然として混濁しているものの、おそらく命には別状はないでしょう、とその医師は奈々たちに向かって言った。

小松崎は、貴子を一人で部屋に帰したことや、様子を見に行くと言った奈々を引き止めたことを酷く後悔している様子で、自ら貴子の付き添いを志願した。第一発見者である奈々はここを動けないし、小松崎は携帯電話を持っている。ならば、そうするのが一番いいだろうということになって、よろしく頼む、と崇と奈々は貴子を、もうすっかり酔いの醒めた様子の小松崎に託した。

タンカに乗せられた貴子に寄り添って医師たちが部屋を出ていくと、奈々はソファにぐったりと腰を下ろした。

しかし休む間もなく、ホテルからの連絡を受けた府警のこわもての刑事やら、てきぱきと動く鑑識やらが大挙して訪れ、真夜中の部屋はごった返した。

奈々の証言により、何者かがこの部屋に侵入して貴子を襲ったという、ホテル側としては実に不名誉な事件へと発展してしまったのである。

奈々と崇は指紋を取られながら、昨日からの経過をかいつまんで供述させられた。

何か部屋の状況で変わっていることはないか、と刑事は奈々に尋ねる。

言われて奈々は辺りを見回すけれど――。

部屋の中は、ごった返していてすぐには確認できなかった。

荷物は、と見れば貴子の白いトート・バッグも、奈々の茶色いボストンバッグも、部屋を出た時と同じ場所に置かれていた。

しかし床の上は――おそらく二人が争ったのだろう――テーブルの上に載っていた灰皿やマッチが転がり、奈々がお土産《みやげ》にもらったカミツレの白い花が一面に散乱していた。

そして、崇は――。

「君、君。勝手に歩き回ってもらっちゃ困るな！　その隅に立っていなさい！」

刑事は怒鳴った。

部屋の中をふらふらと歩き回っていた崇を睨み、そして、振り向いて奈々に尋ねる。

「それで君は、犯人らしき人物の顔は見た？」

「は、はい」

「男性？　それとも女性？」

「さあ……それが……」

「身長は、どれくらいだった？」

「……はっきりとは……」

刑事は眉根を寄せた。その顔には、全く頼りにならんなという表情が、あからさまに浮かんでいた。

どうせ皆で酔っ払って下らぬ話題で盛り上がっていたんだろう、友達の事件も知らずに、という非難が無言の内に読み取れる。

「それじゃ、何か他に特徴のようなものは気がつかなかったかね？」

「上下とも、黒い服で……そして」

「そして？」

「赤黒い顔をしていました。……あと、両手もゴツゴツとして……」

「素顔だったかな？」

「多分……」

「髪型は？」

「さあ……」

「長い髪ではなかった?」

「ええ……」

「じゃあ、おそらく男性だな。年齢も分からんかね?」

「はい……」

その後、今夜の奈々たちの行動を細かく尋ねられて、何とも要領を得ないまま、質問は終了した。

そして、奈々は大勢の男たちが機械的に自分たちの部屋を掻き回している姿を、隅のほうで固まってじっと見ていた。

突き刺すような眩《まぶ》しいフラッシュも何回か焚《た》かれて、それら一連の検証が終わった頃には、時計の針は既に午前二時を回っていた。

何か変わったことがあればまた連絡して下さい、と言い残して刑事は引き上げ、鑑識も持ち場が終わり、それぞれ退散すると、部屋には崇と奈々がポツリと残された。

崇は、指紋採取のための青白いアルミニウムの粉末を指で触りながら、一言も口を開かず、部屋の中を歩き回っていた。

やがてホテルの係員がやって来て、奈々は部屋を移ることになった。

連休中にもかかわらず、キャンセルが出て一部屋空《あ》いていたのが幸いだった。さすがにこの部屋で、もう一晩過ごす気には、とてもなれない。

奈々は忘れ物がないかどうか、部屋を一通り見回して荷物をまとめた。床に散乱してしまった花だけは、処分して下さい、と係に伝えた。やがて戻って来るだろう小松崎のことはフロントに託して、崇と二人、ボーイの後ろを歩いて部屋を移動した。

二階下の新しい部屋に入るなり奈々は、ぐったりとソファに身を沈めた。

一方崇は、相変わらずぐるぐると部屋を歩き回っている。

「すみません。……タタルさんまでこんなことに巻き込んでしまって」

奈々は、もう殆ど泣き顔で崇に言う。

崇はその声で、ふと我に返ったように立ち止まり、ベッドの縁に腰を下ろすと、足を組んで答える。

「別に奈々くんに責任があるわけじゃない……。それよりも、さっきから一つ気になっていたことがあるんだけれど」

「?」

「佐木教授の事件だ」

「え?」奈々は驚いて崇を見る。「な、何の話――」

「奈々くん」崇は真顔で尋ねる。「旧棟――佐木教授が亡くなっていたあの校舎の周りは、薬草園になっていただろう」

「は、はい。でもそれが、何か……」

「あの事件が起こったのは秋だった。とすると、薬草園には秋の花が咲いていたはずだ」

——何を急に？　しかも、こんな時に……。

「何の花が咲いていたと思う？」

「え、ええ……当然、秋の花といえば……ヒガンバナやナギナタコウジュ……。それに、もしかしたならトウキも——」

「フジバカマや、オオグルマや、オケラは？」

「オオグルマは……どうでしょう——」

崇のことだ。こんな緊急時に無駄な質問をするはずはない、と奈々は思い、くらくらしそうな頭で、必死に思い出す。

「あったかどうかは……。でも、オケラは白朮《びゃくじゅつ》のことですよね。根茎を採取した記憶がありますから、植えられていたはずです。アトラクチロンの、特徴のある香りを覚えています……。でも、それが一体——」

「ありがとう」

崇は言って、唐突に話は終わった。

奈々は、自分の両膝を抱き抱えるようにして、ソファに身を沈める。

そして深い自己嫌悪に陥った。

確かに崇の言う通り、この事件は奈々の責任ではないとはいえ、奈々が外嶋の代わりに京都に来たりしなければ、こんなことにはならなかったはずだ。いや、たとえ京都に来たにしても、崇に会うことを貴子に伝えさえしなければ——。

きっと、こんな事件は起きなかったに違いない。

しかし、貴子がいずれ京都にやって来るということは止めようがなかっただろう。彼女が卒論に「七福神」を選んでしまった以上は——。

七福神！

これも「七福神の呪い」なのか？

——まさか。

奈々は自嘲した。

とてもあり得る話ではない。

しかし、木村先生は貴子を止めた——。

そうだ！

貴子の事件のおかげで、すっかり失念していた。

「木村先生！」

奈々は思わず叫んでいた。

崇は、ビクリと顔を上げて、奈々を見つめる。

「どうした？」

「タタルさん！　そういえば木村先生が――」

「ああ。さっき、熊つ崎から聞いた」

崇は、ゆっくりとテーブルの前の丸イスに腰を下ろして煙草に火をつけた。

「俺は、佐木教授の事件に関しては、木村先生が非常に深く関わっていたと考えている」

「――！」奈々は思わず腰を浮かせた。「それは、どういう意味ですか？」

「そのままの意味だ。いいか」

崇は奈々と正面から向かい合って言った。

「佐木教授の死は、あれは事故じゃない。さっきも言ったように、おそらく第三者がそう見せるために作り上げた偽装だ」

「一体、誰が？」

「木村先生しかいないだろう」、

「木村先生！　でも、何故――」

身を乗り出す奈々に、崇は首を振った。

「その理由は、今のところ解らない。しかし、論理的に考えてみれば、その結論しか浮かばないんだ」

「そんな……」納得できずに、奈々は畳みかける。「じゃあ、タタルさんは、まさか木村先生が佐木教授を殺害したとでも——」

「ただ、その点については物的証拠がないから、今は何とも言えないけれど——。しかし、その肝心の木村先生は、自殺してしまった」

——まさか……。

奈々は口を閉ざす。

しばらくして、ようやく小松崎が戻って来た。

さすがに神妙な顔付きをしている。

スポーツ刈りだから頭髪こそ乱れてはいないが、ブレザーもポロシャツもスラックスも、浜辺に打ち上げられた若布《わかめ》のように、よれよれになっていた。

彼の話によれば、貴子はこのホテルから京都駅を挟んで南側にある、救急病院に入院したという。

ショックと疲れ、それに酒も手伝って体はかなりまいっているようだが、幸い脳波も正常だし、安定剤を射って、明日の朝まで安静にしているように指示が出されているという。

とりあえず外傷もなく、当然、命にも全く別状はないということで、奈々はようやく一安心した。

俺も明日もう一度病院に寄ってみるけれど、奈々ちゃんたちも行ってやってくれ、と真剣な顔で言う小松崎に、奈々は、もちろん、と頷く。

小松崎は、まいったねえ、と言いながら冷蔵庫に近付き、勝手に缶ビールを取り出すとプシュッと栓を開けた。一口飲んで奈々に尋ねる。

「それで——奈々ちゃんは、その怪しい奴の顔を見たのか?」

「ええ……。先程、刑事さんにも言ったんですけれども——」

奈々は病院に行っていた小松崎のためにもう一度説明した。黒ずくめの人物がいきなり部屋から飛び出して来て、奈々を突き飛ばして逃げて行った——。

「そいつは、男か女か?」

「いえ……それが……よく分からなくて……。ただ体は、細身だったような——」

「どういうこった?　奈々ちゃんも疲れてたんだろうな、きっと……。まあいい。とにかく今夜は一旦解散にしようぜ。また明日——いや、今日も忙しそうだ」小松崎はそう言って缶ビールを飲み干すと、時計を眺めた。「俺も自分のホテルに帰って、少し寝るとするか」

「そうだな」

崇もソファから立ち上がり、大きく伸びをした。

ドアまで二人を見送る奈々に、崇は声をかける。

「奈々くんも、ゆっくりと寝た方がいい。鍵をしっかりと掛けてね。朝になったらこの部屋に電話を入れる。朝食をとったら貴子くんの病院へ顔を出して、それから出かけよう」

――出かける？

「どこへですか？」

「決まってるだろう」崇は謎のように笑った。「じゃあ、お休み」


二人が帰ってしまうと、ドアのロックを何度も確かめて、奈々はパジャマに着替えてベッドに横になった。

部屋の静けさが、やけに重い。

急に空気の密度が、濃くなったように感じる。

目が冴えて、とてもすぐには眠れそうにない。

奈々は、大きく深呼吸した。

頭の中を色々な思いが駆け巡る。

――

佐木教授の事件。

本当に、木村先生が犯人だったのだろうか？

犯人とすると――先生は何故、教授を殺さなくてはならなかったのだろう？

そんな、殺人まで犯すほどの、どんな理由があったのだろう？

にわかには信じられない。

しかし、さきほどの祟の話だと、少なくとも深く関わり合っていそうだったけれど——。

そして、星田さんの事件。

何故、星田さんが襲われたのか？

本当に顔見知りの犯行だったのか？

机に残されていたという「七」の文字。

七……七……。

毛布にくるまって一人、「七」で始まる言葉をいくつか考えてはみるものの、あの事件に当てはまりそうなものは何一つ思い浮かばなかった。

それとも本当に「七福神」の「七」だったのか。

他に何か……。

そういえば「七」という文字は「亡」という文字にも似ている。

「七」……「亡」……「亡霊」！

——まさか……。

奈々は一人苦笑いして、その考えを打ち消した。

解らない……。

解らない――といえば、

貴子は誰に、何故、襲われたのだろう？

犯人は本気で貴子に危害を加えるつもりだったのだろうか。それとも何か、別の目的があったのか。

第一、その犯人はどうやって部屋に入ったのだろう？

貴子がドアを開けたのだろうか？

真夜中近くに、一人で部屋にいる女の子が誰かを無防備に入れるなんて……。

たとえ、それがボーイであっても躊躇《ちゅうちょ》するはずだ。しかも、あの時部屋から飛び出して来た人物は黒ずくめではあったが、決してボーイの制服を着てはいなかった。

解らない……。

崇はどこまで解っているのだろう。

それも解らない。

七福神の呪いが……。

六歌仙が……。

貴子が……。

…………

奈々はいつしか――ようやく眠りについていた。

翌朝、早くに崇は車でやって来た。

フロントからの電話を受けた奈々は、あわてて身仕度を整え、荷物をまとめる。もちろん貴子の分も合わせて二人分だ。

ばたばたと忙しく動いている中、崇は部屋に上がって来た。そして、奈々がレストランで朝食をとるのならば、その間、崇はここで待つと言う。

タタルさん、朝食は？　と尋ねる奈々に崇は言った。

「叔母の家で朝粥《あさがゆ》を食べて来た——。それより、昨夜は考えごとをしていて気づかなかったけれど、足をどうしたんだ？」

昨夜、犯人ともつれた時に痛めた右足を、奈々はまだ引きずっていた。昨日、貴子の部屋の前で……と、奈々は説明する。

ついでに病院で診てもらうといい、と言う崇に奈々は、いいえ、これくらいならば、冷シップがあれば、と笑った。

「そうか。しかし、余り無理をしないに越したことはない——。昨夜は少しは眠れたか？」

「ええ——」奈々は時計を見る。「四、五時間ほどは……。タタルさんは？」

「俺は三時間ほど眠った。体の疲れを取るには足りないけれど、脳の疲れを取るには充分な時間だ。ああ、緑茶をもらおう。もう少しビタミンCとカフェインを摂取しておこう」

棚から湯呑みと急須《きゅうす》を取り出す崇に、ではちょっと行って来ます、と言って奈々は足を庇《かば》いながらレストランに向かった。

ホテルをチェックアウトして、二人は崇の愛車で、貴子の入院している救急病院へと出発した。

昨夜の雨は一時上がっているとはいうものの、空は相変わらずの曇天で、湿気を含んだ風が京都の街を覆っていた。黒い雲が龍のように渦を巻き、大空を南へと流れている。

今日もまた、雨だろう——。

ただでさえ重い気分の奈々に、高い湿度が憂鬱さに輪を掛ける。

時折り、ポツリ、と雨滴がフロントガラスに落ちてくる。奈々は数えるともなく、その透明な粒を目で追っていた。

小松崎の言うとおり、その病院は京都駅からすぐ近くにあった。

駐車場に車を停めると、二人はすぐさま中に入る。受付で事情を説明して担当の医師を呼び出してもらい、貴子の容体の説明を受けた。

「時折り意識も戻っていますし、頸部《けいぶ》への圧迫も、それほど酷《ひど》くはなかったようで、アシドーシスを伴うような重篤な症状は現われてはいなかったので、何も心配はないでしょう。だが、もう暫らく安静にしておいたほうがよいでしょう、安定剤も効いていますしね」

と医師は言った。

大変でしたね、という医師の言葉に奈々は、はい……ありがとうございました、と答えた。すると医師は、そんな奈々を気遣うかのように、

「まあ、とにかく今日の午後には、すっかり回復しますよ、何せ若いから」と言って笑った。

その後、二人で貴子の病室を覗くと、まだスヤスヤと眠っていた。顔色も昨夜と比べて随分と良くなってきているようだった。

奈々は手紙を書いて、貴子の枕元に置く。

『ホテルはチェックアウトして、貴子の荷物は全てここに置いておきます。お家にはこちらから電話を入れて、心配ないと言っておきました。何かあったら小松崎さんの携帯に電話を入れるように……。また後で迎えに来ます。云々——』

そして、担当の看護婦に向かって、後をよろしくお願いします、と頭を下げた。

病院の出口で、崇は小松崎に電話を入れた。小松崎も、もう動き始めているのだろう。何やら二人で打ち合せをし終えると、崇は静かに受話器を置き、奈々に歩み寄って来た。

「さあ、俺たちも出かけよう」

「——どこへ、ですか？」

「貴船《きぶね》だ」

「ち、ちょっと待って下さい。貴船——ということは……」

「もちろん、木村先生の実家だ」崇は車のドアを開けながら「自殺事件があったのが逆に幸いした。熊つ崎の会社で調べてもらったんだ」と言う。

「熊つ崎の話では、先生の葬儀は、今あの家にいる家族だけで執《と》り行われるらしい。そこに無理矢理、弔問に伺おうという話になった」

「でも、それじゃ余りにも失礼では——」

問いかける奈々を無視するように崇は車に乗り込み、早く、と奈々を促《うなが》した。

「タタルさん」奈々はあわてて助手席に乗り込みながら言う。「こんな時に何の連絡もなく、私たちがいきなり押しかけては——」

「今頃、熊つ崎が電話を入れてくれているはずだ。奴とは先生の家で落ち合う手筈《てはず》になっている……。事件の全貌が、もうすぐ姿を顕《あら》わすだろう。ただ問題は、動機だ。それだけがまだ解らない。おそらくそれが、巷間《こうかん》言われている『七福神の呪い』と深く関わり合っているんと推測はできるけれど、まだ具体的には何も言えない……。だが、それら全ての謎が解け、呪いの正体を白日の下に曝《さら》すことができるのも時間の問題だろう」

呆然と崇の横顔を見つめる奈々を乗せて、車は勢いよく発進した。

《六歌仙》

堀川《ほりかわ》通りは、朝から酷い渋滞だった。

相変わらずの曇天にも拘らず、観光客は引っきりなしにこの都を訪れて来る。諸事雑多な日常から逃れて、一時期の「ハレ」を求めて。

奈々は助手席に深々と腰を下ろして、窓の外を過ぎる人の流れを眺めた。

ガラス一枚隔てた外の世界では、皆、思い思いの服装で楽しげに歩いている。

地図を片手に今日の予定を話し合っているセーラー服のグループは、修学旅行の女生徒たちだろう。

そう言えば奈々も高校の修学旅行で、ここ京都を訪れた。しかしあの頃は、ただ親元から離れて皆と外泊できることだけが楽しくて、どこの寺や神社を回ったのか、そんな記憶は薄れてしまっている。

奈々は、懐しく思い出す。

現地集合なのをいいことに、学校には内緒で一日早く出発して、仲間同士で琵琶湖畔に一泊した。真夜中一人で起きだして旅館の窓から見た、琵琶湖に皓々《こうこう》と映し出された白い月の輝きを、今でも明瞭に思い出すことができる。奈々はその時初めて、月の隠し持っていた凄絶な美を発見して、一人身震いしたものだ……。

セーラー服の彼女たちもきっと、そんないつまでも色褪《あ》せぬ自分だけの体験を、それぞれ拾って帰って行くのだろう。

そんな嬉々《きき》とした時間を過ごしているだろう彼女たちに比べて、奈々たちは全く、

——どうしたというのだろう……。

魔界都市・京都の術中にはまってしまったのか。

奈々は小さく嘆息をつく。

彼女たちとは別の次元に引き込まれてしまったのだろうか。いつのまにか知らぬうちに。

一見何の違いも見えないけれど、どこかが微妙にずれている世界——。

そんな空間に奈々たちは今、棲息しているのだろうか。

——何か不思議で……。

不思議と言えば、この祟も謎だ。

何度会っても、正体不明だ。

——私の周りは不思議なことだらけ……。

「何が？」

思わず口に出してしまったのか、崇が奈々に向かって問いかけた。

「え？　あ……あの……タタルさん。一つ質問していいですか？」奈々はあわててその場を取りつくろう。

「何？」

「つまり……その……タタルさんは文系ではなく、純粋な理系なのに、何故あんな歴史の知識があるんですか？」

何を言っているんだ、と崇は横目で奈々を見た。

「昨夜、バーで貴子くんにも言っただろう。反復学習だ。覚えるつもりはなくとも、勝手に頭に入っているだけだ」

——でも、それは確か、カクテルの話で……。

まあ、崇にとっては、カクテルも日本の歴史も一緒なのだろう。

奈々は——理解はできなかったけれど——納得した。

「そもそも理系・文系という区別自体が、おかしいんじゃないか」崇は言う。

「え？」

「遠い昔は、そんな区別はなかったはずだ。今、きみが言ったような、理系・文系などの区別は、大学側の便宜のためにあるだけだ」

「でも……」

「左脳と右脳のことを言いたいのか？」

はい、と奈々は頷く。

「では訊《き》くけれど、職業的にみて、彼らはどちらの脳を使っているか答えてごらん。まず──医者は？」

「左脳──ですか」

「音楽家は？」

「右脳──」

「弁護士は？」

「左脳──」

「小説家は？」

「右脳──」

「画家は？」

「右脳──」

「──プロトタイプだな。では、棋士は？」

「きし？」

「将棋指しだよ、プロの」

「え!?」

どちらだろう? 彼らはやはり論理的に物事を進めて行くから——、

「左脳——ですか?」

「ふん」崇は笑った。「実際に行なった調査の結果がある。初級者は主に左脳を使って対局をするが、上級になっていけばいくほど、右脳が活躍するそうだ」

「!」

「人間は片方の脳だけで生きているわけじゃない。漢方学的に言えば、陰《いん》・陽《よう》のバランスの上に成り立っているんだ。それを無理矢理どちらかに仕分けしようとするから——病気になる……。今言ったような職業の人たちでも、現に見事な絵を描く医者などは沢山いるし、素晴らしい小説を書く弁護士などもいる。それらを機械的に分けてしまおうという考え自体に、無理がある。奈々くんの友達にも、ギターやピアノの上手《うま》い薬剤師だって一人や二人はいるだろう。その人間にしてみれば、薬剤師という姿が本来なのか、ミュージシャンが本来の姿なのか、誰にも解りはしない」

——そう言われれば……。

奈々は、唇を尖《とが》らせて頷いた。そして崇を見て、尋ねる。

「……じゃあ、タタルさんの場合は、本来の姿は何なんですか?」

「俺は、中国漢方医学五千年の学究の徒だ」

「近代医学は信じないんですか?」

「馬鹿を言うな」崇は奈々を睨んだ。「今、説明したばかりじゃないか。きみはすぐに前後・左右・黒白と分けようとする。世界はもっと混沌として存在しているんだ。何故、漢方と近代医学を分ける必要があるんだ? 同じ人間の体についてのことじゃないか。俺は両方信じているし、同時に両方信じていない」

崇はまた、よく解らないことを言う。

「——もっとも大勢の医者が、今もその過《あやま》ちを繰り返しているのが現状だけれどね。お互いに認め合おうとしないばかりに、三日で治る病気も三年かかってしまうという悲惨な状況すら見える。膨大な時間と金と労力の無駄だ。生産性がない……。さてと、今はそんなことよりも、貴船《きぶね》に到着するまでの時間で六歌仙について、実に大雑把《おおざっぱ》ではあるが、説明しておこう」

崇は前を向いたまま唐突に言い、そして、奈々がコクリと頷くのを確認すると、ゆっくりと話し始めた。

「奈良に『璉城寺《れんじょうじ》』という寺があるんだが、君は聞いたことがあるかな?」

知るわけもない。

奈々は、いいえ、と首を横に振った。

崇は言う。

「この『璉城寺』は、奈良市西紀寺《にしきでら》にある。飛鳥《あすか》時代に、紀氏の氏寺として創建された古刹《こさつ》だ。平城京遷都後に現在の地に移され、行基《ぎょうき》によって『璉城寺』と名付けられた——。ちなみに本尊の『はだか阿弥陀像』はその高さが百六十五・三センチで、光明《こうみょう》皇后成仏時と等身といわれている——。この寺は通称『紀寺《きでら》』とも言われ、お経は『南無阿弥陀仏』の六字しか唱えない。その六字を連続して百万遍唱える『百万遍念仏』という修行が今も行なわれているんだ」

「紀寺……」

「つまり、貫之《つらゆき》たちは『六』という数字が、何を表わしているのか、常識的に知っていたわけだ。そして、その意味を熟知していた貫之が、古今集の巻頭で、わざわざ『六人』選んだんだ——『南無阿弥陀仏』とね。これは、偶然だろうか？　いや、違うだろう」

「では……何故？」

「それは、彼らを供養《くよう》するためだ」

「供養？」

と首を傾げる奈々に向かって崇は頷き、そうだ、と言った。

「では何故、供養しなければならないのか——。単純な理由だな。とりも直さず彼ら全員が、恨みを呑んで死んで行っているからだ」

「恨みを？　誰に対してですか？」

「もちろん、藤原氏に対して」

「藤原氏……」

「そうだ。この平安という時代は、藤原氏が他の全ての氏族を席巻《せつけん》していた。重要な官職は全て自分たちが握っていたし、皇室にも自分たちの身内の人間を送り込んでいた。だから当然、そこには言論の自由などありはしない。六歌仙たちが藤原氏に対して恨みを持ち、反逆して、なおかつ追放されていたとしても、貫之はその事実について、表立っては何も書けなかっただろう。そんなことをすれば、今度は自分の身が危うくなる。だから回りくどくする必要があったんだと思う」

「でもタタルさん。それはあくまでも……貫之が彼ら六人の味方で、その上、藤原氏に対して恨みを持っていた、という前提の話ですよね」

「その通り」

「その点は、どうなんですか？」

「貞観《じようがん》八年（八六六）に起こった応天門《おうてんもん》の事件によって中央の政府から追放されて以来、紀氏は長い間不遇だった。貫之は長年、中級官吏の身だったしね。古今集が奏上された延喜五年（九〇五）に三十三歳でやっとのことで御書所《ごしよどころ》預《あずかり》となった。しかし、これも大した役職ではない。そして土佐守《とさのかみ》になった時には、既にもう五十九歳だった」

「…………」

当時の五十九歳というと、現代の何歳くらいに換算されるのだろう？　奈々には見当がつかなかったが、殆ど人生の終盤に差しかかっていることだけは、確かだっただろう……。

「紀氏は元々、紀州《きしゅう》——今の和歌山県に勢力を張っていた大豪族だった」崇は続ける。「そして、昔から中央の政府と結びついて権力の中枢にいた。実際、四十九代の光仁《こうにん》天皇は、紀氏の女性を母としているし、次の桓武《かんむ》天皇の時代になると、紀古佐美《きのこさみ》という征夷大将軍を仰せつかった人物も出したほどだった。ところがちょうどこの頃から、紀氏の最大のライバルとなる藤原氏が、外戚の地位を確固としたものにしてくる。藤原氏は桓武の許に、旅子《たびこ》、乙牟漏《おとむろ》という二人の女性を送り込み、それぞれ淳和《じゅんな》、平城《へいぜい》、嵯峨《さが》といった歴代の天皇を生ませている。元来、藤原氏の方が、こういった朝廷工作を得意としていたからな。大化の改新から始まる、藤原不比等《ふひと》、光明皇后と、連綿と続く権力中枢《ちゅうすう》に食い込む技術は、まさに大木に絡《から》み付く『藤』だ——。しかし一方、紀氏にも、平安時代を半世紀ほど過ぎた頃に、権力奪回の最大のチャンスが巡って来た」

「最大のチャンス？」

「ああ。式家《しきけ》と北家《ほっけ》という、藤原氏同士の権力争いだ。しかし、この争いの中で、藤原北家にとんでもない大物政治家が出現する。それが藤原冬嗣《ふゆつぐ》の息子、藤原良房《よしふさ》だ。この良房はこれらの争いに権謀術数を駆使して勝ち上がり、一気に権力の中枢へと食い込んだ。これは想像するしかないけれども、かなりのあくどい手段をも辞さなかっただろうと思われる……。そして自分の妹・順子《じゅんし》を仁明《にんみょう》天皇の後宮に送り込んで、生ませた皇子が文徳《もんとく》天皇だ。そしてその文徳天皇には、自分の娘の明子《あきらけいこ》を送り、清和《せいわ》天皇を生ませる。そして清和天皇には

――」

「ちょ、ちょっと待って下さい」

奈々はあわてて手を挙げた。

崇は、相変わらずの早口でまくしたてるけれど、奈々にとっては複雑すぎる。

「すみません。解らなくなってしまいました、混乱して――」

「ああ――。それならば後ろの席に系図がある」崇は横も見ずに言った。「後ろの座席に手を伸ばしてごらん。……いや、それじゃなく……そうそう、そのノートだ」

奈々は、体を捻って手を伸ばす。

そして、どうにかこうにか、やっとのことで一冊のノートを取り上げて崇に手渡した。

すると崇は、片手でサラリとページを捲って、奈々の目の前に差し出す。

「ここの部分だ」

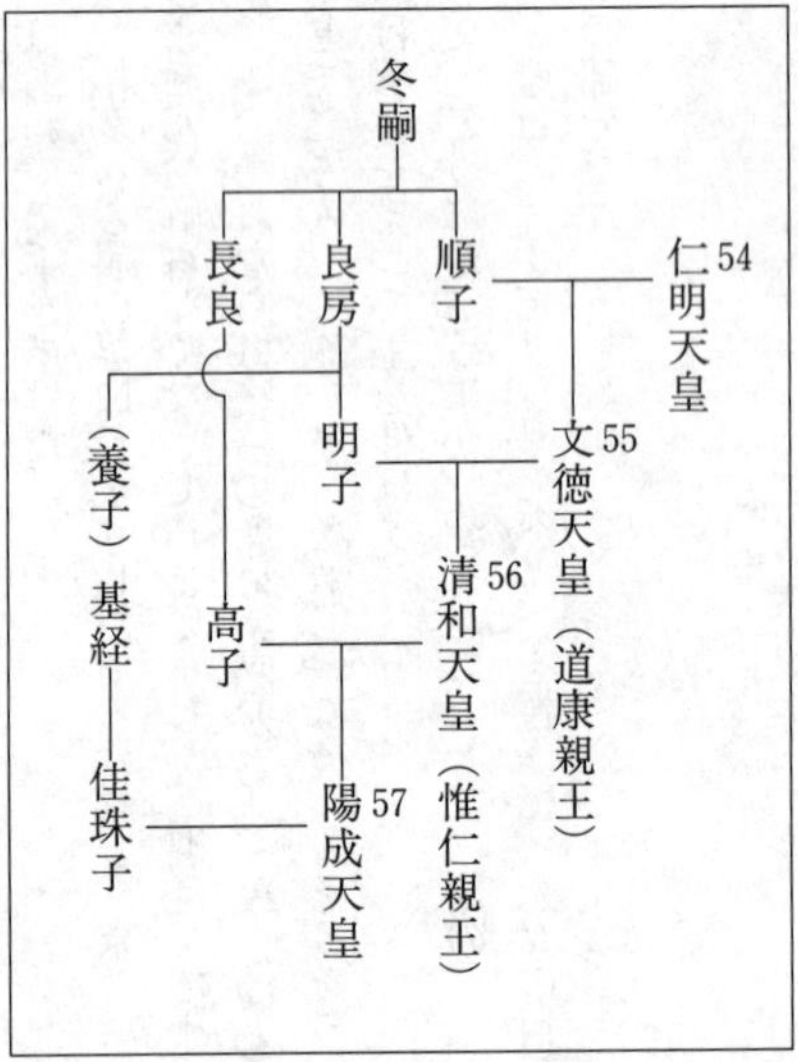

「五十四代の仁明天皇から始まって、五十七代の陽成《ようぜい》天皇までの四代にわたる歴代天皇の皇后が、全て良房の血縁にあたるというわけだ。実に見事だね」崇は、本心から感心したように言う。「自分の妹の順子の子供に、自分の娘の明子を嫁がせて、生まれた孫に兄・長良《ながら》の娘の高子《たかいこ》を嫁がせて、そのまた生まれた曾孫《ひまご》に養子である基経の娘の佳珠子《かずこ》を嫁がせた、というわけだ。ここで、佳珠子が清和女御という説もあるけれど、まあどちらにしても藤原氏

が天皇家を、からめ取ろうとしたという本質には変わりはない」

「もの凄い執念ですね」

奈々もさすがに呆れた。

まさに崇の言う通り、木に絡み付く『藤』だ。

しかし裏を返せば、それほどまでにしなくては、権力の座を安心して保つことができないという強迫観念があったのだろう。哀れみを覚えるほどの執念だ。

しかしこれでは――藤原氏こそが、権力という『藤』に、絡み付かれているのではないか？　一度、手にしたならばもう二度とそれなしでは生きて行けぬような錯覚に陥って。

奈々は頭を振る。

嘆息をついて窓の外を眺めれば、車はやっと二条城を左手に過ぎたばかりである。前後左右を、隙間なくタクシーやトラックに囲まれていた。

いつになったら渋滞を抜け出せるのか――。

しかし崇は一向に、気にする様子もなく、再び話し始めた。

「ところがこの文徳天皇の御代に、紀氏に突然降って湧いたようなチャンスが訪れる。まさに起死回生の、だ――。嘉祥《かしよう》三年（八五〇）三月、仁明天皇が四十一歳という若さで崩御してしまうと、道康《みちやす》親王が即位した。後の文徳天皇だ。さっきの図の通り、この文徳天皇には良房の娘・明子との間に惟仁《これひと》親王――後の清和天皇がいる。しかしこの時、文徳天皇には、他にも数人の皇子がいた。その中でも天皇が特に可愛がっていた皇子は、紀氏の女性・静子《せいし》との間に生まれた惟喬《これたか》親王だ」

「これたか親王？」

「そうだ。この惟喬親王こそが、六歌仙を読み解くための重要なキーワードになる。当時、良房らの推す惟仁親王は九ヵ月、一方、紀氏の推す惟喬親王は七歳だったから、その年齢からいって、当然誰もが次の皇太子は惟喬親王だろうと考えた。実際、文徳天皇の寵愛も大きかったという。そこで静子の父・紀名虎《きのなとら》を始めとする紀一族も、ここを先途《せんど》とばかりに朝廷に必死に働きかけた」

「――でも、そうはならなかったんですね……」

「そう。良房が暗躍したんだ。文徳天皇は当時二十四歳という若さだった上に、何と言っても文徳の母親は良房の妹、そして皇后は良房の娘だ。この包囲網を突破するのは、いかに天皇といえども、容易ではないだろう」

――確かに……。

奈々は、膝の上に載せた先ほどの系図に目を落として、頷いた。

まさに、文徳天皇は『藤原』という『家』に搦《から》め捕《の》られている――。

「その結果、皇太子の座は、惟喬親王を無理矢理押し退ける形で惟仁親王に決定した……」

崇は、淡々と語る。「そして、その時も良房は、名虎を自分の許に呼びつけて、紀氏の怒りに油を注ぐように、敢えてこう言ったのだ。『三条町《さんじょうのまち》（静子）自らの口から惟喬親王に皇太子を辞退するように伝えて欲しい』とね――」

「まあ……！」

「良房は、惟喬親王自らが皇太子となる権利を放棄した、という形を取ろうとしたんだろうね……。しかしどのような策を弄《ろう》しても、惟仁親王の後ろで、良房が動いたのは周知の事実だった。その証拠に巷《ちまた》では、惟仁親王を諷《ふう》して、

〝大枝（おおえ＝大兄＝惟喬親王）を越えて、
走り越えて、
踊りあがり……〟

などという皮肉な謡《うた》が流行したほどだ――。しかし、兎《と》にも角《かく》にも良房は、自分の孫を皇太子にした。さて、こんな状況で良房はまず何を考えたかと言えば、当面の最強のライバルであり、最大の眼の上の瘤《こぶ》である惟喬親王の存在のことだ。消し去ってしまいたいのは山々だが、そうはいかない理由があった」

「どんな？」

「この年は近年稀《まれ》に見る凶作で、しかも酷い疫病が京の都を襲っていた。これらの天変地異

は——」

「怨霊《おんりょう》！」

「そうだ。良房自身が怨霊を信じていたのかどうかは別としても、少なくともこの頃の大多数の人々は、その存在を信じていた。だから、これ以上新たな怨霊を作り出すということは、下手をすれば自分の首を絞めることにもなりかねない——。解るね」

奈々は頷く。

それは単に良房の、政治的な配慮だったのかも知れないし、本心から怨霊を怖れたのかは、解りようがないけれど……。

「そこで良房が取った方策は、惟喬親王の周りの人間を全て朝廷から排除してしまおうというものだった。まず目をつけられたのは、仁明天皇の蔵人頭《くろうどのとう》。今で言う秘書の役目を仰せつかっていて、なおかつ惟喬親王ともとても親しかった、良岑宗貞《よしみねのむねさだ》——つまり、僧正遍昭だった」

——僧正遍昭！

六歌仙の一人めが、やっと出てきた……。

二人の車は、ゆっくりと今出《いまで》川《がわ》通りを横切る。

この通りを右折すれば京都御所が、そして左折すれば、菅原道真を祀る北野《きたの》天満宮《てんまんぐう》が見えるはずだ。

＊

貴子は、ふっと目を開く。
――ここは……？
白い天井、
白いカーテン、
白い壁、
そして、消毒液の匂い。
横を見上げれば、逆さまに吊された点滴の罎《びん》から、
ポタリ、ポタリ……。
酷く緩慢《かんまん》に輸液が落ちている。
その半透明のチューブをたどると、
自分の右腕とつながっていた……。
気が付きましたか？
女性の声がする。
見れば、白衣《びゃくえ》の天使の笑顔があった。

天使は、貴子に語りかける。
今、先生をお呼びしますから――。
そのまま、横になって――。
ああ、病院にいるのだ。
私は、病院のベッドに寝かされて……。
――！
病院!!
何で？
貴子は起き上がろうとする。
しかし、ぐらりと大きく天井が揺れた。
あっ、斎藤さん！
危ないから、まだ横になっていて下さい。
看護婦が叫ぶ。
あの人は？
奈々さんは？
崇さんと小松崎さんは――？
看護婦が微笑みながら近寄り、

貴子を静かに寝かせ、シーツを胸まで掛け直す。
――そう、
ここは病院なのだから、
静かに横になって……。

――！

――いけない！
寝ている時ではない！
貴子は再びシーツを大きく撥《は》ね上げる。
「駄目だ、駄目だ！」
看護婦の連絡を受けてやって来たドクターが、大声で叱《しか》った。
「もう起きていいなんて、誰も言っていない。
あと半日は、寝ていなさい」
誰のものでもない。きみの体なんだから。
子供を諭すように、ドクターは睨んだ。
貴子は渋々、ベッドに沈む。
………。

検診を終えて、ドクターが、
「もう少しだね。ああ、点滴はいいだろう」
と、去るや否や、
貴子は三度《みたび》、体を起こした。
「駄目ですよ、斎藤さん！
まだ血圧が百もないんですから」
押さえ付けるようにシーツを被せて、看護婦は言う。
――私はどうしてここに？
貴子は必死に尋ねる。
看護婦は笑いながら、
貴子の腕から点滴を外し、
昨夜からの出来事を順番に、伝えた。
ホテルの部屋で襲われて――。
救急車で運ばれて――。
お友達も、今朝早くみえて――。
あなたの荷物は、全部そこに――。
そして何か、メモを置いて――。

何ということ！
貴子の額を冷汗が伝わり、首筋を光らせた。
ほらほら、まだ貧血しているのですからね。
斎藤さん、ゆっくりお休みなさい。
にっこりと笑いかける看護婦に向かって、
貴子も舞台女優のように、
優しく愛想笑いを返した。
彼女が消えたら、行動開始だ。
看護婦は、貴子の汗をタオルで拭い終わると、
点滴台を押しながら病室を後にした。
——急がなくては！
どうしよう——？
そうだ、
奈々さんが置いて行ったというメモ。
貴子は体を捻り、
ベッドの脇のテーブルに手を伸ばして、

その上に置かれた、メモを取り上げる。
そして食い入るように読む。
——!
——ひょっとして奈々さんたちは……。
木村先生の家に⁉
昨夜、訪ねようと言っていた。
もし、そうならば、
——最悪だ!
何とかしなくては。
何ができる……?
——そうだ!
とりあえず小松崎さんに連絡を!
テレホンカードの入っているセカンドバッグは、
奈々さんが、枕元に置いて行ってくれている。
貴子は、ぐらぐらする体で立ち上がった。

*

「僧正遍昭は――」

崇はハンドルを握ったまま続ける。

二人の車は、もう少しでこの酷い渋滞から抜け出せそうな所までやって来た。

「桓武天皇を祖父に、大納言・良岑安世《よしみねのやすよ》を父に持つ非常に良い血筋の人物だ。承和《じょうわ》十一年（八四四）に蔵人《くろうど》となってから、わずか五年の嘉祥二年（八四九）に蔵人頭となっている。優れた歌を詠む、ということも早い出世の要因の一つだっただろう。この平安という言霊《ことだま》の時代では、優れた歌を詠めるということは同時に、人格的にも政治的にも優れた人物だと考えられていたからね……。彼の歌は君も聞いたことがあるだろう」

「天《あま》つ風《かぜ》　雲の通ひ路　吹き閉ぢよ――ですね」

奈々は、打てば響くように答えた。

が、実はこれは、

――つい最近、覚えたのだ。

「そうだ」崇は頷いた。「新嘗祭《にいなめさい》の翌日、宮中で催される『豊明節会《とよのあかりのせちえ》』の際に、仁明天皇が豊楽院《ぶらくいん》に人々を集めて酒宴を開いた。その時に舞った五節《ごせち》の舞姫を見て詠んだ歌が、それだ。

天つ風
雲の通ひ路 吹き閉ぢよ
をとめの姿
しばしとどめん」

「百人一首の中でも好きな歌の一つです」

「――どうも君は百人一首から離れられないようだな」

崇は笑いながら、奈々を見た。

しかし、そう言われても、奈々にとっては和歌など、百人一首くらいでしか接する機会もない。奈々に言わせれば、詳しい崇の方が、おかしいのだ。

「まあいいだろう――。しかしその前途洋々たる遍昭が、惟仁親王立太子《りったいし》と数ヵ月おいて出家してしまう。当時の出家というのは、もう私は一切公《おおやけ》のことには口を挟みません、という、宮廷人としては自殺にも等しい行為だ。遍昭の場合、その表向きの理由は、仁明天皇崩御に伴って、ということになっているけれど、当然その裏では、良房たちの強い政治的圧力がかかった、と見る方が素直だな。ちなみに、その翌年、彼はこんな歌を詠んでいる。

みな人は
花の衣に　なりぬなり
苔の袂《たもと》よ
かわきだにせよ

——つまり、人々は惟仁親王立太子後、あっさりと藤原氏に加担して、喪服を脱ぎ捨てて位階などを賜《たまわ》り嬉々としている、しかし私の僧衣の袂は、未だ涙に濡れたまま乾いてはいない、という、これは仁明天皇追悼はもちろん、自分の境遇の哀れさを詠むと同時に、藤原氏についている人々へ向けての皮肉だな……。そして時を同じくして、小野小町も宮廷を追放されてしまう」

ようやく右手に見えて来た賀茂川に目を走らせながら、崇は言った。

出掛けに確認してきた地図によれば、ここから少し迂回して西賀茂橋を渡ると、貴船まで道は一本のはずだ。辺りも緑が多くなって来た。

しかし空は、相変わらずの曇天で、外を吹く風も冷たそうに過ぎて行く。本降りになるのも、時間の問題のようだ。

崇は言う。

「小町は、天皇の更衣《こうい》だった。更衣、というのは常に天皇の身近に仕えて、身の回りのお世話をする女性たちの総称だ。そしてその仕えていた天皇が亡くなれば『更衣田《こういでん》』という永代の所領としての田畑を拝領でき、一生平穏に暮らせるはずだった。ところが、小町に関しては——」

「老後は悲惨だったんでしょう……。どこか見知らぬ土地で行き倒れた——という話ならば、私も聞いたことがあります」

「そう。小町は『更衣田』を貰《もら》うこともできずに、一方的に宮廷を追い出されたんだ。何故ならば——。君は、『深草《ふかくさの》少将《しょうしょう》百夜《ももよ》通《がよ》い』という物語を聞いたことがあるかな」

「確か……」奈々は、首を捻りながら答える。「小町に恋をした深草の少将が、百夜通えば望みを叶《かな》えようと小町に言われて……毎晩山深い道を通ったけれども、九十九夜めにしてついに亡くなってしまった、という話……ですか?」

　これも、百人一首の本を読んで、最近知った。

「そうだ。その伝承は、小町を薄情で傲慢《ごうまん》な女として描いている。しかし、この話の重要な点はそんなことではない。黒岩涙香《くろいわるいこう》も指摘しているけれど、この深草の少将というのは、実は『深草の帝《みかど》』を指しているんじゃないかという」

「深草の帝?」

「仁明天皇のことだよ」

「――！　ということは――」

「つまり、小町と仁明天皇の間に、何らかの愛情関係があったのではないか、ということだ」

「ちょ、ちょっと待って下さい、タタルさん。小町と仁明天皇が、ですか？」

奈々はあわてて崇を制した。

これはさすがに、聞いたことがない。

しかし崇は、常識だというように「ああ」と頷く。

「でも――仮に、その深草の少将が本当に仁明天皇のことだとしても――小町は、その少将を冷たく振ってしまったんでしょう？」

「それも表向きの話だ。ここでこういう事実がありました、と言っているわけじゃない。第一、天皇が毎晩山奥まで行幸《みゆき》などできるものか」崇は笑う。「ただそれほどに、百夜通うという労力も惜しまないほどに、その男性は小町を想っていたけれど、最終的にその恋は実らずに終わってしまったようだ、ということを伝えたかったのだろうね……。そして一方小町はといえば、

いつか恋しき　雲の上の　人に逢ひ見て
此世には　思ふこと無き　身とは為《な》るべき

などという長歌もある。ここでいう『雲の上の人』とはもちろん、天上人《てんじょうびと》――つまり天皇のことだと考えていいだろう。そしてここで、小町の想う人が仁明天皇だとすると、古今集の歌が、また違った大変な意味を持ってくる」

「大変な意味？」

「そう。幾つか例を挙げてみよう。

思ひつつ
寝ればや人の　見えつらむ
夢と知りせば
さめざらましを

うたた寝に
恋しき人を　見てしより
夢てふものは
たのみそめてき

夢路には
足も休めず　通へども
うつつに一目
見しごとはあらず

これらは一般に、素直で純情な女性の心理を、単にそのまま吐露したものだと考えられているけれど——」

「違うんですか？」

「いいかい。ここで小町は、相手の男性——おそらくは仁明天皇が——いつも私の夢の中に出てこられる、と言っているのだ」

「ええ、解ります。でも、それが——？」

「もちろんこの歌は、小町もそれほど天皇を愛していたという一つの証明にはなるけれど、もっと重要な点は、この頃では相手のことを『思っている』者が『思われている』者の夢の中に現われる、という決まり事があったということだ」

「思っている人が——思われている人の——？」

——ということは！

「つまり小町は、天皇やその周りの人々に向かって、こう語りかけているわけだ——。

『私は言うまでもなく貴方様《あなた》をお慕い申しております。しかしその気持ちと同じほど、貴方様は私を想っておいでなのですね。その証拠に、毎晩のように私の夢の中に出ておいでですもの』とね」

「――!」

そして、貴方様、というのが、仁明天皇のことだとすれば!

「これは、本当の意味を知らない人々にとっては、ただ高慢な女性の歌だけれど、仁明天皇皇后・順子や、良房にとっては、実に脅威だっただろうね――。そして小町は、ついにこんな歌まで詠んだ。

天つ風
雲吹き払へ　久方の
月のかくるる
道まどはなん

――天を渡る風よ、月の輝きを遮る雲を吹き払っておくれ――というような歌だけれど、ここで言う『雲』とは、凶雲――つまり、藤原氏のことだ。天の神よ、凶雲を吹き払うように藤原氏を追い払ってしまえ。という意味だ――。この歌にはさすがの藤原氏も、青ざめただろう」

「何故ですか？　歌に詠まれたくらいで……」

「小町には、もう一つ有名な伝説があるからね。それが——龍神伝説だ」

「龍神伝説？」

「ああ。以前に、仁明天皇の雨請《あまご》いの宣旨《せんじ》を受けた時に小町は、

千《ち》早振《はやぶ》る
神も見まさば　立ち騒ぎ
天の戸川の
樋口《ひぐち》あけ給へ

という和歌を以て答えて、見事に雨を降らせたという確固たる実績がある。立派な『言霊《ことだま》使い』だ。そこから『雨乞小町《あまごいこまち》』とか『龍神の生まれ変わり』などと呼ばれるようになっていった」

——雨乞小町……。

「そしてこの頃の雨請いというのは、大変に重要な意味を持っていた。天皇の為すべき第一の仕事というのは、民と国の安泰だ。これはとりも直さず、怨霊たちが引き起こす天変地異

や疫病から、人々を護ることだ。そのためにも、より多くの穀物を実らせなくてはならない。だから雨請いなどは、宗旨の違いの枠を越えてまで行なわれたんだ。その重要な仕事に小町は、天皇自らに指名され、そして大成功を収めた。つまり——小町の歌の威力は『鬼神をも動かし』たんだ」

——そうか！

小町の歌は、現実に起きる！

「だから藤原氏にしてみれば——その小町が、自分たちが朝廷から追い出されるように言挙げしたのならば、いずれ必ず本当にそんな不吉な事態が訪れるやも知れない、と考えただろう」

——それが、

天つ風

雲吹き払へ……。

「小町は、当時、仁明天皇だけでなく、文徳天皇にも愛されていた。それゆえに惟喬親王のお側《そば》にも仕えていた。そして、龍神をも従えた言霊使いの彼女が、ついに自分たちの追放を、言挙げしたんだ。これは良房たちにとって、物凄い脅威だ。とてもそんな女性を、宮中になど置いておけるものか」

「それで……追放されたんですね」

「そうだ」

崇の言葉に奈々は頷き——嘆息をついた。

今まで、小町のことは、ただ単に、美人で歌の上手い女性だとばかり思っていた。言い寄る男たちを皆、袖《そで》にしたというのも、ただ単にその美貌からくる高慢さ故《ゆえ》だと思っていた……。

しかし、崇の話によれば、彼女は史上稀に見るほど情熱的な女性ではないか！　自分の恋の妨げになったからとはいえ、あの藤原氏を目の敵《かたき》にして「戦った」のだ。言い方を変えれば、本当に「純真な」女性なんだろう。

こんな女性が、他にいるだろうか——？

そんな思いの奈々を横目に、崇は言う。

「そしてその時に、『県見《あがた》にはえ出で立たじや』——それならば一緒に田舎に行かないか、と小町に誘いかけた人物がいる」

「誰ですか？」

「文屋康秀《ふんやのやすひで》だ。——康秀も、やはりその時期に左遷されて、従七位上・三河《みかわ》掾《のじょう》という役職に落とされた。その原因も不明なままだ……。康秀だけではなく、その一族も、良房には散々悲惨な目に遭《あ》わされている。後からまた説明するけれど『承和《じょうわ》の変』と呼ばれている事件の際には、参議だった文屋秋津《あきつ》が謀反人として捕らえられ、出雲員外《いずものいんがいの》守《かみ》として流されている。そして翌年の師走には、従五位上・元筑前守・文屋宮田麻呂《みやたまろ》が、謀反の企てあり、という疑いをかけられて財産を全て没収された上に伊豆へ流された。そのまま、宮田麻呂は伊豆の地で死んだんだけれど、その死因はついに不明のままだった」

「…………」

「しかしこれは明らかに、良房が宮田麻呂の財産を手に入れるための謀略だった。何故ならば、彼が無実だったという証拠が、今日までここ、京都に残されているからだ」

「今日まで？」

「ああ」

「どこに、ですか？」

「上御霊《かみごりよう》神社と下御霊《しもごりよう》神社だ。宮田麻呂は、これら両方の神社に祀られている。この二つの神社には『八所御霊《はっしょごりょう》』と呼ばれる、恨み深くして亡くなった人々——菅原道真や、早良《さわら》親王や、橘逸勢《たちばなのはやなり》ら——を祀っているんだけれど、宮田麻呂もきちんとその中に数えられている。つまりこれこそが、彼の死が冤罪《えんざい》だったという立派な証拠に他ならない」

「……そんなに沢山の人々が流されたり、殺されたりしたんですね……」

奈々は嘆息をつく。

いつの世にもある——と言ってしまえば、それきりだが——醜い権力争いの結果だ。

人は何故、これほどまでに権力に固執するのか。

それが、人間本来の姿なのか。

しかし、それにしてもこの場合は――。

「でも、面と向かって抗議の声を上げたのは、小町だけだったんですか？」

尋ねる奈々に、崇は首を振った。

「いいや。一人きりで大胆に反抗した人物もいた」

「誰ですか、そんな勇気のある人は？」

「在原業平だ」

「業平？　……あの、希代のプレイボーイだったという――」

「一般にはそう思われているけれどもね」崇は笑う。「しかし『三代実録』に『体貌閑麗、放縦《ほうしょう》にして拘らず、略《ほぼ》才学無し、善く倭歌《わか》を作る』と評された業平の行動の本質を探るためには、少し時代を遡《さかのぼ》って、彼の父親の話から始めなくてはならないだろう……」

二人の車は、急な山道を登り始めた。

＊

十回ほどコールが鳴って、ようやく小松崎が携帯電話に出た。

「はい。小松崎」

「もしもし、斎藤――貴子です！」

「よう。元気になったか？」

貴子は昨夜のお礼を手短に述べ、そして息も切らずに言う。

「奈々さんとタタルさんは？」

「ああ、木村の家に向かった」

「！」

やはり――！

「実は――聞いて下さい！……」

貴子は昨夜の出来事を、手短に小松崎に話す。

無言のままその話を聞き終えると、小松崎は大きく唸った。

「ってことは！」

「そうなんです！」

「やべえじゃねえか！」

「だから——だから、こちらに私を迎えに来て下さい。急がないと！　今、小松崎さんは、どちらにいらっしゃるんですか？」

「京都府警だ。やっと、叔父貴の知り合いの一課の警部補を見つけた。その人の手が空くのを待ってるところだ。もう一度、せっついてみる。しかし事情聴取を受けなくちゃならねえだろうが、貴子ちゃんは体の調子は、もう大丈夫なのか？」

「——何とか。——そう。だからその警部補さんが私を迎えに来て下されば、きっと退院の許可が下りるでしょう、事情聴取という名目で」

「どうかな……」

「どうにかして下さい！とにかく早く！」

「わかった。何とか貴子ちゃんを退院させられねえか相談してみる。そうだな……。十分したら、こっちから電話を入れる。それまでに、貴子ちゃんも準備をしておいてくれ」

「わかりました——。あと、その間に奈々さんとタタルさんに、こちらから連絡を取る方法は何かありませんか？」

「……無い。だから俺はタタルの奴に、お前も携帯電話を持て、と言ったんだ。それなのにあいつは聞きやしねえ……。大体からして、いつもあの我儘男《わがままおとこ》は——」

「急いで下さい！」

「おう、そうだ、大事な話がある」

「？」

「一昨日、木村が自殺したそうだ」

「！　何故⁉」

「わからん。全く、謎だ」

「……でも……。とにかく、今は、こちらのほうが先です。奈々さんと、タタルさんに──」

「わかった。……しかし、その話は本当なのかよ？　昨夜、貴子ちゃんを襲ったのは──」

「本当です！　ですから急いで──よろしくお願いします！」

貴子は小松崎の話を切り上げると、息を切らして病室に戻った。そして看護婦には無断で、勝手に着替えを始める。

まだ頭が、ふらふらする。渦巻きの上に立っているようで、体の重心がうまく取れない。

しかし、そんなことを言っている場合ではない。一分でも早くここから出て、そして、奈々さんたちに追いつかなければ！

小松崎さんは、うまくやってくれるだろうか？

貴子は祈るような気持ちで、窓の外に広がる曇天の空を見上げて呟いた。

＊

「在原業平の父親は、阿保親王《あぼしんのう》という」

崇は、うねる山道を見つめて言う。

見渡せば、人家も段々と疎《まば》らになっている。

「今も願成寺《がんじょうじ》という古刹に祀られて、人々から崇敬を受けている。この阿保親王は平城天皇《へいぜい》の第一皇子だったんだが、弘仁《こうにん》元年（八一〇）に起きた『薬子《くすこ》の変』という事件に巻き込まれてしまった」

「待って下さい……。ということは、業平の祖父が平城天皇、ですか？」

「そうだ。しかも平城天皇の父はあの桓武天皇だ。業平は、桓武の血を引く高貴な家系に生まれているんだ。つまり、僧正遍昭とも親戚になる。そんなことからも、二人は親しかっただろうと思う」

——業平は、桓武天皇の血を引いている……。

ただのプレイボーイではないのか？

「ともかくその年、平城上皇は既に自分の弟・嵯峨天皇に位を譲っていたにも拘らず、突然都を平安京から奈良へ移すように命じた。これは平城上皇の後ろで糸を引く、藤原仲成《なかなり》・薬子兄妹の陰謀だと感じた嵯峨天皇は、すぐさま臨戦態勢を敷いて平城上皇と対峙《たいじ》した。平城上皇も軍を率いて内裏に向かったのだが、坂上田村麻呂《さかのうえのたむらまろ》らを始めとする嵯峨天皇の軍勢に、あっさりと敗れ去ってしまう。その結果、薬子は毒を仰いで自殺し、兄の仲成は捕らえられて射殺《いころ》された——。ちなみに、この薬子が、日本史上初めての、女性服毒自殺者といわれている」

——毒を仰いで……自殺。

「こうして変は終息したけれど、その結果、平城上皇は剃髪《ていはつ》、そしてその皇子である高岳《たかおか》親王と阿保親王には、非常に厳しい処分が下された。高岳親王は皇太子を廃され仏門に入ったが、後にインドに入る際に羅越《らえつ》という国で、虎に襲われて亡くなったという。悲惨な運命をたどっているんだ」

「……」

「そして一方、阿保親王は、大宰府《だざいふ》に流された。これらが、業平が誕生する十五年前の出来事だ——」

「……。業平の父の時代から、もうすでに、さまざまな確執があったんですね……」

「そうだ。但し、この変に関しては、あくまでも天皇家内部の争いだったけれどね……。そして時が下って承和九年（八四二）、業平十八歳の夏、今度は『承和の変』と呼ばれる事件が勃発する——。『薬子の変』で式家藤原氏を駆逐《くちく》した良房たちの北家藤原氏は、この頃、既に権力を掌握しつつあった。その年の七月、仁明天皇の父・嵯峨上皇が亡くなって、わずか二日後のことだ。太皇太后・橘《たちばなの》嘉智《かち》子《こ》の許に、一通の密告書が届けられた。それには、皇太子である恒貞《つねさだ》親王が『東国に下り、新たなる国造りを始めようとしている』と書かれてあった。つまり――」

「謀反を起こそうとしている？」

「その通りだ……。そしてそれと同時に、帯刀舎人《たちはきのとねり》・伴健岑《とものこわみね》という人物が、物《もの》の怪《け》に取り憑《つ》かれたように『恒貞親王、御謀反』と叫び回った。すると、まるでその錯乱を待ち受けていたかのように良房は、左近衛少将《さこのえのしょうしょう》・藤原良相《ふじわらのよしみ》に命じ、近衛兵七十余名を用いて、恒貞親王の御座所を包囲させたんだ。同時に宮城に戒厳令を敷き、恒貞親王の春宮坊《とうぐうぼう》に勤仕していた但馬権守《たじまのごんのかみ》・橘逸勢と、先の伴健岑を捕らえて厳しい拷問にかけた」

「橘逸勢――って……」

「そう、八所御霊の一人だ」崇は頷いた。「何度も言うが、ここで怨霊として祀られているということ自体が、冤罪、つまり無実だったという証明になる。そしてその真実は、朝廷が公に認めざるを得なくなってしまったほどに、一般の人々に認識されている、というわけだ」

「………」

「その結果、恒貞親王は皇太子を廃され、春宮坊の宮人六十余人もが流罪《るざい》となった。そして文徳天皇——当時はまだ道康《みちやす》親王だったけれど——が皇太子となり、良房は皇太子の舅《しゅうと》とという立場と、大納言の地位の二つを一挙に手中に収めた、というわけなんだ……」

——またしても、藤原良房。

「しかし考えてみるまでもなく、何も起こらなければ、仁明天皇の後、すんなりと次期天皇の座を手に入れることのできる恒貞親王が、あえて『謀反』もないだろう」

——確かに、そうだ。

これでは、自分で自分の首を絞めているようなものだ。おそらく、ありえない。何もしなければ次は自分の番なのに、わざわざ騒ぎ立てて、その順番を乱すなんて。むしろ、逆だろう。そんな時は誰でも、息をひそめておとなしくしているものだ。特にそんな時代だ。常に恭順の意を表していなければ、自分の未来は、ない。そんなことは恒貞親王にとっては、百も承知のことだったろう。

「その上、橘逸勢は伊豆に流される途中で、無実を訴え続けながら死んでしまったというのに、親王謀反を叫んだ伴健岑は、この事件の数年後に密かに都へと帰って来ている」

「ということは……伴健岑と良房は——」

「裏で繋がっていたんだろうな」

祟は、あっさりと言う。

「一番利益を得た者を疑え、という鉄則を持ち出すまでもなく、この事件は誰が見ても、良房が伴健岑を使った謀略以外の何ものでもないだろう——。そして今、問題は、発端の『密告書』だ」

「事件の口火を切った書ですね」

「そうだ。その密告書を、一体誰が橘嘉智子に差し出したのかというと——」

「………」

「阿保親王なんだ」

——業平の父親！

でも、それでは、

「それじゃまるで、阿保親王が良房に加担したみたいじゃないですか！」

「具体的には想像するしかないけれど、おそらく何らかの裏取引があったんだろう——。阿保親王は薬子の変以来、心の傷がずっと尾を引いていたと思われる。何しろ桓武天皇の血を引きながらも、弟は出家させられ、自分は流罪という憂き目に遭ったんだからね。そんな過去を持っている阿保親王が、自らの家の再興のために太皇太后に取り入ろうとして、まんまと良房の罠《わな》にはまってしまった、というのが真相だろうな……」

それは、悲しすぎないか。

明らかに敵と解っている相手にすがり寄って、やはり見事に裏切られて……。

しかも、それは全て「家」のためだ。

そういえば、あの狷介《けんかい》孤高の天才、藤原定家も御子左《みこひだり》家再興のために、狂女・藤原兼子《けんし》に対して、自らの膝を屈したと聞いた。そこまでして、

一体、何のための「家」なのだ……？

「そんな阿保親王は、変の直後から一度も出仕することもなく、その年の十月二十二日に自分の邸で亡くなった。これについて梅原猛さんは、自責の念にかられての断食による自殺ではないか、と言っている——。こういう背景があってこそ、業平の奇矯《ききょう》ともいうべき行動の本質が見えてくるんだ」

崇は、細くなった山道を右に左に大きくハンドルを切りながら説明を続ける。

急勾配の山肌が左手に迫り、行く手には緑の山々以外何も見えない。

奈々は、少し窓を開ける。

湿気を含んだ風が、冷たく頬を撫でた。

小松崎と一緒にやって来た警部補の口利きで、貴子は何とか急遽《きゅうきょ》退院する手筈《てはず》になった。どういう方法が取られたのかは全く解らなかったけれど、とにかく何らかの特別措置が取られたのだろう。

医師は、「もう心配はないでしょうが、くれぐれもできるだけ安静に」と貴子と警部補に向かって何度も念を押した。

既に洋服に着替えていた貴子は、すぐさま靴を履いて病院を後にした。そして、用意されている府警の車に乗り込む。

「村田《むらた》雄吉《ゆうきち》といいます」と、警部補は挨拶した。

頭をサッパリとスポーツ刈りにした、中年の男だった。テレビでよく見かける落語家に似ていた。いかにも軽そうな男だ……。

「以前に一度だけ、彼の叔父の、警視庁第一課・岩築警部と共同捜査にあたったことがありまして」村田は言った。「詳しい話はできませんが、あの事件にもてこずりました。しかしそれ以上に、岩築さんの頑固さと酒の強さもかなりのものでしたよ。わっは、わっは」

村田は、貴子をじろじろと眺《なが》めて笑った。

運転席には、若い巡査長が座っている。年は貴子といくらも変わらないだろうか。

その運転席の後ろに小松崎が、小松崎の隣に貴子が座った。

「では出発しましょう」と村田は言い、若い男を促した。「貴船《きぶね》ですね」

「はい」貴子は答える。「奈々さんたちより先に、間に合いますか?」

「今日は、道がかなり混んでいるから、まだその人たちは着いてはいないでしょう。我々は裏道を飛ばしますから、なあにすぐに追い付くから安心して。裏通りは彼のお手の物だ、なあ、巡査長」

村田は、わっは、わっはと笑い、四人を乗せた車は出発した。

貴子は爪を噛む。

サイレンを鳴らしてもらえないのだろうか?

確かに、事件が確定しているわけではないし、小松崎のコネだけで動いているようなものだから、それは無理というものだろう。

贅沢《ぜいたく》は言えない。

それにしても——。

「お嬢さんは東京の方?」

尋ねる村田に貴子は、横浜です、とそっけなく答えた。

「ああ、そうですか……。どうりで、おしゃれだと思った。横浜はいい所ですねぇ。一度、行ったです。いえいえ、仕事でなく、家族で遊びにね。何といったかなぁ、あの……山下公園の前にあるホテルに泊まりました。綺麗なホテルだった。夜景が素晴らしくてね。それと、中華街ね。行きましたよ。腹がパンパンに膨れるほど食べました。そう、フカヒレスープが、ね。フカヒレがこんな、丸ごと入っていてね。何という店だったかなぁ……」

——よく喋る男だ。

貴子は窓の外を眺めて、嘆息した。

こんな軽そうな警部補で、大丈夫なのだろうか。

隣の小松崎を見れば、彼も憮然とした顔のままでシートに身を沈めていた。

貴子は不安になる。

「さて、と。貴船までの間で、昨夜の事件について聞かせてもらいましょうかな……。ええと、まず……皆さんでバーで飲んでいた、と。そしてあなた、貴子さんだけが、部屋に戻られた。何故？　まず、その理由から聞かせてもらいましょ。はい、どうぞ」

貴子は仕方なく、身を乗り出した。

車は細い路地を右に左に折れながら、京都の街を北へ北へと向かっている。

「時が下って天安《てんあん》二年（八五八）八月、良房が無理を押して立てた文徳天皇が、原因不明の急な病に倒れてしまった」

＊

車は叡山《えいざん》電鉄を左手に見ながら、山道を登る。

もうすぐ貴船口《きぶねぐち》である。

そこから線路は右に逸《そ》れて、鞍馬《くらま》へと向かうのだ。道も右と左にＹの字に分かれ、右は鞍馬、そして左手の山道を登れば貴船神社まですぐのはずだ。

とは言っても登りの山道だから、もし徒歩で行けば、たっぷり三十分はかかるだろう。

「この死因も実に怪しいんだが、今は取りあえず病死、としておこう——。そして天皇は病を得た日から、わずか四日後に冷然院《れいぜいいん》に於いて、三十二歳という若さで亡くなってしまう。ここで再び朝廷は揺れた。次期天皇の問題だ」

「え？　だって、皇太子の惟仁親王が、次の天皇になられるというのが、当然の——」

「そう簡単に、ことは運ばない」崇は、苦笑した。「何故ならば、良房の立てた皇太子——後の清和天皇——惟仁親王は、当時まだ九歳だった。一方、惟喬親王は、既に十五歳になっている。皇太子が次期天皇になるのが順当とは言え、大化の改新以来十九代の天皇を眺めて見ても、九歳という幼帝は類を見ない。これは、尋常ならざる事態だ。確かに若くして天皇になられたといえば、文武《もんむ》天皇は十五歳だったけれど、しかしその時は上皇の持統《じとう》天皇が後見役をしていたし、その時代もまた特別で、天智《てんじ》天皇と天武《てんむ》天皇との血族の争いがあった結果としてのことだ。この平安時代とは、余りにも状況が違いすぎる。何故ならこの時は、臣である良房が『自らの野望のために』九歳の親王を即位させようとしていたんだからね」

「…………」

「それに、この頃の良房の政治力も疑わしかった。班田収授《はんでんしゅうじゅ》の法は放ったらかしだったし、戸籍計帳も嘘で塗り固めたりしていたからね。しかし最大のネックは何と言っても飢饉《ききん》だった。化野《あだしの》や鳥辺野《とりべの》は、無数の死体で埋まり、足の踏み場もなかったという。それだけならまだしも、羅城門《らじょうもん》にまで死体が投棄《とうき》されていた」

「羅城門に！」

「ああ。芥川龍之介の小説にもあっただろう。まさに、あの通りだったらしい。元来、羅城門というのは、幅二十八丈の朱雀大路《すざくおおじ》南端に造られた、二重閣七間の壮大な門だった。その両脇を東寺・西寺で固めて、日々、長岡京や平城京から襲いかかって来る怨霊たちから、京の都を護るという重要な役目を担っていたんだ。その門の楼上までもが死体で埋まり、日が暮れれば、屍肉《しにく》をついばむ烏《からす》で、門は真っ黒になったという」

――屍肉をついばむ、カラス！

奈々は、身震いする。

どこが『平安』京、『平安』時代なのだ！

「一方良房はと言えば、そんな惨状を見て見ない振りの贅沢三昧《ぜいたくざんまい》を重ねていたらしい」

そんな、と声を上げた奈々を冷ややかに見て、崇は続けた。

「この状況に、怒り心頭に発した紀氏は、再度全力を挙げて、惟喬親王即位を朝廷に働きかける。その一方、良房への呪咀も行なった。おそらくそこでは、厭魅《えんみ》や蠱毒《こどく》の術などが使われたに違いない。しかし最終的に勝利したのは、藤原氏だった。正史には顕れないような、陰湿な手段も講じられたはずだ」

ますますもって『平安』ではない……。

その時、奈々は悟った。

平安ではないから『平安』と名付けたのだ！　そうあって欲しい、という希望を以て。

これも、一種の言霊だ。

一人で頷く奈々に、崇は話を続ける。

「次に良房は、自分の兄・長良《ながら》の三男の基経《もとつね》を養子として迎え入れた。これもかなり強引な縁組だ。長良は当初その提案の受け入れを拒んだが、兄とはいえ、長良は当時中納言だ。大納言の良房には、到底《とうてい》逆らえなかった。しかもその上、良房は長良の娘の高子《たかいこ》をも、無理矢理即位させた清和天皇の、皇后の座に就けようと画策した。ここで業平が、登場する」

崇は一息ついて、窓を少し下ろした。

冷たい緑の風が、車の中を駆け抜ける。

「業平は、この高子と駆け落ちを試みたんだ」

「皇后と！」

「いや。高子の入内《じゆだい》は天安三年（八五九）正月のことだから、当然それより少し前だ。内裏に入ってしまえば、いかに業平といえども中々お目通りもできないだろうからね……。この駆け落ちの話は有名で、物語などの格好の材料となった。伊勢物語では摂津《せつつ》まで逃げたということになっているけれど、結局は基経の手下たちによって二人共、無理矢理に都に連れ戻されたらしい――。翌年、業平は一人、以前高子の住んでいた五条の邸に出かけて歌を詠んでいる。その歌が、後の世に定家が絶賛し続けたという、

月やあらぬ
春や昔の　春ならぬ
我が身ひとつは
もとの身にして

という歌だ。この歌の詞書《ことばがき》にも、業平は高子の元へ『本意にはあらで』通った、つまり憚《はば》

かりのある事情のもとで求愛した、と書かれている。業平は、高子を清和の皇后にする、という良房の野望を打ち砕こうとしたんだね。しかし、それも叶《かな》わなかった。天安三年正月、高子は入内して皇后となり、その九年後に貞明《さだあきら》親王を生む。後の陽成《ようぜい》天皇だ」

——我が身ひとつは

もとの身にして……。

今までの話を聞かされると、この有名な歌もまた違った趣《おもむき》が感じられる。

しかし業平は、本当に「本意にはあらで」高子と駆け落ちまでしたのだろうか？「我が身」はともかくとして、その心にも当初のまま、単に謀略だけが満たされていたのだろうか？

奈々には知る由もないし、またそれは誰にも解らないことなのだろう。

崇は言う。

「一方、業平は捕らえられて、さっき出てきた良房の養子の基経に髻《もとどり》を切られたという話もある。それで髪が伸びるまでの間、東国に落ちのびたんだともいわれている。東下《あずまくだ》りと言われている話がそれだ。実際に隅田《すみだ》川には、業平の東下りに因《ちな》んで『言問《こととい》橋』が架かっているし、その近辺には『業平《なりひら》』という地名も残っているのは知っているだろう。この東下りは、禊《みそぎ》の旅でもあると同時に、自主的な流罪という意味もあっただろうね。さすがの業平も、ここに至って身の危険を感じたんだろう。現にその数年前、兄の行平《ゆきひら》も無実の罪で須磨《すま》へと流されているからな……。業平は、実に波乱に満ちた人生を送っている。巷間《こうかん》言われているような、只《ただ》のプレイボーイではない」

──全然知らなかった……。

「業平も、小町も、優雅に歌を詠みながら暮らしていただけだと思っていました……」

紅梅・白梅が薫る庭で、

蹴鞠《けまり》に、歌に、管弦に──。

奈々は嘆息をつく。

それを見て崇は笑った。

「何時《いつ》の世も人の暮らしはかくありなん──だ」

＊

「馬鹿野郎！　事前に、交通情報くらい調べてから来い！」

村田は部下に怒鳴った。

細い路地に曲がったとたんに、車の流れは全くストップしてしまった。

酷い交通渋滞だと思ったら、その先の道を塞ぐようにトラックが横転していたのだった。

これでは前にも後ろにも進めない。

貴子たちの車は完全に停止したまま、先ほどから十センチも動いていない。そして、前後には長い渋滞の列が繋がっている。

こんなことでは、とてもではないが、崇たちに追いつくのは不可能だろう。

——どうする……？

貴子は焦った。

小松崎も窓の外を眺めながら、苛々《いらいら》と何回も腕を組み直している。

「警部さん！」貴子は叫んだ。

「あ……ああ、何ですかお嬢さん」

村田は振り向いた。警部補を警部と間違えて呼ばれたのが嬉しいのか、ニヤニヤとしている。

「ここはどの辺りですか？」

「そうだな……同志社大のあたりかな――」

「ここで降ろして下さい！　昨夜の事件は、今までお話ししたことで全部です。もう、つけ加える点は何もありません。ですから、ここで！」

「何だって？　降りてどうするんだ？」

「この近くに電車か地下鉄の駅はありませんか？　貴船まで通じている――」

「え？　――ああ、出町柳《でまちやなぎ》があるな。叡山本線の始発駅だ。賀茂大橋を渡って、川のすぐ向こうだ」

「遠い？」

「いや――そうだな、ここから五百メートルくらいじゃないかな」

それを聞いて、貴子は小松崎を見た。

「小松崎さん、それに乗りましょう！」

「ええっ？」

小松崎と村田は同時に声を上げた。

「だってよ、貴子ちゃん。体は大丈夫なのかよ。今日半日はおとなしく、って医者が――」

「小松崎さんが、一緒に来てくれるんでしょう？」

貴子は、小松崎に向かって、絵に描いたように爽《さわ》やかな笑顔を投げかけ、そして村田に尋ねた。

「出町柳から電車に乗るのと、このまま渋滞を抜け出すのを待つのとでは、どちらの方が早いと思いますか？」

「うーん、難しいところだが……」村田は唸《うな》った。「貴船口までは却って叡電に乗った方が早いかも知れないな……。よし、じゃあ二人でそうしてくれますか。私もできるだけ、この馬鹿者に頑張らせてそちらに向かう。ただし、貴船口からは徒歩か、あるいは、バスになってしまうから、駅前に貴船署の誰かの車を待たせておこう。この車の中から無線で連絡をしておく。貴船に着いたらば、そいつの車に乗って下さい」

じゃあ、よろしくお願いします、と言って二人は車を降りた。そして小雨のそぼ降る街角を、出町柳の駅を目指して走る。

小松崎は、貴子を庇《かば》うようにしてペースを抑えて隣を走った。

しかし、走りだしてすぐに貴子は息が切れた。

まだ、体が元通りになっていないようだ。

しかし胸が激しく波打っているのは、貧血が続いているせいなのか、それとも、高まる不安のせいなのか——貴子には判断がつかなかった。

＊

「さて、とにかく天安二年（八五八）十一月に、九歳という若さで清和天皇は即位する」

もう貴船神社の近くなのだろう。

右手を流れる貴船川に沿って山道が続き、その道に沿って旅館や茶屋が、ちらほらと建ち並び始めた。

崇は言う。

「しかしこの清和の時代も、京の都には天変地異が相次いで起こった。疫病が大流行した上に飢饉も酷く、都大路《みやこおおじ》には瞬く間に死人の山が築かれた。都でさえこんな様子なのだから、地方の農民の悲惨さは推して知るべしだ。更にその農民からも搾取《さくしゅ》する悪辣《あくらつ》な国司も、全国各地に溢《あふ》れた。そこにもって来て咳《がい》――インフルエンザ――が京の町を襲い、またもや死体の山が築かれる。そこで人々は、これは完全に怨霊の祟りだと考え、各地で怨霊慰撫の行事が開かれることになった」

「怨霊慰撫の行事――」

もう、奈々は笑わない。

これが、当時最新の医学であり、そして科学だったのだ。

「特に京の都では、毎日どこかしらで、必ず御霊会《ごりょうえ》が開かれているという不名誉な事態に陥ってしまったんだ。そこで仕方なく良房は、基経に公《おおやけ》の御霊会を催すように命じた。それを受けて基経は、大々的に御霊会を開く。貞観五年（八六三）、神泉苑《しんせんえん》でのことだ。ここに先程の橘逸勢や文屋宮田麻呂ら、六人の霊が祀られることになった。良房もついに自分たちの罪を、少しだけだが、公にせざるを得なくなったんだね……。しかしその甲斐もなく、疫病の流行は止まない。その上、翌年には富士山が大噴火して、その粉塵は京の都にまで届いたという。清和天皇は、これは惟喬親王の生霊《いきりょう》の仕業だと終始怯《おび》えていたという」

——今度は、生霊！

「そんな中、貞観八年（八六六）閏三月、応天門の火災が起こる。いわゆる『応天門の変』だ——。東風の強い弥生《やよい》の夜、突如として応天門が燃え上がり、その炎は瞬く間に東側の棲《せい》鳳楼《ほうろう》・西側の翔鸞楼《しょうらんろう》に燃え移り、全てが焼け落ちて灰燼《かいじん》に帰した。そしてその炎上から六ヵ月後に、良房と基経は、その放火犯として大納言・伴善男《とものよしお》、その息子の右衛門佐《うえもんのすけ》・伴中庸《なかつね》、紀豊城《きのとよき》、伴秋実、伴清縄《きよただ》ら五人を捕らえて、それぞれ伊豆・隠岐・安房・壱岐・佐渡へと流罪にした。その他にも大伴氏・紀氏合わせて、八人もの人間が流された。その中でも豊城の異母兄弟の夏井《なつい》などは、讃岐・肥後の国守を歴任して功績を上げて農民からも慕われたという、この時代には稀《まれ》に見る良吏だったにも拘らず、だ」

「…………」

「つまり良房と基経は、この変を利用して古来の名門、大伴氏・紀氏の両氏族を、完全に宮廷から駆逐してしまったんだ」

「でも……。その応天門事件の犯人は、本当に伴善男だったんですか？」

「歴史上では、大納言の善男が、自分の出世のために左大臣の源信《みなもとのまこと》を陥れようとして自ら火を放った、とされているけれど」崇は、皮肉な笑いを浮かべた。「しかし、応天門というのは元来、大伴氏の氏《うじ》の門だからね。善男が火をつけたとは、とても考えられない」

「氏の門？」

「ああ、そうだ。氏の門というのは、その一族が天皇家と共に末長く栄えんと願って造営し、天皇家に献上した門を指して言うんだ。善男が、ただ自分の立身栄達だけのために焼くというのは、その代償の大きさから考えてみて、とてもあり得ない。『応天門』という名前自体が『大伴（おほとも）』から来ているのを見ても、そう思うだろう」

――おうてんもん……おほとも！

「ちなみに『陽明（やうめい）門』は『山氏《やま》』が、『美福（びふく）門』は『壬生氏《みぶ》』が、そして『待賢（たいけん）門』は『建部氏《たけべ》』が造営し、献上した氏の門だ。それに火を放つということは、自分の実家に火を放つことに等しいわけだからね。古代の神の一つ、祖霊を焼き殺してしまうようなものだ」

「……………」

「それに、火付け犯が善男だと密告した備中《びっちゅう》 権《ごんの》 史生《ししょう》・大宅鷹取《おおやけのたかとり》は、自分の娘が善男の従僕の生江恒山《いくえのつねやま》という男に殺されたことを恨んでいた——。陰謀の臭いが、ぷんぷんするだろう……。また『日本三代実録』によれば、『庶人伴善男の没官墾田陸田、山林庄屋稲、塩浜塩釜等、諸国にあり。皆京城の道橋を造る料に宛つ』と書いてある。つまり、善男の全ての財産を良房・基経たちが没収した」

「それじゃ——」

「多分ね——」崇は眉をピクリと動かした。「だから大伴黒主に戻って言えば、確かにその存在自体を疑っている史書が多いんだけれど、黒主が、こういった大伴氏全ての恨みの結晶として『六歌仙』の中に名を連ねていると考えれば、何もおかしいことじゃないだろう」

——ちっとも平安な時代ではなかったのだ……。

奈々は改めて思う。

血みどろの権謀術数《けんぼうじゅつすう》が渦を巻いて、

路には死体がうずたかく積まれて、

欲望と怨念と呪咀とが絡み合って、そして、

——怨霊が跋扈《ばっこ》する。

＊

叡山本線は、運の良いことに空《す》いていた。

普段の連休ならば、きっと満員に近いのだろうが、悪天候が幸いしたようだ。

小松崎はまず、貴子を座らせた。

ずっと走り通して、心なしか顔色も、少し青ざめている。まだ余り具合が良くはないのだろう。その証拠に貴子は、ずっと大きく肩で息をし続けている。

小松崎もその隣に腰を下ろして、ハンカチで汗を拭《ぬぐ》い、周りを見回した。

二両しか連結されていないこの電車に、乗客も十人程度しかいなかった。殆どが地元の人だろう。その中の数人は、山登りの服装をして談笑していた。貴船山か、鞍馬山に登ろうというのか。

——この悪天候の中を、ご苦労なこった……。

小松崎は、隣で俯《うつむ》いたまま、ぐったりとシートに身を沈めている貴子を見る。

さすがの小松崎も、彼女には脱帽した。

あの距離を、駅まで一気に駆け抜けたのだ。

空手部主将だった自分はわかる。二、三キロの距離ならば、屁でもない。だが、貴子はこんな華奢《きゃしゃ》な体で、しかも貧血状態のままで——。

貴子との体重差は五十キロ近くあるだろうと踏んで、いざとなったら小松崎は彼女を背負って走るつもりでいた。伊達《だて》に鍛えた巨軀《きょく》ではない。

ところがそんな心配は、全く無用だった。

——大した女の子だぜ、全く……。

とにかくあとは、時間の問題だ。

もう、三十分足らずで貴船口に着くだろう。そこで待機しているはずの貴船署の車に乗り込めばいいだけだ。

小松崎は、ふう、と大きく溜め息をついた。

隣では貴子が目を閉じて、じっと俯いたままハンカチを握り締めている。

小松崎は、ふと思う。

——タタルの野郎は、一体どこまで解ってるっていうんだ……。

ぐっと腕を組んで、目を瞑《つむ》った。

そして、一人、事件を振り返る——。

佐木の事件……。

崇は、あれは単なる事故ではない、と言った。

ということは——殺人、だ。

しかし、実験室には鍵が掛かっていた。

そして、第一発見者の星田は殺され、

——木村は、嘘を吐《つ》いた。

その木村も、一昨日、自殺したという。

すると、一番ありそうなケースとして……。

——佐木は木村に殺された。そして木村は、何らかの方法で実験室に鍵を掛ける。

そこに星田登場。

星田は、自分でも気づかないうちに、木村にとって致命傷ともなるようなカギを握ってしまう。

そこで木村は、あせって星田を殺害した。

しかし——例えば——良心の呵責《かしやく》に耐え切れずに、自殺した……。

筋は通っている。おそらくそんなところだろう。

——しかし……。

七福神が、どこで絡んでくるんだ？

星田の残した「七」という文字は——？

動機も解らない。

何故、木村が佐木を殺さねばならなかったんだ？

——こいつは、もしかしたら……。

奈々や貴子は笑ったが、

——本当に七福神に、何か秘密があるのかも知れねえな。いや、そうに違いない。とすると、貴子の兄の健昇もそれに絡んで……。

しかし、その秘密とは一体、何だ？

——七福神なんて、昔っからどこにでもいるじゃねえか。俺の実家の近くにだって、隅田川七福神があるし、浅草にだってある。その七福神に、今さら何の秘密が隠されてるっていうんだ？

小松崎は腕を組み直すと、大きく唸った。

崇たちの車は快調に山道を飛ばし、鞍馬山魔王殿への入り口を過ぎた。

やがて姿を現わした貴船神社の大きな赤い鳥居を左手に眺めながら、奥《おく》の宮《みや》へと続く一本道を登って行く。

＊

鳥居をくぐって石段を上れば、その奥が貴船神社なのだろう。

貴船川も段々とその川幅を狭め、流れも所々急になって来た。

盛夏になれば開かれるだろう川床もまだ準備中で、雨で増水した川の水だけが音を立てて流れていた。

道の左手には杉木立の下に、貴船神社奥の宮まで続く遊歩道が一本通じている。

細《こま》かい雨が時折り、さあっと降り注ぐ。

杉の木立も湿気を吸ってしっとりと濡れ、葉先の雫《しずく》が玉のようにきらきらと輝いている。

「一方惟喬《これたか》親王は、と言えば」崇は相変わらず前を見つめたままで言う。「応天門の変の六年後、貞観十四年（八七二）七月に二十九歳の若さで、名を『素覚《そがく》』と改めて出家した。名目は『病のため』となっているけれど、果たして真相は藪《やぶ》の中だ。そして親王は比叡の麓《ふもと》、小野の里に隠棲した」

「そう、小野の里、だ」崇はニヤリと笑う。「そして寛平《かんぴょう》九年（八九七）二月二十日に五十四歳の生涯を閉じた。かたや藤原氏はといえば、基経、時平《ときひら》、忠平《ただひら》、そして『望月も欠けぬ』道長《みちなが》の時代へと、益々権勢を恣《ほしいまま》にして行く」

――なるほど……。

奈々は嘆息した。

――業平も小町も遍昭も、そして康秀も黒主も、皆全員……あら？　そう言えば……。

「あの、タタルさん」

「何？」

「喜撰《きせん》法師はどうしたんですか？」奈々は指を折って尋ねる。「出て来なかったようですけれど」

「何を言ってるんだ。最初から最後まで、ずっと出ていただろう」

「え？」

「喜撰は『基泉』または『窺詮』とも書く」崇は右手の人差し指を動かして、空中に文字を書いた。「そして別名を『紀仙』と書いて、紀一族なんだ」

「――！」

「彼は真言《しんごん》宗の僧だとも、陰陽道《おんみょうどう》を得意とする隠遁者だとも言われている。ところが民間伝承の中の一つに、喜撰＝紀仙は、紀名虎《きのなとら》の子だったというものもある。もしもそれが事実ならば、彼は惟喬親王の母・静子と兄妹、もしくは姉弟というわけだ」

「！」

「だが、これには正式な文献はない。しかし俺は、逆に言えば、貫之が『六歌仙』の中に彼を選んだという事実こそが『喜撰＝紀仙＝紀氏』の証明になっていると思う。何故ならば、今説明して来たように六歌仙の基準が、藤原氏に対して反旗を翻《ひるがえ》して敗れ去って行った氏族の代表者六名、ということならば、最初から最後まで徹底的に戦い、そして完全に駆逐されてしまった紀氏が入っていないはずがないからだ」

「でも、六歌仙が怨霊だ、というのはタタルさんだけの意見なのでしょう？　すると、そもそもの前提が——」

「いや。それを裏付ける、歴史的な文献がある」

「え？」

「古今和歌集だ」

「古今集？」

「そうだ。古今集は、貫之たちによって編纂された彼らのための、鎮魂の書物なんだ」

「古今集がですか⁉」

「ああ」

と、答えた崇の声の調子がおかしく感じて、奈々は隣から覗き込む。すると、崇の目付きが厳しく変わり、じっと眉根を寄せていた。

「——どうかしましたか？」

「——いや——何でもない」

「……じゃあ、一つ質問していいですか？」

「ああ……」

「古今集の編纂を命じたのは、誰ですか？」

「勅《みことのり》を下したのは、醍醐《だいご》天皇だ」

「じゃあ、醍醐天皇は、彼ら——貫之たちの味方で、藤原氏に対して恨みを持っていたんですか？」

「君らしい、良い質問だな」崇は笑った。「確かに勅を下したのは醍醐天皇だ。そして、醍醐天皇が貫之たちの味方であったかどうかは解らないけれど、ただ、その内容について全てを任され、直接編纂に携わり、貫之たちと何度も会談を重ねた人物こそ——『兼覧王《かねみのおおきみ》』なんだ」

「かねみのおおきみ？」

「ああ。惟喬親王の皇子だ」

「——！」

「兼覧王は、わざわざ清涼殿の北の襲芳舎《しゅうほうしゃ》——別名雷鳴《かんな》りの壺に、貫之と凡河内躬恒《おおしこうちのみつね》の二人を召して長時間語り合い、そしてお互い大いに意気投合した。貫之たちは特に感激して、欣《きん》喜雀躍《きじゃくやく》したという。実際に二人共、このまま帰路につくのがとても残念だという歌を残しているし、一方で兼覧王は、貫之たち二人に向けて、

惜しむらむ
人の心を　知らぬまに
秋の時雨《しぐれ》と
身ぞふりにける

——貴方がたが私をこれほどまでに愛しんでいてくれたことを、今まで知らずにいて悔やまれるほどだ——という歌を贈っている。勿論、貫之たちの心の中には、勅撰和歌集の編纂に携わることができるという素直な喜びもあっただろう。しかしここで三人が、一体どういう話題で意気投合したのかは、もう説明の必要もないだろうね」

「…………」

無言のまま頷く奈々に、崇は再び語りかける。

「だから当然の如く、古今集には藤原氏に向けた呪いの歌が、幾つも載っている。特に業平

などは、物凄い歌を詠んでいる」

「え！　まさか……だって、言霊の——」

「言霊の時代だったからこそ、だろうな……。ああ、ちょうどいい。ここが、貴船神社奥の宮だ」

崇は小さな社の隣の、狭い駐車場に車を停めた。

「ちょっと休憩を入れたいけれど、いいかな？」

「え？　ええ……」

「さっき閃《ひらめ》いたんだが、少し調べ物をしたい」

崇はサイドブレーキを引いて、ドアを開ける。

小雨混じりの冷たい風が、濡れた草の匂いと共に車の中になだれ込んで来た。

奈々はシートに大きく寄りかかる。そして一つ深呼吸して、手足を伸ばした。

一方崇は、後ろのドアを開けると、後部座席に座り込んで、ガサガサとノートや資料を掻き回している。

奈々は、フロントガラスの向こうに大きく広がる小雨に煙った緑の山を眺めながら思う。

——六歌仙たちは怨霊で、
古今和歌集はその鎮魂の書。

その中には、業平たちの呪いの歌が……。

「うっ！」

そんな思惑を破るように、座席の後ろで変な声がした。

奈々は、ハッと我に返って振り返る。

「どうしたんですか？　タタルさん」

「――――」

崇の顔が紅潮している。右の足をシートに載せ、まるで横向きの半跏《はんか》像のような格好で座ったまま、ボリボリと自分の頭を掻きむしっていた。

一体何が起きたのだ？

不安になった奈々は、再び呼びかける。

「タタルさん！」

「――あ、ああ。きみか」

きみか、ではない。

「一体どうしたんですか？」

「七から六を引いたら、いくつだ？」

「え？」

「――とすると……やはり、そうか。いや、待てよ……！」

崇の目が、キラリと輝き、ビクンと体が弾む。

これは、まさか——狐憑《きつねつ》き！

奈々は思わず身を縮め、助手席の隅で固くなる。

こんな所でどうしよう！　周りには人家はおろか人さえ歩いていないというのに。

急に心細くなった奈々は、おろおろと周囲を見回したけれど、閑散とした山道には、雨がしとしとと降り注ぐばかりだ。

その時、

「奈々くん」

崇は、すっと背骨を立てた。

「はい！」

奈々は大きく目を見開き、両手を膝の上でぎゅっと握り締める。

そして、これ以上は無理なほど両肩に力を入れ、息を止めたまま、崇を見つめて——。

崇は、煙草を取り出してゆっくりと口にくわえると、奈々に向かって優しく語りかけた。

「七福神の謎が、解けた」

*

木野《きの》駅を過ぎた辺りから叡電は、すっぽりと緑に包まれた。

先ほどまで密集していた人家も、今は疎《まば》らになり、山の斜面に点在するばかりである。人家の数よりも、圧倒的に緑の数が多くなった。

適度な距離を保って家が存在する。

これは神に近い場所に住む人々の、暗黙の礼儀なのか……。

小松崎は、相変わらず腕組みをしたまま身じろぎもせずに座席に深々と腰を下ろし、その隣では始発駅からずっと俯いたままの貴子が座っている。

突如、
ルルルル……。

小松崎の携帯電話が鳴った。

ハッ、と体を起こした小松崎は、あわてて内ポケットから携帯を取り出す。

「タタルか！」

その声に、貴子も顔を上げる。

「お前、どこにいるんだ！」

思わず大声を出す小松崎を、何人かの乗客がじろりと見た。

貴子はあわててその人たちに、すみません、と頭を下げる。電車の中で非常識極《きわ》まりないのは承知だが、ここは許してもらうしかない。

「今、貴船神社奥の宮の駐車場から電話している。奈々くんと一緒だ」

「あ、あのなあ、お前――」

「これから木村先生の家に行く」

「ちょ、ちょっと――」

「お前からもう一度、先方に電話を入れておいてくれないか」

「だから、待て！　待て、っていうんだ！　貴子ちゃんもここにいる。今すぐ代わるからな。切るんじゃねえぞ！」

小松崎は急いで電話を貴子に渡す。

貴子はもう一度周りの乗客に頭を下げて、受け取った。

「タタルさん！　お話ししたいことがあるんです」

「おお。元気になって良かった」

「それよりも！　昨夜の――」

「ああ。大丈夫だ。大体全部知ってる」

知っている？

　まさか……。

「それでも木村先生の家に？」

「心配ない。全ての謎は解けたよ、ただ一点だけを除いてね。しかし、それを解明できるのも、時間の問題だろうと思う……」

「え……」

　啞然《あぜん》とする貴子に、崇は言う。

「それよりも、一つ訊きたいことがある——。綾乃さんのことなんだが」

「——はい？」

「彼女には、何か持病がなかったかな？」

「え？　え、ええ……あったそうですけれど」

「何の？」

「さあ……それは……」

「例えば……墓参りが嫌いだった、とか」

「？　どういう意味ですか!?　それが、今回の事件と何か関係があるんですか？」

　貴子のその質問には答えずに、崇は言った。

「では、木村家で会おう」

＊

「あの家だ」

崇は、じっと前を見つめたまま言った。

貴船神社奥の宮で小松崎たちに電話を入れてから、再び車を出して、もうどれくらい山道を登って来ただろう。

七福神の謎が解けた——その言葉の意味を知りたくて、奈々は何度も崇に問いかけた。しかし、何回尋ねても、崇からは「ああ」とか「うん」という実に要領を得ない返事しか戻って来なかった。そこで奈々も仕方なく口を噤《つぐ》み、車に揺られながら、ただ窓の外の景色を眺めているだけだった。

杉の木立はますます深くなり、貴船川の両岸も切り立って、もう川底も見えない。ただ水音で、それと知れるばかりである。

空も暗く、雨も激しく車の屋根を叩いている。

貴船は龍神を祀る——と崇が言った。

確かに、この鬱蒼《うっそう》とした杜《もり》の中には何かがいる。

それを「神」と呼ぶのか「魔」と呼ぶのか、奈々には判断はつかなかったけれど、目に見えぬ何ものかの息遣いが聞こえる。そしてそれは、まるで肌に触れるほど傍にいるような気がする。その何やら得体《えたい》の知れないものが、今にも林の間に姿を現わしそうで――。

　そんな奈々の耳に、崇の声がした。

「木村先生の実家だ」

　奈々が、ハッと顔を上げて、フロントガラス越しに左手の杉林を見上げれば、行く手の先に黒く大きな破風《はふ》が見えた。車はスピードを上げ、その古色蒼然たる造りの建物に近付く。木々の間に灰色の築地塀《ついじべい》が姿を顕《あらわ》し、やがて車は古びた腕木門《うでぎもん》の前に停まった。

　門柱にはただ黒々と、「木村」とだけ書かれた大きな表札が掛けられていた。

　古ぼけた門扉《もんぴ》は固く閉ざされて「忌中」と墨書された札が、白々と貼られている。

　二人は車を降りる。

　冷たい雨が霧のように、颯《さっ》、と降り注いだ。

　崇は傘を取り出して、奈々にさしかける。二人は一本の小さな傘の中に、身を寄せた。

　木立ちもざわざわと鳴動し、貴船川は奈々の背後で轟々と不気味に流れている。しっかりと足を踏みしめていないと、すうっ、と後ろに引きずり込まれそうな錯覚に襲われる。

「古いが立派な造りだ」崇は門前に立って言う。

　そして呼び鈴を鳴らした。

　インターホンに名前を告げると、どうぞ、という低い女性の声がした。

門被りの松をくぐり、二人は玄関までの敷石を踏む。左手にはそれほど広くはないが、よく手入れの行き届いた庭が見えた。

玄関では、腰の曲がった喪服姿の老婆が出迎えてくれた。

今、娘——涼子《りょうこ》は留守にしておりますが、じき戻りますで、どうぞ中へ、と先ほど聞いた低い声で言った。お友達から電話を頂きまして、まあ、わざわざ申し訳ございませんなあ、継臣《つぐおみ》の生徒さんだったですとか、と二人に向いてお辞儀をする。

崇は、この度《たび》はご愁傷《しゅうしょう》さまです、と頭を下げた。奈々もその後ろから、丁寧にお辞儀をする。

玄関を上がれば家の中は、上品な線香の香りが立ち籠めていた。薄暗い中、目を凝《こ》らせば中央に一本廊下が真直ぐに延びている。その廊下を、背中のすっかり丸まってしまった老婆に案内されて、ひたひたと歩く。

喪服を纏《まと》っているその老婆の小さな後ろ姿は、まるで地蔵のようだ、と奈々は感じた。

家の中は、物音一つしない。

しん、として寒々しい……。

やがて、突き当たり右奥の和室に案内された。

襖《ふすま》を開く。

線香の匂いが鼻を衝《つ》いた。

部屋の隅に、木村の遺影が飾られている。その遺影の左右に榊《さかき》が置かれただけの簡素な風景に、奈々は驚く。他には何もない。花の一本も。

崇は、遺影に近付くと、線香を一本手に取り、故人に捧げる。そして目を閉じて手を合わせ、暫らく微動だにしなかった。

崇が下がると、奈々も線香に火を点《とも》し、遺影に手を合わせた。しかし奈々には、

——祈る言葉もない。

焼香を終えると、部屋の隅に小さく正座していた老婆の、ありがとうございました、と言う言葉で二人は立ち上がり、隣の応接間に案内され、老婆は暫らくお待ちを、と言い残して部屋を出た。

奈々は、縮こまって座布団に座る。

しかし崇は老婆が部屋を出るや否や、応接間の畳の上を、ふらふらと歩き回った。

「タタルさん！」

奈々が小声で呼んだけれど、崇は一向に平気な様子で、壁に掛かった額などをじっと見つめている。

やがて老婆はお茶と菓子を載せた盆を手に、再び部屋に現われた。そして、

「ご挨拶が遅れました。木村——継臣の祖母の、しづ、と申します」

と二人に言った。

奈々は、あわてて座布団から降りて、自己紹介をする。続けて崇も改めて名前を名乗り、どうぞおあて下さい、というしづの声に、二人は並んで座り直した。

老婆は二人の脇、畳の上に正座する。

「ほんに、もう、こんな歳でこんな目にあってしもて、ただただ、驚いております……。もう暫らくしたなら、涼子も戻って来ますし」と言う。

木村の母――涼子は、警察に呼ばれているらしかった……。

コチ、コチ、と大きな柱時計の音だけが響いた。

「立派なお家ですね」

崇は高い天井を見上げて言う。

「いえ、いえ、そんな。もうすっかりと古びてしまいました」

「あの額は、木村家の家紋ですね」

壁に掛かっている額の一つを指して、崇は唐突に尋ね、え、ええ……、としづは答えた。

奈々もつられて、そちらを見る。

額の中には、丸い円の中に、何やら紋様が描かれていた。歌舞伎の隈取《くまど》りのような……弘《こう》法《ぼう》大師の手にしている仏具のような……。

「丸に木の字――か」

――え？

そう言われれば——そうだ。

円の中にあるのは『木』の文字を崩したものだ。上下が対称になるように、一画目の横線の左右の端が上に撥《は》ね上がっていたのだ……。

「しづさん——いや、皆さんはこちらに長いのですか？」

崇はお茶をすすりながら尋ねる。

「そうどすなぁ……」しづは微笑む。「私が四十歳の頃に移ってまいりまして……。もう、かれこれ四十五年近くになりますか……」

「移って来た——とおっしゃいますと？」

「ええ。私どもの実家は和歌山でしてなぁ」

「和歌山——ですか。和歌山のどちら？」

「高野口《こうやぐち》ですが」

「ああ。紀ノ川の上流ですね。良い所だ」

崇はお茶をすする。

会話がそこでとぎれ、コチ、コチ、と時計の音だけが部屋に響く。

この老婆は、涼子が戻るまでここに座っているつもりなのだろうか……？

時折、ざあっ、と木々が揺れる。

外は、いよいよ本降りになってきたようだ。

＊

「こいつぁ、まいったな！」

改札口から外を覗いて、小松崎は雨を避けながら叫んだ。

貴船口は意外に小さな駅で、駅員も一人しかいなかった。

紅葉の季節にでもなれば、きっと観光客でごった返すに違いないのだろうが、今日は雨のせいもあり、まるで無人駅のように閑散としていた。

ただ大粒の雨音だけが、響くばかりである。

「あれ？　誰もいねえじゃねえか」

大声で叫んで、小松崎は腕時計を見る。

充分に時間はあったはずなのに、迎えの車がまだ到着していない。

これでは話が違う。

「何やってやがんだ、全く！」

怒鳴る小松崎に向かって、貴子は洋服の衿《えり》を立てながら問いかける。

「いっそのこと、バスで行きましょうか？」

叡電の到着時刻に合わせて、バスがあるはずだ。

しかし小松崎は、その言葉に大きく首を横に振った。

「そいつはちょっと無理だ。貴船神社までは行かれても、そこから先の交通手段がない。そこから木村の家までどれくらい歩かなきゃいけないか解らねえからな。その上、この雨じゃあ……」

小松崎は空を見上げた。

黒い雲が貴船山を頂上まで覆い、夕立ちのような大粒の雨を降らせている。

連なる山々も、遥か遠くまで白く霞んでいた。

季節はずれの、北山時雨《きたやましぐれ》である。

二人は改札を通り抜けた。

その先の階段を降りた所にある小さな切符売場で、迎えの車を待つことにしたのだ。この場所ならば雨も避けられるし、すぐ前を通る道から、二人の姿が見えるだろう。

小松崎は、苛々と言う。

「迎えの奴は、茶でも啜《すす》ってのんびりくつろいでやがるんじゃねえのか。全くふざけやがって――。仕方ねえ、もう少し待ってみるか。もしもその間に、村田さんたちが追い付いて来れば、一本しかねえんだから、この道を通るはずだ。そうしたら、ここで捕まえられるからな――。ああ、貴子ちゃんは、もう少し奥に入ってた方がいいぞ。もし何なら、ホームに上がってベンチに座ってりゃあいい。なあに、こんな状況だ、切符がなくったって入れる」

無茶苦茶なことを言う。

だが、確かに辺りを見回しても、人の姿はどこにもない。ただ、小松崎と貴子だけが、貴船のしめやかな風景に埋もれていた。

雨音だけが、激しくトタン屋根を叩く。

「しかし、まいったぜ」小松崎は、再び空を見上げて、煙草を取り出すと火をつけた。「誰も彼も、一体何をやってやがるんだか……」

「タタルさんたちは大丈夫でしょうか？」

貴船山を眺めて心配そうに言う貴子に小松崎は、ふうっ、と煙を吹き上げる。

「心配ねえだろう」

「でも……」

「タタルは確かに少し変な奴だが、今まで一度も嘘をついたことはない。奴が大丈夫だと言ったら、大丈夫だろうよ——。それはいいが、冷てえなあ」

小松崎は首を竦《すく》めて、ブレザーの衿を立てた。

雨漏りの水が、屋根から首筋に落ちて来たのだ。

チッ、と舌打ちすると小松崎は、吸いかけの煙草を足元の水溜まりに投げ捨てた。八つ当りされた吸い殻の小さな火は、ジュッと音を立てて消えた。

*

「あの額を拝見させて頂いてよろしいでしょうか」

崇は、老婆に向かって言った。

どうぞ、どうぞ、というしづの了承を得て立ち上がると、崇は一枚の古ぼけた額に近づいた。奈々たちの後ろ、先ほどの木村家の家紋の隣に掛かっている額である。それはわりと大きなもので、中には黄色く変色した和紙が飾られていた。

そして和紙の上には、例によって奈々には解読できない文字が、蚯蚓《みみず》の這った跡のように、くねくねと書きつけられていた。

「喜撰法師——の歌ですね」

問いかける崇に、しづは目を伏せて、

「はあ……」

とだけ頷く。

それを確認して、崇は再び額に向いた。

「確かにそうです。

わが庵《いほ》は
都のたつみ　鹿ぞ住む
世をうぢ山と
人は言ふなり

そう書かれている。古今集に載っている、有名な歌だ。というよりも、確実に喜撰法師のものといわれている歌は、これ一首しか世に知られてはいない」

それならば奈々も、耳にしたことがある。

崇にまた冷やかされるだろうが——百人一首に載っていた。

「しかし、これは……」

崇は額の前で、首を捻る。

そして暫らく、押し黙った。

「どうかしたんですか、タタルさん？」

「いや。——この歌は大抵が、

わが庵は
都のたつみ　しかぞ住む

と書かれるんだ。『都の巽《たつみ》にこうして、しかと住んでいる』という意味でね。ところがこの額は、見ての通り『鹿ぞ住む』だ……。確かに、尾崎雅嘉《おざきまさよし》などは『百人一首一夕話《ひとよがたり》』に『鹿』と書いているし、他にもそう書いてある書物もあるけれど、実際これは珍しいですね」

崇はしづを見るが、老婆はただ、くしゃりと笑うだけであった。

「どなたの筆によるものですか？　見たところ、かなりの年代を経ていると思われますけれども……」

「さて……私らには……」

しづは俯いて首を捻った。

その時、車が玄関先に停まる音が聞こえた。

「ああ、涼子がようやく戻って来たようどすな。すっかりお待たせせして——」

腰を浮かせたしづは、ふと崇に目をやった。

「おや？　どうされましたか？」

奈々も崇を見る。

すると崇は、額の前でしゃがみこんでいた。

しかも、低い唸り声すら上げて。

驚いた奈々は立ち上がり、急いで駆け寄る。

覗き込めば、祟は両手で頭を抱えて、何かぶつぶつと呟いていた。
——まただ！
奈々はあわててしづを振り返り、引きつった顔でほほ……と笑う。
そして、どうぞ、心配ありませんから、と声をかけた。
しづは、ほな……と、心配そうに二人を振り返り、ゆっくりと応接間を出て行った。
障子《しょうじ》が閉まるや否や、奈々は、
「大丈夫ですか！」
と、再び祟を覗き込む。
すると、
その顔は、明らかに笑っていた。
——何で……⁉
祟は、急にすっくと立ち上がる。
反動で奈々は、ひっ、と後ろに倒れかける。
その両腕を祟の両手が捕らえ、
そして、ぎゅっと強く握り締めた。

——またしても、このパターンだ！

奈々は頬を赤く染めて叫ぶ。

「どうしたんですかっ！」

「しっ」

崇は、人差し指を自分の唇の前に立てた。

「他人の応接間で、そんな大声を出してはいけないな。礼を失する」

「――な！」

――何が、礼を失する、だ！

奈々は再び――今度は耳の先まで赤くなった。

「タタルさん！　何が一体――」

今度は、小さな声で叫ぶ。

そんな奈々の背中に崇は優しく手を回して、座布団までゆっくりと歩いた。

呆然としている奈々を座らせると、その隣に自分も胡坐《あぐら》をかく。

そして、煙草を取り出して火をつけ、遠くを見るような瞳で小さく呟いた。

「完璧だ。全ての謎が繋がった――」

やはり小松崎の予想した通り、貴船署の手配が大幅に遅れていたらしく、二十分も待たされた頃に、やっと迎えの車がやって来た。運転席には、人の良さそうな胡麻塩頭《ごましおあたま》の初老の巡査が座っている。

＊

「すんませんなあ、遅れてしもて」

という間延びした挨拶を受けて、二人はさっそく車に乗り込む。

「折角《せっかく》やのに、こないな雨で、ついてませんなあ」

巡査は、口元から金歯をキラリと覗かせて、二人を振り向いた。

だが、そう言われても、小松崎たちは観光にやって来たわけではない。

「村田さんたちは、まだ到着しませんかね？」

苛々しながら尋ねる小松崎に巡査は、ゆるゆると車をスタートさせながら答えた。

「はあ……先程連絡が入りまして、もうじき宝ヶ池《たからいけ》言うてましたから、まだ当分は……。しかしあそこらへんさえ抜けてしまえば、じき追い付きましょ」

——遅い。

しかも、この巡査の慎重すぎる運転はどうしたことだ！　いくら雨の山道といっても、自転車に追い抜かれそうではないか。

隣を見れば、貴子は、しきりに親指の爪を嚙んでいる。

小松崎は狭い後部座席で、ようやく自分の居場所を確保しながら、再び尋ねる。

「目的地は解ってますよね」

「はあ……」胡麻塩頭は、欠伸《あくび》とも返答ともつかない声で言った。「ここらへんは、私らの地元。地元ですよ。小さい頃からトンボ採りをしてよく遊んだもんだ。大丈夫任せておいて。おそらく……山の真ん中へんにある、あの古い家でしょ」

「ここから何分くらいで着きますか！」

「さあて……どれくらいでしょ？」巡査は、ボリボリと胡麻塩頭を掻いて言う。「晴れとって、道も空いていれば、まあ……二十分というところでしょうが、あいにくのこの雨どすからなぁ……」

「できるだけ急いでくださいよ！」

小松崎は、身を乗り出して叫んだ。

すると、巡査は急に真顔になって怒る。

「あんた！　急いで、って言われてもねえ。こんな所で事故でも起こしたら、ことでしょうが。洒落《しゃれ》になんないよ」

タクシーじゃないんだからね、とぶつぶつ呟く。

「……………」

「あ、あと」巡査は、思い出したように言う。「村田さんから、伝言でね。とにかく自分たちが到着するまで、誰も動くなってね。まあ、私も一緒にいますから、大丈夫でしょ、とお答えしときましたけど」

「あなたも、一緒に!?」

「当然でしょ」巡査は胸を張って、横目で小松崎たちを見た。「何か——重要な人間を追ってるんでしょ。それは、府警の管轄だ。君ら、素人だけでどうすんの? まあ、私はこの後、別な任務があるので、村田さんと交替するけれどね。それまでは、一緒にいますよ、もちろん。君らだけじゃ、とても、とても」

そう言って、自分の顔の前で、ひらひらと片手を振る巡査に向かって小松崎は、

「とにかく急いでお願いします!」

吐き出すように言うと、その大きな体をドサリとシートに埋めた。

しづが出て行ってから十分ほどたつが、未だ涼子は姿を現わさなかった。

崇は胡坐をかいたまま、腕を組んで目を瞑《つむ》り、静かに押し黙ったままでいる。

所在なく奈々は、応接間をぐるりと眺める。

八畳の応接間である。

しかし、奈々たちの正面に拵えられた一畳分の床の間と付け書院の分だけ、一般的なそれよりもかなり広く感じられる。

その床の間には、またしても奈々の解読不能な文字で書かれた軸が一幅掛かっていた。隣の床脇棚《とこわきだな》の形は、何というのだろうか。天袋や違い棚の組合せで、それぞれ千鳥《ちどり》やら、霞《かすみ》やら、瑠璃《るり》やらと名称がつけられている、と奈々が、昔に習っていたお茶の先生から聞いたことがあったけれど、もう記憶は定かではない。

そして付け書院の左手には、上に引き上げられた雪見障子があり、その下半分のガラス越しに広縁《ひろえん》が見える。

広縁は、一枚ガラスの引き戸で、雨の叩きつけている庭と隔てられている。そのため、あれほど強く降りしきっていた雨も、この部屋からは、くぐもった音にしか聞こえない。

首を回せば、奈々の後ろの壁には、大きな額が二枚掛かっていた。左側が木村家の紋、そしてもう一枚が、崇の言う喜撰法師のものである……。

「タタルさん」奈々は小声で尋ねる。「ちょっと……」

「何？」

「あの――一つお訊きしていいですか？」

「ああ」

「さっきの、喜撰法師の歌なんですけれど」

「ああ……」

「どういう意味なんですか？」

「あの歌の意味は『私の庵は京の都の巽《たつみ》――南東にあって、しかと――または鹿と――こうして住んでいる。人々からは、世を憂し（宇治）の山と呼ばれている』というものだ。そしてこの歌は、ただ単に『憂し』と『宇治』とを掛けただけの、平凡な作品に過ぎないと言われている」

――その程度ならば、奈々だって知っている。

今知りたいのは、

何故、あの歌の前で――ということだ。

一方、崇は言う。

「喜撰法師という名前が、千年もの間、風化もせずに人口に膾炙《かいしゃ》して来たという奇跡は、このたった一首の存在によってもたらされたものだ。では、この歌がそれほどに素晴らしいものかと言えば、誰もが指摘する通りに、大した歌ではないという評価で落ち着くだろうね……。とすれば、この歌の存在価値は一体何か？　それはきっと――百人一首もそうであったように――今までの俺たちの判断基準、つまり、解釈の外にある、と考えた方がむしろ素直で自然だろう」

「――ということは？」

「この歌は、暗号歌だったんだ」

――暗号歌！

「そしてこの暗号を解いた時、今回の事件が、いや七福神に関する全ての謎が、解ける」

「え！」

――それは、一体……。

奈々は大きく目を見開き、崇を見つめて叫んだ。

「どういう意味ですか！」

その時、応接間の障子が静かに開き、

「お待たせ致しました」

涼子が現われた。

美人——であった。

髪を綺麗に後ろで纏《まと》め、漆黒の喪服にその身を包み、衣擦《きぬず》れの音も艶《あで》やかに響いた。

奈々は、これほど美しい喪服姿の女性を目にしたことはなかった。

木村の母であるからには、もう六十歳を越えているのだろうが、とてもそんな歳には見えない。そのわずかな立ち居振る舞いにも、生まれついての品《ひん》と知性を感じさせる。

その姿はまるで、計り知れぬ闇を一身に纏って孤高の山に咲く、一輪の白百合《しらゆり》の花だ。

「遠路、継臣のために申し訳もございません」

涼子は、その名の通り、涼やかな声で言った。

「何分、急なことでございまして——。お二人は継臣の大学——明邦大学の卒業生でいらっしゃるとお聞きしましたが——」

「はい」背筋を伸ばして、崇は答える。「二年前に卒業しました、桑原崇といいます。そしてこちらの彼女は——」

「去年、卒業しました、棚旗奈々です」

奈々も、深くお辞儀をした。

それは、それは……。と涼子も、奈々に向かって丁寧に頭を下げた。

「こちらに観光に来ている時に、偶然、先生の訃報《ふほう》に接しまして……」と、崇は言う。「急な失礼を承知で、お線香だけでも、と思い……」

「ありがとうございます」

涼子は言い、さ、どうぞ、お楽になさって、と二人に座布団を勧める。そして自分も、しゅっ、と着物の裾《すそ》を片手で揃《そろ》え、奈々たちの正面にきちんと正座した。

涼子と奈々たちは、大きなテーブルを挟んで向き合った。

涼子は冷ややかに崇を、そして奈々を見つめる。

窓の外で、ざざあっ――と杉が揺れた。

雨ばかりか、風まで強くなってきたようだ。

「継臣は一昨日、自室で息を引き取りました。お恥ずかしい話ですが、私たちに一言もなく、薬を飲んでの自殺でした」

静かに言う涼子に、崇は尋ねる。

「その原因は、やはり――佐木教授から始まる、一連の事件ですか?」

――!

この男は、いきなり何を言い出すのだろう!

奈々は、どぎまぎして、崇の横顔を見つめる。

そして、涼子を見れば——。

薄く笑っていた。

「何をおっしゃるかと思えば——。桑原さん」

「はい」

「あなたは、何かご存じですの？」

「はい。ほとんど、全て」

「そう……ですか」涼子の口元が、歪む。「私は今日、警察に呼ばれました。継臣の遺体を解剖する必要がある、というのです。私は、それは止《や》めてほしい、とお願いしてきたのです。そんなことをしたところで、継臣の死は自殺。その胸の内が顕《あき》らかになるものではありませんでしょう。全ては、闇です。母の私ですら、想像もつきません。そんな私すら知らぬものを、赤の他人のあなたが、何をご存じだとお思いになるのか……」

「まず漢方では、患者の陰・陽そして表・裏のどこに病が存在するかを見ます」

崇は話し始める。

「次に虚実・寒熱に移ります。この虚実・寒熱という目安は、現代において非常に大きく変化を遂げているために、古法の物差しでは合わないと考えられ、また新たに発展してきている漢方上の思考法もあります。しかしとにかく、これらによって、病の時期の変移、体力の過不足や病と体力とのバランスを探るわけです。そして次に考えなければならないのは、気・血・水です」

——何の話をしているのだろう？

奈々は呆気にとられて、崇の横顔を覗く。

涼子は、と見れば、両手をきちんと膝の上に揃えたまま、じっと崇を見つめている。

「『気』とは形がなく、しかし我々の体の中で働くエネルギーだと考えることができます。『気』の正体については、俺なりの持論がありますけれど、その話はまた別の機会に譲りましょう……。次に『血』とは血液は勿論のこと、リンパ液も含むと考えてもよいでしょう。『水』はその他の体液全てを指します。そして、それらを総合的に判断した上で、病が今一体どこに位置しているのかを、まず見極めるわけです。そして望診——患者を眺め、聞診——患者の話を聞き、問診——質問し、切診——患者と接する」

崇は一息つく。

「今、俺がやっていることと、全く同じです」

「私におっしゃっているのですか？」涼子は片頬で笑いながら言う。「私は、あなたの患者ではございませんせん」

「近代医学と漢方医学の大きな違いは——」

その言葉を無視するように、崇は淡々と話を続けた。

「近代医学が、細胞病理学をその根本に置いているという点に集約されます。しかし一方、漢方医学は、遥か五千年前に神農氏《しんのう》が薬草を嚙んで薬として以来、基本的に経験医学なのです。先ほど言ったように、陰陽・表裏・虚実・寒熱等を鑑《かんが》みて、総合的に判断を下して行きます」

「タタルさん」さすがに奈々は、小声で崇の袖を引っ張った。「一体何を——」

「つまり、漢方医学では患者の体質ごと治癒させる、という方向で考えを進めて行くんです」

涼子の眉が、ぴくり、と動く。

「今、奥様は、こちらの方——漢方医学を必要とされているのではないですか？」

崇は——気負った様子もなく——涼子を、ごく自然に正面から見つめる。

やがて、涼子は言った。

「桑原さん」

「はい」

「お目にかかるのは、初めてですけれど、お名前は継臣から何度か聞いたことがあります」

「それは、光栄です」

崇は素直に頭を下げた。

その仕草に、涼子は冷笑を浮かべて言う。

「継臣の話から想像するに——私は、あなたのことを、好青年だとばかり思っていました」

「――よく、勘違いされます」

「でも、こうして直接お話をしてみますと、実に嫌味な男性ですね」

「――たまに、そう言われます」

「…………」

コチ、コチと時計の音だけが部屋に響き渡る。

奈々は小さく震えた。

決して寒さのせいだけではないだろう。

崇と涼子は、きっと奈々の計り知れない所でお互いを探っているのだ。その深さが想像できない。

涼子は、冷ややかな視線を崇に投げた。

「桑原さん。何もあなたは、こんな山深い荒家《あばらや》まで、わざわざ漢方談義をしにいらしたのではないでしょう。お互いに、単刀直入に参りましょう」

――本題に入った！

奈々は思わず背筋を立てる。

「この世には」涼子は言う。「知らぬ不幸と、知り得た憂鬱《ゆううつ》、そして知らぬことすら知らぬ善、があります――。あなたはどれを選択しますか？」

「アチャラナータを」

「不動明王（ふどうみょうおう）——知を選択するのですね。しかしそうすると、文殊（もんじゅ）でもない限り、あなたの目の前には暗澹《あんたん》たる深い海原《うなばら》が口を開けているだけです」

「仕方ないでしょう。俺は仏《ほとけ》ではない」

——どこが単刀直入なのか……？

奈々は呆然として、二人の顔を交互に眺めた。

その時、

呼び鈴が鳴り、玄関が勢いよく開いた。

騒がしい小松崎の声。

それに対応する、上擦《うわず》った老婆の声。

じゃあ、私はここにいますから、という中年の男の声が聞こえる。

そして続いて、パタパタと慌ただしく廊下にこだまするスリッパの音。

応接間の障子が開けられると、そこには慌てふためく老婆を従えて、小松崎と貴子が濡れた髪を拭《ぬぐ》いもせずに立っていた。

「やあ」立ち上がって崇は言い、そして涼子を振り返る。「同級生の小松崎と、後輩の斎藤貴子くんです。彼女は、亡くなった健昇くんの妹です」

その言葉に涼子は立ち上がり、絵に描いたようなお辞儀をする。

そして、わざわざ継臣のために申し訳ございません。さあどうぞ、こちらに、と二人を奥の座敷——木村の遺影へと案内するために、応接間を出た。小松崎と貴子は、機先を制された形になり、無言のまま涼子に従った。

三人が部屋を出て行くと、祟は再び腰を下ろし、腕組みをして目を瞑《つむ》った。


しばらくして、涼子たちが戻ってきた。

焼香を終えた二人は、何か複雑な顔つきをしている。

涼子は彼らに、お座り下さい、と言った。

「結構です。それよりも、もうすぐ府警の方がやって来ます」

興奮を抑えるように、貴子は、一語一語はっきりと言った。

しかし、涼子は、

「どうぞ。お座りになって下さい」

と優しく、だが有無を言わさぬ態度で、言った。

貴子は、祟を見る。そして、祟が無言で頷くのを確認すると、奈々の隣に座った。

小松崎は奈々たちの後ろをぐるりと回って、祟の隣に腰を下ろす。庭の方から順に、小松崎、祟、奈々、貴子と並んで、四人が涼子一人と対峙する形になった。

すると涼子は唐突に、

「あなた方の来訪の意図は、存じ上げております」

冷たく微笑んだ。

それなら！ と叫ぶ小松崎を無視して、

「実はまだ、府警の方には申していないのですけれども——」無表情のままゆっくりと全員の顔を、眺めて言った。「継臣の遺書——告白文があります」

——遺書！

「この家の恥をさらすようで、私としても心苦しいのですけれど、あなたたちにお見せしましょう」

すっ、と上げられた視線は、しかし、崇だけを見つめている。

——何か、意図がある。

そう感じたのは奈々だけではなかったのだろう、小松崎が言った。

「そいつは、先に警察に見せた方がいいんじゃねえかな……」

「いずれ、見せます」涼子は、きっぱりと言う。「私が、私の判断で、見せるべきだと思った時に」

「しかし」崇は、冷ややかに涼子を見た。「今ここで、俺たちに見せてしまったとなれば、その話が伝わるのは時間の問題ですよ。遅かれ早かれ府警はあなたに、その告白文の提出を求めることになるでしょう」

「それも、私の判断で決めます――。どうぞ、ご覧になって下さい」

涼子は、懐《ふところ》から一通の封書を取り出して、四人の前に広げた。

奈々たちは、一斉に覗き込む。

ワープロで打たれた手紙――無地の白い用紙の上は、まるで木村の性格を表わすかのように、みっしりと文字で埋められていた。

先立つ不孝を――云々《うんぬん》、から始まって、一連の事件についても告白されているのだ。

奈々は、貪《むさぼ》るようにその文字を追った。

『佐木泰造教授の事件は、事故ではない。殺人事件だ。そして、その犯人は、星田秀夫君である』

その文は、こう告発していた。

『星田君ならば、本来からして当然、研究室の鍵を持っているはずだ。むしろ、持っていないと主張するほうが不自然だ。第一、鍵は教授と守衛の二人の手元にしかない、というのは彼の証言のみによるものにすぎない。ただ彼が「僕は持っていない」と言ったその言葉を、誰もが信用してしまったというだけの話だ。もちろん、あの事件の後、彼が鍵を処分してしまったという可能性は、大いにあるが。

彼が、佐木教授を殺害するに至った動機は、不明だ。しかし、あの一風変わった教授と真面目な星田君の取り合せだ。おそらく、我々の目には見えぬ確執があったのではないか。実際、私もそんな噂を何度か耳にしたことがある。だがいくら争論があったとしても、殺人まで犯す人間を許すことはできないだろう。

事件の後、我が家を訪ねて来た星田君の態度に、私は不審を抱いた。何かが、おかしかった。彼が帰って後、それは一体何だったのだろうか、と私は少しく思案した。その結果、ふと、思い当ったのだ。佐木教授の事件、あれは事故ではなかったのではないか、と。

何故か――。それは、教授が残した言葉だ。

気のどくに――という、教授の今際《いまわ》の言葉だ』

奈々は代表して、手紙を捲《めく》る。

――気のどくに……。

『ここで重要なのは、この言葉は星田君に向けて発せられた、ということだ。そこで、私は閃いた。教授は、こう言いたかったのではないか。

「君の毒に」――「きみのどくに」と。この言葉の「み」が抜け落ちて「きのどくに」となったのだろう。教授は、こう訴えたのだ。「私は君（星田）の毒に――」と。それに、教授を殺害した毒物は非常に特殊なものと聞く。そんな一般的ではない毒物など、手に入れることができるのは、星田君たちくらいのものだろう。また、教授の言葉にもう一つ別の解釈が取れるとすれば、単純にみて「君もこんなこと（私の殺害）などを企てたりして、気のどくな男だ」という、星田君に向けた、哀れみのメッセージだったのではないか。どちらにしても、あの言葉は星田君に向けて発せられていたということだ。

学内の誰もが承知のように、私は佐木教授と、学部を越えてお付き合いをさせて頂いていた。教授は学問は勿論、人間的にも、非常に素晴らしい方だった。そして、教授も私と、年齢差を感じさせぬほどに親しくして下さった。私は、教授を密かに心の師と仰いでいた。その教授を殺された私の心痛は、いかばかりであったか。そこで私は、復讐を決意した』

――復讐！

奈々は目を大きく開いて、続きを読む。

そこには、星田殺害当日の木村の行動が、延々と綴《つづ》られていた。

知人宅を訪れた後、星田のマンションに急行し、口実を設けて部屋に上がった。そして星田に調べ物を頼み、資料に気を取られている彼を、後ろから殺害した――。

『私は、教授の仇を討ったにすぎない。ただ、それだけのことだ。しかし星田君は、私が立ち去ってからも、まだ少し息があったようだ。彼は、私の名を机の上に書き残そうとしたのだ。「木村」と。その最初の二画めまでを書いたところで、絶命したと思われる。それが「セ」なのだが、世間では、勝手に「七」と解釈されて、大騒ぎになってしまった』

「七」――ではなくて、

「木」！

『その意味こそ違え、とにかく私には、マスコミや警察が学内に入って来ることは、非常に迷惑だったのだ。彼らは勝手に「七福神、七福神」と騒いでいたが、私の心中は憂鬱だった。いつ何時、思わぬことから私の所業が明るみに出る可能性もないとは言えないからだ。それは、どうしても避けなければならなかった。そこで私は、緊急会議の席上で「いっそのこと、七福神に関する全ての論文を当分の間、禁止してはどうか」と強く提案した。学長も、この騒動にはかなりうんざりしていたと見え、私の提案はすんなりと、通った……』

その後も、告白文は延々と続いた。

奈々は、一心に目を通す。

ところが早くも、もう読み終わったのか、崇は「失礼」と言って立ち上がり、庭に面した障子に向かった。そして障子を細く開くと、濡れ縁越しに、雨に白く煙る庭をじっと見つめていた。

残された三人は畳の上で身を固くしたまま告白文を読む。

木村は、言う――。

『いくら復讐とはいえ、殺人は殺人である。私はそれを正当化するつもりは、毛頭ない。そこで、その責《せめ》を負い、自ら命を絶つことに決めたのである。何故、今さら、と言われてしまうだろうか。もう昔の話には違いないのだから……。言い訳めくが、何年もかかっていた私の研究も、やっと一区切りついたのだ。これで、やっと思い残すことはなくなった。そこで、遅ればせながらこの世に別れを告げることにした』

云々……。

そして最後に「木村継臣」とサインがあった。

奈々は、顔を上げる。

外は、沛然《はいぜん》たる雨である。

ふと見れば、先ほどから皆に背を向けたままの崇は、白い飛沫《しぶき》を上げている庭を、微動だにせず見つめていた。

「そういうこと……だったんですか……」

貴子が、気の抜けたように、ポツリと言った。

「それで、昨夜、綾乃さんが――」

――綾乃さん？

どういうこと？　と、奈々は貴子を向く。

「ええ」貴子は、まるで独り言のように言った。「昨夜、私を襲ったのは、綾乃さんだったんです」

「そ、それは、一体、どういうことなの？」

驚いて奈々は、貴子を、そして小松崎を見た。

小松崎は小さく、そうらしいぜ、とだけ言う。

私は聞いておりました、と涼子は静かに言い、
崇は――相変わらず、無言のままである。

「私は部屋に戻ると」貴子は俯いたまま、言った。「手帳から、木村先生の電話番号と住所を、ホテルのメモ用紙に書き写しました。そして、それと木村先生に渡された地図を持って、奈々さんたちのバーに戻ろうとしたんです……。その時、ドアのチャイムが鳴りました。私は最初、奈々さんが呼びに来たのかと思って、ドア越しに返事をしました。すると、その相手は『木村綾乃です』と名乗ったのです」

「え！」

「夜分遅く申し訳ありません、と綾乃さんはおっしゃいました。少し時間を頂けますか？と……。その時の綾乃さんの白い顔は、いつもよりも一層白く——いえ、青ざめていたように見えました」

——青白い顔……？

でも……それでは……。

「私は、それまで綾乃さんと二人きりでお話をしたことなど一度もありませんでした。お会いした記憶も数回しかなかったので、私は少し不審に思いながらも、断ることもできずに綾乃さんを部屋の中に案内しました——。でも、さすがに綾乃さんも少しためらっていました。なかなか、部屋の奥まで入っては来られません。そこで私は、どうぞ、と丸いスツールを勧めました。やがて、綾乃さんはおっしゃいました。『七福神を調べるのを中止して欲しい』と——。私は笑って、何故ですか？と尋ねました。しかし綾乃さんは真剣な顔で、『その理由は言えません』とおっしゃったのです……。もちろん私は、そのご忠告を丁重にお断わりしました」

何か、おかしい。

奈々は、眉根を寄せる。

しかし貴子は、話し続けた。

「今思えば、もしも私たちに何かあれば、再びマスコミの注目を浴びて、木村先生の秘密が露見することを怖れたのでしょうね……」

でも……。

奈々が見たのは——。

「そんなことを知る由もない私は、暫らくの間、綾乃さんと言い合いになりました。すると、そのうちに段々と、綾乃さんの声の調子が変わり、息苦しそうにソファから立ち上がって、苛々と部屋の中を歩き回られました。内心の思いを、私に巧《うま》く伝えられずに、焦っていたのでしょうか……。そのうち私は、とりあえず奈々さんに電話を入れます、と綾乃さんに言いました。すると、綾乃さんは——いきなり私に襲いかかってきて、そして両手で私の首を絞めたのです……」

——！

「一瞬、何が起きたのか理解できませんでした。私は綾乃さんに、何をするんですか、止めて下さい、と踠《もが》きながら訴えました。そこから先の記憶がありません……。気が付くと私は、病院のベッドに寝かされて、点滴を打たれていたのです。昨夜のことは今朝、小松崎さんから聞かされました」

「ああ」小松崎は言う。「その後、綾乃さんは、部屋に様子を見に来た奈々ちゃんを、ドアのところで突き飛ばして逃げたんだ」

――何かおかしい……。

あの時、奈々を突き飛ばして逃げたのは――。

「本当にすみませんでした」涼子は、貴子に向かって深々と頭を下げた。「何とお詫びしてよいのやら――。綾乃には、決して悪気はなかったと思います」

「いいえ、もういいんです」貴子は言う。「事情さえ解れば、それで――」

「後ほど、綾乃に直接お詫びをするように申しますので、許して下さいね」

「いいえ、私こそ、こんな時に――」

――違う……。違う！

「でも――！」

奈々は思わず叫んでいた。

全員の視線が奈々に集まった。

奈々はテーブルの上に目を落として、灰皿の中の祟の吸い殻を眺めながら、言う。

「あの時、私が見たのは、違う顔の人――」

部屋は、しん、とした。

その沈黙を破って、小松崎は言う。

「だが、奈々ちゃんは、綾乃さんの顔をよくは識《し》らねえだろうがよ。それなのに、何で違うと解る？」

確かに、奈々が綾乃を見たのは、たった一度。

あの、夏のキャンパスを木村と二人で歩いていた姿だ。

「でも、あの時私が見たのは、赤ら顔で、ごつごつした手の——」

「ああ」小松崎は頷く。「だから、それは奈々ちゃんが疲れてたから——」

「でも——」

「襲われた貴子ちゃん本人が、言ってるんだぜ。じゃあ、奈々ちゃんは、あの時部屋に誰かもう一人いたっていうのか？」

「それは……」

奈々は、助けを求めるように、崇を振り向いた。

ところが崇は、相変わらず窓の外を眺めていた。

「おい、タタル！」小松崎は崇の後ろ姿に声をかける。「お前は何をやってんだよ！」

「——ああ。外を、眺めている」

「な、何を——」

「さっきからずっと考えていたんだ」

崇は四人を振り返る。

「庭の草花のバランスが悪い」

「なんだとぉ？」小松崎は、吠えた。「お前はさっきから、ずっと一人で何をやってやがるんだ。ちっとは人の話も聞け！」

「涼子さん」

崇は、目を細めて涼子を見据え、はい？　と涼子は答える。

「一つ、質問をしてもよろしいですか？」

「ええ、何なりと」

「綾乃さんのことです」

すうっ、と涼子の顔色が変わった——ように、奈々には見えた。崇は尋ねる。

「綾乃さんは、お墓参りには行かれますか？」


——え？

その意味が解らなかったのは、奈々だけではなかったようだ。貴子も小松崎も、ポカンとしている。

ただ涼子だけが、いきなり虚を衝かれたような口調で答えた。

「え、ええ……勿論。でも、最近は、少し――」

「そう――ですか。まあ、これは調べればすぐに解ることでしょう。あなたに尋ねた俺が、馬鹿でしたね」

「タタル、いいかげんにしろッ！」ついに、小松崎が怒鳴った。「お前は、さっきから一体――」

崇は小松崎を見て、眉根を寄せながら言う。

「頭が痛い、と訴えて来た患者に、闇雲《やみくも》に解熱鎮痛剤を与えさえすれば良いというものではない。気の上衝《じょうしょう》や、項背部《こうはい》の凝りや、血圧の状態も考慮に入れなければならないだろうし、必要とあればCTスキャン、頸骨《けいこつ》レントゲンなども、時に応じて行なわなければならない。と同時に、仕事内容、食物、場合によっては、家庭環境も関連していないかどうか確かめる――。というのが本来なんだけれど」

崇は言葉を切り、自分にじっと怒りの視線を注いでいる小松崎を見て、そして貴子と奈々を見て、肩を竦めた。

「とりあえず今回は、まず昨夜までの『症状』を取り除くとするか――。さて、今の話では、昨夜、貴子くんが部屋に招き入れたのは、木村綾乃さんだったと言うんだろう」

貴子は、はい、と頷く。

「しかしその後、部屋から飛び出して来た人物は、綾乃さんと似ても似つかぬような人物だった、と奈々くんは言う」

　頷く奈々を見て、崇は言う。

「ここで、四通りの仮説が立てられる」

「四通り——」

「そうだ。しかし、その話に移る前に、昨夜の奈々くんの証言で、一ヵ所引っかかっている点がある。それは奈々くんが、部屋をノックして貴子くんを呼ぼうとした瞬間にドアが開いて、犯人が飛び出して来たという点だ」

「それが……？」

　首を傾げる奈々に代わって、小松崎が言う。

「それのどこがおかしいんだ？　来訪者に驚いた綾乃さんが、あわてて部屋から飛び出して来たってことだろうがよ」

「いいか。チャイムを押して『ドアをノックしようとした』瞬間に、奈々くんは、飛び出して来た犯人と衝突して後ろに弾き飛ばされたんだ」

「正面からぶつかれば、誰だって後ろに弾き飛ばされる……」

「そういう意味じゃない」冷ややかな視線を小松崎に投げると、崇は続けた。「奈々くんの言うとおりだとすれば、奈々くんがチャイムを押した時には、既に犯人はドアの側《そば》にいた、ということになる——。貴子くんが倒れていたのは、ベッドの脇だ。そこからドアまでは、バスルームやクローゼットの前を通って、優に六、七メートルはあるだろう。チャイムを押してから、ノックをするまでのほんの刹那《せつな》の間に、犯人はその距離を飛ぶように走って、ドアを開けたのか？」

——そう言われれば……。

「例えば今、犯人が、ベッドの脇で貴子くんの首を絞めている、と想像してみよう」

昨夜の記憶が蘇ったのか、崇の言葉に貴子は、息を呑んだ。

しかし、崇は少しも気にする様子もなく、

「そこに、チャイムが鳴る。犯人は、どうするだろうか？」と、続ける。「その音と同時に、貴子くんの首からすぐさま手を離して、振り向きもせずにドアに向かって走りだすだろうか？　違うだろう。少なくとも、ハッと顔を上げ、戸惑うはずだ。そして、廊下に向かって走りだすという決断をして、約七メートルの道程を駆け出すわけだ——。ということは、そこに少し間ができる。時間にして、ほんの十数秒かも知れないが、とにかく、間が空くはずだ……。ところが昨夜の犯人は違っていた。何のためらいもなく、廊下へと突進した。いや、チャイムが鳴るよりも早く貴子くんの首から手を離して、ドアへと向かって走った、としか思えない」

「と、いうことは……？」

「とすれば、犯人を廊下へと走りださせたのは、奈々くんのチャイムの音ではなく、他の原因だったのではないか、という結論に達する」

――他の、理由？

「それは――何だったんですか？」

思わず身を乗り出す奈々に、一瞥《いちべつ》をくれると崇は再び話し始めた。

「そこで、先ほど言った『四通りの仮説』へと、話は戻る。そして、これこそが今回の表の事件の、鍵となる」

「表の？」

　ということは、

――裏もあるのか？

「仮説その一――。昨夜、部屋を訪ねた綾乃さんが、最初から奈々くんの言うような赤ら顔であったという場合……。しかし貴子くん、部屋の中で見た綾乃さんは、いつも通りの顔をしていたんだろう」

　貴子は再び頷き、確かに色白の綾乃さんでした、と言う。

「その二――。貴子くんが意識を失った後、綾乃さんと入れ代わりに他の人物が入って来た。奈々くんが見たのはその人物だった……」

「…………」

「しかしそうすると、綾乃さんの来訪意図が全く不明になる。二人が共犯だった、と仮定しても、その行動は、ますます不明になる。何しろ貴子くんを殺害するわけでもなく、ただ気絶させるだけで逃げているんだからね。犯人にとってこれは、非常に効率が悪い。

その三——。部屋から飛び出して来たのは綾乃さん本人で、光線の加減か、単なる奈々くんの見間違いだった、という場合……。

これが一番有力そうだけれど、しかしあのホテルの廊下にも部屋にも、赤いスポットライトなど設置されてはいなかった。非常口の指示灯は、もちろん緑色だし、消火器のランプも、あの辺りにはなかった。これは当日、俺が自分で確認した」

崇は、奈々を見る。

「そして俺は、奈々くんの証言を信じている。奈々くんとその人物は、絡《から》み合って床に倒れているのだからね。つまり、奈々くんは、それほど近くで確認しているというわけだ」

「じゃあ、他にどんな理由があるってんだ？」

「その四——。やはり、部屋に入ったのも、部屋から飛び出して来たのも、綾乃さんだった……。但し、貴子くんに招き入れられた時は普通の顔で、飛び出した時には、顔が変わっていた——。これが正解でしょう、涼子さん」

「——んな、馬鹿な」

一気に力が抜けたような声を出したのは、小松崎だった。

「よせよ、タタル。そりゃあどういう意味だ?」

「文字通り、変身してしまった」

「もう一度だけ訊くが、タタル——」

小松崎は、そこで一呼吸置いた。そして、崇を睨んで言う。

「そいつは、どういうことだ?」

「アレルギーだな」

「何の?」

「い、い、菊の花の」


——菊?


小松崎は叫び、奈々と貴子は啞然として崇の顔を見る。

「菊だぁ?」

一方、崇は涼しげな顔のまま、言う。

「綾乃さんは生れつき菊アレルギーだった。しかも通常の程度を遥かに超えた——。単なる菊アレルギーであれば、くしゃみ、鼻水、咳嗽《がいそう》、湿疹《しっしん》程度で済むけれど、綾乃さんの場合は、おそらく顔面浮腫《ふしゅ》、気管支狭窄《きょうさく》、そして全身のアトピー様症状までをも引き起こしてしまうのだろう。その上、強度の意識障害・精神錯乱までも伴ったに違いない」

「しかし……菊の花でそんな──」

「いや、熊つ崎。スギやイネ科草本に続いて多い花粉アレルギーに、『マッカーサーの置土産』とも呼ばれるブタクサや、草餅《くさもち》として親しまれているモチグサ──ヨモギがある。これらは本州、四国、九州に広く分布しているから、かえって余り注目されていなかったけれど、その症例数は、春先のスギ花粉症に匹敵するほどなんだ。秋の花粉症と言えば、殆どがこれらが原因で起こる。その症状は、目や鼻の痒《かゆ》みにとどまらず、皮膚・粘膜は勿論、消化器・呼吸器などの広範囲にわたる。特に酷い場合では、気管支喘息をも引き起こしてしまう、と報告されている。そしてこのヨモギもブタクサも──立派なキク科の植物なんだ」

「だが、タタル」半信半疑なのだろう、首を振りながら小松崎は崇に尋ねる。「たかがアレルギーで、顔が変わるほど酷い症状が起こるのか？」

「起こる」

崇は、答える。

「たかがアレルギーと言うが、その症状は千差万別だ。一番酷いものは、薬のアレルギーだが、これは死に至る場合がある。また、全身の皮膚がびまん性に潮紅《ちようこう》をきたす、紅皮症型薬疹《こうひしようがたやくしん》もある。これは、表皮が、暗赤色紅斑《あんせきしよくこうはん》や落葉状鱗屑《りんせつ》で覆われた状態になり、表在リンパ節腫脹《しゆちよう》を伴うという、非常に危険な症状をもたらすものだ。その原因としては、砒素、水銀、金などの重金属や、最近では金製剤、抗結核薬、抗生物質、サルファ剤などがあげられる。また、肥満細胞からのＴＸA_2の過剰な放出は、末梢《まっしょう》血管や気道を収縮させてしまうし、好酸球から放出されるＥＣＰやＭＢＰなどは遅発相で、神経にまで届くんだ。最近では、これらのケミカルメディエーターに特異的に作用する医薬品も開発されているけれど、アレルギーという生体反応自体が、とても複雑で、全てが解明されているわけじゃない。その原因も、我々の周りに無数にあるしね——。そして、綾乃さんの場合は、その原因が菊の花だったというわけだ」

「し、しかし、そうだとしても、あの部屋に菊の花なんてあったか？」

——あっ！

「か、か、カミツレが！」

奈々は叫ぶ。

「薬草園見学会で、お土産に配られたカミツレの花を、テーブルの上に沢山——」

山のように、置いてあった……。

「え？」

「そうだ。昨日も言ったように、カミツレは、キク科の二年生草本だ。文政《ぶんせい》二年（一八一九）に、オランダから渡ってきて以来、日本各地で見られるようになった——。綾乃さんは、このカミツレによって、激しいアレルギーを起こしたのだろう」

──カミツレ、で……。

「実際の例を見ても、この種のアレルギーを持つ人々は、家の中は勿論、庭にもキク科の植物を植えることができない。また、仏壇に菊の花を飾ることをも避けなくてはならないほどなんだ。だから、いみじくも貴子くんが言ったように、綾乃さんが、なかなか部屋の奥に入らなかった、という理由は、テーブルの上にカミツレの花束が載っていた、ということだったんだろう。そして、綾乃さんにその体質があるとしたならば、当然あの部屋で、酷いアレルギーを起こしたということは想像に難くない。その上、意識障害、錯乱、もね……。

貴子くんの言葉にあったように、時間が立つにつれて綾乃さんが、だんだんと苛《いら》ついてきた、というのも、実はカミツレのせいだったんだろうな。そして綾乃さんは、思わず貴子くんに襲いかかってしまった。それはただ単に、俺たちへの電話を止めさせようと思っただけだったのかも知れない。しかし、とにかく、二人は床の上で縺《もつ》れる。その弾みでテーブルの上に置かれていた、沢山のカミツレの花が──綾乃さんの、顔や手に降りかかってしまったんでしょう」

──そして、赤い顔に……！

「綾乃がアレルギーだったとして──」涼子の薄い唇が歪んだ。「意識障害や精神錯乱状態に陥った時に人を襲ってしまう、というのは失礼すぎる話ですねぇ」

「その理由も、後ほど詳しく説明できます」

「…………」

沈黙が部屋を支配し、ややあって涼子が重く口を開いた。

「隠しておいても、別に何も得るものはございませんわね——。確かに綾乃は、生れつきの菊アレルギーでした。流石《さすが》に桑原さんは、色々とお詳しいですわね。よくお解りになりました……」

「お宅の庭には」崇は、土砂降りの庭を振り返る。「キク科の植物が、一本もありませんでした。その他の草木は、綺麗に植えられていますけれどね。それと、先ほどの涼子さんの返答では、綾乃さんは、お墓参りが嫌いらしいという感触でしたから」

——お墓参り！

確かにお墓には、菊の花だ。

しかし……たったそれだけのことを証明して、

——どうなるというのだろう？

奈々は崇を、そして涼子を見る。

すると涼子は、苦しそうに微笑んでいた。

「そう——なんですよ。綾乃は、可哀相な娘なのです。幼い頃から、そのことで、ずっと苦しんできました。菊の花のある場所には、全く近付くこともできずに……」

「しかし」崇は冷たく言う。「それが、殺人を正当化する、何の理由にもならないと俺は思いますが」

——殺人！

それは、どういう意味だ？

奈々はあわてて、小松崎を、貴子を見るが、二人は啞然とした顔で崇を見つめていた。

そして、涼子は——きつく崇を睨んでいた。

「星田さんの事件です」

涼子に向かって、崇は静かに話しかける。

「これで、警視庁の人のいい警部さんたちを悩ませていた二つの疑問が、解けるんです」

「二つ——ってえと」小松崎が身を乗り出した。『七』と——」

「そうだ」崇は微笑む。「もう一つ。何故、犯人は窓から逃げなかったのか、という疑問だ」

「——！」

「その夜、星田さんを訪ねたのは、綾乃さんだったんだろう。綾乃さんならば、星田さんも——来訪目的を訝《いぶか》しんだにしても——自分の部屋に通すことには、抵抗はなかったはずだ。もしかしたならば綾乃さんが訪ねる以前に、木村先生から電話の一本でも入っていたかも知れないが、これは俺には解らない——。とにかく星田さんは、綾乃さんを部屋に導き、そして——殺された」

　余りの唐突な話に、奈々は耳を疑う。

　綾乃さんが……？　木村先生……？

　崇は、言う。

「あの事件では、犯行後に逃げようとした犯人が、おかしな行動を取っています。そうだな、熊つ崎」

「あ、ああ……。すぐに暗がりに逃げ込める書斎の窓から逃げずに、わざわざマンションの入り口から逃げた……」

「窓は、鍵まで開けてあったそうです。そこまでした犯人は、何故、そこから逃げなかったのか？　答えは、単純です。逃げられなかった、のです」

「逃げられなかった？」

「当時、季節は秋です。そして、星田さんの部屋の前には——」

　——あっ！

「アザミの花が咲いていた」

「え？」と言ったのは、小松崎だった。「おい、タタル。アザミも——」

「そうだ。アザミも、やはりキク科の多年草だ。民間薬として、利尿、解毒、止血、そして強壮、血圧降下にまで使われる。しかし、そんな有用な生薬も綾乃さんにとっては、忌避《きひ》すべきものだった」

「しかし……」涼子は笑う。「たったそれだけの理由で、綾乃が犯人にされてしまうとは……あの娘も、また可哀相──」

「そう考えることによって、もう一つの謎が解けるのです」

「もう一つ？」

「星田さんの残した文字──」

その文字は『七』だ！

『七福神』の『七』

『亡霊』の『七』……。

「──それは、星田さんが亡くなる寸前に、自分の背中にナイフを突き立てた人間の名前を書き残そうとした文字だったのです」

「おい、待てよ、タタル」小松崎が呟き込みながら尋ねる。「しかし、それは──」

「七という数字だったんではないですか？」貴子もけげんな顔で崇を見る。

「違う」崇は二人を見て笑う。「俺も、七という数字から連想されるものを、十二個ばかり考えてみた。しかし、よく考えれば、瀕死の人間があれこれ面倒な連想を行なうものか。その犯人が面識ある人間ならば、その名前を書き残そうとするのが一番自然だ。だから星田さんも、そうした」

「……？」

「平仮名で書き残そうとして、その途中で絶命したんだ。それが『七』の正体だ」

崇は、テーブルの上に持参したノートを広げ、ペンを取り出し、皆の前に大きく書く。

「あの文字は、正確には『ヒ』となっていた。それを皆が勝手に『七』と決めつけていただけだ。素直に考えればいい」

「？」

「『七』の右上にあった点は、三画めの書き出しの部分だったんだろう」

「…………」

「三画めまでを書こうとして、『ヒ』となる平仮名は、たった一つしかない。それは――『あ』だ」

――「あ」……ということは！

全員の視線が涼子に集まる。

「非常に面白いですね」

涼子は片頬を緩めた。

「ですが、何の証拠にもなりませんね。あなたの言うとおり、星田さんの書き残した文字が『あ』だとしても、それが『あやの』だか『あきお』だかも解るものではないでしょう……。まあ、エラリー・クイーンなどの小説の中ならばそれでもいいでしょうが、現実はそうはいきませんからねえ」

冷笑する涼子を無視して、崇は言う。

「木村先生の告白文を読んで、まず俺がおかしいと思ったのも、この部分でした」

「？」

「あの告白文では『ヤ』は『木』と書こうとして、途中で途切れた、となっていました。しかし、これはおかしいでしょう。もしもあの時、星田さんが、本当に『木』と書こうとしたのならば、何らかのショックでも加わらない限り、その文字は、『十』または『ナ』となって終わっているはずです」

——！

「そして、そのような痕跡が何も認められていない以上、素直に『あ』と読むべきなのです。——ということは——」

——と、いうことは……？

「木村先生の、その告白文は、敢えて我々を、ミスリードしようとして作成されたものなのではないでしょうか」

「こいつは、偽物、ってことか！」

小松崎は叫び、テーブルの上に身を乗り出した。

一方、崇は静かに口を開く。

「あの遺書の中で、気のどくにという言葉は『星田君に向けて発せられた』とあった。しかし、これは全くの間違いか、または故意の——嘘だ」

「え？」

「覚えているだろう、熊つ崎。教授は、この気のどくにという言葉を、一体誰、に向か、って、言ったのか」

「そうだ！」小松崎は、パンと膝を打つ。「そいつは、自分が担ぎ込まれた病院で、医者に向かって言ったんだ！」

——そう言われれば……！

「その通りだ。それを星田さんが伝え聞いて、木村先生の助手・中野さんに言った。そして中野さんが木村先生に伝えた。ということは、この手紙で木村先生がうっかり間違えたのか、それとも忘れたのか。あるいは——この手紙を書いた人間が、それを知らなかったのかのいずれかだ」

「つまり、お前は」小松崎は息を呑んだ。「佐木の最期の言葉は星田に向けて言われた、と思っていた人間が、この遺書を書いた——と?」

「そうだ」

「し、しかし、タタル——」小松崎は、困ったように崇を見つめた。「星田の件は、まあ、いいとしても——。佐木の事件は、どうするんだ? ここに書かれているとおりの解釈しか、ねえだろう」

小松崎は、木村の告白文を指差す。

佐木の事件の所……。

——密室! そして……、

——『気のどくに』

「ああ」崇は眠そうな目で、答えた。「熊つ崎の言っているのは、実験室が密室になっていた、ということだろうが——正確に言えば、あれは密室でも何でもなかったんだろうな」

「え?」

「そして、その工作をすることができたのは、木村先生だけだった」

「どういうことだ!」

「もっと言えば——。木村先生は、最初から密室など作るつもりはなかったに違いない。仕方なく、咄嗟《とつさ》に作ってしまったんだろう。だから、あんな稚拙《ちせつ》なものになってしまったに違いない」

——稚拙な……もの？

「それは、どういう意味ですか？」

たまりかねて、貴子も身を乗り出して尋ねる。

「つまり、星田さんが実験室に佐木教授を訪ねた時に、その中に木村先生がいた、と考えれば何でもないことだ」

「実験室の中に、ですか？」

「そうだ——。木村先生、もしくは他の人物が、教授を殺害してしまった。先生は、あわててそれを事故に見せかけるべく、工作する。その時、廊下に足音が聞こえた——。あの廊下は木の床だ。その上、年季が入っている。足音は、遠くからでもよく聞こえただろう。その音を聞いた先生はあわてた。教授の大きな体は、動かしようがない。それに、自分の姿を見られてしまっては、せっかくの事故の工作が、水の泡になってしまう。そこで、仕方なく、実験室の内側から、鍵を掛けた」

「でも——」奈々も尋ねる。「星田さんは、ドアの窓から実験室の中を覗いたんでしょう？　先生は、あの狭い実験室の、どこに隠れていたんですか？」

「ドアのすぐ内側だろう」まるでその場で見ていたように、崇は言う。「覗き窓の下だ。唯

一、死角になる場所だ。星田さんが、あせってノブを回していたその時、先生は、ドア一枚を隔てた内側に、しゃがんでいたんだろうと思われる」

「………」

「星田さんが実験室のドアを叩いた時、教授は助けを求めるように、ドアに向かって手を伸ばしたという。しかしこれは、助けを求めるためではなかった」

「え？」

「それは、ドアの内側に犯人がいるぞ、という意味だったんだろうな」

——！

手を伸ばした、のではなく、

指し示した！

「星田さんは、やがて諦《あきら》めた」奈々の思惑を遮って崇は続ける。「彼が、ドアを離れたのを確認した先生は、急いで実験室を飛び出した。そして、すぐ隣の非常階段を駆け下りたんだ。あの部屋は廊下の一番端にある。だから当然、星田さんよりも一足早く、地上に辿り着けただろう。そして先生は、何食わぬ顔で辺りを歩き、校舎から駆け出して来た星田さんに、声を掛けた。星田さんの話で、初めて事件を知ったふりをした先生は、これは本当に偶然だったんだろう、その場に居合わせた、助手の中野さんを守衛室に走らせて、自分たちは教授の実験室へと向かったんだ。この時、先生は必死だったろうな。何しろ、星田さんよりも、一歩でも先に実験室に辿り着かなくてはならなかったんだから。何故ならば——」

「実験室の鍵は、開いているから！」

「そうだ、奈々くん。だから先生は、何としても自分より先に、星田さんにノブを握らせるわけにはいかなかった。とにかく、自分が先にドアの前に立たなければならなかった」崇は涼子を、そして三人を、薄目で見た。「そうしないと、密室が完成せずに、教授が一人で実験を行なっていたという前提が、崩れてしまうからだ」

「事実、教授は一人で実験をしていたんじゃないんですか？」

尋ねる涼子に崇は、静かに言った。

「それについては昨夜、彼らにも話しましたが、二点ほどおかしな所があったんです」

「それは？」

「乳棒の置き方と、分銅についていた指紋でした。まず、乳棒は——」

崇は涼子に向かって、昨夜奈々たちに話したことを、簡潔に説明した。

「これらの小さなミスによって、教授は事故死ではなかったのではないか、という疑問が俺のなかで湧き起こったんです。そして、あの遺書が嘘を書いているということにも」

「何故——ですか？」

「もしも星田さんが犯人としたならば、乳棒をきちんと置かないはずはないでしょう——たとえ無意識のうちにでも」

「でも……」涼子は、少し揺らぎながらも、無理に笑顔を作り、崇に問いかける。「誰か他の人間の可能性も、いくらでもあるでしょう――。まさかあなたは、それこそ、綾乃だとでもおっしゃるのですか?」

「綾乃さんは無理です。あの校舎には近付けない」

「それは――?」

「薬草園があるんです」

あ!

奈々は、昨夜の崇との会話を思い出した。

〝何の花が咲いていたと思う?〟

〝え、ええ……当然、秋の花といえば――〟

〝フジバカマや、オオグルマや、オケラは?〟

〝オオグルマは……どうでしょう――〟

「キク科の植物が、校舎をぐるりと取り囲んでいるんです」

「――!」

涼子は、沈黙する。

それを確認して、崇は再び口を開いた。

「さて、星田さんより先に、何とかノブに手をかけることができた先生は、わざと大げさにガチャガチャと音を立てて、鍵が掛かっている、と叫んだのでしょう。冷静な時ならば、鍵の掛かっているノブと、鍵の掛かっていないノブの立てる音の違いに気付いたかも知れないけれど、その時は星田さんも、かなり動転していたはずだ。区別のつきようもなかったでしょうね……。次に先生は、ベランダを見てくれなどと口実を作り、星田さんを非常口に追いやる。そして、その間に、ドアノブの辺りを無理矢理に蹴破り、ドアごと鍵を壊す——。この瞬間に、密室は完成したというわけです」

「でも……」涼子は微笑む。「全て、桑原さん——あなたの推論にしかすぎないのでしょう?」

「そうです」崇は言う。「しかし、大きく的《まと》を外してはいないでしょう」

「だが、タタル」小松崎も尋ねる。「星田が守衛を呼びに行った時、もしも廊下を走らずに、非常階段を使っていたとしたら?」

「同じことだ。先生が廊下に出て、ぶらぶらとしていればいいだけの話だ。教授を訪ねて来たところだとか言って、ね」

「…………」

部屋は、三度、沈黙した。

雨音だけが、この家を支配している。

貴船山の、龍神の足音だけが……。

やがて涼子は、ふふっ、と風のように笑った。

「非常に面白いお話です、桑原さん。しかし、それにしても、物的証拠が余りにもなさすぎる」

「はい、何も」崇は素直に認め、座布団に腰を下ろした。

「第一、殺人まで犯す、動機が全く見当りませんでしょう」涼子は言う。「継臣にも、綾乃にも」

「そこで一つ、お尋ねしたいのですが」

崇は、すうっ、と涼子を見た。

「何か？」

「『木村』というのは、本名ではありませんね」

「私たちは、生まれた時から木村ですけれど——」

「キムラはキムラでも、字が違うのでしょう」

「！」

「和歌山県——紀州《きしゅう》の紀《き》の村、ということを表わす字なのではないでしょうか」

崇は、ノートを一冊取り出した。

そして、テーブルの上に広げると、ペンで、

『紀邑』

と書いた。

涼子は、じっとそれを見つめる。

「——確かに、その通りですが……。私たちは、和歌山県、紀《き》の邑《むら》の出身です」

「紀氏の流れをくむ——ですね」

——紀氏！

身を固くして頷く涼子に崇は、

「そう思いました」と微笑む。「紀州、紀の国は昔、『木の国』と呼ばれていた。それが、やがて『紀伊国』となった。近江《おうみ》国蒲生《がもう》郡の『木村』は、紀朝臣成高《きのあそんなりたか》の後裔《こうえい》と聞いています。そして、近江源氏、佐々木氏などもそうだ。後に佐々木氏が、京極《きょうごく》、六角《ろっかく》と分かれて行く——。しかしそうすると、一つ疑問が浮かびます。それは、あの家紋です」

崇は、奈々の背後にある額を見上げる。

「そんな話は、どうでもいいことではないですか！」

珍しく、涼子が激昂した。

「桑原さん。あなたは、一体何をおっしゃりたいのですか？」

「——解りました。その疑問点は、後回しにしましょう——。今、俺が涼子さんにお尋ねしたいのは、木村家がそれ程に古い家系であるならば、きっと先祖伝来の何かをお持ちではないだろうか、ということです」

「壺や茶碗や、軸のような物ですか？」涼子は冷たく笑った。「蔵を探せば出て来ないことはないでしょうが——」

「いいえ。もっと、人の命に関わるような物です」

「——例えば？」

「毒薬——とか」

——毒薬！

「毒——ですか」涼子は再び笑う。「あなたは、実に面白い発想をする男性ですね。一体、どこからそんなことを思いついたんでしょうね？」

涼子の瞳が光り、崇はそれをじっと正面から見据えて言う。

「佐木教授殺害の毒物が、未だ特定されていないんです。現在の法医学や鑑識学を以てしても定量され得ないような毒物が、もしも木村先生の手にあったとするならば、そこに思い当らないほうが不思議だと思いますよ。おそらく、教授が密かに研究されていたというのは、その毒薬なんじゃないでしょうか？　先生が依頼されたんですか？　――多分そうでしょう」崇は、ふっと嘆息した。「俺にはその動機は解らないけれど、先生に依頼されれば、教授も断り切れなかったでしょう」

「何故そんなことを、言われるの？」

「熊つ――彼から聞いたのですが、佐木教授も和歌山のご出身だったそうですね」

「確かにその通りです。その関係もあり、継臣も親しくして頂いておりました」

「同じ、紀氏の末裔としてですか？」

「――！」

「教授の名字は『佐木』です。そして、これも正確に書けば――」崇は再びノートに向かう。「『左紀』でしょう……。教授の家は、代々『紀』を『左――助ける』という役目を担《にな》って存続してきたんでしょうね」

――紀を左《たす》ける!?

「だからあなた方は、知人以上の付き合いがあったはずだ。そうでなければ、畑違い同士のお二人が、どうして家族ぐるみで親しくなったのか、その理由が判然としない……。その先生に、代々、紀の家に伝来する毒薬を調べて欲しい、と頼まれれば、教授も断りきれなかっただろう。いや、むしろ喜んで協力したでしょう。興味をそそられるテーマでもあるでしょうしね。それに他言はできようもなく、一人密かに分析を行なっていたんでしょう——。木村先生にとっては、非常に好都合なことに、ね」

「…………」

「そう考えることによって、初めて教授の残した言葉の意味が解る」

えっ！　と奈々たちは顔を上げ、崇を見る。

「どういうこった、そいつは？」

叫ぶ小松崎に、崇は静かに言う。

「ああ。教授の残したあの言葉は、やはり我々に向けた、ダイイング・メッセージだったんだ。何者か——おそらくは木村先生——に毒を飲まされたことを悟った教授が、必死にそれを伝えようとして残したメッセージだった」

しかし、それは先ほど、木村の告白文の中で説明されていたのではないか？

あれも、ミスリードだと言うのか……？

「告白文の言う通りに、もしもあれが『君の毒に』などという告発の言葉だったならば、何故、星田さんが皆に言い回ったんでしょうか？　すぐにその意味を理解できなかったにしても、何も皆に言い回るような危険を冒す必要はない。ただ、『何を言ったのか解らなかった』とだけ言えばよかったんですから。まあ、あの言葉は実際、教授がドクターに向かって言い残した言葉だったわけですしね」

崇は、全員を見た。そして、ノートを広げてペンを手にした。

「教授はおそらく、こう言ったんでしょう。私は、『紀の毒に』やられた——と」

崇はノートに書く。

『きのどくに』……『紀の毒』に！

「もしかしたら、その毒は、特殊な解毒方法を必要としたのかも知れない。それでそのことを、必死に訴えたんでしょうね。『紀の毒に』やられたんだと……。しかし誰も、その本当の意味を把握することはできなかった。しかし、これこそが教授が我々に残してくれた、唯一の手掛かりとなったんです」

テーブルの向こうには、目を固く閉じたままで身じろぎもしない涼子がいる。

そしてその正面には、顔を上げたままじっと涼子を見つめる祟がいる。

その隣には、奈々が、小松崎が、貴子が——。

雨は一段と激しさを増して、応接間から覗く庭も、白い飛沫の絨毯《じゅうたん》にすっかり覆われていた……。

どれほど時が過ぎただろう。

誰一人として口を開く者もなく、再び重い空気が部屋を満たした。

雨音が激しく屋根を叩き、貴船の杉木立《すぎこだち》も時折りざざっ、と大きく揺れる。にも拘らずこの部屋は外界と隔絶された空間に支配されているかのようにしん、としていた。

その時、
玄関のあたりで、それじゃ私はここで、という声と、おお、ごくろうさん、と居丈高《いたけだか》に答える村田警部補の声がした。

そして、それに応対する、しづの声が重なる。

「どうやら、また」涼子は、ふっと顔を上げた。「お客様のようですね……」

いやあ、まいった、まいった、という大きな声と足音が近付いてきた。

時ならぬ豪雨によって大渋滞に陥ってしまった道を、やっとの思いでくぐり抜けて、村田警部補たちが到着したのだった。

「今日は、また珍しくお客様が多いですわ……」

涼子は皮肉な笑顔を浮かべ、どうぞこちらに、酷い雨でしたでしょう、と二人の男を応接間に迎え入れた。

都合、七人が部屋に入った。

しづが、お茶を運んで来る。

崇たちは立ち上がって、涼子の正面の席を村田たち二人に譲る。そして自分たちは二人ずつ、その両脇に分かれて座った。

「私たちは、綾乃さんにお会いしたい」と、村田は崇たちを無視して、いきなり言った。「呼んできて頂けませんかな。おたくの綾乃さんには、殺人未遂の容疑が――」

それは違うんです、と貴子は言う。

「違う？」と村田は眉根を寄せる。「……とにかく、一応、話を聞きたい。とりあえずここに呼んできてください」

「綾乃は、昨夜から少し体調を崩して、二階の自室で臥《ふ》せっております。もう暫くしたら、私から呼びに参りますので、少しお待ち頂けますか」

「そう、ゆっくりもしていられないんでねぇ」

そう言う村田に向かって、少しお話を聞いて頂けませんか——と、涼子は言う。村田は、巡査長に目で合図を送る。そして涼子に向かって、後ほど証言として扱うことになるかも知れませんが、よろしいか？　と尋ね、涼子は、

「ええ構いません」

と微笑んだ。

では、と村田は言ってポケットから手帳と、ちびた鉛筆を取り出し、その先をペロリと舐《な》めた。今時、こんなメモの取り方も珍しい……。

「宇治《うじ》の平等院《びょうどういん》鳳凰堂《ほうおうどう》は、藤原頼通《よりみち》が、この世に極楽浄土を具現しようとして建立したものです——」

涼子は姿勢を正すと、膝の上に両手を美しく重ね合わせて、静かに口を開いた。

「その庭も『泉水《せんすい》を湛《たた》へ、八功徳《はっくどく》の池を模し、その形は阿弥陀種字《しゅじ》を為す。参詣の貴賤この梵池《ぼんち》に臨めば、冷水無垢の罪垢《ざいく》を濯《あら》ふべし』といわれ、それは実に見事なものです……。では何故、頼通が宇治の地を選んだのかといえば、それは昔から宇治の地には強い霊力を持つ龍神が棲んでいると信じられていたからなのです。それが時を経て、宇治の橋姫《はしひめ》と呼ばれる荒ぶる神になっていったのです……」

何の話だ？

何を伝えようとしているのだ——？

「その橋姫伝説には、このようなものもあります。昔、下京の樋口《ひぐち》辺りに山田左衛門国時《やまだざえもんくにとき》という者が住んでいました。この国時には妻がいたのですが、また別の場所に、女を作って足繁《しげ》く通っていました。妻はやがてそれを知り、嫉妬に狂って、生きながら鬼となったのです。そして、国時を追って都へと上って行きました」

涼子は、淡々と話す。

「しかし、国時は陰陽師・安倍晴明に頼んで結界《けっかい》を張り、その鬼を退散させてしまったのです。そこで鬼はそれを恨み、それ以来洛中《らくちゅう》に出没しては罪もない人々を殺して、その肝《きも》を喰らったのです……」

「あなたは、何の話を——」

言いかける村田を無視して、涼子は続ける。

「その噂を耳にした時の帝は、源　頼光《みなもとのよりみつ》に鬼を退治するように勅命を下し、それを受けて頼光は渡辺綱《わたなべのつな》と坂田金時《さかたのきんとき》に鬼退治を命じました。そしてこの二人は法城寺の辺りで見事にこの鬼を退治しました」

一息ついて、皆を見回す。

誰もが——祟を除いて——唖然としていた。

涼子は、続ける。

「鬼は降参し、今よりは京を護る神とならん、と誓い、宇治川にその身を沈めたといいます。その報せを受けた帝は、安倍晴明に命じて宇治川の畔《ほとり》に社を建てさせ、その鬼を『宇治の橋姫』として祀らせました……。『諸人《もろびと》これを仰ぎ奉る。一度願《がん》を懸《か》くる者、その願成就《じょうじゅ》せずと言ふことなし』と、現在にまで伝えられています。古今集に載っている、

さむしろに衣かたしき　今宵もや
我をまつらむ　宇治の橋姫

千早ふる宇治の橋守　なれをしぞ
あはれとは思ふ　年のへぬれば

の二首の歌も、この橋姫伝説を念頭に置いて詠《よ》まれたものです。その他、『奥義抄《おうぎしょう》』『古今為家抄《こきんためいえしょう》』『平家物語』『曾我《そが》物語』『出来斎京土産《できさいきょうみやげ》』など数多くの書物の題材として取り上げられています」

「…………」

呆気にとられたままの奈々の顔に視線を落とすと涼子は、すうっと目を細めて笑った。

「何故私がこんな話を始めたのか、あなたは不思議なのでしょう」

涼子の問いに奈々は素直に、はい、と頷いた。

「実は、その橋姫となった妻が、鬼になるために願を懸けた神社こそ、この貴船明神なのです」

「！」

「貴船神社は、平安の昔から、人々の呪いを引き受けてもらえる神社でした。だから、その女も迷わずこの貴船にやって来て『南無帰命頂来《なむきみょうちょうらい》、貴船の明神願はくば、生をば変へずして生き乍《なが》らこの身を悪鬼と為してたび給へ。我、妬しと思ひつる女、取り殺さん』と七日間籠《こ》もったのです。すると、ついに七日目の満願の夜に貴船明神から『姿を改めて、宇治川の川瀬で潔斎《けっさい》せよ』という託宣を下されました。そして女は『顔には朱を差し、身には丹《に》を塗り、鉄輪《かなわ》を戴きて三つの足に松を燃やし、松明《たいまつ》を拵へて両方に火を点けて口にくはへつつ』宇治川へと向かい、その川に二十一日間浸《つ》かった後、見事に鬼と化した、といいます。これが丑《うし》の刻《こく》参りの原型なのです。どう？　悲しくも、美しい話でしょう」

――美しい……？

「愛する人を自分の元に取り戻すために、自らを鬼と成してくれと、この貴船神社に籠もる……。一途《いちず》な浪漫《ろまん》でしょう」

涼子は奈々に向かって微笑む。

「だから、現在でも貴船神社の裏の杉木立には、丑の刻参りの釘《くぎ》の痕が無数に残っています

──。いいえ、残っているのではない、今でも増え続けているのです。誰もが皆、それぞれの恨みや願いを託しに来るのです。そして貴船の闇は、千余年に亘《わた》って、その怨念を呑み込み続けて来ました。だから、この山の闇は、凛《りん》として深いのです。覗いても覗いても、決して奥底には到達できぬほどに──。まるで、人の心のように」

ざっ、と庭の木々が揺れた。

奈々は、登って来る途中にちらりと覗いた貴船川の清流を思い出した。

あの川は、そんな幾多の怨念を溶かし込んで流れているのだろうか？

それとも、貴船の闇というフィルターで濾過《ろか》されているが故に、あれほどまでに清冽《せいれつ》なのだろうか──。

奈々は寒気を覚えた。

「菟道彦《うじひこ》という名を聞いたことがあるでしょうかしら？」

涼子は崇を向いて尋ねる。

「ええ」崇は静かに答えた。「その娘は影媛《かげひめ》で、その影媛は建内宿禰《たけしうちのすくね》の母といわれている。そしてそこから紀氏、葛城《かつらぎ》氏、巨勢《こせ》氏、蘇我《そが》氏など、多くの氏族が誕生した」

「その通りです。また、その頃の人物で、応神天皇皇子に菟道稚郎子《うじのわきいらつこ》がいます。この皇子の御座所は許の国——きのくに、と呼ばれていました。やがてその場所が、菟道稚郎子の名を取り『うじ』と呼ばれるようになったのです。そこが現在の『宇治』です。ことほど左様に、紀と宇治とは因縁が深く、そして共に深遠な闇を抱えているのです」

「『体質』の話をされているのですね。非常に解りやすい」

崇は言うけれど、奈々には涼子が一体何を言いたいのか、依然としてさっぱり見当もつかない。

「……桑原さんは、私の言いたいことがお解りになりますの？」涼子は、薄い唇を歪ませて皮肉っぽく笑った。「到底、あなたにも理解し得ないでしょう——。この闇の深さは」

「涼子さんが、七福神について言われているのならば、という前提条件が付きますが——それならばおそらく、全てを」

「まさか！」涼子は笑う。「何故、他人のあなたに——」

崇は、真顔のまま後ろの壁を振り向き、喜撰法師の歌の額を指差した。

「そして、あの額に書かれている歌の真意も」

「あ、あなたは！——一体、いつのまに！」

涼子は叫び、片手で体を支え、腰を浮かせる。

そして、今までの物静かな仮面をかなぐり捨てて崇を睨みつけた。

一方、崇は涼しい顔で言う。

「同じ『人間』の作ったものですから、いずれは解ります。暗号歌だと気付いてからは、あっという間でした」

「――!」

「暗号歌? 喜撰法師の、あのへんてこりんな歌が暗号だってのか?」

小松崎は奇声を上げた。

そして貴子と二人で額を見上げる。

わが庵は
都のたつみ　鹿ぞ住む
世をうぢ山と
人は言ふなり

崇は、ずいっと前に進み出て、

「思えばここ『貴船』も『きせん』と読めますね。『喜撰』は『貴船』であり、同時に『黄泉』でもあったのでしょうか」

と言いながら、テーブルの上に広げたノートの上に、次々と文字を並べた。

奈々は、崇が最後に書いた文字を見て、目を丸くして尋ねる。

「黄泉《よみ》――?」

「そう、黄泉の国だ。黄泉の国は伊弉冉尊《いざなみのみこと》が神避《かむさ》った後に赴いたという世界、つまりあの世のことだ。『日本書紀』によれば一書《あるふみ》に、紀伊の熊野に存在するともいわれている。喜撰法師は、黄泉の国の人間だったのでしょうか」崇は涼子を見る。「そして、紀一族も……。確かに全ては、深く暗い静謐《せいひつ》な闇の中に、丸く繋がっているようだ」

窓の外は雨音が支配していた。

いつのまにか、豪雨になっている。

黒い雲が、貴船山全てを覆い尽くしてしまったかのように。

時折り雲の中に明りが走るのは、遠雷だろうか……。

この部屋も、薄暗く寒い。

奈々は、両手で自分の腕を抱いた。

やがて涼子が、ポツリと言った。

「分かりました……。桑原さん、あなたはどうやら本当に知ってしまったようですね……。全て、とは言わぬまでも大部分を――。それならば、私も全てを告白しましょう……。あなたの空白部分を、つまらぬ推論で勝手に埋められては、かえって私たちが迷惑する……」

涼子は、やや斜め下に視線を下げ、まるで第三者の話でもするかのように、冷静に話し出した。

「桑原さんが指摘したように、この木村家には、先祖代々伝来の秘薬があります。しかしこの秘薬は単味ではなく、何種類かの薬草が混合されているのです。しかも全ての原材料を手に入れることは、現代ではもう不可能に近いかも知れません。何故ならば、この秘薬は、遠く千年もの昔より我が家に伝わるものだからなのです。その言い伝えによると、弘仁《こうにん》元年にまで遡るといいます」

「弘仁元年――まさか!」崇は涼子の顔を見る。「藤原薬子《くすこ》――」

「そうだ、と言われています」涼子は、ほんのわずか、笑った。「弘仁元年に起きた『薬子の変』の際に、戦いに敗れた薬子が自ら呷《あお》ったものが、この秘薬だと言われているのです」

「――!」

「それを、平城《へいぜい》朝時代に中納言の地位にいた紀長勝《ながかつ》が手に入れ、密かに隠し持っていたのだそうです。薬子はその名前の通りに、薬草などに関しての豊富な知識を持っていた女性です。日本史上初めての、毒薬を用いた自殺者だという事実が、それを証明しているようにね……。その秘薬が今も、我が家の蔵の中に眠っているのです。そして我が家では、必ず年に一度、それを確認し、そして恭《うやうや》しく祀る習慣になっています……」

涼子は、やや俯き加減に視線を落とし、誰に語るともなく静かに話を続けた。

「三十年前、その毒で、私の夫は自殺したのです」

え――！

「理由は！」

問い質す村田に、涼子は笑う。

「さて……。私にも、思い当りません――。とにかく、翌日、私たちは、この家で夫の葬儀を執《と》り行いました。葬儀といっても、本当の密葬で、参列したのは私たち家族四人だけでした……。夕闇の迫る部屋には、静かに夫の遺体が寝かされていました。そして皆で、香《こう》を焚き、静かに花を飾りました――。菊の花を」

それは……！

「もう、お解りでしょう。その時五歳になったばかりの綾乃は、そこで初めて激しいアレルギーを起こしたのです。顔は一面朱《しゅ》に染まり、目蓋《まぶた》も大きく腫《は》れ上がりました。ぜいぜいと喘息発作を起こしたかのような呼吸をし始めて、手足の痙攣《けいれん》さえ始まりました……。後から考えてみれば、これは綾乃にとっての現実に対する拒否反応だったのかも知れません」

涼子の声は、ますます沈鬱になる。

「突然の父親の死は、幼い綾乃には到底受け入れることのできない現実だったのでしょう……。私たちはあわてました。取り敢えず病院に運ばねばと考え、綾乃の介護は私が引き受け、母と継臣は、その用意と車の手配のために、部屋を出ました。想像して下さい――。静かな夏の夕暮れ時。私の目の前には、顔に白い布の掛かった夫の真新しい遺体が。そして腕の中には、顔面を真っ赤に腫れ上がらせて苦しんでいる幼い娘。その時、部屋にあるものはそれだけでした。風すらもそよがない」

涼子は、大きく嘆息した。

「五体満足でいる私の方が、何か異常な生き物なのではないかと思ったものです。自分こそ、あの世の者ではないかと感じたものです……。その時は綾乃も、ようやくのことで一命を取りとめました。そして、病院の検査の結果、稀に見る酷い菊アレルギーだと判ったのです。それ以来、我が家から菊はもちろん、キク科の植物といわれるものは、全て遠ざけられたのです……。ですから、警部補さん――」

涼子は、つと顔を上げた。

「昨夜、あの娘が何をしたのか、詳しくは存じませんが、少なくとも悪気があったわけではないのでしょう。きっと、カミツレの花の香りで、少し気がどうかしてしまったのだと思います」

カミツレ？　と怪訝《けげん》な顔をする村田に向かって、そいつはキク科の花なんだそうですよ、と小松崎が補足した。

そうなんですか……、と村田は言う。

綾乃は、可哀相な娘です、と涼子は言った。しかし、

「だからといって、消えはしませんよ、綾乃さんの罪は。そして同時に――」

崇の声が、部屋に響いた。

「木村先生の、罪も」


びくり、と涼子は顔を上げる。

おい、どういうことだ？　と、村田は崇を、そして全員の顔を一人一人見回した。

崇はその問いには答えず、涼子を見つめる。

涼子も、ただ冷たく崇を見返す。

――測っている。

奈々は、心の中で思った。

崇と涼子――二人は視線だけで、お互いがお互いを測っているのだ。

「民俗学を専攻された木村先生は」崇は言った。「やがて、この緑深い貴船を出られて、東京に来られました。大学院を卒業されてからですね」

「そう……です」涼子は、用心深く言う。「そして明邦大学に、迎えられました」

「そこで、佐木教授に会われて――」

「二人は打ち解け、親しい付き合いになりました」

「やがて、先生は、佐木教授に――話してしまわれたのですね」

「そう……です」涼子は——ほとんど吐き出すように——言った。「あろうことか、秘薬の存在を!」

「ちょ、ちょっと、待ってくれ」小松崎が咳き込んで尋ねる。「そんな秘密を、いくら仲間だとはいえ、簡単に喋っちまうのかよ? いくら紀氏の身内同士といったって——」

その言葉に、崇は首を振った。

「いや。木村先生は、自分の家が正統の紀氏ではない、、、、、、、ことを知ってしまったのだ」

——え?

しかし、今までの話は、全て木村家が紀氏の末裔だという前提で起こった悲劇なのではないのか?

いぶかしむ奈々の隣で、崇は言う。

「そうでしょう、涼子さん」

その言葉に、

「——その通りですわ、桑原さん」

涼子は、憎々しげに言った。

「私たちは、生まれた時から、この家は正統の紀一族だ、と教えられて育ってきました。特に母——しづなどは、毎晩のように、継臣と綾乃の寝物語に語っていました。紀一族の歴史上における重要性と、それに比べて、余りに低い境遇に甘んじなければならなかった、先祖たちの苦労を……」

しかし、未だにそんな話を語り継ぐとは。

奈々には、とても信じられない——。

「そして、その立派な人々の血を受け継いだ我々はどう生きることが正しいのか、というような道徳律までをも、幼い二人が眠りに就くまで、一心に語りかけておりました……。綾乃は未だにその話を信じているのですが、私はある日、継臣に突然言われたのです——。その日、休暇で東京から戻って来ていた継臣は、普段にも増して真剣な顔で、私の部屋を訪ねて参りました。そして『お話があるのですが……』と、私に言いました。私は、何事が起きたのかと継臣を問いただすと『実は、私たちのこの家は、紀氏の末裔ではないんではありませんか』と、言いました」

——紀氏ではない？

しかし、そうすると、今までのことは……。

「最初、私は継臣のその言葉を理解することができませんでした。何を言っているの？　と尋ねる私に継臣は、延々と自分の考えを述べたのです。その話が終わり、まさか！　と目を見張る私に向かって継臣は、証拠があるんです、と言いました——」

「あの家紋ですね」

崇が、口を開いた。

「あの、丸に木の字を見た時に俺も、おやっと思いました。そもそも紀氏は『新撰姓氏録《しんせんしょうじろく》』によれば、神皇産霊尊《かみむすひのみこと》を祖先とする一族だといわれている。ちなみに、この神皇産霊尊という神は、八百万《やおよろず》の神に先駆けて天之御中主尊《あまのみなかぬしのみこと》、高御産巣日尊《たかみむすひのみこと》と共に初めて高天原《たかまがはら》に成りました神のことだ。そこから続く一族として賀茂県主《かものあがたぬし》、竹田連《たけだのむらじ》と共に、紀氏がいる。そして、現在まで連綿と続いているわけだけれど、その家紋は、出自ごとに異なる。例えば佐々木氏は『目結《めゆい》』、足利氏は『五三桐《ごさんのきり》』や『左三つ巴』、日下部《くさかべ》氏は『丸に違い矢』、服部氏は『松皮《まつかわ》菱《びし》』や『釘抜《くぎぬき》』などが代表の家紋となる。しかし——」崇は、じっと涼子を見つめる。「『丸に木の字』の『木村』というのは——残念ながら——見当らないでしょう」

「当初、私はとても信じられませんでした。幼い頃から父や母に、延々と聞かされてきた話が、本当に夢物語だったとは……」涼子は頷いた。「とすると、我が家に代々伝わってきた、薬子が用いたという毒——秘薬は、一体何だったのでしょう？ 真実、それは紀氏のものだったのでしょうか？ 継臣に言われるまでもなく、私も疑問に思いました。私はただ、呆然とするばかりでしたが、継臣にしてみれば、居ても立ってもいられなかったのでしょう。ついに、私の強い制止も聞かずに、佐木教授にその分析を依頼してしまったのです」

——紀の毒の……分析を！

「私は、激しく反対しました。あれは、この家から外に出してはいけない。外に出してしまえば、必ず我々に災厄をもたらすと」涼子は、辛《つら》そうに言う。「しかし継臣は、この謎を突き止めねば、亡くなった父・伝次郎《でんじろう》の霊が浮かばれません、と私に言い残して東京へ……」

「そして、その結果は、どうだったのですか？」

崇の問いに、涼子は、

「結局、解りませんでした」

と答え、

「ふわっくしょん！」

と、小松崎が、くしゃみをした。

それを横目で見て、崇は言う。

「涼子さん。実は木村先生は、この紀邑《きむら》の家から解放されたがっておられたのではないでしょうか」

「解放――？」

「そうです。この家の歴史が、重かったのではないですか？」

――歴史？

しかし、この紀邑の家が正統の紀氏ではないとすれば、歴史と呼べるほどのものが、果たしてこの家にあるのだろうか？

首を傾げる奈々にはまるで気付かないように、崇は話を進めた。

「そして、秘薬の謎が解明されることによって、木村先生と綾乃さんは『紀邑』という家から解放される可能性があると踏んだんではないでしょうか？　先生は『家』という呪縛から逃れたかったんでしょう……。しかし、先生の予想に反して、綾乃さんは非常に保守的だった。何故ならば、先生のように多角的な知識を得る機会の少なかった綾乃さんは、しづさんによって完璧に洗脳されていたからだ」

「………」

「昨夜のように、綾乃さんがアレルギーによって意識障害を起こした時、無意識のうちに木村の家にとって不都合な人間を攻撃してしまうというのは、綾乃さんの潜在意識下における——しづさんの呪《しゅ》によるものなのでしょう」

——呪！

「幼い頃に綾乃さんはしづさんから、何度となく、そのような、、、、話を聞かされてきたのでしょうから」

——そのような話？

意味が、よく解らない……。

「だから綾乃さんは、同じ身内とはいえ、他人の佐木教授に紀邑の秘密を打ち明けた先生の行動を、決して快くは思っていなかったはずだ。しかも、おそらくそこで教授と先生との間に何かトラブルがあり、その秘密が公《おおやけ》になりそうになった。その上、更に星田さんまでもが加わってきた……。星田さんが果たしてどの程度まで知っていたのかは解らないけれど、綾乃さんは、非常に危機感を抱いた。そこで——」

「しかし！」涼子は、振り絞るような声で崇を遮る。「何度も言いますように、桑原さんのお話は、全てあなたの頭の中の想像物にすぎないでしょう！　余りにも現実から、乖離しすぎています。結局、この継臣の告白文だとて、完全に否定することはできない」

「告白文だぁ？」村田は、身を乗り出す。「告白文とは何のことだ？　告白文とは！」

ちびた鉛筆を振り回す村田に、涼子は、いかにも悲しそうな表情で微笑んだ。そして、

「これです」と言って差し出す。「継臣の机の上にありました……」

村田と巡査長は、お互いに肩をぶつけ合うようにして覗き込む。

それを斜に見ながら、小松崎は言った。

「しかしよ、そいつは偽物らしいぜ」

「ニセモノだぁ⁉」

勢いよく振り返る村田に涼子は、ほほ……と微笑み返した。

「そういった可能性もあるのではないか、と先ほど桑原さんがおっしゃったのです。真贋《しんがん》の判定は、警察のかたに任せたほうがよいだろうと。ええ、もちろん私も、最初からそのつも

りでおりました。万が一、ということもありますからねぇ」

「さっきタタルが、こいつは偽物だと証明したじゃねえか！」

「証明？」涼子は、キョトンとして小松崎を見る。「一体何をですか？　いいえ、何も、証明されてなどいませんわよ……。確かに、昨夜そちらの彼女が部屋をノックしようとした瞬間にドアが開いたという、ただその一点から、ここまで推論を組み立てられたのには、少し感心致しましたけれど……。しかしそれも、言い換えれば、ただそれだけの論拠にすぎないということです。違いますか？」

「し、しかしよ。綾乃さんは、本当に菊アレルギーだっていうじゃねえか」

勢い込む小松崎に、涼子は涼しげに頷く。

「ええ、そうです」

「それじゃあ、タタルの意見が正しいってことじゃねえか！」

ほほ……、と涼子は笑う。

「意見としては——ね。但し、何の論証にもなりませんせん」

「筋は通ってるぜ」小松崎は反駁《はんばく》する。「佐木を殺した木村は、事故に見せかけようとしてあんな工作をした。しかし佐木は『紀の毒』にやられた、と告発する。それを耳にして皆に言い回っていた星田は、綾乃に刺された。星田は『あやの』と犯人の名前を書き残そうとして、こと切れた。だが菊アレルギーだった綾乃はその時、窓から逃げられなかった。そこで

——」

「しかし、証拠はありません」涼子は、ひきつった笑いを投げかけた。「それに、そう、継臣の動機は一体何だと言うのですか？　何故、継臣が佐木教授を殺さねばならなかったのですか？　証拠も動機も見当らなくて、よくあなたはそんなことを口に出せるものですねぇ」

「へっ！」小松崎は、笑う。「あんたの話には、嘘が多すぎるんだよ」

「嘘！」

「大体からして、証拠、証拠と騒がしく言い立てるってそのこと自体が証拠だろうが。やっぱり犯人はおばさんたちだな」

「お、おばさん——⁉」涼子は、小松崎を睨み付ける。雪のような頬が、桜色に上気した。

「あなたはどうやら、不必要に敵を作るタイプの人間のようですね。しかし、あなたたちが何をどう言いくるめようとも、現実には証拠というものが必要なのです。ねえ警部補さん、これではまるで、魔女裁判ではないですか」

冷ややかな視線を投げかける涼子に小松崎は、なにいっ！　と肩を怒らせて詰め寄る。しかしその大きな肩を、片手で、ぐっと押さえて、崇は言った。

「涼子さん——。初めに言った通りです」

「？」

「俺はただ、昨夜までの症状を取り除いたにすぎない。正直言って、今までのことには、全く興味がないんです」

「——え？」

「おい、ちょっと待て！」村田が叫ぶ。「殺人事件の話だぞ。興味がないとは何だ、興味がないとは！」

崇は村田を見ると、無表情のまま軽く会釈した。

「誤解を招くような言い方をしてしまって、失礼しました。つまり、佐木教授から始まる一連の事件に関して、俺は一番ありそうな、確率の高いであろう推論を述べただけです。だから、これが正しいのか、それとも間違っているのかは、警察の方々にお任せするしかありません——。そういう意味なんです。俺の興味があるのは、これからだ」

「これから？」

「これからが、事件の本質——つまり、真実の話になるのです」

——事件の本質！

「七福神の話です」

——い、い、七福神！

ちょっと待て！　村田が鉛筆を振り回して叫ぶ。

「そんな話は後だ！　まず、こっちの話を優先させてもらおう。何なんだ、君たちは！」村田は、木村の遺書を取り上げて怒鳴る。「皆で、わけの解らんことばかり話して、えぇ？　どういうことですか、涼子さん。こいつは——」

遺書を、パンと叩く。

「ニセモノだっていうんですか？」

いいえ、と涼子は笑いながら首を横に振る。

じゃあ、どういうわけです？　と声を張り上げる村田に向かって、

「さあ……」と嘆息した。「この方たちは、何か勘違いされているのだと思います……」

「まあ、いい」村田は憤慨して、遺書を畳んだ。「今、我々の仕事は、昨夜の事件の解明だ。とにかく当事者同士の話を、双方から聞きたい。綾乃さんを、ここに呼んで来て頂けますか」

「分かりました」

涼子は、しゅっ、と衣擦れの音を立てて、立ち上がった。そして、するりと障子を開き、一旦立ち止まり、全員を振り返った。

「ただ、繰り返しますけれど、綾乃には何の悪意もございませんでした。それだけを心にお願いします」

涼子が出て行ってしまうと、部屋には再び重い空気が充満した。

時計だけが相変わらず時を刻み、雨がざわざわと木々を叩いている。

雪見障子を通して庭を見れば、先ほどより雨は収まっては来たものの、まだ時折りざっ、と庭の松の枝を揺るがせて、白い風が通り過ぎて行く。

村田は、ふふうっ、と嘆息をつき、鉛筆を舐《な》め舐め、手帳に何か書きつけている。

巡査長は、その姿を横目で眺め、奈々たちは所在なげに庭を、そして家紋や歌の収められている大きな古ぼけた額を、見るともなく眺めていた……。

奈々は、ふと思う。

今の涼子の話は、一体、どこまでが真実だったのだろうか?

どうも、納得がいかない。

小松崎は何度もくしゃみをこらえていたし、崇の質問にも涼子は、ただはぐらかしただけの部分も沢山あった。言葉と言葉のせめぎ合いで、何も結論らしいものは出なかった。

しかし、それも仕方がないのか。

言葉というのは、その程度の胡乱《うろん》なものなのか。

しかし、その言葉が脳に染みつき始めると、やがてそれが——呪となる。

そこで、初めて実体を持つのだ。

呪いとはそういうものだ、と奈々は理解した。

呪い、と言えば、

肝心の『七福神』はどうしたのだろう？

『六歌仙』に至っては、『ろ』の字さえも出て来なかったではないか！

奈々はそれを確かめるべく、隣で腕を組み俯いたままの崇に手を伸ばし、
タタルさん、と呼びかけようとした。

その時、急に廊下で騒がしい物音が聞こえた。

そして、「一体、どういうことなの！」と、ヒステリックに叫ぶ、女性の声。

続いて、

「綾乃！」

叫ぶ涼子の甲高い声が響き渡り、それに続いてバタバタと駆け出す足音。

「綾！　待ちなさい！」しづの声もする。

逸早《いちはや》く、ハッと顔を上げた村田と巡査長が障子を開き、廊下へ飛び出す。

それに続くように、小松崎の巨軀が疾風の如く部屋を飛び出した。空手で鍛えただけのことはあって見かけの割に身が軽い。

そして少し遅れて崇、奈々、貴子と続いた。

玄関まで一直線に延びている廊下を、皆は走る。

奈々が崇の後ろから覗けば、先頭は既に玄関まで達していた。

ガラガラッ、と玄関を勢い良く開く音。

冷たい風が、颯《さっ》と廊下を走り抜ける。

「綾乃が、逃げたぞ！」村田の怒鳴る声。

「待ちなさい！　綾乃！」涼子の叫ぶ声。

「離してっ、母さん！」綾乃の金切り声。

「何をしてるんだッ！」小松崎のドラ声。

薄暗い中に目を凝らせば、小柄な女性が涼子の手を振り切って、雨の中に走り出たところだった。

涼子は、一瞬よろめく。

しかし、すぐに体勢を立て直し、その後を追って外に飛び出して行った。

奈々たちに向かって村田は振り返り、

「あなたがたは、ここにいなさい！」

そう叫ぶと、巡査長と共に後を追う。

「タタルたちは、ここで待ってろ！」

小松崎は大声で怒鳴り、村田たちと一塊りになって外に飛び出した。

そう言われても、じっとしているわけにはいかない。

奈々たちも廊下を走り、玄関に辿り着く。

あわてて靴をつっかけて外に出れば、雨が、ざあっ、と髪に降りかかった。

「二人とも車に乗ったぞ！」

というドラ声が響き、同時に門の外から、車が急発進する音が奈々の鼓膜を震わせた。

そしてそれに続いて、もう一台、エンジンをかける音。

奈々たちも雨の中を門まで走る。

「何だ！　何で君もいるんだ⁉」

という村田の声がして、無理矢理に後部座席に乗り込んだ小松崎の大きな後ろ姿が、チラリと見えた。

奈々たち三人が門をくぐった時には、赤い車が水しぶきを高く撥ね上げながら、猛スピードで山道を下って行ったところだった。

やがて二台の車は、白い雨の中に姿を消し去り、遠ざかるエンジンの音だけが、貴船山にこだました。

《七福神》

崇たちは濡れてしまった服を拭《ぬぐ》いながら、再び応接間に戻った。すっかり疲れきってしまった様子の貴子を気遣い、奈々と崇は並んで腰を下ろす。

障子の隙間から庭を眺めれば、時折り吹く風が松の梢《こずえ》から、キラキラと水滴を払い落としていた。応接間は、しんとしている。

五月の初めというのに、こんなに寒々しい時を過ごすのは奈々にとって初めての経験だった。奈々は思う。

──事件は、何一つ解決していない気がする。

表層の現象は、崇の説で納得できる。

しかしそれは、崇も言ったように「表の事件」なのだろう。とすれば「裏の真実」とは、一体何か？　奈々の左隣では、崇が目を閉じたまま腕を組み、右側では膝の上で両手を固く握り締めたまま、貴子がじっと俯いている……。

　やがて、入り口の障子が静かに開かれた。そして、丸い山中塗りのお盆に新しいお茶を載せて、ひっそりとしずが入って来た。

「すまんどすなぁ……皆さんに色々とご迷惑ばかりおかけしまして……」

　しずは三人の前に、コトリ、コトリと静かにお茶を置く。

　奈々たちは軽く頭を下げ、そしてしずも礼を返すと部屋を出て行こうとした。

「しづさん……」崇は呼び止めた。「皆が戻って来るまでの時間、少しお話でも付き合っていただけませんか？」

「はい……？　何の——」

「七福神の——です」

「七福神？」

「はい」

　奈々と貴子はハッと顔を上げる。

　しずは皺《しわ》だらけの顔でニコリと笑い、ほな、少々お待ちを、と言い残して部屋を出た。

　再び戻って来た時には、自分用の年季の入った渋い備前の湯呑みを盆に載せていた。

　そして、さっきまで涼子の座っていた場所に、その小さな体を埋めるようにして座った。

「どないな話ですやろ……」しずは不思議そうな顔で崇をゆったりと見る。

崇は答えた。

「七福神にまつわる秘密です」

「タタルさん！　それって――」奈々は思わず崇の袖を引いて叫んだ。

「ああ、そうだ。そしておそらくは、佐木教授や星田さんの事件を引き起こした、全ての元凶だろう」

「解ったんですか！」

「ああ。解った」

「だって、昨夜は――」

「即ち当《まさ》に刮目《かつもく》して相待《あいま》つべし――だ」崇は微笑む。

一方貴子は、未だ半分茫然自失《ぼうぜんじしつ》の面持ちでハンドバッグをガサガサと探り、それでも気丈に、例のメモ帳とペンを取り出した。

「ただ、かなりあなた方にとって耳障《みみざわ》りな部分は、避けて通れませんが――」

「かましまへん」

しづは崇に笑い、そして言った。

「私は全て知っとりますで」

＊

先に車に乗り込み、ハンドルを握ったのは綾乃だった。

涼子は、やっとのことで発車寸前の愛車にとりすがり、転がるようにして乗り込む。

綾乃がエンジンキーを素早く回し、思い切りアクセルをふかすと、後輪が水しぶきを高々と撥ね上げ、大きく横滑りしながら赤いＢＭＷは急発進した。

綾乃は、青白い彫像のような顔に、まだ所々昨夜のアレルギーの痕《あと》を残しながら、真剣な眼差しでハンドルを固く握り締めている。

「綾乃！　停めなさい！」

綾乃は何も答えず、両肩を震わせて、アクセルを強く踏み込んだ。

車は、猛スピードで山道を下る。

うねる道の両脇を包み込むようにそびえ立つ杉の木立が、怖ろしい速度で次から次に後ろへと飛び去って行った。

「一体どうしたの⁉　車を停めなさい。こんなに視界が悪くては——。聞こえないの？」

涼子は叫び、綾乃を見れば、下唇を強く噛み締めて、今にもこぼれ落ちそうな涙をこらえていた。

「綾！　家に戻りなさい。あなたが逃げる理由など、何一つないのよ！　昨夜のことはあなたが病気だったために起こったことだし、その他のことは、府警には何一つ立件できやしません。ええ、できるものですか。物証が何もないのですからね。すべては、あの青年の頭の中での物語です。何とか証明しようとしていたようだけれど——」涼子は、ふん、と鼻で笑う。「何一つ証明は終わっていません」

「違うの！」綾乃は叫ぶ。「そういう次元の問題じゃないの！」

「じゃあ、どういうこと⁉」

「お母さん！」綾乃は吐き出すように言う。「私たちが紀氏の末裔《まつえい》ではないって、本当なの？」

「——！」

「本当なの⁉」

「綾乃。あなたは、先ほどの応接間での私たちの話を全部——」

聞いていたのね、と言いかけた涼子の言葉を遮って、綾乃は母の顔も見ずに言う。

「それならば、この紀邑の家というのは、一体《いったい》何？　何のために、私は今まで——」

「綾——」

「紀邑の家が紀氏の末裔でないとすれば、私のやってきたことは一体、何？　お母さん、答えて！」

「紀邑の家は——紀氏です」

「話が違うじゃないの！」

綾乃は、ハンドルを右に左に大きく切る。

その度に涼子の体も、左右に揺れた。

「お母さん。さっきの話は嘘だったの？　私はもう何も信じられない！」

何を言っているの！　涼子は目を大きく見開いて叫ぶ。

「私を信じて、綾乃。私たちは決して間違ってはいない。そして、もちろんあなたの行いも。何も——間違ってはいない！」

「それならば！」綾乃は叫ぶ。「何故、お母さんはあそこまで話してしまったの！　あんな奴らに話すことなどない」

「綾——」涼子は言う。「仕方ないのよ。少しは真実の話も混ぜないと。全てを隠し通すことは無理でしょう。それに、そうでもしなければ、必ず彼らは土足で私たちの奥座敷まで上がって来るのよ！」

「兄さんと、同じようなことを言う」

綾乃は涙で濡れた目で、涼子をきつく睨む。

とにかく停めなさい！　と言う涼子の声を無視して綾乃は言う。

「お母さん。この世には、決して余人が足を踏み入れてはならぬ領域というものがあるでしょう。しかし誰も彼も無節操に踏み込んでくる。それは彼らが、自分には全てを知る権利がある、と思い上がっているからなのよ！」

「塞《さえ》の神――七福神のことね」

「それが許せなかった！　皆、自分の分をわきまえていない。彼らには、知る権利などない」綾乃の体は震えていた。「知ったところで、何ができるというの！　どういう義務を果たすことができるの！」

「…………」

「お母さんは、私を庇《かば》った」

「当然です」

「そのために、嘘まで吐《つ》いた」

「ええ。私は彼らに、全ての真実を伝えねばならないという義務はないわ」

「それが違うの！」綾乃は叫ぶ。「この紀邑の家が本当に紀氏の末裔ならば、私は誰の庇護も必要としない！」

「――！」

「この家のためならば、私は自分の身の心配などしなかった。全ての行為は、必ず昇華されると信じていたから。なのにお母さんは、必死に私を庇おうとした。何故、庇うの？　この家が紀氏の末裔ではないから？　そしてお母さんは、とっくにそれを知っていたから？　答えて！」

「綾、とにかく車を停めて」

という涼子を無視して綾乃は言う。

「それならば、何のために——何のために私は」

涼子を睨む。

「兄さんまで殺してしまったの」

しづは、全てを知っている……？

沈黙が部屋を支配し、やがて崇が口を開いた。

「——そうですか。それならば、しづさん。そのまま話を聞いていて下さい。これから、奈々くんたちに説明します……。では」

崇はテーブルの上にノートを広げた。そして、いつのまに持って来ていたのだろう、上着のポケットの中から『古今和歌集』を一冊取り出して、ノートの横に置いた。

奈々は胸が高鳴る。

いよいよ——、
本当にいよいよ、その秘密が明かされる。

＊

「最初から言っている通りに、七福神の謎を解くことが全ての謎を解く鍵になる……。七福神については、もう充分に知っているはずだけれど、一応簡単に振り返っておこう」

前置きして、崇は話し出した。

七福神は元々は全員が鬼や怨霊であり、彼らは怨霊鎮めの数字「七」によって封じられている。

個別には——。

『大黒天《だいこくてん》』は、大きな黒——地獄の王であり、また同時に「国譲り」の結果、不幸な死を遂げさせられた大国主《おおくにぬし》と習合されている。

『弁財天《べんざいてん》』は七福神中、唯一の女性の神である。本来の姿は龍神であり、同時にまた文字や芸能の神でもあるとされている。

『毘沙門天《びしゃもんてん》』は全世界を統《す》べる万能の神であったが、自分の弟に宮殿から追い出されたという悲惨な過去を持っている。しかしヒマラヤに逃げて、そこで再び新たな神となった。四天王の一人である。

『福禄寿《ふくろくじゅ》』と『寿老人《じゅろうじん》』は同体で、共に凶々《まがまが》しい星であり、また人命を司る神、泰山府君《たいざんふくん》でもある。

『恵比寿《えびす》』は不幸な子で、海に流されてしまった結果、神として祀られるようになった。

『布袋《ほてい》』は契此《かいし》という僧がモデルで、その僧は弥勒《みろく》の生まれ変わりと言われている。

云々……。

「そこで昨日、奈々くんに訊かれた問題も含めて、幾つかの疑問点が浮かんでくる」

崇は、ポケットからゆっくりとメモ帳を取り出すと、一つ一つ読み上げた。

・七福神と、妙見信仰の関連について。
・何故、七福神に女神は一人だけなのか？
・何故、毘沙門天だけが単独で選ばれたのか？
・何故、福禄寿と寿老人が共に入っているのか？
・布袋は怨霊か？　何故、選ばれているのか？

「細かい点は後回しとして、大きな疑問点はこの五つだった」

奈々と貴子は、無言で頷く。

「特に、奈々くんから提出された、後半部分の四つの質問には、正直言って久々に頭を悩ませられた。何故ならば、これら全ての疑問に明快な答えを出せるような文献は、今まで何一つ目にしたことがなかったからだ……。ところが、たった一つの鍵を当てはめるだけで、これら全ての謎の扉を開くことができたんだ」

「え？」

奈々と貴子は、崇に向かって身を乗り出す。

崇は、しづを、ちらりと見て、

「その前に『六歌仙』だ。簡単に復習しよう」

再び話し始めた。

六歌仙、とは全員が文徳《もんとく》天皇第一皇子・惟喬《これたか》親王の周りにいた人物である。

本来ならば、天皇の座に就くのが順当であった惟喬親王は、紀氏の血筋ということで——二度もその機会があったにも拘らず——藤原良房、基経親子に妨げられて出家させられた。

その後、小野《おの》の里で、淋しい生涯を閉じざるをえなかった。

そして、惟喬親王との関わり合いから——。

僧正遍昭は——桓武《かんむ》天皇皇子・良岑安世《よしみねのやすよ》の子、つまり桓武の孫という高貴の生まれであり、蔵人頭《くろうどのとう》にまで昇ったが、仁明天皇崩御とともに、その地位を追われて出家した。

小野小町《おののこまち》は——仁明天皇更衣《こうい》であったにも拘らず、天皇崩御後に当然手に入れる権利のある更衣田すら拝領することもできずに、宮廷を追われた。その結果、悲惨な老後を送ることを余儀なくされ、何処かで人知れずその生涯を閉じた。

文屋康秀《ふんやのやすひで》も含めて、その一族がいわれなき流罪や左遷の憂き目に遭った。特に宮田麻呂などは、無実の罪で伊豆に流されて死亡し——それが冤罪だという証拠に——八所御霊《はっしょごりょう》として今も祀られている。

在原業平《ありわらのなりひら》は——桓武天皇の血を引きながらも、罪人同様の扱いで冠位を剝奪されて東国に逃げた。兄の行平《ゆきひら》もまた、流罪になっている……。ちなみに業平の妻は、紀名虎の孫娘であり、業平自身、紀氏と深い交流を持っていたと考えられる。

そして、大伴黒主《おおとものくろぬし》の一族の大伴氏や、喜撰《きせん》法師の一族の紀氏は、応天門の変の際に、藤原氏によって罪を捏造《ねつぞう》され、朝廷から一掃されてしまった。

つまり、大伴・紀・小野・文屋・在原などの六歌仙たちの氏族は、藤原氏の陰謀によって、悉《ことごと》く中央から追放されてしまった……。

「良房は紀氏たちを、歌を詠むばかりで何もしないと言ったけれど、自分自身も現実の政策には、殆ど手を付けていなかった。彼の頭の中には自分が——藤原北家が——いかに全ての権力を手中にするか、という欲望しかなかったからだ。しかし、これは藤原氏において、決して良房一人の特性ではない。その証拠に、藤原氏は実に多くの仏堂の建立に努めている。例えば、緒嗣《おつぐ》は泉涌寺《せんにゅうじ》を、氏宗《うじむね》は円成寺《えんじょうじ》を、基経は極楽寺《ごくらくじ》を、忠平《ただひら》は法性寺《ほっしょうじ》を、兼家《かねいえ》は法興《ほうこう》院《いん》を、道長《みちなが》は法成寺《ほうじょうじ》を、そして頼通《よりみち》はあの平等院《びょうどういん》を建立している。何故、彼らはこれほどまでの多くの寺を建立しなければならなかったのかと言えば——」

——怨霊慰撫！

「それは、彼らの手によって失脚させられて行った、無辜《むこ》の人々の怨霊を怖れたからに他ならない……。寺院建立に、延命息災・子孫繁栄という祈りが込められたのは、あくまでもその延長としての話だ。その藤原氏の中でも特に良房は、稀《まれ》に見る冷徹な独裁者だった。そこで、先ほど奈々くんにも話したけれど、紀貫之が策を練った」

「紀貫之？」

首を捻る貴子に、崇は言う。

「そうだ。『古今和歌集』だ。この勅撰和歌集の直接の編纂は、惟喬親王皇子・兼覧王《かねみのおおきみ》と、貫之たち紀氏の手によって行なわれた。彼らはこの古今集によって、六歌仙たちの鎮魂と同時に、藤原氏告発を行なった。いや、告発ではない、呪《しゅ》を懸けようとしたんだ」

「呪！」

「だから当然の如く古今集には彼らの、藤原氏に向けた呪いの歌が載せられている」

「え？　それは——」

「知らないのか、貴子くん。困ったな——。では、古今集や新古今集の歌が——全てというわけではないけれど——一つ一つ次の歌に繋がって行くように並べられている、という事実は知っているね」

「はい、それは——」

「その例は随所にあって、きちんと知りたければ一覧表にでもしてあげてもいいんだけれど、今は、一つ二つだけ挙げてみようか」

崇は、古今集をパラパラと捲る。

奈々と貴子は、その手元をじっと覗き込む。

しづは――起きているのか眠っているのか、大人しくじっと座ったままでいる。

「例えば――そうだな、こんなところはどうだろう……。

巻第四・秋歌上。

一首めは、藤原敏行《ふじわらのとしゆき》の歌だ。

一、秋来ぬと目にはさやかに見えねども
　　風の音にぞおどろかれぬる

そして次は貫之の歌だけれど、この二首は『秋』そして『風』という言葉で繫がっている。

二、川風の涼しくもあるかうち寄する
　　波とともにや秋は立つらむ

次も『秋』『風』

三、わが背子が衣の裾を吹き返し
　　うらめづらしき秋の初風

『秋』『風』『吹く』

四、昨日こそ早苗取りしかいつの間に
　　稲葉そよぎて秋風の吹く

などだ……。そしてこの後も『秋』『日』『天』『逢ふ』などの言葉を媒介として続いて行く——。また」

崇はページをパラリとめくる。

「ここもそうだ。

巻第十二・恋歌二。一首目は小野小町。

一、思ひつつ寝《ぬ》ればや人の見えつらむ
　　夢と知りせば覚めざらましを

『寝』『人』『見る』『夢』

二、うた寝に恋しき人を見てしより
　　夢てふものは頼みそめてき

『恋しき』

三、いとせめて恋しきときはむばたまの
　　夜の衣を返してぞ着る

『夜』

四、秋風の身に寒ければつれもなき
　　人をぞ頼む暮るる夜ごとに

…………

この後は『人』『夜』『袖』『時鳥《ほととぎす》』などの言葉で繋がって行く」

以前に崇から、藤原定家の編纂した新古今和歌集も、こういう歌の配列になっているという話は聞いた。そしてその時に古今集も同様の工夫がされている、とも聞いていたけれど……。やはり本当だったのだ。

崇は、まるで常識のように言っていたが、奈々はもとより知るわけもない。何しろ奈々が古今集の中を覗いたのは、これが初めてだったのだから……。

「それを前提にして、ここの部分だ」

崇はページをめくり、全員に見せる。

「巻第一・春歌上・五十二番。

『年経ればよはひは老いぬしかはあれど
　花をし見ればもの思ひもなし』　藤原　良房

そして五十三番。

『世の中にたえて桜のなかりせば
　春の心はのどけからまし』　在原　業平

――どうだい？『花』というのは当然『桜』を意味しているから、見事にこの二首も繋がっているじゃないか」

「――それが……？」

「――それがどうしたんですか、タタルさん？」

「いいかい奈々くん。この五十二番の歌は藤原良房、次の五十三番の歌は在原業平の作なんだよ。そして、良房の歌の詞書にこうある――。

『染殿后《そめどののきさき》の御前に、花瓶《はながめ》に桜の花を挿《さ》させたまへるを見て詠める』とね」

「――だから、良房の歌も業平の歌も、桜の花で繋がっている、と？」

「きみは何を言っているんだ？　そんなことは最初から解ってる――。つまり良房は、こう詠んだ。『自分はすっかり年を取ってしまったけれど、この染殿后（明子《あきらけいこ》）という桜の花さえあれば、私には何の憂いもない』……。これは当然だね。明子は文徳天皇皇后として、惟喬親王のライバルの惟仁《これひと》親王、後の清和《せいわ》天皇をすでに生んでいる。ここから藤原氏全盛が始まって行くんだから。良房にとっても、まさに我が世の春となりつつあるわけだ。

　そして次に、業平の歌がくる。

『世の中に　たえて桜の――』」

——あっ！
——たえて桜の
なかりせば！

「そうだ、奈々くん」崇は顔色を変えた奈々を見て、ふっと笑った。「この世の中に『桜』さえ無ければ、この春はどんなに心地よいことだろうか、という意味だ」

「桜、つまり、明子さえいなければ！」

「その通り。それ以外に、この歌がこの場所に置かれている意味があると思えるかい？　偶然と言うには余りにもできすぎだ。業平の真意はともかくとしても、少なくとも貫之は、意識してこの歌をわざわざこの場所に配置したんだ。業平の心情を代弁するかのように、ね」

——何という……。

「でも、タタルさん」貴子が尋ねる。「そうすると、この歌は、それこそ呪いを懸ける歌になってしまうんじゃないですか？　勅撰和歌集に、そんな歌が載せられているものでしょうか？」

「君は人が良すぎるようだね、貴子くん。先ほども言ったように、古今集にはそんな歌はいくらでも載っている。別に、今更驚くようなことじゃない。後ほど言うけれど、現に業平も明らかな呪いの歌を詠んでいる。それに——」

崇はパラパラとページをくる。

「こうしてランダムに本を捲《めく》っていても……ほら、こんな歌もある。これは呪い、と言うよりは皮肉だがね——。貫之だ。

『咲きそめし宿し変はれば　菊の花
　色さへにこそ移ろひにけれ』

咲いている場所が変わってしまったので、菊の花もすっかり昔とは違ってしまった、という意味だ」

「菊の花……」貴子はペンで自分の額を叩いた。「菊、と言えば天皇家のことですか？」

「実際に菊の花が天皇家の紋として一般に認識されるようになったのは、後鳥羽《ごとば》上皇の時代からだが——この場合は、素直に天皇家を表わすと受け取っていいだろうね」

「すると、この歌は……どういう意味になるんでしょうか？」

「ああ。つまりこの惟仁親王——清和天皇の時代には、天皇が内裏《だいり》に住まわれずに、良房の邸に住んでいたんだ。その場所はと言えば東一条第、言うまでもなく、内裏の外だ」

――天皇が内裏にいなかった！

奈々は驚いて、叫ぶ。

「それは今で言えば、天皇陛下が皇居にいらっしゃらなくて、総理大臣の自宅にお住まいになっているということですか！」

「その通りだ。おかしな時代だ。と言うよりも、いかに藤原氏の力が強大だったか、という証拠だね。だからこの歌も、明らかに貫之の皮肉だ。天皇が本来いらっしゃるべき『宿』に住まわれていないので天皇家の『色さへにこそ移ろひにけれ』……。

このように、天皇ですら良房に頭が上がらない。だから権力闘争に敗れた紀氏・大伴氏・在原氏などは、どんな待遇を受けていたか、容易に想像がつくだろう……。つまり貫之は、このようにして、六歌仙と、その氏族の霊を慰めようと試みた。事実、清和天皇などは崩御されるまで、惟喬親王の生霊《いきりよう》を怖れていたと伝えられている……。しかし時代が下りまた新たな事件が起こる」

「新たな事件？」

「冷泉院《れいぜいいん》の狂《くるい》、だ」

「藤原元方《もとかた》！」貴子はペンを止めて叫ぶ。「道真に継ぐ、日本の大怨霊と呼ばれている――」

――道真に継ぐ、
日本の、大怨霊⁉

貴子の言葉に奈々は、またもや驚いて尋ねる。

「タタルさん。そんな怖ろしい人が、まだ日本にいたんですか？」

——聞いたことも、ない。

そんな奈々を見て、崇は笑った。

「ああ。この国は右も左も、上も下も、どこもかしこも怨霊だらけだ。我々は、その怨霊たちの間の僅かな隙間で、細々といじましい生活を、日々営んでいるにすぎないんだよ。この事件は決定的だった。簡単に説明しようか」

頷く奈々を見て、崇は口を開いた。

「村上天皇の時代に藤原元方という人物がいた。元方は自分の娘を天皇の更衣《こうい》に入れ、第一皇子・広平《ひろひら》親王を誕生させた。これで自分は、次期天皇の外祖父と喜んでいたところ、右大臣・藤原師輔《もろすけ》——道長の祖父だ——の娘の生んだ憲平《のりひら》親王が、広平親王を差し置いて皇太子となってしまった。後の冷泉天皇だ。そのため元方は失意の余り亡くなってしまい、同時に広平親王も薨《みまか》った。そして、元方は大怨霊となったんだ……」

崇は、嚙んで含めるように、ゆっくりと奈々に説明する。

「まず元方の怨霊は、冷泉天皇に祟《たた》る。そして后の昌子《しょうし》内親王、冷泉天皇母の安子、同母弟の円融院《えんゆういん》、父の村上帝など冷泉天皇の周りの人々全てに、病や事故をもたらす。それが理由で、冷泉天皇皇子である花山《かざん》天皇は出家し、三条天皇も病に冒され、退位を余儀なくされた。その結果、皇室から冷泉天皇の系統が全く失せてしまったんだ……。俺が何を言いたいか、解るだろう」

——つまり……。

奈々は、今までの崇の話を、頭の中で必死にまとめる。

元方は、自分の娘を更衣に入れて、皇子を生ませたけれど、その後に生まれた、藤原氏系統の皇子が、自分たちの皇子を差し置いて——皇太子となってしまった！

「この事件のきっかけは——！」奈々は、崇を見つめて叫ぶ。「弟が兄を差し置いて即位した、つまり惟喬親王の時と全く同じだということですね！」

「そうだ」崇は奈々に、ニコリと微笑む。「だから貫之以降の人々も、惟喬親王や六歌仙たちの怨霊を、非常に怖れたんだ」

実際に、元方の怨霊は祟ったのだ。

とすれば、当然、六歌仙たちも——祟る。

ならば——。

「タタルさん……」奈々は嘆息して崇に言う。「そんな怖ろしい人たちの霊を、よくも今まで知らずに過ごして来たものですね——。知らない、ということは本当に——」

「何を言っているんだ、きみは？　誰も放っておきはしない」

「え？」

「俺は今まで、その話をしていたんだ」

「でも、私は知りませんでしたよ」奈々は、キョトンと崇を見る。「今、初めてタタルさんから聞いたんです」

「私も」貴子も、不思議そうな顔で呟く。「六歌仙たちを、一度もお参りしたことなど」

ふっ、と崇は笑って言う。

「お参りどころか、君たちは、祀ったこともあるはずだ」

「どういう意味ですか？」

「七福神だ」

「え？」

「七福神？」

「そうだ」

崇は深く息を吐いた。

「『七福神』は『六歌仙』だったんだ」

＊

「な、何で君までついて来るんだ！」

村田は後部座席を振り返ると、無理矢理に乗り込んできた小松崎に向いて怒鳴った。

「あの部屋で、待っていなさい！」

「早く車を出さないと、追いつかねえよ！」

小松崎は手のひらで、ブレザーに付いた雨滴を乱暴に払い落としながら叫ぶ。

村田は舌打ちしながら、

「仕方ない、特例だ。但し、絶対に我々の邪魔をするな！」

と小松崎に向かって人差し指を立てて命令すると、助手席のシートに、どかりと身を沈めた。そして、いてて、と言って自分の右膝をさする。門を出るところで、見事に転んでしまったのだ。

大丈夫ですか？　と尋ねる巡査長に、

「いいから早く出すんだ、中新井田《なかにいだ》君！」と大声で怒鳴った。

「はっ！」と巡査長は答えて、あわててエンジンキーを回す。

――なかにいだ、ってのかこの男は。

小松崎は、いたって真面目そうな若い巡査長の、その緊張した横顔を見つめた。

車は猛スピードで発進する。

ワイパーを激しく動かし、車体の右側を今にも杉木立にこすりつけそうにしながら——実際、何度もこすりつけながら——山道を滑り落ちるようにして、駆け下りる。

左手は、貴船川の渓谷である。

雨で水嵩《みずかさ》を増した貴船川が、轟々と音を立て、白い飛沫《しぶき》を上げながら流れていた。

この細い下りの山道で、しかも雨の中、運転席のスピードメーターは、既に七十キロを越えていた。

左右にカーヴする度に、シートベルトをしていない小松崎の巨軀は、まるで子供に弄《もてあそ》ばれている熊のぬいぐるみのように右や左に大きく揺れる。

しかし、前を行く涼子たちにとっては、慣れた道なのだろう。中新井田の必死の運転にも拘らず、彼らの車との距離は縮まるどころか、どんどん開いて行く。

「中新井田君！　しっかり頼むぞ」

村田は、中新井田に再び怒鳴る。

「はっ！」

と答えたものの、中新井田には村田の顔を見る余裕すら全くない。

道の端を見れば、貴船川沿いにガードレールは一応あるが、その背も低く、所々色も剝げて錆付《さびつ》いている。小松崎が寄り掛かっただけでも、ポキリと折れそうだ。もしも今のこの勢いでぶつかったならば、どう見ても、車を転落から防ぐ力などありはしないだろう。

貴船は、龍神を祀っている――。

昨夜聞いた祟の言葉が、小松崎の脳裏を、ふとよぎる。窓から覗けば、川は、まるでその龍の背中が激しくうねっているようだ。

一歩間違えれば、龍の餌食《えじき》だ。

――頼むよ、なかにいだ君。


やがて山道は、大きく左にカーヴしている場所にさしかかった。

貴船川上の視界が開ける。

「運転しているのは娘だ！」村田は叫ぶ。「あれが綾乃か！」

小松崎も後ろから身を乗り出して、目をこらす。揺れる体を両腕で支えて覗けば、確かに助手席に涼子の横顔が、チラリと見えた。

そして運転席の女性を確認しようとした瞬間、山道は右に折れ、前の車は、あっという間に木立の向こう側に姿を消した。

「やけに飛ばしてますね……」

前の車を運転しているのが若い綾乃だということが、却ってプレッシャーになったのだろうか、中新井田は忌《い》ま忌《い》ましそうにぼやいた。

「ＢＭＷと、このポンコツじゃ、話にならないす」

「落ち着け、中新井田君。我々が事故を起こしては元も子もない」

「はっ！」

中新井田は額に汗を滲《にじ》ませながら、再び口を閉ざしてハンドルを握り締める。

また先ほどよりも距離が開いて来たように感じて、小松崎はシートをつかむ両手に力を込めた。

一方、村田は無線を取り上げると、貴船署を呼び出した。麓《ふもと》から応援の車を要請し、涼子たちの行く手を塞《ふさ》いでしまおうという作戦だ。

あの胡麻塩《ごましお》頭おやじが来るのだろうか？

——余り当てにはならねえな……。

村田は怒鳴り声で打ち合わせを終えると、マイクを放り投げるようにして、元の場所に置いた。

「これでよし……。なあに、麓に近付けば多少道も混んでくる。中新井田君。君の腕ならば、すぐに追い付けるだろう」村田は言った。「決して逃がしはしない！」

——逃げる？

小松崎は、ふと思う。

涼子と綾乃は、逃げているのか？

村田たちがこうして追っている以上、確かに逃げていることになるのだろうが……。

彼女たちは一体、何から逃げているのか？

それとも——。

「全くふざけやがって」

村田は体を左右に揺らしながら、吐き捨てるように唾《つば》を飛ばして言う。

それで、何だって、何がどうしたって？　という村田の質問に小松崎は、今までの経過を簡単に説明した。

東京で起こった、二つの殺人事件にも彼女らと、そして亡くなった木村が絡んでいるらしい、そして木村の自殺も、昨夜の事件も、全てそれに関連して起こったものらしい——と。

ただ、何も証拠はないけれど……。

「おいおい、もしもそれが本当ならば、こいつはただの殺人未遂じゃあすまないぞ。まあ、管轄は違うがな。大きなヤマになるな」

「でも、まだこれは確かに涼子さんの言う通り、さっき一緒にいた友人の推理にすぎないんですがね」と言う小松崎を振り向いて、

「いいや。奴らならば、やりかねんな」村田は大きく頷き、一人で納得する。「ああいう奴

らは、どうせ人様の命など、屁とも思っちゃいねえんだ。俺は今まで、何十人という犯罪者を見てきてるから、すぐに解る。奴らも同じ臭いがする」

そういうことではないのだ——。

彼女たちは多分——。

「自分たちは、キだかケだか知らんがな。奴らにしてみれば、俺たちのような一般庶民の命など、犬畜生と一緒なんだ」

それならば、

——犬ならば、いいのか？

マウスや、モルモットならば、いいのか？

小松崎も——解らない。

しかし今は、そんな形而上学的《けいじじょうがく》な理論を紡いでいる時ではなかった。

とにかく、一刻も早く涼子たちに追いつかなくてはならない。

小松崎は、手がじっとりと汗ばむのを感じた。

*

奈々はぐらり、と眩暈を感じた。

——七福神が、

六歌仙！

人数さえ合わないではないか。

それとも、奈々の聞き違いか？

隣を見る。

すると貴子は、背筋を真直ぐ伸ばして崇を注視して言った。

「まさか……」

「何が？」

問いかける崇に、

「大体からして、六人と七人では人数すら——。あっ！　福禄寿と寿老人は同体だから、六人と六人というんですね！」と叫ぶ。

——そうか！

「違う」

——え？

「あくまでも、七人と七人、七人だよ。『六』では怨霊封じにならないじゃないか。『七』でなくては駄目だと言っただろう」

——そうだった……。

「だって『六』歌仙じゃないですか」

「一人忘れている。大事な中心人物を」

「——！」奈々は息を呑む。「惟喬親王《これたか》！」

「そうだ。六歌仙＋惟喬親王で、七人だ——。これで最初から引っかかっていた、妙見信仰に、めでたく繋がる。つまり、北斗七星＝七つの星が北極星＝天皇の周りを回って存在している、ということを表わしていたんだ……。しかしこれは、貫之が考え出した方法かどうかは、解らない。もしかしたら、少し時代が下って、後世の誰かが、こんなふうに考えたのかも知れない——」

崇は、奈々と貴子を、そして、しづを見る。

「『文徳天皇の周りにいた、あの六歌仙と惟喬親王の七人は、いつ怨霊となってもおかしくはない。実際に藤原元方も大怨霊となった。だから手厚く祀らねばならない。古今集に彼らの鎮魂の歌を載せる程度では駄目だ。しかし藤原氏の手前、余り公にもできない。それならばいっそのこと、無尽の力を持つ七人の神々で封じてしまおう』——と」

「一体、誰が？」

「紀氏だ」

「紀氏！」

奈々と貴子は思わず、しづを見る。

しかし、しづは相変わらず黙したまま自分の湯呑みを抱いて、老猫のように小さく座っていた。

「ただ俺は、紀氏が隠密裏に藤原氏に頼まれた、という可能性もあると考えている。当時の情勢を考えると、こちらの方が自然かも知れないな。自分たちが失脚させた人々の供養のために、寺を建立し続けたのと同じメンタリティだ……。そのへんの細かい部分は解らないけれど、しかし『七福神』が『六歌仙と惟喬親王』だということは証明できる。そして同時に奈々くんから受けた質問の答えも全てここにある。そのためには、まず『古今集』仮名序の解読も必要となるけれど、おそらく奈々くんは一度も目にしたことはないだろうから、今ここで、ざっと読んでおいてくれ」

崇は本を広げる。

奈々が覗き込むと、そのページにはこう書かれてあった。

『すなはち僧正遍昭は歌のさまは得たれどもまことすくなし。たとへば絵にかける女を見ていたづらに心を動かすがごとし。

在原業平はその心余りて言葉足らず。しぼめる花の色なくてにほひ残れるがごとし。

文屋康秀は言葉は巧みにてそのさま身におはず。いはば商人《あきゅうど》のよき衣着たらむがごとし。

宇治山の僧喜撰は言葉かすかにして始め終りたしかならず。いはば秋の月を見るに暁《あかつき》の雲にあへるがごとし。

小野小町は古《いにしえ》の衣通姫《そとおりひめ》の流なり。あはれなるやうにて強からず。いはばよき女のなやめる所あるに似たり。強からぬは女の歌なればなるべし。

大伴黒主はそのさまいやし。いはば薪《たきぎ》負へる山人の花の陰に休めるがごとし。

このほかの人々その名聞こゆる、野辺に生《お》ふる葛《かずら》の這《は》ひ広ごり林に繁《しげ》き木《こ》の葉のごとくに多かれど歌とのみ思ひてそのさま知らぬなるべし』

貴子は確認するようにじっと見つめ、奈々は――大体の所を理解しようと努めた。詳しい中身はよく解らなかったけれど、言いたい所は何となく伝わってはきたような気がする。

「さて、証明に入ろう」

崇は、テーブルの上にメモとノートを広げて置き、奈々たちは、それを覗き込む。

「奈々くんの四つの質問のうち、一番目の答えはもう出ているね」

・何故、七福神に女神は一人だけなのか？

「それが小野小町だと——！」

「ああ、その通りだ」

頷く崇に、貴子は勢い込んで尋ねる。

「じゃあ、タタルさん。どの神が誰の霊を封じているんですか？　やはり、一人一人封じているんでしょう？」

「勿論だ」

崇はニコリともせずに答えた。

「大黒天は？」

「そのものズバリだ」

崇はノートに大きく

大伴黒主

と、書いた。

そして『伴』の字の上に自分の右手を被せる。

「大黒主！」

「そう、大黒だ——。大国主の伝説は、さっきも確認した通りだ。二度殺された大国主は再び蘇り、出雲を平定する——。その後どうなった？」

崇の質問に、貴子は答える。

「後からやって来た天照大神《あまてらすおおみかみ》に、国譲りの際に殺されました——」

「では貴子くん。平安京以前に、一度死んでいるにも拘らず、改めて流罪に処せられた人物が一人いたのを覚えているか？」

「あっ！」貴子は叫んだ。「大伴家持《やかもち》です！」

「そうだ。家持は万葉集の編者の一人といわれている文人だが、またその一方では、実に沢山の乱や謀反《むほん》に連座している。そして彼の死後、延暦四年（七八五）、長岡京《ながおかきょう》造営の際に起きた、藤原種継《たねつぐ》暗殺事件の首謀者として、その遺骨が子の永主《ながぬし》――永主！――と共に、隠岐に流された」

「死んでいた、のに――」

「そうだ、奈々くん。つまり彼は、二度殺されたというわけだ」

「でも、タタルさん――」貴子は言う。「それはあくまでも大伴家持のことであって、黒主とは関係ないのではないでしょうか？　それに、黒主の存在自体を疑っている本もありますし……」

「確かに黒主の存在は確定できないけれど、『六歌仙の一人としての大伴黒主』の存在は否定できない」

　崇は古今集を捲った。

「今度は古今集の真名序《まなじょ》になるが、紀淑望《きのよしもち》はこう書いている。『大伴黒主の歌は、古の猿丸《さるまる》大夫《だゆう》の次なり』と――。猿丸大夫は、日本の和歌史上唯一人『歌聖』と呼ばれている『柿《かきの》本人麿《もとのひとまろ》』の別名だといわれている。そして人麿は、朝廷に反旗を翻して刑死したという説もある。しかし考えてみるまでもなく、黒主の歌が、とても歌聖・人麿の後を継ぐような素晴らしいものだとは俺も思えない。つまりここで淑望の言いたかったのは、人麿と黒主はある別の点で共通している、ということだと思う」

崇はページを戻して、言う。

「実際に黒主という人物が存在していて、本当に刑死したのかも知れないし、また少なくとも家持は朝廷に反旗を翻して、死後に流罪になっているのだからね……。しかし、ここで重要なのは、祖霊を祀るという考え方だ。当時の人々にとってその霊を祀るという作業は、背後に控えている氏族の霊をも祀るというのに等しい。道真を崇《あが》めるということが同時に、幼くして亡くなった彼の息子や娘を供養するのと同意義なようにね……。つまり、良房たちに徹底的に弾圧された大伴氏の代表として、黒主は六歌仙の中にいるわけだ。応天門の変の際に良房・基経らから受けた弾圧によって、古来の名門、大伴氏衰退の運命が決定付けられたんだからね……。それに大伴氏は元来、武を以て天皇家に仕えて来た氏族だ。その上、渡来の遁甲《とんこう》忍術の集団でもある。だから地獄の王の力を以てしなければ、とても彼らの怨念を抑え込むことなどできないと考えたんだろう」

「………」

「それともう一つ。大伴氏は淳和《じゅんな》天皇即位後、つまり八二三年以降は、天皇の諱《いみな》が『大伴』であることを憚《はばか》って『伴』氏に改名している。しかし現在伝えられている古今集では、敢えて『大伴』黒主、となっている。貫之が『大黒』を意識しなかったにしても、後世の誰かが恣《し》意《い》的に残したことは確実だ。だから、昔よりこれは『大友黒主』の誤りではないかという意見もある。しかし『伴黒主』でも『大友黒主』でもいけない。彼の名は、あくまでも『大伴黒主』でなくてはならないんだ」

崇は一息入れると、ノートに

・大黒天　＝　大伴黒主

と書き入れた。

「では弁財天が、小野小町なんですね？」

尋ねる奈々に、崇は頷いた。

「さっきも言ったけれど、その通りだ。唯一の女性でもあるしね……。弁財天は、元々は土地豊饒《ほうじょう》の神だったけれど、時を経てやがて言語や芸能の神になった」

「弁財天＝小野小町と言語、の組合せは解ります」貴子は、ペンで手帳を軽く叩く。「でも、芸能、というのは——」

「能だよ」

「能？　——あっ！」

「どうしたの？」

振り向く奈々に、貴子は叫んだ。

「そう言えば——お能や謡曲にあります！『草紙洗小町《そうしあらいこまち》』『卒塔婆小町《そとば》』そして『通小町《かよい》』などが！」

「そして『関寺小町《せきでら》』『鸚鵡小町《おうむ》』『清水小町《きよみず》』それに『雨乞小町《あまごい》』だ……。これらは葛飾北《かつしかほく》斎《さい》の絵にも描かれている通り、全てまとめて『七小町《ななこまち》』と呼ばれている」

——七小町……！

「能自体にも怨霊慰撫という目的があるというのに、その上に『七』とは、凄い念の入れようだろう」

「それ程に、小町の霊は怖れられていた——」

「その通り……。またそれに関連して、盆踊りもそうだ」

「盆踊り？」

「盆踊りは元来『念仏踊り』と言って、盆にこの世に帰って来られた精霊《しょうりょう》を慰め、そして再び無事あの世へと送り帰すのが目的の踊りだ、という話は知っているだろう。それに『小町踊り』の要素が加わって『盆踊り』となったんだ」

「小町踊り？」

「そうだ。小町踊りというのは、江戸時代初期に行なわれた庶民の踊りのことを言う。ここ京都などで、七夕《たなばた》の昼に少女たちが着飾って町を練《ね》り歩き、また輪になって回り、盆唄を歌いながら踊る踊りのことで、別名『棚機《たなばた》踊り』とも言われていた」

——またもや、怨霊慰撫……！

「そして小町が怨霊——幸薄い女性であったという裏付けが、先の仮名序に書かれている」

崇は古今集を捲る。

「『小野小町は古《いにしえ》の衣通姫《そとおりひめ》の流なり。あはれなるやうにて強からず』だ……。この序も普通に読むとおかしい。誰が見ても小町と衣通姫の歌は、似ても似つかないだろう。強《し》いてあげれば、歌のテーマが似ているという程度だ。しかし、同じような題材の歌ならば、他にいくらでも見つけることができる。だから、そんなことを言う貫之は歌をよく知らぬ男だ、などと誤解されて、酷評されている。しかし俺は、彼がそんな程度のことも知らずにこの序を書いたとはとても思えない。むしろその逆だろう」

「逆——というと？」

首を傾げる奈々に向かって崇は、ああ、逆だと言って、話を続けた。

「衣通姫は日本書紀には、允恭《いんぎょう》天皇の皇后・忍坂大中姫《おしさかのおおなかつひめ》の妹であり、衣を通して肌が光り輝くほどの美女であった、と書かれている。そして彼女は、姉の嫉妬で帝との愛情を妨げられた、とも書いてある……。また古事記によると、軽大郎女《かるのおおいらつめ》の別称であるとされている。軽大郎女は、同母兄である木梨軽皇子《きなしかるのみこ》を愛してしまったために、流罪に処せられて亡くなったとある。つまりここで貫之の言いたかったのは、衣通姫と同様に、小町は帝との愛情を妨げられて、宮廷から追放されて死んだ、ということだ。

また、弁財天は嫉妬深いために、男女が揃って参詣するのは良くないことだと言われている。その理由はといえば、弁財天は過去に、織姫・彦星のように互いの仲を引き裂かれた恨みを持っているからとされている——」

それは！　まさに、小町のことではないか。

「その上、弁財天は言うまでもなく『龍神』だ。龍神とは何か？　それはとりも直さず水を、雨を司る力を持つ神のことだ。もしもそれができる——できると思われていた——人間がいたとするならばその人間も当然のごとく、龍神と等しいと考えられただろう。ところがこの時代、実際に『龍神の生まれ変わり』と呼ばれていた女性がいた。

それが、小野小町だ。小町は謡曲にも歌われたように、別名を『雨乞小町』と呼ばれていた。奈々くんにも言ったけれど、これは実際に、仁明天皇の雨請いの宣旨に二首の和歌をもって答え、見事に雨を降らせた、という故事から来ている。この流れが後の世に仁海《にんがい》が小野の里に曼荼羅寺《まんだらじ》を開いて弘《ひろ》めた、東密小野流の祈雨法へと続いて行く……。つまり、小町は当時の人々にとって、まさに龍神の生まれ変わりだったというわけだ」

「龍神……」

「また、吉祥天《きちじょうてん》が弁財天と同体だと言われたり、間違って七福神に入っていたりしたのも、小野小町のせいなんだ。二人共に絶世の美女だからね。そしてこの時代においては、不幸な最期を遂げた女性ほど『美女』と呼ばれていた」

言いながら崇はノートに書く。そしてメモの『何故、七福神に女神は一人だけなのか？』という部分を乱暴な二本線で消した。


「しづさん」

崇は、目の前の老婆に尋ねる。

「はい」

「間違ってはいませんね？」

「はい」しづは目を細めて笑う。「よくご存じどすなぁ。感心致します」

「それは恐縮です……。では、もう少しお付き合い下さい」

——そうだ。

崇がしづを、わざわざ呼び止めた真意が奈々には解らない。

今まで崇は、奈々と貴子に向かって話していたのだろうか。それとも——。

崇は、奈々と貴子を向く。

「次は毘沙門天だ」

──何故、四天王のうちからたった一人だけ選ばれたのか……？

「毘沙門天、というような荒らぶる神の雰囲気を持つ人が、この中にいるんですか？」尋ねる貴子に、崇は笑った。

「いないだろうね」

「え？　じゃあ──」

「問題は、毘沙門天の過去だ」

「過去といわれても──」貴子は首を捻る。「宇宙の創造主の家に生まれて、何不自由なく、ランカーの宮殿に暮らしていた……」

「──それから？」

「……しかし、嫉妬深い弟のラーヴァナに宮殿を追い出され──！」

──山に逃げた！　……それは……！

「惟喬親王！」

「その通りだよ、貴子くん……。良房の画策による弟の惟仁親王立太子、そして即位。そのために次期天皇の座どころか、宮廷すら追われて出家させられ、そして比叡山の麓・小野の里に住むことを余儀なくさせられた……。先に出て来た『冷泉院の狂』ではないけれど、その恨みは計り知れなかっただろう。だから周りの人々にしてみれば、元方のような怖ろしい怨霊とならないように、かなり力の強い神で封じる必要があった。すると四天王の中に、そっくり同じような仕打ちを受けた神がいたじゃないか。それが、『毘沙門天』だった」

「！」

「それに毘沙門天は元来、世界の守護神だ。惟喬親王の霊をお守りしながら、且つ封じるという二つの仕事をこなせるだろう。それで、四天王のうちから毘沙門天だけが、わざわざ単独で選ばれたんだ。そして——」

崇は、メモの『何故、毘沙門天だけが単独で選ばれたのか？』という部分を消しながら続けた。

「また、惟喬親王の墓は大原の上野《うえの》——。北方守護の毘沙門天に封ぜられながら、惟喬親王は京の都の北の外れに、今もひっそりと眠られている」

崇は、ノートにペンを走らせた。


「では——恵比寿は？」貴子は尋ねる。

「エミシ、という言葉を知っているね」

「エゾ、という意味ですね」

「そうだ。その他に、都から遠く離れた場所、とか異郷という意味もある——。つまり今度のキーワードは『流罪《るざい》』だ」

「でも……。六歌仙の中で流罪になった人物はいませんよ。強いてあげれば、業平の兄・行平と、あと業平自身が東国へ下ったくらいでしょう……。でも、業平の場合は、あえて自分から都を離れたということですし……」

「ところがここに、親類が無実の罪で流刑地で死亡し、尚且《なおか》つ自分も田舎へ左遷になったという人物が一人いる」

「左遷……？　田舎……？」

あっ！　と貴子は叫んだ。

「三河掾！」

「え？　誰のこと？」

「奈々さん、文屋康秀です！」

「そうだ。康秀は天安二年（八五八）に三河の三等官に左遷されている。小野小町に、一緒に行かないかと誘った時だ……。また、その一族の文屋秋津《あきつ》も、承和《じょうわ》の変の際に、無実にも拘らず出雲に左遷されている」

「でも、タタルさん。その当時は、流罪に処せられた人々は沢山います……。何も康秀の一族にとどまらず――」

「まあね。貴子くんならば、そう言うと思った……。さて、そこでこの貫之の仮名序に戻る。ここだ、康秀の所を確認してごらん」

崇は、本を貴子に手渡す。

「はい。……ええと……『康秀は言葉は巧みにてそのさま身におはず。いはば商人のよき衣着たらむがごとし』――康秀の歌は非常に巧みだが、身になっていない。例えて言えば、商人があまりに良い着物を着ているようなものだ――。というようなことでしょうけれど、これが何か？」

「さて、再び仮名序の解読だ――。下御霊《しもごりょう》神社を知っているだろう、中京《なかぎょう》区の丸太《まるた》町《まち》通り沿いにある。昨日訪ねた、革堂・行願寺のすぐ隣だ」

「はい。八所御霊を祀っている神社ですね。菅原道真や橘逸勢《たちばなのはやなり》や早良《さわら》親王たちの霊を」

「その中に『文屋宮田麻呂《みやたまろ》』という人物がいるね」

「――ええ、確かに」

「彼は貴族の称号こそ貰っていたけれど、本来は商人だった。それが自分の財を貯えすぎたために良房に睨まれ、承和の変の翌年の師走に、無実の罪で伊豆に流された上に、財産を全て没収された。いや、この場合は、財産を全て没収するために無実の罪を捏造《ねつぞう》された、と言うべきだろうな……。そして、その地で彼は、冤罪を訴えつつ死んだ。しかもその死因すら明らかではない。しかし、下御霊神社に祀られているということ自体が、彼の冤罪を証明しているわけだ……。つまり、宮田麻呂は『商人』が余りにも『良い衣』を着すぎたばかりに、流罪となってしまった、というわけだ」

「あ!」

「前にも言った通りに、七福神は六歌仙たち個人を祀ると同時に、その氏族の怨霊をも祀り、封じている。文屋康秀一人ならばそれほど怖ろしくはないにしても、その家には八所御霊に選ばれているほどに怕《おそろ》しい大怨霊がいる。これはやはり封じておかねばならない、と考えたのも当然だろう」

崇はノートに向かった。

「――さて、あと残りの七福神は、『福禄寿』『寿老人』『布袋』。そして六歌仙は、『在原業平』『僧正遍昭』『喜撰法師』。三組になったね。誰から行くかな――。福禄寿・寿老人の、二人組から行くとするか……。まず、この二人が同時に七福神に入っている理由が謎だった」

崇は奈々と貴子を見る。

「これは昔の人々にとっても、大きな疑問点だったんだろう。その証拠に、ここは出入りが多くて、鍾馗《しょうき》や猩々《しょうじょう》や稲荷などと入れ替わってきた、というのは昨日も言った通りだけれど――。しかしここは、絶対に『福禄寿』と『寿老人』でなくてはならなかったんだ」

*

「やはり、あなただったのね」涼子は言う。「継臣が自殺ではないことは、最初から解っていたわ。綾。あなたが殺したのだろうと」

キキィィッ、と音を立てて、大きく左にハンドルを切ると、綾乃は、

「そうよ」と答えた。「兄さんにあの毒を飲ませて、兄さんのワープロで告白文を作成して、そして——サインを真似して記した——」

「でも、何故なの？」

「大体、全ての原因は兄さんだったのよ！　佐木に毒薬さえ手渡さなければ、こんなことにはならなかったのよ！　いくら同郷人とはいえ、渡してはならなかった。私は止めた。しかし、兄さんは渡した。その結果は、どうなったか——母さんも知っているでしょう！」

「聞いたわ」涼子は、脱力したように頷いた。「継臣にあの毒の分析を頼まれた佐木は、完全には分析できなかったものの、稀に見る毒薬だという結論に達した……」

「それは、そうでしょう」綾乃は皮肉に笑う。

「そうね」涼子も言う。「事件以来、未だに分析されつくしてはいないのですからね——。だから佐木は、ぜひこれを論文にして、学会に発表したいとまで言い出した」

愚かだわ。綾乃は言い、涼子は溜め息をつく。

「確かに、愚か者ね……。ただ、それを聞いた継臣は、さすがに慌てた」

「私が東京に訪ねて行った時、真っ青になって頭を抱えていた」

「継臣も馬鹿です。あの毒の存在を公にするということは、この家の闇を日にさらすようなもの……」

大馬鹿よ、と繰り返す綾乃に、涼子は言う。

「だから継臣は、あの青年の言うとおりに、佐木を毒殺したのでしょう。自らの不始末に、けりをつけたのだわ。それで、いいじゃないの！　何も、殺すことは――」

「駄目。そういう問題じゃないの！」綾乃は叫ぶ。「毒が我が家にある、という噂程度ならば、まだ許せる。先ほど母さんも、皆に言っていた。そう言ったところで、実物さえ見せなければ、何の問題もない。ただの『噂』よ――。ところが、兄さんは、佐木に渡した。それどころか、その毒で殺してしまった！　しかもその上、発見者である星田に、我が家の秘密を暴《あば》くような鍵を渡してしまった。それは、『六歌仙』の話と――」

「紀の毒――の伝言ね。さっきも、あの青年に指摘された」

「そうやって、少しずつ少しずつ、秘密は漏れてしまうの。本当の闇には、半分の隠蔽《いんぺい》とか九割方の隠匿《いんとく》というものはない。薄暗《うすくらがり》は、もう既に闇じゃないのよ。一条の光さえ差してはならない。兄さんは、それが解らなかった。全てかゼロか、ということが。だから、私は佐木の家にも侵入して、実験結果のノートを盗もうとまでした。けれど、それは失敗した。しかも、そのノートは、星田の手に渡ってしまった。もう、一刻の猶予もなかった」

綾乃は、胸の内を全て吐き出すように言った。

「だから私は、星田を殺した――。追い詰められていたのは、私たちなのよ！　私が偶然、佐木の家を訪ねた星田の姿を見つけたからよかったようなものの、そうでなければ今頃はどうなっていたことだか。マスコミにでも発表されていたら、またくだらぬ輩《やから》に大騒ぎの種を与えていたでしょうね」

道は大きく右にカーヴし、二人の体は左に傾く。

「だから、星田を殺した後、私はマスコミに匿名の投書を出して、わざと世間の注目を浴びるようにした。しかも、誤った方向に注意が行くように――」

「知っています」涼子は、大きく頷く。「それには継臣も、感謝していました」

「そこまでしてあげたのに――」綾乃は、唇を強く噛んだ。「兄さんは、斎藤の妹に『七福神』を調べる許可を下ろしてしまった！」

何という、愚かな！　と憤《いきどお》る綾乃に向かって、

「継臣にしてみれば、仕方なかったのよ……」涼子はこの日、何度目かの溜め息をついた。「いつまでも、七福神論文禁止令などという馬鹿げた規則を続けられるわけもない……。それに、あの娘の兄は、昔、あなたが――」

し、今ここで口には出さない。

厳しい綾乃の言葉に、涼子は口を閉ざした。

継臣は、健昇の妹に対して、多少なりとも負い目があったのだ、と涼子は思っている。しかし、今ここで口には出さない。

「斎藤健昇も、他人のくせに、私たちの家に足を踏み入れすぎた」綾乃は、前を睨みながら言う。「そしてついに、六歌仙についての秘密まで知ってしまった。しかも、ただの興味本位で——。私たちは、命を賭けている！」

それは涼子も勿論、同じだ。

塞《さえ》の神を越えてやって来る者は、たとえそれが誰であろうとも——。

「それなのに」綾乃は唇を嚙み締める。「あんな、桑原とかいう部外者にまで、この家を荒らされた。しかもあの男は、七福神の秘密にまで——」

「大丈夫です」涼子は、ヒステリックに微笑んだ。「あんな青二才に、あの千年を越える暗号が解けてたまるものですか。そうでしょう?」

綾乃は、それには答えずに、再びアクセルを踏み込んだ。

＊

「何故、絶対に福禄寿と寿老人でなくてはならなかったんですか？」

身を乗り出して首を傾げる奈々に、崇は言う。

「まずこの字だ。寿老人はこうも書ける」


『呪老人』


「呪老人？」

「そうだ。藤原氏に呪いをかけ続けた老人――。在原業平のことだ」

「業平？」

「彼は先ほども言った通りに、藤原氏への恨みを、自分の歌を以て晴らそうとした。呪いの歌でね」

「まさか！」貴子はペンを取り落としそうになり、あわてて握り直す。「それは信じられません！　何故ならば、業平ほどの歌人ならば、自分が歌に詠んだことが現実に十分起こり得る可能性がある、と確信していたはずです。『力をも入れずして天地《あめつち》を動かし、目に見えぬ鬼神《おにがみ》をもあはれと思はせ』る言霊の時代だったんですから。ましてや超一流歌人の業平の呪いならば、小町の時と同様にその歌を耳にした誰もが、現実に起こると考えたでしょう」

「しかし彼は、実際に行なっている。藤原基経に向けたものだ――。基経の名は知っているだろう」

「はい。清和天皇皇后・高子《たかいこ》の実兄で、業平と高子との間を引き裂いた人物ですね。そして惟喬親王を出家させた張本人ではないか――と」

――確かに業平にとっては、恨みの深い人物に違いない……。

「その基経の、四十歳の賀が執り行われた際に、業平は彼に歌を贈っている。その歌がこれだ――」

崇は、古今集を開く。

「賀の部・三百四十九番。貞観十七年（八七五）だから、業平はもう既に五十一歳で、右馬《うまの》頭《かみ》になっている……。

『堀川の大臣《おおいもうちぎみ》の四十の賀を、九条の家にてしける時に詠む』と、詞書にある。

『桜花散り交ひ曇れ　老いらくの
　来むといふなる路まがふがに』……」

「それが何か――？」

「どういう意味？」

　奈々は尋ね、貴子は答える。

「ええ。つまり『桜花よ、散り乱れてあたり一面を曇らせておくれ。あなたの老いがやって来るという路が、見分けのつかなくなる程に』というような意味ですけれど……。タタルさん。この歌のどこが呪いだと言われるんですか？　単なる、お祝いの歌じゃないですか」

「当然業平は、表向きはあくまでも祝いの歌に見えるように作ったんだ。しかし、この歌は――呪いの暗号歌だ」

「呪いの暗号歌!?」

「そうだ。業平から基経に向けての、ね――。解けるかな？」

崇は、ノートに歌を書き写した。

『桜花
散り交ひ曇れ
老いらくの
来むといふなる
路まがふがに』

奈々と貴子はノートを覗き込み、部屋は、しんと鎮まり返った。

貴子の眼差しは、真剣そのものだ。業平の歌を、食い入るように見つめている。

しかし……。

平安時代に、暗号などあったのだろうか？

奈々には、それ自体が初耳である。

崇は、煙草に火をつけて尋ねる。

「どうだ？」

その時、しづが重い口を開いた。

「かきつばた、ですやろ」

「――！」

二人は、ハッとしづの顔を見る。

しづは皺だらけの笑顔を浮かべて、再び言った。

「かきつばた、の時と同じやり方どす」

奈々と貴子は、顔を見合わせる。

「あの――」

と、奈々が、しづに話しかけようとした時、

「あっ！」

貴子が叫んだ。

そして再びノートに目を落として、一文字一文字指で字を追う。

「そうです！　かきつばた、です！」

「その通りだ――。しづさんは、よくご存じで」

「わしらの間では、有名な歌どす……」

――何？　何がどうしたの？

「ねえ、タタルさん？」

「ああ。そうなんだ。今、しづさんがおっしゃった通りに、この歌は、業平が東下りの際に三《み》河《かわ》の八橋で詠んだ『かきつばた』の歌と同じ手法で詠まれている。その時、業平は『かきつはた』という五文字を句の頭に置いて、

からころも
きつつなれにし
つましあれば
はるばる来ぬる
たびをしぞ思ふ

というように詠んだ……。だからこの基経に向けた歌も、句の一文字目を順に拾って行くと——」

——桜……散……老……来……路……。

「桜が散り、老いがやって来る路。それがあなたの四十歳ですよ、おめでとう。というわけだ」

「あっ！」

「この場合は、折句の部類に入るけれど、よく使用される、掛詞《かけことば》、縁語、序詞《じょことば》などはみな、これらの折句、物名《もののな》、沓冠《くつかぶり》、回文《かいぶん》、文字鎖《もじぐさり》などが昇華されて行ったものだ。これらの技巧を使用して、小町、遍昭、康秀はもちろん、貫之や躬恒なども、無数に歌を詠んでいる」

「でも、タタルさん。こんな歌をお祝いに贈って、よく業平は無事でしたね」

感心したように言う貴子に、崇は笑った。

「この時点では、独裁者の良房も既に世を去っていたし、この基経の賀の行なわれた五年後には、当の業平も病没してしまう。だから当時は、もしかしたら気づかれなかったのかも知れないし、また気づかれていたとしても、表向きはあくまでもお祝いの歌だからね……。そして実際にこんな話もある。業平は、藤原良近《よしちか》という人物が主客の饗応の席で、瓶《かめ》に差してある藤の花を見てこんな歌を詠んだ。

『咲く花の
下に隠るる
人おほみ
ありしにまさる
藤のかげかも』

——これも表向きは『皆が沢山集まって花の下に隠れる人が多いので、以前にも増して立派な藤の花であることよ』という歌だけれど、真の意味は『藤原氏の下で世話になっている人が多いので、以前にも増して藤原氏は益々《ますます》栄えていますねえ』という皮肉だ。そしてまたこの歌もこんな風に読める——。今度は、一番上の文字を逆から拾うんだ。

『藤・あり・人・下に・咲く』

とね。藤の花が人の上に花を咲かせている、というわけだ」

「――つまり、藤原氏が人の上に乗って栄えている……と？」

「そうだ……。さすがにこの時ばかりは、業平もたしなめられ、同席していた兄の行平は青くなった。しかし業平は、大胆にも皆の前で『太政大臣・良房殿が栄世の絶頂にあられることを詠んだのみです』と言い張ったので、誰も業平を咎《とが》められなかったといわれている」

「業平が藤原氏を恨んでいる、というのは周知の事実だったんですね」

「もちろん。年老いても相変わらず、ね。それでこそ『呪老人』だ……。奈々君は、能面の『中将《ちゅうじょう》』を知っているか？　業平の顔といわれているんだけれど、これは実に悲しそうな顔をしてる。巷間言われるように、彼は単なるプレイボーイだけではなかったんだ」

奈々は、学生の頃に微かに見た覚えのある、その能面を思い出す。

果たしてそれが、中将だったのかどうか、既に記憶は定かではないが――確かその面は、白面の初老の男性のものだった。整った顔立ちの眉間には、深く皺が刻まれていて、いわゆる、憂愁の面持ちをしていた。もしも、その面が中将だとしたならば、

――それが業平の心中を表わしていたのか……。

「そしてここからが重要なのだが、寿老人＝福禄寿は『泰山府君』ともいわれている」

「はい。人の命を司る、怖ろしい神様ですね」貴子は、答える。

「では貴子くん。この修法《しゅほう》――泰山府君祭を日本で初めて執り行った人物は誰か、知ってい

るかい？」

「……さあ？　……」

——あっ！

奈々は口に手を当てた。

「桓武《かんむ》……天皇、ですか。それが……？」

「桓武天皇！」

「そうだ」崇は微笑む。「桓武天皇だ。そして桓武天皇は——」

「業平の曾祖父！」

叫ぶ奈々を、貴子は唖然と見た。

「そ、そうです。確かに——」

「在原氏は桓武の血を引く正統の家系だ——。そして三度《みたび》、仮名序に戻ろう……。ここだ、業平の所だ」崇は読み上げる。「『在原業平は——しぼめる花の色なくてにほひ残れるがごとし』——桓武の血を引き、そして過去には高岳《たかおか》親王が皇太子となった時期もあったにも拘らず、業平の家は臣籍に降下させられた。もちろん良房の政略に敗れたためだ。そしてその時に『在原』という姓を頂いたんだ——。『在原』だぞ。『在』という文字は、そこに棲むとか留まるという意味だ」

——いやしくも桓武天皇の子孫であるにも拘らず、『原に在れ』というわけか。昔は皇位も狙おうかという家系だったにも拘らず……。

『花』はしぼんで、在原家は微かに匂いが残っている程度になってしまった——ということだったんですね」貴子は何度も頷いた。

「その通りだ。しかも、業平は紀氏の立派な親戚にあたる。業平の妻は、あの紀名虎の子である有常《ありつね》の娘だった。そのため有常とも親交があり、惟喬親王に随行した交野《かたの》の渚の院で、歌を詠み交わしてもいる。貫之も実際に『土佐日記』の中で追慕しているしな。業平の生涯に関しては、貫之も同情を禁じ得なかっただろう——。さて、そうすると、福禄寿はもう誰だか解っただろう」

「え？」

「おいおい、貴子くん。六歌仙の中にもう一人、桓武天皇の血を引いている人物がいるじゃないか」

「良岑宗貞《よしみねのむねさだ》——僧正遍昭！」

「その通り。彼もやはり桓武の家系だ。父の安世《やすよ》は桓武の皇子なのだからな。にも拘らず、蔵人頭の地位を追われた……仮名序の『歌のさまは得たれどもまことすくなし』というのも、そこらへんの事情を語っているんだと思う」

「どんな――ですか？」

「仮名序の意味はこういうことだ。表面の形は整っているけれども、内容が伴っていない――。つまり、遍昭は仁明天皇崩御と共に出家という、いかにも尤《もっと》もらしい形で宮廷を離れたわけだが、本当の理由は別にあった――追い出されたのか、逃げたのか――ということを、貫之は彼の『歌』に見立てて言っているわけだ。奇《く》しくも桓武の血を引く二人が、追放、若《も》しくは逃亡という運命にみまわれた」

崇は、奈々を見て微笑んだ。

「これが七福神に『福禄寿』と『寿老人』が、同体にも拘らず二人共に入っていなくてはならない、という理由だったんだ。桓武＝泰山府君とするならば、その血を引く『在原業平』と『僧正遍昭』は、やはり泰山府君である『寿老人』と『福禄寿』でなくてはならない。祖霊で封じ込める、という手段だ……。これが、奈々くんに出された三番目の質問の答えになる。同体にも拘らず二人して七福神に入っている、という不可思議な現象のね。まあ、当然と言えば当然だったな」

――そういうわけだったのか……。

昔の人は、ただ適当に七人を選んだのではなかったのだ。

皆、それぞれの深い意味をもって集められ、七福神として祀られている……。

「話は少し逸れるけれど」崇は言う。「素《そ》性《せい》法師という人物が、良房が死んだ時に詠んだこんな歌がある。

古今集、八百三十番だ。

『血の涙落ちてぞたぎつ　白河は
　君が世までの名にこそありけれ』」

「——どういう意味ですか、タタルさん？」

奈々は一応、尋ねる。

今までの結果で、学んだのだ。

どうやら、古今集の歌は、一筋縄ではいかないらしいと——。

「ああ。普通に解釈すれば『私の悲しみの涙が激しく落ちるので、白河が赤く染まってしまった。だから白河というのは、あなた（良房）が生きておられた時までの名であったよ』というような意味だ。しかし——」

「しかし？」

「素性法師は、遍昭の子だ」

——ほら、やっぱり！

「僧正遍昭の！　それじゃあ、そんな歌は詠まないでしょう？」

「当然だね。この歌は『君が世まで』をどう解釈するかで、意味が百八十度変わる。遍昭の子である素性法師が、少なくとも良房を哀傷するわけがないだろう、という観点から読めばいい」

「そうすると……？」

「普通は『君が世まで』というのは、良房が生きていた世まで、と解釈されているけれど、おそらく本当の意味は『良房の治世が始まるまで』ということだろうな。つまり、良房が遍昭や業平たちに弾圧を加え始めるまでの世、という意味だ——。するとこの歌の意味は、こうなる。

『あなた——良房——が世を治め始めるまでは白河は、私の血の涙で赤く染まるようなことはなかった。白河が赤く染まってしまったのは、あなたが太政大臣になられてからのことだ』とね」

——なるほど！

奈々は素直に納得したが、貴子は崇に尋ねる。

「それは深読みじゃないですか、タタルさん？」

「違う」崇は言下に否定した。「それは、現代に流布している和歌の底が浅くなってきているから、そう感じるだけだ。交通標語のような和歌ばかりが横溢《おういつ》しているから、そう思うだけだよ。昔はただそのまま、あるがままに詠むことができなかった、という複雑な背景がある。だからその分だけ奥が深くなっているし、色々な技巧も発達してきた。そこから侘《わび》・寂《さび》の芭蕉《ばしよう》に繋がって行くわけだ……。現代の和歌を見たら、きっと人麿や業平や定家ならば——特に定家は——こんなものは和歌ではない、と言うに決まっているだろうな」

崇はノートの上の奈々の質問を、ペンで消した。

しかし、それにしても、

この古今集は、

——暗号だらけではないか……。

「と言うことは——『布袋』が『喜撰法師』なんですね」

貴子は尋ね、崇は首肯する。

「その通りだ」

「でもその前に、タタルさん。布袋は、やはり怨霊だったんですか？」

「いいや」

——え？

「そうすると、タタルさんの説は、おかしくなりませんか？」

「逆だったんだ、貴子くん。布袋が怨霊だと考えていたから、謎が解けなかったんだ」

「え？」

「弥勒だけは、怨霊だからという理由で七福神に選ばれていたわけではなかったんだ」

「どういう意味ですか、タタルさん？」

崇は前を向き、しづの顔をじっと見つめた。

しづは、じっと俯き加減のまま、湯呑みを両手で持って、身じろぎもせずに、ただ座っている。

今までの話を、聞いていたのか、それとも、聞いていなかったのか。

いや、聞いている。

その証拠に、先ほどの業平の話の時には、きちんと受け答えをしていたではないか。

崇は、再び二人を振り返る。

そして、言った。

「布袋＝弥勒は怨霊ではない。しかし、実はそれこそが『七福神』を設定したのが紀氏であるという、決定的な証拠だったんだ」

＊

貴船神社奥の宮を過ぎた頃から、民家や旅館も軒《のき》を連ね始め、雨にも拘らず参拝客の姿も目立って来た。その中を綾乃たちの車は、けたたましくクラクションを鳴らしながら、猛スピードで山道を駆け下って行く。

続いて小松崎たちの車が、ぴったりとその後を追って走る。

もう少し下れば、貴船神社が見えるはずだ。

「おい、気をつけろよ、中新井田《なかにいだ》君！」

「はっ！」

と中新井田は答えたが、その下唇には前歯がしっかりと食い込んでいた。よほど激しく緊張しているのだろう、額《ひたい》に汗が光っている。

「危ねえな、全く。奴らは何を考えていやがる」

村田は、助手席で舌打ちをする。

奥の宮から貴船神社までの山道には、道路脇に参拝客用の細い参道が造られている。そのため観光客が車道を歩くことはないが、旅館や食堂などの数も増すために、車の往来も必然的に多くなる。

キキィ――ッ！

という大きな急ブレーキの音がして、綾乃たちの車が、麓《ふもと》から登って来た四駆を避けた。

あわてた四駆は、すんでの所で民家を避けて、旅館の駐車場に頭から突っ込み、エンストする。運転手が車から飛び降り、綾乃たちの車に向かって何か叫んだが、既に彼らの車は水しぶきを上げながら、麓に向かって走り去った後だった。

そしてその横を、やはりクラクションを鳴らしながら、村田たちの車が走り過ぎる。

何事が起こったのかと、旅館から出て来た人々や民家の窓に並ぶ啞然《あぜん》とした顔が、小松崎の後ろ、貴船の山に向かって――次々に飛んで行った。

ここから貴船神社までは、先程よりも道幅が広くなっているとはいえ、その分、人間の数も多い。しかし綾乃たちの車は、一向にそのスピードを落とす気配もなく、道行く人々に大きく跳《は》ねを上げながら、山道を下って行く。

それにしても、この雨と、そしてこのスピードでは、まるで水の斜面を滑降しているような錯覚に陥ってしまう。

どこまで、山道を下るのだ？

果たして、終点はあるのか？

これでは、まるで、一直線に奈落へと向かって、つき進んでいるようではないか。

小松崎は身を乗り出して、前の座席の背もたれを握り締めたまま、体を固くしてひたすら前を見つめていた。

綾乃は、顔を強ばらせたまま前を見つめ、アクセルを踏み続けている。

涼子も、押し黙ったまま、助手席にその身を沈めていた。

やがて一つ身震いすると、額に浮かんだ冷汗を手の甲で静かに拭い、渇いた喉に無理矢理に唾液を飲み込んで、言った。

「綾。もう、停めなさい。死ぬつもりなの!」

いずれ人をはねるか、斎藤健昇のように転落してしまう。

健昇、といえば――。

初めて紀邑の家を訪ねて来た時、誰もがこの青年は危険だと感じた。口にこそ出さなかったが、一番そう思っていたのは――綾乃だったろう。

そして、健昇と綾乃は二人で鞍馬へ出かけた。

毘沙門天を見たい、という健昇を、綾乃が案内するという話になったのだ。

やがて綾乃は一人で戻って来た。

そして涼子に、健昇が事故に遭った、とだけ言って、すぐに自分の部屋に閉じこもってしまった。

涼子は、そのことについて無理に深くは尋ねなかった。綾乃の気持ちは解っている――はずだったし、健昇の死は、事故なのだ。

綾乃がそう言う以上、事故なのだ。

そもそも、健昇が綾乃に、そして七福神に近付いたということ自体が――事故だ。

涼子は、そう納得した……。

綾乃は、再びアクセルを踏み込んだ。

「危ないっ！」

車は脇道から急に顔を出した自転車を、間一髪で避けた。自転車は、人間ごと勢いよく転倒して大きな音と共に、山道に思い切り叩きつけられた。

「危ねえ！　奴ら、また轢《ひ》きそこなったぞ！」

村田は叫んだ。

自転車ごと倒れた男は、腰をしたたかに打ったらしい。びしょ濡れになって何か怒鳴りながらも、立ち上がれずにいる。そして小松崎たちの車も、追い打ちをかけるように跳ねを上げながら、その脇を無情に通り過ぎる。

人や車を避けながらの運転で、綾乃の車もさすがに先ほどよりは、スピードは落ちてきている。そのために距離は、少しずつだが確実に縮まっていた。

しかし、一体どこまで行くつもりだ。

麓までか？

いや、おそらくその前に、貴船署の警官が登って来るだろう。

上手《うま》く挟撃できるだろうか……。

とにかく、この貴船神社から貴船口までの道を過ぎなければ。そうすれば、人も車もずっと少なくなる。このままでは、大事故を起こしてしまうのも時間の問題だ。

人をはねない方が、おかしい。

もう少しで、貴船口だ。

そうすれば——。

「このままでは、本当に人をはねますよ！」

叫ぶ涼子を無視して、

「兄さんは、大きな間違いを犯した」綾乃は言う。「あの毒は、殺人のためにあるのではない！」

「ねえ、綾。お願いだから、もう停めて！」

懇願する涼子の声が届かないかのように、綾乃は冷たく言い放った。

「兄さんは、あのままでは魔道に堕《お》ちる、私は本心からそう思った。だから、私は兄さんに、あの毒薬『本来の』使い方をしてもらいたかった。せめて、最期くらいは」

「綾――」

「それもこれも、全て紀邑の家のためだった。この身を――」

この身を、
悪鬼と為して――。

「それでも後悔しない、そう思った。でも、もう今となっては……」
「綾乃――」
涼子が呼びかけた、その時、右側の木立ちの隙間から幼い子供が、ふっ、
と二人の車の行く手に飛び出した。

「危ねえぞッ！」

村田は、身を乗り出して怒鳴る。

「子供だッ！」

小松崎は、目をこれ以上開けないほど大きく開いて前を見つめた。

キキィ――ッ！

綾乃の車が、大きく左に振れた。

中新井田も、あわてて急ブレーキをかける。

前にのめりそうになりながら、小松崎は歯を食いしばり、必死に足を踏ん張った。

急に、ガクリと車は停まり、小松崎は座席から転がり落ちた。

体ごと前のシートに突っ込む。

「あっ！」

村田の叫び声に、小松崎は顔を上げた。

綾乃たちの車を見れば、木立ちから飛び出して来た子供を避けようとして大きくスリップしていた。

山道に水しぶきを高く上げ、濡れた斜面に、完全にハンドルを取られた。

赤いテールランプが、雨の中で左右に揺れて、ついに車は、見事に一回転する。

そして、
ガシャン!!

車体が、ガードレールにぶつかる。

大きな音が山道に響いた。

車の勢いが一瞬止まり――。

しかし次の瞬間、車は易々とガードレールを乗り越えていた。

バリバリバリッッ……。

貴船の山道一杯に、枝木の薙《な》ぎ倒される音が溢《あふ》れた。
小松崎はあわてて窓を下げ、雨の中に頭を突き出す。
降りしきる雨の向こう、助手席の窓に、青ざめた涼子の横顔が見えた。
そして小松崎のすぐ先で、二人を乗せた車は、
頭から、
ゆっくりと、
放物線を描くように、
貴船川の底へ転落して行った。

「ば、馬鹿野郎がッ！」
村田は、唾を飛ばして怒鳴る。
中新井田は、きつくハンドルを握り締めたまま、その光景を腑抜けたように眺めている。
車が三人の視界から完全に消えた時、

ドン……。

という落下音が、貴船山にこだました。

村田と小松崎は、ドアを蹴破るようにして、車から飛び降りた。

「救急車だッ！」

村田は中新井田に叫び、小松崎と二人、落下地点目指して走る。

雨が激しく山道を打ち、その道にはびしょ濡れの子供が尻餅をついて、やがて火がついたように泣き出した。

小松崎は走る。

そのすぐ目の前で、村田が転んだ。

びしょ濡れの山道に四つんばいになっている村田を飛び越えて、小松崎は走る。

車の落ちた場所のガードレールが、昔の縁日で見た飴細工《あめざいく》のように、ぐにゃりと折れ曲がっていた。

そのガードレールに手をついて小松崎は土手下を覗き込んだ。

その先には、貴船川の濁流が音を立てて流れ、うねる龍の脇腹に突き刺さるように、横転した赤いＢＭＷが、白い飛沫《しぶき》を上げていた。

小松崎はガードレールを飛び越え、滑り落ちるように土手を下った。

杉の幹に手を掛けて、木から木へと飛び移るように川をめざした。

しかし、川べりは急な崖になっていて、車の傍までは近付けない。

もう一歩でも進めば貴船川に自分も転落しそうな所まで降りて、小松崎は必死に眼下の車を覗く。

車は綾乃たちを中に閉じこめたまま、ドアも車体ごとぐしゃりと潰れ、ただの鉄屑と化してしまっていた。

――何てこった……。

言葉を失う小松崎の前を、貴船川は轟々と流れている。

「喜撰法師は、宇治山に籠もる前は『紀仙』とも呼ばれた、紀一族だった」

崇は、茫然としている奈々と貴子を見て、言った。

「先ほど奈々くんにも言った通りに、六歌仙が藤原氏に弾圧された人々の象徴であるならば、その筆頭に挙げられる紀氏が入っていないわけはない、という観点からも、喜撰は紀氏である可能性は高いといえるだろう……。仮名序を見てごらん。

『いはば秋の月を見るに暁の雲にあへるがごとし』──つまり、紀氏たちは天皇の外戚という美しい『月』を見ていたのに、藤原氏という『雲』が現われて、その道を塞いでしまったということだ。先ほどの小町の歌や、大国主の『出雲』を見るまでもなく『雲』というのは、日光や月光の通り道を遮る、凶兆だからね」

「でも──喜撰法師が紀一族だとしたら」貴子はペンを持つ手を宙に浮かせたまま尋ねる。

「──あえて封じ込める必要はなくなってしまうんじゃないでしょうか？　何故なら、同じ血を引く者が自分たちに祟りをもたらすとは、とても考えにくい──」

「貴子くん。弥勒は、他の七福神──大黒天や弁財天と大きく違った特徴を持っていただろう」

＊

「違う点、ですか？」

「そうだ」

「……？」

「弥勒は、五十六億七千万年後に——」

——復活する、、、！

「再び蘇るんだ。彼だけは、未だ仏となる可能性が秘められているんだ。弥勒は『未来仏』なんだよ」

——そうだ！

弥勒は、やがて復活する！

紀氏だけが、
未来に再び栄えることを祈って！

「それを訴えていたのが、この歌だった」崇は古今集を開き、ページをポンと叩いた。「喜撰法師だ」

「喜撰の歌？」

「そうだ。

『わが庵は
都のたつみ
しかぞ住む
世をうぢ山と
人はいふなり』」

「それも——暗号だったんですか？」

貴子は、目を丸くして言い、
奈々は、息を呑む。

「そうだ」

「解けたんですか？」

「解けた」

崇は優しく微笑んだ。

「例の仮名序に貫之は、こう書いている」崇は、ページを指差した。「喜撰法師の歌は『言葉かすかにして始め終りたしかならず』と。しかし貴子くん、この歌の始め終わりが確かじゃないと言えるだろうか？」

「いいえ」貴子は首を強く横に振った。「むしろ、はっきりしていると思います」

「そうだろう。と、すると貫之は、一体何を言いたかったのか——。俺はこう思う。喜撰のこの歌は、句の始めと終わりの切れ方が、一般に考えられているものとは違うんだ、とね」

「句の切れ方が？」

「そうだ」

「どういうふうにですか？」

「それを今から説明する——。まず、喜撰の歌で世に知られているものはこの一首だけだ」

「確かにそうです。貫之もそれは認めています。それなのに喜撰法師が、誰にでも作れそうな駄作とも言えるこんな歌一首で、何故六歌仙に選ばれているのか……、私も長い間不思議でした」

「それは、つまり貫之——紀氏にとっては、この一首で充分だったからなんだ。何故ならば、この歌には紀氏の願望が強く込められているからね」

——歌に？　願望が？

「それは——？」

「それは、この暗号歌を解いてからのお楽しみだ」

崇は、二人を見て笑った。
「解けるかな？　この千年を越える暗号が」
――よし！　挑戦するわ。
奈々は喜撰の歌を、先程の「かきつばた」の手法で読んでみる。
『わが・都の・しかぞ・世を・人は……』
『わ・み・し・よ・ひ……』
『ひ・よ・し・み・わ……』
――駄目だ。
今度は一番下の文字を拾う。
『は・み・む・と・り……』
『り・と・む・み・は……』
――全く駄目だ。
全部平仮名にして、斜めに読んでみる。
『わやぞぢふ……ひをぞのは……がこすやな……』
『ひをしのい……はぢぞつは……わのぞまり……』
――ひどすぎる！

早々に諦《あきら》めて、奈々は窓の外を眺めた。

先ほど来の雨は、少しずつ小降りになってきた。

空も段々と明るさを取り戻して、鬱蒼《うっそう》と繁《しげ》る木々も淡い緑を投げかけ始めている。

——タタルさんは、七福神＝六歌仙の事実が、今回の事件の裏にある本質の部分だ、と言っていたけれど、この暗号歌もその一環だと言うのかしら？

これが解ければ、木村先生や綾乃さんの行動の意味も解るのか……？

奈々は、唇を尖《とが》らせた。

——この歌が……。


「駄目です。解りません」

貴子は、投げ出した。

奈々くんは？　と訊《き》く崇に、奈々はニッコリと笑って肩を竦めた。

それを確認して、崇は言う。

「正直に告白すれば、俺もこの部屋に入るまでは、全く解らなかった。貴船奥の宮の駐車場で資料をひもといていた時に、この歌が全ての謎を解く鍵になると確信はしたんだけれど、どうにも上手《うま》く、全てを繋げられなかった……。しかし、あの額を見た時に閃いた」

崇は、壁に掛かった額を指差し、二人は振り返って、それを見つめる。

「この歌は、やはりあの額のように書くのが正しかったんだ。

『わが庵は
都のたつみ
鹿ぞ住む
世をうぢ山と
人は言ふなり』

——とね」

「鹿ぞ住む——ですか?」

「そうだ。尾崎雅嘉は正しかったわけだ……。さて、貴子くん。宇治山は、本当に都の巽《たつみ》かい?」

「え? ええ。京都から見て、南東になりますけれど——」

「都の——だぞ?」

「はい」

「ああ……。君は、現在の京都御所のことを言っているんだな」

「平安時代の!」

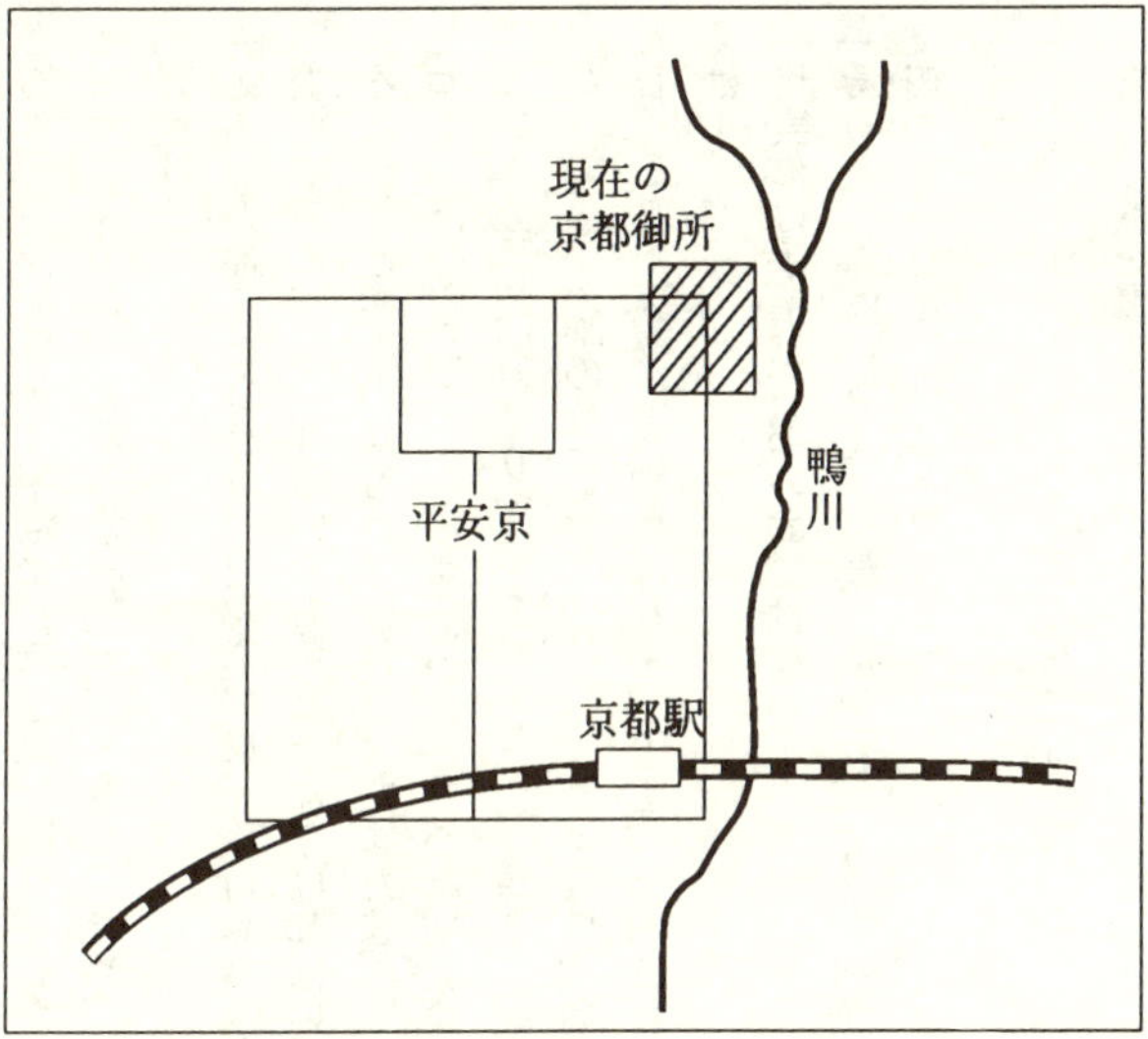

「当然だ。——ここに位置関係を描いてごらん」

崇はノートを広げた。

貴子はあわててペンを持ち直し、ノートに向かった。奈々は、隣から覗き込んで尋ねる。

「そんなに違うの?」

「ええ。平安時代の——つまり本来の平安京は、現在の御所の位置よりも、ずっと南西寄りに造られていたんです。こんな具合に」

「ということは、宇治山は?」

崇は尋ね、貴子は眉根を寄せる。

「巽《たつみ》と言えば巽ですけれど……」

「正確に言えば、東南東。つまり辰《たつ》だ。特に京城の入り口の、羅城門《らじようもん》から見れば完全に……。また、こういう話もある。白河天皇が、宇治に行幸《みゆき》された時に、いたくその地を気に入られ、一日泊まりたいとおっしゃった。しかし陰陽師が、方塞《かたふたが》りのため、それはできません、と言った」

「方塞り？」

「ああ。方違《かたたが》えとも言う。陰陽道では、旅行したり移動したりする場合には必ず、十二神将の主将である、天一神《あまがみ》のいる方角は避けなければいけないとされている。その方角の地に泊まる、などというのはもっての外だ。たまたま、宇治の地が京の都から見て、その方角にあたっていたのだろう……。そこで天皇は、仕方なく還御《かんぎょ》しようとした。しかし、ある人がこう言った。『いいえ、今回は方塞りではありません』と言う。何故かと尋ねる天皇に、その人はこう言った。『喜撰法師の歌にある通りに、こちらは都の巽になっていますので、今回は違います』とね。そこで天皇は大層喜ばれて、宇治に一泊されたという——。つまり、この話を逆に言えば——」

「現実には宇治は、都の巽ではない！」

「そうだ」奈々の答えに、崇は微笑む。「昔の人々は、宇治は都の巽ではない、ということを知っていたということになる」

「！」

「さて、そうするとこの歌はこうなる」

崇は、歌を書き直した。

『わが庵は
都の辰
み鹿ぞ住む――』

「みしか？」

奈々は、首を捻る。

「何ですか、タタルさん。みしか、というのは？」

「違う、違う。みしか、じゃないよ」

「――鹿、鹿……」

貴子は呟き、そして突如、座布団から体を浮かせた。

「！　音読みで鹿は『ろく』――『みろく』です！」

――みろく！

「そうだ」崇は笑った。「弥勒だ」

『わが庵は
都の辰
弥勒ぞ住む――』

「――つまりこの歌は、私は後の世に弥勒のように復活してみせるぞ、という強い意志を表わした歌だったんだ。だから貫之は、喜撰法師の歌としてはこの一首で充分と考えたんだろう。他の歌を無視してもね。いや、ひょっとすると、わざと他の歌を無視したのかも知れないな。千利休が美しい一本だけを残して、他の朝顔の花を全て刈り取ってしまったように――。貫之は、一筋縄ではいかない男だ」

奈々は声も出ない。

貴子はペンを震わせながら、古ぼけた額に、じっと見入っていた。

「そして宇治には、有名な寺がある」崇は続ける。「本当は、今日行こうとしていたんだけれど――」

「あっ！」貴子は再び叫んだ。「黄檗山万福寺《おうばくさんまんぷくじ》！」

「そうだ。万福寺は、宇治市五《ご》ヶ庄《しょう》にある名刹《めいさつ》だ。この寺は、承応《じょうおう》三年（一六五四）に徳川四代将軍・家綱が、隠元《いんげん》禅師に現在地十万坪を与えて創建した。天王殿を中心に、お堂十七棟が全て回廊で結ばれ、また、その全てが重要文化財となっている――。そしてこの寺には、日本でも有数の――」

「布袋像が――！」

「その通り。布袋像がある」

――宇治山に、
　弥勒がいる！

「七福神の中で布袋が不動の位置を占めたのは、この像があることによって、と言われるほどに立派な像がある……。この像は、寛文三年（一六六三）に范道生《はんどうせい》が拵えた物だ。おそらく紀の子孫に頼まれたのか、それとも、この秘密を知っていた誰かに頼まれたのか……それは解らないけれどね」

崇はノートを捲り、新たに書き入れた。

そして二人に向いて、ニコリと笑った。

「これで全てだ。証明終わり《Q.E.D.》」

奈々が、そのページを覗き込むと、最初に書かれていた幾つかの疑問点は、見事に全てその姿を消して、新しい表がいつのまにかそこに出来上がっていた。

・大黒天　＝　大伴黒主
・弁財天　＝　小野小町
・毘沙門天＝　惟喬親王
・恵比寿　＝　文屋康秀
・寿老人　＝　在原業平
・福禄寿　＝　僧正遍昭
・布袋　　＝　喜撰法師

「これは……」貴子は、大きく嘆息をついた。「凄い――」

「確かにこうしてみると、怨霊を福神として変換させて行った我々の祖先のパワーには、脱帽せざるを得ない気がするね」

「――でもタタルさん」奈々は尋ねる。「昔は当然、七福神＝六歌仙ということはある程度、公の事実だったのでしょう」

「多分ね」

「そうすると、ここまで信仰の対象本来の意味が失われてしまうということが、ありうるものなのでしょうか……?」

「――こういう例はどうかな……。例えば、小高い山の頂上に『病魔退散』『家内安全』の霊験あらたかな神社があったとしよう。おそらく実際、日本各地に似たようなものが見られるはずだ――。そこに祀られている神が誰であれ、昔の人々がお参りするためには、適度に長い距離の山道を徒歩で歩かねばならなかった……。考えてもごらん。緑の中、新鮮な空気を吸い込みながら、一心に歩いて行くんだ。一種のワンダーフォーゲルか、もしくはハイキングだ。当然、足腰は鍛えられるし、神社に辿り着いた時に開ける景色を目にすることによる、ストレスからの解放も伴うだろう。それを続けることによって、健康でいられれば、当然の如く『病魔』も退散するだろうし、家庭も明るくなり、事故や怪我の回数も減る。つまり『お参りに行く』ということ自体が、ご利益をもたらすんだ――。しかし時を経て交通手段が発達し始めるとどうなるか? その神社までの折角の道路を――俺たちが昨日したようにマイカーが走り、団体客を積んだ観光バスが行き来する。その結果、人々は『澄んだ空気を吸いながら、自らの足で山を登り健康になる』という、その神社の持つ本来のご利益を捨ててしまう。そして、安易に神社に到達したならば何をするかと言えば、そこで、お賽銭《さいせん》を上げてお守りを買うくらいだ。手段と目的とを取り違えてしまっている……。どうだい？ 昔の人々の方が、現代人よりも、よほど論理的な行動を取っていたじゃないか」

「………」

「ことほど左様に、本来の意味は失われ易いということだ——。それに七福神に戻って言えば、紀氏たちが本来の意味を敢えて隠していた、ということもあるしね」

——そうだ！ それも問題なのだ、、、、、、！

「それを知りたかったんです、タタルさん！」

「何を？」

「だから——この七福神＝六歌仙、という秘密を護るためだけに、木村先生や綾乃さんは、あんな行動まで起こしてしまったというんですか？」

奈々は最初から今まで、ずっと胸につかえていた疑問をぶつけた。

しかし崇は、

「——多分、そうだろうな」

あっさりと答えた。

「そんな……。まさか木村先生たちは、この秘密が公になると封印が外れて、六歌仙たちの霊が暴れるとでも思っていたわけではないでしょう？」

「奈々くんも、なかなか民俗学的な発想を身につけてきたじゃないか。それは貴重なことだ——。しかし今の質問の答えは、平安時代だったらその通りだと言えるけれど、木村先生たちは違っただろうということだね……。とにかく先生たちは、この秘密が一般に公開されることだけは防ぎたかったんだろう」

「だから、何故？」

「さっきから言っているだろう」

「？」

「弥勒はどう考えても怨霊じゃない、と」

「と言うことは——」

「そうだ。紀氏は全員を裏切ったんだ。藤原氏も大伴氏も小野氏も、全て。何故ならば、六歌仙と惟喬親王の七人のうち、喜撰法師だけが——」

——封じられていない！

「——必ず後の世に復活するんだ。それが仏としてか鬼としてかは知る由もないけれど、必ず復活する。それに引き替え他の人々は、大黒天・弁財天・福禄寿といった無尽の力を持つ神々に、永劫《えいごう》に封じられている。その年月に比べれば、五十六億七千万年など、ほんの瞬く間だ。つまり紀氏は、藤原氏からの封ぜよという命令と、六歌仙たちの祀ってもらいたいという希望との境の、ほんの僅《わず》かな隙間を突いて、自分たちの氏族だけを祀り、且つ封じない——それどころか、未来に必ず復活する——という離れ業を見事にやってのけたんだ。しかし、これは決して世に洩らせない。何故ならばこの事実が公になれば、紀氏は藤原氏と同時に、仲間の六歌仙たちの氏族や惟喬親王の霊までをも敵に回してしまうことになるからね……。だからこそ彼らは、必死にこの秘密を護り続けて来た。そしてその監視役が——、紀邑の人たちだったんですね」

崇は静かに顔を上げ、しづを見た。

ようやく話が繋がった。

それで崇は、この部屋にしづを……。

しかし、しづはその問いには答えずに、相変わらず口を閉ざし、両手で持った湯呑みに目を落としたままでいる。

「きっと代々、密かに言い含められてきたことでしょうね。ありとあらゆる言葉でもって。そして言葉が、やがて呪《しゅ》に変じるとするならば——」

崇は、奈々と貴子を見た。

「これこそが、七福神の呪だ」

奈々は、まるで置物の地蔵のように座布団の上に座っているしづを見た。

しづは身じろぎもしない。

正統の紀氏ではないのにも拘らず、長い間自分たちは紀氏だと信じ続けて生きてきた小さな老婆。

それは、一体どんな人生だったのか？

無意味に負ってしまった歴史の重みが、その背を丸くさせてしまったのだろうか……？

やがて、

「京都弁が嫌いどした」

しづは、ゆっくりと口を開いた。

「何やら、本心がどこにあるのか解らぬ口調で、初めてこちらにやって来た頃は、相手さんが何を考えているのかよう理解できまへんで……。でも、いつのまにやら、少しずつ身に染みついてしもて。かと言って、生れつきの和歌山弁も抜けず、中途半端のまま、この年まで過ごしてきました」

そう言われれば、奈々もしづの京都弁には、どこか不自然さを感じていた。

——しかし、何を言いたいのか……?

「桑原さん——とおっしゃいましたか」しづは、湯呑みに目を落としたまま、崇を見もせずに言った。「生れつきのものと、後から身についたものと、どちらが本当の自分ですやろうなあ」

「両方です——。と同時に、両方とも違います」

「?」

「あなたが、自分の周りに線を引いている以上は」

「何やら禅問答みたいどすなあ……」しづは皺だらけの顔で、くしゃりと笑った。「年寄りの愚痴を聞いてもらっても仕方あらしまへん。ただ、これだけは言っておきましょう」

「……………」

「継臣と綾乃は、本当に仲の良い兄妹でした……。継臣が九歳の冬でしたか、風邪をこじらせて、急な高熱を出して寝込んだことがありました。皆で、つきっきりに看病したんですが、ふと見ると綾乃の姿が見当りません。私たちはそれは心配で——貴船の山は、夕暮れが早いですからなあ——外へ捜しに出たんどす。すると綾乃は何と、貴船奥の宮までたった一人で下りて行っておったです。雪もちらつきそうな、寒い晩のことでした……。まだ三歳の綾乃が、一人奥の宮の本堂の前で凍えながら両手を合わせて、兄の病気を治して下さい、と半日もずっと祈り続けておったです。私が見付けた時には、もうそれはそれは、すっかり体も氷のように冷えてしまっていて、耳も手も真赤に腫らして。あの娘の方が体が弱いというのに、もう本当に心の優しい娘でしたなあ……」

遠い昔を懐かしむように、しづは語る。

「継臣が、東京の大学に就職が決まった時も、綾乃はとても淋しそうにしておりました。いっそのこと二人で一緒に東京に行かれればよかったのでしょうが、やはり、病気のこともありますし、継臣の足手纏《あしてまと》いになったらいかん言うて、諦めたんどす……」

「………」

「もともと私は、継臣が民俗学とやらに進むことには反対しておったです。そちらの方面へ進めば、いずれ継臣は――」しづは、笑った。「必ずや、この紀邑の家が、正統の紀氏を継ぐものではないことを知ってしまう――」

「――ということは、しづさん！」

奈々は叫び、しづはコクリと頷いた。

「はあ。私は最初っからこの紀邑の家は、正しい紀氏を継ぐものではないと知っておりましたです」

「！」

「初めに申した通りどす。私は全て知っとります」

しづは微笑むと、湯呑みに目を落とし、すっかり冷めてしまったお茶を覗き込んだ。

「で、でも、それじゃ――」

「この紀邑の家は、全ての人々を裏切った紀氏の秘密を護る、ただそのためだけに、ずっと存続しておるのですよ。そして、それに近付く者がおれば、いかなる手段をもってしても――」

「紀の毒で！」

叫ぶ奈々に、しづは微笑み返した。

「違います。あの毒は、そういうことが失敗した時に、責《せめ》を負って自ら呷《あお》るためだけにあるのどす」

自殺用の――毒！

つまり、命懸けで紀の秘密を護る、それを子孫に教えるための――毒。

南無帰命頂来、
願わくば、この身を、
悪鬼となして……。

「しかし、木村先生や綾乃さんには、この家は正統の紀氏だとあなたが――」

貴子の言葉にしづは、くしゃりと微笑んだ。

「そうとでも伝えねば、あの子たちが——いえ、私たちが余りにも、可哀相どす。もしも私たちが、神皇産霊尊《かみむすひのみこと》から繋がる紀氏でないとすれば——」

——ないとすれば……？

「それこそただの——、い、い、い、い、い、い、い、い、い、人殺しの末裔になってしまうではありませんか」

静まり返った部屋では、しづの低い小さな声だけが空気を震わせている。

「——そんな！」

——あなたたちは絶対に勘違いをしている！

言いかけた奈々の肘を、崇が軽く小突いた。

そして横目で、奈々を抑えた。

しづは続ける。

「生まれはどうあれ、私たちはこういう役目をずっと担って、代々生活を営んで来たのどす。それを、私らの代で終わらすわけには参りません。たとえ幾許《いくばく》かの人々に、多少迷惑をおかけするようなことがあったとしても——」

しづの皺だらけの顔の奥で、灰色の瞳がキラリと光った。

「それが、家というものどす」

誰一人、口をきかない。

三度《みたび》沈黙が支配する部屋で、しづの茶を啜る音だけが聞こえ、
音だけが――。

止んだ。

湯呑みが、ごろりと畳の上に転がり、茶色い染みを作った。

しづの体が、ゆっくりと前に傾く。

そして、びくりと痙攣《けいれん》した。

「しまった！」

崇は叫び、テーブルを飛び越えた。あわてて、しづの体を抱く。

――毒だ！

奈々と貴子も、弾かれたように立ち上がる。

「しづさん！」

崇はしづを抱き起こし、背後に回ってお腹を抱き抱える。

「吐かせるんだっ！」崇は叫ぶ。

奈々は駆け寄り、しづの口に指を差し入れようとした。しかし、その指を、しづは歯を食

いしばって拒んだ。

「しづさん、あなたはッ——！」

奈々も叫ぶ。

——何で⁉

しづが毒を飲む理由などあるのか？

激しい抵抗に会い、奈々が吐瀉《としゃ》を諦めかけた時、しづは小さく微笑んだ。

「……もういいんどす……」

——一体何が、もういいのか！

「何か解毒の方法があるはずだ！　それを教えなさい、早く！」

「…………」

しづは、ゆっくりと首を横に振る。

「あなたが死んでどうするんですか。それにこの木村の家は！」

「……涼子と、綾乃がおりますで……あの二人がおれば、この家も大丈夫でしょ……」

しづは真っ青な顔で、崇に微笑んだ。

しかし、両眼はゆらゆらと揺れ、焦点も定まってはいない。

「紀邑の家もこんなになってしもて……。婆一人くらい捧げねば、収まりがつきしません……。あの世に行った時、御先祖様に、なあんも申し開きができませんでなぁ……」

しづは、震える小さな両手を自分の顔の前で合わせ、拝んだ。

——信じられない！

これが、しづの理論なのか？

これが、彼女なりの責任の取り方だというのか？

先祖に申し開きをするために、自ら毒をあおるなどと——。

余りに前近代的ではないか！

「奈々くん！　救急車だ、急いで！」

「はいっ！」

崇の声で金縛りを解かれたように、奈々は自分の足の痛みも忘れて、廊下に飛び出した。

その後ろ姿に、しづは弱々しく語りかける。

「無駄どす……。それよりも、綾乃が、もしも戻って来たならば……涼子と二人で……この家を……」

そこまで言うと、げっ、と一言呻き、そのまま、ガクリと、首を折った。

「——馬鹿な……。何てことだ！」

崇は、しづの小さな体をゆっくりと畳の上に横たえると立ち上がり、廊下に出た。
まだ間に合うかも知れない、とにかく警察と救急車だ。
貴子は手の甲を口に当てたまま、大きく開いた目を潤ませて硬直していた。
奈々は、再び体が大きく揺らぐのを感じた。
訳もなく、体の震えが止まらない。
抑えようとすればするほどに、震えは激しく奈々を襲う。
そして心の奥から何かがこみ上げて来た。
心の奥の奥。多分、奈々の闇の中から。
こみあげて来たものは——。
悲しみ、ではない。
それは、抑えようのない、怒りだ。
——何に対する？
それは、解らない。
ただ一つ思うのは、木村も、綾乃も、涼子も、そして、しづも、
紀邑の家を、命懸けで護ろうとした。
それならば、
——家、とは何だ？

それほどまでにして護らねばならないものなのか？

それほどの犠牲を強いるものなのか？

奈々には、今は解らない。

いずれ解る時がくるのだろうか。

それとも一生をかけても理解できないことなのだろうか。

それすらも解らない。

崇は、木村先生はこの家から解放されたがっていた、と言っていた。だが、それは結局、叶わなかった。しかし今も家はある。

何のための「家」なのだろう。

人のための「家」ではないのか？

家のために「家」は存在しているのか——？

単なる名称であったものが、いつしか逆に人を縛りつけ、脅《おびや》かし始める……。

それはまさしく——。

＊

崇から連絡を受けた小松崎は、村田と共に大慌てで戻ってきた。それにやや遅れて、救急車も到着したが、しづは既に帰らぬ人となっていた。

小松崎は崇たちに、綾乃と涼子の顚末《てんまつ》を語る。

二人の車は、道に飛び出してきた子供を避けようとして、貴船川に転落してしまった。今、その引き上げ作業を行なっているが、二人の生存の可能性はおそらくないだろう……。

それを聞いた奈々は、再び打ちのめされて畳の上に座り込み、その隣で貴子は両手に顔を埋めた。

一方、村田は、てんやわんやだった。綾乃たちの事故現場は貴船署に任せ、今度は、しづの自殺現場の検証に追われた。崇たちも、調書を取られる。

「全く、今日は何ちゅう日だ！」

村田は叫びながら、各々の現場の連絡に走り回る。

綾乃と涼子の遺体が貴船川から上がったのは、それからまもなくのことだった——。

長時間の拘束から、やっと四人が解放されたのは、午後三時を大きく回った頃だった。

木村としづの服用した毒物は、警視庁で調べられるだろう。それが、佐木教授を死に至らしめたものかどうかは、鑑識の結果を待たねばならない。

もしも同一の物と判明したら、どうなるのだろうか？

当然、木村の告白文の信憑性が、薄れるだろう。そうすると崇の説が、俄然注目されるのだが、綾乃に関しては、当人が亡くなってしまっている以上、もう何も解らない。

いずれにしても、
全ては――闇の中に消えてしまった。


村田に見送られて、木村家を後に門をくぐれば、あんなに激しかった雨も、今はまるで嘘のように上がっていた。

初夏の透き通った風が、爽《さわ》やかに奈々の頰を撫でる。杉の木立に残された丸い雨滴が、午後の陽射しにキラキラと揺れていた。

四人は、崇の車に乗り込む。

資料や本の山を無理矢理押しやって、奈々と貴子は窮屈な後ろの座席に並んで座る。

車が走り出すと、助手席に大きな体をもたせかけて小松崎は言う。

「何だか、やりきれねえなぁ……」

車は、やって来た時とはうって変わって爽快な雨上りの緑の中を、ゆっくりと麓へ下る。

「おい、タタル。途中で、ちょっくらビールでも飲んで行くか……。奈々ちゃんたちは、どうする？」

考えてみれば、まだ昼食も摂っていなかった。

しかし、だからと言って市街の雑踏の中に、このまま戻る気分にもなれなかった。

顔を見合わせて、どうしようかと相談する二人に崇は、バックミラー越しに声をかけた。

「北山通りに、美味しいクラブハウスサンドを出してくれる店がある。そこで簡単に、何か食べよう」

「ビールはあるか？」

「………」

車は静かに、濡れた山道を下る。

もう少し下れば、綾乃たちの事故現場だ。

貴船川の渓流は先程の雨で水嵩を増し、轟々と流れていた。

しかし、やがていつもの通りの澄んだ輝きを取り戻すのだろう。闇の奥深く、人の手の届かない所から流れ出る、透明な水の輝きを。

綾乃や涼子の魂魄《こんぱく》も、その流れに乗って黄泉の国へと旅立って行ったのだろうか……。

やがて、貴船神社に近付いた頃に、

「あの、タタルさん……」

貴子が、おずおずと尋ねた。

「お訊きしたいことが、まだ一つだけ——」

「何？」

「私の家のことについてなんですけれども……。あの……私の家で七福神を祀っている慣習は、どういう意味があったのでしょう？」

「ああ」崇は、バックミラー越しに貴子を見た。「斎藤家というのは、読んで字の如く、藤原氏を斎《まつ》る役目を担っていた家だ。貴子くんの家も代々、藤原氏の安泰を願って、祭祀を担当して来たんだろう。ということは、とりも直さず六歌仙たちや惟喬親王の怨霊を鎮める、という役割をも含んでいる……」

「……………」

「昔は、七福神を祀るという理由もきちんと伝わっていたのかも知れないけれど、やはり時を経るに従って消えていったのか、それとも誰かが故意に消したのかは解らないにしても、やがて単なる一つの慣習として残っただけのことだろうな」

「——でも、何故二月二十日に？」

「おそらく、寛平《かんぴょう》九年（八九七）二月二十日からきていると思う」

「？」

首を傾げる貴子を、崇は横目でチラリと見た。

「――惟喬親王の命日だ」

ああ……。

頷く奈々の横で、

「最後に、もう一つだけ――」

尋ねる貴子を、今度は見もせずに崇は言う。

「健昇君のことか？」

「はい……。兄の死は――」

「事故だったのだろう」

「本当に――？」

貴子の問いに崇は、事故だ、と言って、そのまま口を閉ざした。

車はやがて、薫風香《かお》る山道を、ゆっくりと貴船神社の赤い鳥居を後にした。

《エピローグ》

ゴールデン・ウィークも明けた頃に、ようやく奈々は、貴船の事件から立ち直りかけてきた。

部屋に閉じこもっていた日々も終わり、今日からは再び、薬局での業務が待っている。さすがに休み明け初日の午前中は、息をもつけない忙しさで、京都の出来事など思い浮かべる暇すらなかった。

慢性疾患の人たちはもちろん、休み中に風邪を引いたり、胃腸を壊したりした患者が、こぞって病院に押し掛けたのだ。中にはただ、久しぶりに顔を見た孫の話をしに来ただけのお婆さんもいたようだけれど……。

その処方箋をさばくので手一杯のところに、一般薬――OTCの客も来る。薬局は、久々のパニック状態となった。奈々はもちろん、あの外嶋でさえも鼻の頭に汗を浮かべながら患者と応対していた。

いつもより一時間も遅い昼食を終えて、奈々は外嶋にお茶を淹《い》れた。午後の診療が始まるまでの間、やっと一息つける時間である。

ふだん、奈々たちは休憩室で思い思いにお茶を飲んだり、読書をしたりして過ごす。今日はパートの交替時間の間が開き、休憩室には奈々と外嶋の二人になった。

外嶋は、ちん、と洟《はな》をかんで奈々の前のイスに腰を下ろす。外嶋の花粉症は、以前よりかなり良くはなってきているものの、全快にはまだ、もう少し遠いらしい。

「——で、京都はどうだった？　奈々くん」

「ええ」

忙しさにかまけて、奈々はまだ薬草園見学の報告を終えていなかった。そこで、改めてその感想を述べる。外嶋は、ほう、とか、へえ、とか余り気のない返事をする。実は、彼も全く興味はないのだが、一応これも業務の一環なのだろう。

そして奈々は、貴船で体験した長い話を伝えた。それに関連して、佐木や星田の事件、そして木村の事件や、その上、貴子や奈々自身のことまでをも加えて……。

外嶋も、さすがに今度は母校の話とあって、「なに！」とか「何ということだ！」と、表情をくるくる変えて驚嘆した。木村が自殺したという話を聞いてはいたが——と腕を組んで唸る。

「そんなことがあったのか……」

——そういえば。

奈々は、ふと思う。

事件は終息したけれど、

——紀の毒は、どうなったのだろう？

結局、京都府警の捜索にも拘らず、木村の家からは何も発見されなかった。崇が「あるはずだ」と言い、涼子がそれを認めた以上、あの家のどこかに存在していたのは間違いないのだろうが……。事実、佐木は未だに分析できないような毒物で殺害された。そしてそれは、死んだ木村の体内に残留していた毒物や、しづが服用した毒物と同一の物らしい、という見解が発表されてはいる。おそらくそれが、紀邑家に代々伝わる毒薬だったのだろう。

ただ、その肝心の毒薬が見当らないという。

佐木——といえば、彼が家に保管していたノートは、星田が借り受けたままで紛失している。それについて崇は「当然、綾乃さんが処分したのだろうな」と言っていた。そこに、紀の毒についての何某《なにがし》かの所見が書かれていたのだろうか？

そしてその毒は、本当に「薬子の毒」だったのだろうか？

それは——解らない。

奈々は、こう考えていた。

しづが飲んだのが、紀邑家に残された最後の毒薬だったのではないか。自分の服用する分だけを残して、全て処分してしまったのではないか、と。

証拠を湮滅《いんめつ》するために——。

紀邑の家に傷をつけないために。

その苦渋の決断の結果として——勝手に毒を処分してしまった責を負って——自ら命を絶った。先祖に申し開きをするために……。

しかし、それも奈々の想像にすぎない。

本当のところは、誰にも解らないのだろう。

全ては——闇の中である。


そして、奈々が七福神の話に移ろうとした時、

「ふわっくしょん！」

外嶋は、大きなくしゃみをした。

奈々は小松崎を思い浮べて、くすりと笑った。

「外嶋さん。今年の花粉症は長いですね。脳幹は鍛えられなかったんですか？」

「ああ……せっかくスギが終わったというのに、連休中に、新たにシラカンバにやられてしまった。その後遺症だ」

「――シラカンバ……ですって？」

「あ――！」

「シラカンバ、と言いましたよね」

「…………」

「外嶋さん！　それって――」

外嶋は、あわてて奈々から目をそらす。

しかし、既に遅かった。

「外嶋さん！」

「あ――？」

「もしかして」奈々は外嶋を、鬼のように睨む。「連休中に、北海道にでも行って来たんじゃありませんか？」

「…………」

「シラカンバは、北海道に広く分布している落葉樹じゃないですか！　本州には、庭園樹としてしか殆ど見られませんよ――。丹沢はどうしたんです？　丹沢は！」

「いや……実は……丹沢には、目も眩《くら》むような吊り橋が無かったという重大な事実に気がついて、急遽北海道へ——」

「もうっ！」

「それは洒落《しゃれ》かい？」

「違いますっ！　私に嘘をついた罰として、今日の閉店業務は、外嶋さんに全部お任せしますからね！　頑張って下さいっ」

「——アレルギーというのは、ことほど左様に怖ろしい……」

外嶋は肩を竦《すく》め、情けなさそうにお茶を啜った。

「——ああ、そうそう。奈々くん」

「何ですかっ！」

「まあ、そう怒らずに……桑原から、何か手紙でもなかったかな？」

——そうだ、すっかり忘れていた。

あの後、皆で食事を摂り、まだ仕事が残っているという小松崎を京都に残して、奈々と貴子は東京まで送り届けてもらった。奈々などは、マンションまで送ってもらった。

その帰り際に、外嶋さんに渡してくれ、と言付かっていた手紙があった。

奈々は、急いでロッカーの中のバッグを探り、白い封筒に入った崇からの手紙を、外嶋に手渡した。

外嶋はすぐに封を開け、ガサガサと音を立てて読み始める。

しかし最後まで読んだ時、苦虫を嚙み潰したような顔になり、バサリ、と手紙をテーブルの上に乱暴に投げ捨てた。

——？

不審に思った奈々は、最後の一枚を盗み見た。

そこには丁寧な文字で、こう書かれてあった。

『——以上が、先輩からご依頼のあった事柄についての全てです。

なお、彼ら平安人と我々とは、そもそもの体格、そして生活環境等は、時を経て大幅に異なってきています。そして、大根や緑黄色野菜などの作物も昨今の環境破壊によって、悲しいことに、ビタミン、ミネラルの含有量が極端に低下しているのは、ご存じのとおりです。ですから、平安人の献立が、現在の我々のダイエットに有効かどうかは、大いに疑問視せざるを得ません。くれぐれも、参考になさらぬよう。

老婆心ながら、ご自愛下さい。

桑原　崇

外嶋一郎様　　　　　　　　　　　　　　　　　　　　　　　』

「さてと、午後も忙しいかな。今日はのんびり読書もできないだろう」

外嶋は、最近少し目立ち始めた自分のお腹を、愛しむようにさすりながら立ち上がった。

奈々も、笑って立ち上がる。

窓の外に目をやれば、早くも半袖の若者たちが通り過ぎて行く。

そんな姿を何気なく見ていると、ふと、貴船の爽《さわ》やぐ風を、緑の香を思い出した。

そういえば奈々の行きたかった寺は、ついにまわる時間はなかった。

そして、貴船神社にも……。

——もう少し時が経って、この出来事と自分の心との折り合いがつけられたならば、また改めて京都に行こう。

そう思って白衣の裾を翻せば、店の中に差し込む陽射しはもう、すっかり初夏になっていた。


（了）

《参考文献》

『古今和歌集』　小町谷照彦訳注／旺文社
『古事記』　次田真幸全訳註／講談社
『伊勢物語』　渡辺実校注／新潮社
『日本歴史シリーズ3／平安京』　遠藤元男他編／世界文化社
『京都秘密の魔界図』　火坂雅志／青春出版社
『京都発見1／地霊鎮魂』　梅原猛／新潮社
『七福神』　佐藤達玄・金子和弘／木耳社
『京の福神めぐり』　田中泰彦／京都新聞社
『民間信仰辞典』　櫻井徳太郎編／東京堂出版
『日本架空伝承人名事典』　大隅和雄他編／平凡社
『悪人列伝（一）』　海音寺潮五郎／文芸春秋
『日本史を彩る道教の謎』　高橋徹・千田稔／日本文芸社
『悪霊論』　小松和彦／筑摩書房
『なぜ夢殿は八角形か』　宮崎興二／祥伝社
「小野小町／落魄の真相」　高橋克彦／（『歴史街道』より）

この本の執筆にあたりまして、貴重な助言をいただきました、講談社・宇山日出臣氏、佐々木健夫氏、唐木厚氏。

文庫出版部・小塚昌弘氏。

六歌仙についての啓蒙、及びアドバイスをくださいました、高橋克彦氏。

ノベルスの帯に言葉を寄せてくださいました、有栖川有栖氏。

文庫化に際して、解説をいただきました、千街晶之氏。

その他大勢の関係者各位に、この場を借りて心より感謝の意を表します。

すべて「諸法無我（＝おかげさま）」です。

ありがとうございました。

解説

千街晶之

一九七〇年に割腹自殺を遂げた作家・三島由紀夫を、京都のさる有名な神社の祭神として祀《まつ》ろうという動きが一部で持ち上がった（実際には実現しなかったが）という話を何かで目にした時に、私を包み込んだ暗い戦《おのの》きは、今なお忘れ難い。菅原道真、平将門、崇徳《すとく》上皇ら、強大な霊威を示した祟り神たちへの畏怖に憑《つ》かれた平安、鎌倉の世ならいざ知らず、昭和にもなって――それも、戦後数十年を閲《けみ》し、かつての現人神《あらひとがみ》もすっかり「人間天皇」として国民から親しまれるようになっていたその時代に、怨みを抱いて惨死した者を御霊《ごりょう》として祀るという古色蒼然たる発想が実際にあったとは。

この戦きの正体とは何だろう。たぶんそれは、普段は心の奥底に沈め去っている歴史というものの重みが、意識の表層を突き破って浮上してくることへの畏怖なのだ。だが考えてみれば、私たちは現代という時間を生きつつ、過去の時間の蓄積を常に背後霊のように背負っている。例えば、いかなる唯物論者でさえ、先祖代々の墓を蹴倒すような真似はまず出来ないだろう。死者の怨念への恐怖、先祖への敬い……古《いにしえ》から培《つちか》われてきたその種のスピリチュアルな思考の重みの前では、現代の「常識」の力は余りに脆《もろ》い。逆に言えば、私たち現代人は、自らに「常識」を絶えず刷り込むことによって古来のマジカルな思考法を何とか押さえつけている、哀れな存在なのかも知れない。

歴史ミステリの醍醐味は、過去と現在とが不断に繰り広げる葛藤の中から、歴史の闇に葬《ほうむ》られた真実を的確に摑《つか》み取り、人間の畏怖のありようを腑《ふ》分けしてみせるところにある。歴史上の謎を作品のモチーフに選ぶミステリ作家は数多い。だがその中でも、そのような畏怖のかたちを最も正確に小説化してくれる存在——それが、高田崇史なのである。

高田崇史は一九五八年に生まれ、一九九八年、『QED　百人一首の呪《しゅ》』で第九回メフィスト賞を受賞してデビューした。本書『QED　六歌仙の暗号』は、「QEDシリーズ」の第二作として、一九九九年五月に講談社ノベルスから書き下ろしで刊行された。前作『QED　百人一首の呪』で、百人一首に籠《こ》められた呪いを解き明かした著者は、今回は六歌仙と七福神の繫がりに纏《まつ》わる壮大な謎を解明してみせる。

六歌仙に謎が多いことは文学史の常識だろう。当時、他にも優れた歌人は大勢いたにもかかわらず、この六人でなければならなかった理由とは何なのか。また、喜撰法師や大伴黒主のように、本当に実在したかどうかすら怪しい人物がわざわざ選ばれたのはどうしてなのか。そして、「古今和歌集」撰者の一人である紀貫之が、その仮名序においてせっかく選んだ六歌仙を敢えておとしめるような言葉を記しているのは何故か……。それらの疑問に、説得力のある解答は未だ示されていない。

おめでたい存在とされる七福神もまた、揃って禍々《まがまが》しい出自を持っている。いずれも、怨霊や鬼と密《ひそ》かに関連する神々なのだ。そんな忌まわしい存在が、福の神として信仰されるようになったのはどうしてなのか。「七」という数字には意味があるのか。七福神のうち、布袋《ほてい》だけが怨霊とも鬼とも関係なさそうなのはどうしてか。

六歌仙と七福神。一見、何の関係もなさそうな両者が、確かな考証によって結びつけられてゆくプロセスは圧巻だが、この小説で解き明かされるべき謎はそれだけではない。明邦大学で七福神について研究しようとした人間が次々と変死するという事件が起き、大学当局は七福神を卒論の研究対象にすることを禁止する。にもかかわらず、七福神に纏わる殺人事件がその後も連続する――という、現代の怪事件の謎も同時に提示されるのだ。歴史上の謎と現代の事件の謎を並行して解明するというのは、「QEDシリーズ」を通しての基本フォーマットでもある。

二〇〇三年二月現在、「QEDシリーズ」は六つの長篇が発表されている。

1 『QED 百人一首の呪』 一九九八年一二月 講談社ノベルス→講談社文庫

2　『QED　六歌仙の暗号』　一九九九年五月　講談社ノベルス→講談社文庫（本書）
3　『QED　ベイカー街の問題』　二〇〇〇年一月　講談社ノベルス
4　『QED　東照宮の怨』　二〇〇一年一月　講談社ノベルス
5　『QED　式の密室』　二〇〇二年一月　講談社ノベルス
6　『QED　竹取伝説』　二〇〇三年一月　講談社ノベルス

これらの作品のいずれもが、充分な解明が与えられないまま放置されている日本史上の謎と、それが原因で起きた現代の殺人事件とを、博覧強記の薬剤師・桑原崇《くわばらたかし》（通称タタル）が解明してゆくという構成を取っている（ホームズ譚の解釈を扱った『ベイカー街の問題』だけがやや異色だが、現代の事件の謎解きを絡《から》めた点は共通している）。

「QEDシリーズ」については、歴史上の謎を解明する手際の鮮やかさに非の打ちどころがないのに較べ、現代の事件の謎解きには強引さや大時代さを感じてしまう——という感想もよく聞く。けれどもそれは、私たち読者が、現代人の一般常識を、不変かつ普遍的なものと錯覚しているから、そのような印象を受けるにすぎないのではないだろうか。冒頭に述べたように、「常識」の殻《から》は案外脆いものなのだ。

ある価値観を共有する小規模な集団は、それを共有しない大多数の他者にとっては、どこか不気味に見えることが多い。特定の政治団体・思想団体やカルト的な新興宗教のように、世間一般から露骨に白眼視される場合もあるし、害のない趣味嗜好に過剰にのめり込む人々のサークルのように、軽い違和感をもって迎えられるだけの場合もあるが、いずれにせよ、多数派がそれらの存在を好意的な目で眺めることはまずない。

だが、そういった特異な価値観を排斥する大多数の現代人の「常識」なるものは、たかだかこの数十年のあいだに形成されたものにすぎない。今でこそ日本人は、世界中を敵に廻している他国の独裁政権の愚を笑っていられるが、たかだか半世紀と少し前には、この日本こそが、世界中から同じような目で見られていた特異な国家だったのだ。歴史の流れの中で、「常識」が少数派の考え方に転落し、少数派の考え方が強大な影響力を持つに至ることも、歴史上幾らでもある。紀元三三年のユダヤの人々の多くは、この年に磔刑《たっけい》に処された大工の息子の教えが後に世界最大の宗教になるなどとは、絶対に想像出来なかっただろう。

『QED　六歌仙の暗号』という作品において、六歌仙の秘密を推理する際に必要とされる思考法の基盤は、怨みを呑んで死んだ者の祟りを防ぐため、神に祀り上げて鎮める御霊《ごりよう》信仰であり、不吉な言葉を発すれば必ず不吉なことが起こるという言霊《ことだま》信仰である。そのような発想は、確かに現代の日本人にとっては時代遅れという言葉ですら追いつかない、迷妄に近しいものだろう。しかし、現代人の価値観が定着する前の期間と後の期間とでは、明らかに前の期間の方が長いのである。そして、長年培われた伝統ある価値観は、現代人の「合理的」思考のちょっとした間隙を縫って、休火山の爆発のように地表に噴出することがあるのだ。冒頭に記した、三島を神として祀ろうとした動きのように――。現在は過去に影響を及ぼすことは出来ないが、過去は現在を成立させる礎《いしずえ》である以上、私たちが歴史の呪縛を逃れることは難しい。

古風な正月の習わしとして親しまれている百人一首、誰もが知っているだろう童謡「かごめかごめ」、風雅さやノスタルジーを喚起する七夕《たなばた》の風習。そういった、現代に生きる私たちが（時代遅れとは感じつつも）ごく自然にその存在を受け入れている古来の伝統・伝承に、実はおぞましい、あるいは哀しい真実が秘められているということを、「QEDシリーズ」は苛烈に暴《あば》いてみせる。驚くべき博識と、水も洩らさぬ推理とを武器にして――。本書においても、物語の早い段階で、今では観光名所として有名なあの「清水《きよみず》の舞台」が本当は何のために使用されていたのかというショッキングな事実を暴き、のっけから読者にジャブを食らわせている。本題の謎にはそれほど関係しない雑学かも知れないが、一見晴れがましい場所や事物や風習の背後に本来の意味が隠れているのに、現代人にはそれが伝わっていない――という、このシリーズならではの世界観を示すには恰好のケースだろう。私たちは桑原崇や後輩の棚旗奈々らと一緒に、六歌仙と七福神をめぐる複雑怪奇な謎を少しずつほぐしてゆくことで、自分たちの「常識」の根拠の危うさを、いやというほど思い知らされることになる。だがそれは、「歴史の闇」というイメージの暗さにもかかわらず、実は意外と爽快な体験だ。思いがけない視座のありようを教えられることに、爽快さが伴わぬ筈はないのだから。

こういった歴史ミステリの場合、中央と周辺、権力者と庶民といった二項対立の図式に収《しゅう》斂《れん》されがちなものだが（必ずしもそれが悪いというのではない）、本書の場合もそのパターンかと思わせておいて、更にその上を行く工夫が凝らされているところに特色がある。平安時代、天皇家に藤のように絡みついて強大な権力を振るっていた藤原一族と、彼らのあの手この手の謀略で政治の表舞台から追い落とされてしまった他の氏族（紀氏、大伴氏、小野氏など）との対立の構図の背後から、六歌仙のひとり喜撰法師の「わが庵《いほ》は　都のたつみ　しかぞ住む　世をうぢ山と　人は言ふなり」という歌を手がかりとして、六歌仙の人選に秘められた真の謀略を暴き立てるプロセスの知的スリルは、ちょっと他の歴史ミステリでは味わえない。しかも、それと現代の殺人事件の真相とを繋げてみせる手際も鮮やかだ。その結果、本書はシリーズ中でも最高の出来映えを誇る作品となった。

無論これは私の個人的な意見であり、どれをベストに推すかは読者によってまちまちであるようだ。意見が分かれること自体、このシリーズの平均的な水準の高さを証明していると も言えよう。

ところで、本書が刊行された際、その精緻《せいち》を極めたたくらみに感嘆しつつも、「著者はこの先、この路線でどこまで息切れすることなく続けられるだろう？」と、一抹の不安を抱いたのは、恐らく私だけではなかった筈だ。しかし、幸いにもその危惧は余計なお世話にすぎなかった。著者は「ＱＥＤシリーズ」を一年一作のペースで順調に発表しているのみならず、二〇〇一年からは新たに「千葉千波シリーズ」をも並行して刊行している。もはや、著者の実力は、どこから見ても疑い得ないものとなった。謎の解明が「常識」の根拠を撃ち、代わりに思いがけない視座を提示してくれる作品こそが、真に優れた本格ミステリであるとするなら、高田崇史は本格ミステリの真髄に最も近い位置にいる作家なのだと言うべきだろう。

『神の時空　京の天命』
『神の時空　前紀　女神の功罪』
『毒草師　白蛇の洗礼』
『QED ～ortus～　白山の頻闇』
『古事記異聞　鬼棲む国、出雲』
『古事記異聞　オロチの郷、奥出雲』
『試験に出ないQED異聞　高田崇史短編集』
『QED　優曇華《うどんげ》の時』
（以上、講談社ノベルス）
『毒草師　パンドラの鳥籠』
（以上、朝日新聞出版単行本、新潮文庫）
『七夕の雨闇　毒草師』
（以上、新潮社単行本、新潮文庫）
『卑弥呼の葬祭　天照暗殺』
（以上、新潮社単行本、新潮文庫）
『源平の怨霊　小余綾《こゆるぎ》俊輔の最終講義』
（以上、講談社単行本）

《高田崇史著作リスト》

『QED　百人一首の呪《しゅ》』
『QED　六歌仙の暗号』
『QED　ベイカー街の問題』
『QED　東照宮の怨《えん》』
『QED　式の密室』
『QED　竹取伝説』
『QED　龍馬暗殺』
『QED ～ventus～　鎌倉の闇《くらやみ》』
『QED　鬼の城伝説』
『QED ～ventus～　熊野の残照』
『QED　神器封殺』
『QED ～ventus～　御霊将門』
『QED　河童伝説』
『QED ～flumen～　九段坂の春』
『QED　諏訪の神霊』
『QED　出雲神伝説』
『QED　伊勢の曙光』
『QED ～flumen～　ホームズの真実』
『QED ～flumen～　月夜見』
『毒草師　QED Another Story』
『試験に出るパズル』
『試験に敗けない密室』
『試験に出ないパズル』
『パズル自由自在』
『千葉千波の怪奇日記　化けて出る』
『麿の酩酊事件簿　花に舞』
『麿の酩酊事件簿　月に酔』
『クリスマス緊急指令』
『カンナ　飛鳥の光臨』
『カンナ　天草の神兵』
『カンナ　吉野の暗闘』
『カンナ　奥州の覇者』
『カンナ　戸隠の殺皆』
『カンナ　鎌倉の血陣』
『カンナ　天満の葬列』
『カンナ　出雲の顕在』
『カンナ　京都の霊前』
『鬼神伝　龍の巻』
『神の時空　鎌倉の地龍』
『神の時空　倭の水霊』
『神の時空　貴船の沢鬼』
『神の時空　三輪の山祇』
『神の時空　嚴島の烈風』
『神の時空　伏見稲荷の轟雷』
『神の時空　五色不動の猛火』
（以上、講談社ノベルス、講談社文庫）
『鬼神伝　鬼の巻』
『鬼神伝　神の巻』
（以上、講談社ミステリーランド、講談社文庫）
『軍神の血脈　楠木正成秘伝』
（以上、講談社単行本、講談社文庫）

●この作品は、一九九九年五月に講談社ノベルスとして刊行されたものです。

講談社文庫刊行の辞

二十一世紀の到来を目睫に望みながら、われわれはいま、人類史上かつて例を見ない巨大な転換期をむかえようとしている。

世界も、日本も、激動の予兆に対する期待とおののきを内に蔵して、未知の時代に歩み入ろうとしている。このときにあたり、創業の人野間清治の「ナショナル・エデュケイター」への志を現代に甦らせようと意図して、われわれはここに古今の文芸作品はいうまでもなく、ひろく人文・社会・自然の諸科学から東西の名著を網羅する、新しい綜合文庫の発刊を決意した。

激動の転換期はまた断絶の時代である。われわれは戦後二十五年間の出版文化のありかたへの深い反省をこめて、この断絶の時代にあえて人間的な持続を求めようとする。いたずらに浮薄な商業主義のあだ花を追い求めることなく、長期にわたって良書に生命をあたえようとつとめるところにしか、今後の出版文化の真の繁栄はあり得ないと信じるからである。

同時にわれわれはこの綜合文庫の刊行を通じて、人文・社会・自然の諸科学が、結局人間の学にほかならないことを立証しようと願っている。かつて知識とは、「汝自身を知る」ことにつきていた。現代社会の瑣末な情報の氾濫のなかから、力強い知識の源泉を掘り起し、技術文明のただなかに、生きた人間の姿を復活させること。それこそわれわれの切なる希求である。

われわれは権威に盲従せず、俗流に媚びることなく、渾然一体となって日本の「草の根」をかたちづくる若く新しい世代の人々に、心をこめてこの新しい綜合文庫をおくり届けたい。それは知識の泉であるとともに感受性のふるさとであり、もっとも有機的に組織され、社会に開かれた万人のための大学をめざしている。大方の支援と協力を衷心より切望してやまない。

一九七一年七月

野間省一

|著者|高田崇史　昭和33年東京都生まれ。明治薬科大学卒業。『QED百人一首の呪』で、第９回メフィスト賞を受賞し、デビュー。歴史ミステリを精力的に書きつづけている。近著に『源平の怨霊　小余綾《こゆるぎ》俊輔の最終講義』など。

QED《キューイーディー》　六歌仙《ろっかせん》の暗号《あんごう》

高田《たかだ》崇史《たかふみ》

2003年３月15日第１刷発行
2020年１月７日第19刷発行

発行者——渡瀬昌彦
発行所——株式会社　講談社
東京都文京区音羽2-12-21　〒112-8001
電話　出版（03）5395-3510
　　　販売（03）5395-5817
　　　業務（03）5395-3615

Printed in Japan

講談社文庫

定価はカバーに
表示してあります

デザイン—菊地信義
製版——信毎書籍印刷株式会社
印刷——信毎書籍印刷株式会社
製本——株式会社国宝社

ISBN4-06-273688-8